LE PLUS GRAND PHILOSOPHE DE FRANCE

JOANN SFAR

LE PLUS GRAND PHILOSOPHE DE FRANCE

roman

ALBIN MICHEL

Ce livre est pour Sandrina,
mon plus grand soutien.

« L'esclave est un instrument vivant, soumis à l'autorité d'un maître. L'emploi de sa force physique pour les besognes indispensables est le meilleur parti à en tirer, comme avec les animaux. »

Aristote, *Politique*.

« Article 1 : [...] enjoignons à tous nos officiers de chasser de nos îles tous les juifs qui y ont établi leur résidence [...]

Article 4 : Ne seront préposés aucuns commandeurs à la direction des nègres, qui ne fassent profession de la religion catholique, apostolique et romaine, à peine de confiscation desdits nègres [...]. »

Code noir

« ... et tout ce qu'ils ont connu des coutumes ou mœurs occidentales était que chaque matin, à une certaine heure, il y aurait un certain travail à faire et qu'on leur demanderait probablement de le faire. »

LeRoi Jones

1.

« Les juifs ont Spinoza. » Le père de Pietr répétait ça à chaque fois qu'il y avait une banqueroute. Et dès sa prime enfance, le Hollandais avait appris à s'enrichir grâce à la philosophie. On trouvait quelqu'un pour écrire du Spinoza, ce qui ne présentait guère de difficultés dans la mesure où les récipiendaires des maximes improvisées n'avaient pas la compétence nécessaire pour juger de la pertinence du travail. Ensuite, on faisait courir le bruit que les lettres étaient sulfureuses, qu'elles pouvaient mettre à mal les monarchies européennes. Il n'y avait plus qu'à vendre le papier, et à recommencer quelques villes plus loin. Ni son père ni lui-même n'avaient jamais ouvert un ouvrage de Spinoza. Ils savaient qu'il était question de regarder chacun à la même hauteur, d'expliquer que c'était mathématique, et le pouvoir tremblait, les notables frétillaient, s'asseyaient en cercle pour entendre des lectures auxquelles ils ne comprenaient rien. L'important, c'est de se nourrir. Et Spinoza remplissait très bien cet office. Selon les fois, Spinoza était encore vivant, prisonnier aux îles de Lérins avec un masque de fer, ou aux galères, déclamant en grec des maximes sur les raisons nécessaires de passer à une autre mécanique navigatoire. Ou alors, il était encore chez lui, arborait une tête frottée de blanc d'argent et un nez tavelé, comme dans les peintures de Rembrandt, mais avec la rudesse d'une esquisse au bambou. Pas musclé mais sthénique. « Un philosophe, même lorsqu'il n'est pas sportif, il a les ossements qui se présentent bien », répétait le père. Et de temps en temps, lorsqu'il fallait monter les prix, Spinoza venait de mourir.

Pietr n'avait jamais rien lu, pas plus que son père. Ça ne présentait guère d'importance puisqu'il avait subi la synagogue. Les rabbins ouvrent un parchemin, n'y comprennent rien et improvisent n'importe quoi. Le jazz n'existait pas en ce siècle des Lumières mais c'est exactement de cela qu'il s'agissait. Par la suite, voyageant de ville en ville, le père et son fils avaient croisé des tireuses de cartes et s'étaient esbaubis du fait qu'elles procédaient de même : chercher dans l'œil crédule de l'auditoire ce qu'il a envie d'entendre, et le lui dire un peu différemment. Pour qu'à la fin de la démonstration, la lèvre souriante et les cils papillotant de reconnaissance, on vous confesse : « Vous avez exprimé exactement ce que je pensais ! » Exclamation désarmante que le père de Pietr commentait in petto avec malice : « En réalité, celui-là ne pensait rien avant qu'on lui adresse la parole. Nous non plus. On a juste baratiné. Et il va mieux dormir cette nuit. »

Grâce à Spinoza, cette source d'énergie inépuisable, Pietr avait appris qu'on ne manquerait jamais de rien. Quelles que soient les circonstances, on pourrait raconter qu'il y avait au premier étage d'une bâtisse hollandaise un penseur qui réparait des lunettes et qui, entre deux polissages gnomonistiques, faisait des maximes. Après quoi, hop ! Spinoza dans votre salon. Envoyez la monnaie !

2.

Son père était mort à Nantes, pendant une criée. Au milieu des poissonniers, des restaurateurs et des ménagères, il s'était lancé dans une grande explication visant à déterminer la forme de l'assiette universelle. Le monde, pas la planète mais le monde tout entier, avait une forme de soucoupe, c'était enfantin, invérifiable et par conséquent impossible à contredire. Il convenait, selon lui et afin de vendre plus de papier, de réfléchir à la forme de l'assiette. Au milieu des cris joyeux, certains glapissant « Assiette à soupe ! » et d'autres leur répondant « Écuelle, mais creuse, avec un petit bouchon en forme de passereau, ainsi on y peut mettre de l'eau chaude pour que le contenant, à savoir l'univers connu, reste à bonne température ». Le père lâcha cette phrase : « L'assiette, c'est l'univers, certes, mais il faut penser plus loin… » À cet instant, le charlatan poussa un cri déchirant et tomba raide mort.

Pietr, secrètement et malgré la douleur, frissonna à l'idée que peut-être il existait un Dieu, voire une vérité absolue, et que peut-être, même, il avait existé un jour un Spinoza et qu'il en avait trop entendu et que par-delà les limbes il avait jugé bon, pour la dignité du débat d'idées, d'empêcher le papa de proférer un mot de plus.

Selon les volontés paternelles, Pietr rapatria le corps en Hollande. Afin que la ventilation de l'univers sensible ne corrompe pas les chairs de son papa, il enroula le cadavre dans un baquet de lamproies. On faisait ainsi voyager vivants les poissons dans l'Europe entière, ce qui permettait de servir à toutes les tables bourgeoises de grandes variétés d'espèces marines, sans être contraint de les saler ou de les fumer. Pour éviter des procédures douanières, Pietr jugea bon de mettre le baquet de son géniteur parmi d'autres bassines de poissons. Et comme deux précautions valent mieux qu'une, il ajouta aussi des poissons vivants. Il traversa la frontière ainsi, joignit les Flandres. À chaque halte, il continua de pratiquer son métier de philosophe de foire, mais le cœur n'y était plus. Son chargement l'obligeait à dormir dans les halles ou les marchés. C'est pourquoi, pendant tout le voyage, il ne baisa que des femmes de marchands.

En Belgique, il en connut une qui comme lui vendait des poissons. Elle était jeune avec une peau de vieille, Pietr en fut horrifié. Il voulut se persuader que sa non-observance du deuil paternel y était pour quelque chose. Il avait manqué une prière et, pour le punir, les expédients sensoriels perdaient de leur attrait. Il y regarda à deux fois, mais non. C'était elle, la pauvre, qui, habillée et en pleine lumière, n'avait guère plus de vingt-cinq ans et devenait sorcière une fois débarrassée de ses robes. « J'ai toujours bandé comme un cerf », se répétait Pietr afin de se forcer à escalader cette montagne. Ça ne voulait pas. Elle se mit à lui attraper les extrémités et à les secouer comme lorsqu'on trait une vache. Il n'avait pas envie. Il sentait que son ventre était un peu trop volumineux. Le poing fermé sur sa queue lui rebondissait sur l'abdomen à chaque mouvement de la poissonnière. Lorsque au lit on prend conscience de son propre corps, c'est qu'on aurait dû s'abstenir. Et Pietr songea que s'il n'y parvenait pas, un lien allait se faire, entre son cœur et sa verge. Il allait associer la non-baisance au décès du père. Et ça serait le début de la malchance. Malgré sa bonne éducation, mais jugeant que le moment avait une importance dans sa propre légende, il tira violemment les cheveux de la commerçante et lui fourra trois doigts au fond de la gorge. Elle l'encouragea en saisissant son poignet et en avalant toute la main du penseur orphelin. Elle ne vomissait pas, Pietr le regretta un peu. Elle lui attrapa les couilles et les tordit, il put, à cette occasion, contempler ses mains courtaudes et couvertes de marques d'écailles et de racloirs. Il baisait une ogresse et ça ne lui plaisait pas. Mais l'éponge oblongue qui lui pendait aux cuisses s'emplit de fluide vital ; il fit son travail. Elle lui donnait, très fort, des coups de cul sur le bas-ventre. Pietr trouvait cela douloureux, désagréable, il regardait de l'extérieur son organisme en marche, avec une seule question en tête : « Papa serait-il fier de moi ? » Il juta en abondance, preuve que la quantité de liquide séminal est totalement indépendante du désir que l'on éprouve.

Elle se mit à parler avec une voix aigrelette totalement hors de propos. Pietr était ailleurs. Dans ce genre de moments, et dans ces moments seulement, la philosophie peut se révéler un peu utile. On se pose un problème complexe : « Le tragique est-il une permanence ou relève-t-il de la causalité ? » et le temps passe un peu plus vite. Pas cette fois. Il lui avait raconté son père dans le tonneau à poissons. Puis la fille jeune et fripée, dont la seule réelle compétence relevait de la faune aquatique, eut cette question innocente : « Mais tu as mis quoi, comme espèce de poissons, avec ton papa ? » Pietr n'en savait rien et décrivit des bêtes plates avec un nombre approximatif de nageoires et d'écailles, cachères, pour ce qu'il avait pu en juger. La fille demanda à voir. Il se dit qu'elle avait la passion de son métier et eut à cet instant pour elle un peu de tendresse. D'un soldat, on s'émerveille qu'il n'oublie jamais son arme, alors pourquoi ne pas féliciter une poissonnière qui même la chatte dégoulinante de sperme pense encore à sa pêche ?

Ils se levèrent tous deux, emberlificotés dans des draps douteux, et sortirent dans la nuit brumeuse du pays batave. Les bœufs avaient été détachés du chargement et la carriole pleine de tonneaux était couverte d'une bâche, sans personne pour la garder. Pietr plongea la main dans la bassine et en sortit une créature frétillante aux yeux stupides, qui goba l'air quelques instants avant de s'immobiliser, comme si la poissonnière avait des dons d'hypnotiseuse.

– Ceux-là, fit-elle, tu sais ce qu'ils mangent ?

– Je m'en fiche, répondit Pietr.

– Tu devrais pas ! Ils ne bouffent que de la viande.

3.

Or donc, après une quinzaine de jours de route depuis Nantes et jusqu'à la Belgique, Pietr s'aperçut qu'il ne trimbalait plus que le squelette de son père. Ce qu'il restait de lui, comme chair philosophique, était dans le ventre des poissons. Ou probablement, dans la mesure où l'on n'avait pas changé l'eau, oui, très probablement, la substance musculaire paternelle avait été plusieurs fois mangée et chiée par les organismes aquatiques.

« Mon père dorénavant, se dit le jeune Hollandais, ça n'est plus seulement le squelette. C'est les os et le liquide et les poissons, et les muscles de ces créatures tirent leur vigueur de la moelle de papa, et leur merde est parfumée de la matière qui m'a donné la vie. Peut-être infeste-t-il jusqu'aux nœuds de bois qui forment la bassine ? »

Une fois en pleine forêt, près d'un marécage entouré de corbeaux, Pietr creusa une fosse en hémicycle et y déposa à grand-peine le tonneau. Il fallut faire basculer la carriole en arrière. Deux des baquets versèrent au sol. Pietr se précipita sur celui de papa et manqua se faire craquer les lombaires pour l'empêcher de choir. L'opération fut un succès total. Le squelette, le tonneau et tout l'univers organique qu'il contenait furent bientôt plus près de Dieu : dans la terre.

Pietr ne céda pas à l'envie romanesque de partir à pied. Il savait très bien que son désarroi, lié au deuil, interdirait de pratiquer pendant quelques jours une philosophie divertissante. Lorsque la pensée entraîne à des considérations vraiment inquiétantes, on sait qu'elle ne rapporte plus rien. Pietr conserva donc ce qu'il restait de tonneaux intacts et, aux commandes de sa voiture à bœufs, il retourna à Nantes. Sur le chemin : vendre du poisson.

4.

Là-bas, il se fit avoir. Des observateurs moralistes auraient tort d'affirmer qu'on devient pirate parce que dès l'enfance on n'a pas eu une claire éducation relative au Bien et au Mal. C'est l'inverse. Pietr en fut réduit à de telles extrémités parce que, à cause de la mort du papa, exceptionnellement, il cessa de se méfier de ses semblables. À Nantes, il avait vendu son poisson. Il disposait de plus de devises qu'on n'en a d'ordinaire quand on vend des idées. Et comme n'importe quel imbécile de mercanti, il se rendit dans une taverne pour tenter de tout dépenser. Des militaires entrèrent, lui dirent qu'il avait l'air triste. Comme Pietr ne résistait jamais au plaisir de raconter une bonne histoire, il fit le récit du dernier voyage de son père. Et pour la première fois de sa vie qu'il racontait quelque chose gratuitement, les autres le saoulèrent, lui tapèrent gentiment dans le dos, lui firent des compliments ineptes. Après quoi il se réveilla le lendemain matin sur un sol de bois qui tanguait. Il crut à un cauchemar relatif au père, aux poissons et au tonneau. On lui envoya un seau d'eau salée dans le visage. D'autres imbéciles gisaient à ses côtés, ivres de la veille. Il venait de s'engager dans la marine royale. Et pour faire rayonner la puissance française dans le monde, il devait incontinent grimper sur un mât et trifouiller des cordages, faute de quoi il recevrait le fouet.

« Manche à couilles », lui répétait l'officier qui maniait un fouet. Pietr fut vexé de constater que ce surnom ne lui était pas exclusivement destiné, que chaque recrue « librement » embarquée dans le navire répondait au même patronyme. Puis on se moqua de son accent hollandais. Pietr était très francophile. Contrairement à une majorité de ses compatriotes des Pays-Bas, il n'était pas du genre à rappeler sans cesse aux Français qui avait inventé l'imprimerie. Il pouvait tout passer à la royauté, mais en échange, il voulait un peu de considération. Pietr aimait penser qu'il avait un bel accent. Alors il s'offusqua. On lui annonça qu'il aurait le fouet. Pris d'un accès littéraire, il osa dire au gradé qu'un règlement entre hommes aurait plus d'élégance. Il conservait de vagues souvenirs de théâtre sur la façon dont se comporte un matamore. Pietr était un grand garçon de trente ans, des bras noueux, un nez immense, une longue barbe et des cheveux bouclés jusqu'aux omoplates. Privé de ses affaires et vêtu d'une chemise et de culottes déchirées, il faisait pirate. Avant le combat, face à cet officier qui mesurait une tête de plus que lui et qui savait se battre, il dit simplement :

– Attention, je suis un véritable pirate. Et les hommes comme toi, je les égorge avec les dents.

Un voile d'inquiétude passa dans les yeux du gradé. Pietr comprit instantanément que la guerre se faisait avec les mêmes armes que les boniments dialectiques : convaincre la partie adverse qu'elle a beaucoup à perdre. « Quant à moi, se dit le prisonnier, je ne peux pas tomber plus bas. »

Les gradés s'étaient rassemblés en cercle sur le pont du navire. Les matelots, ainsi que ceux qu'on avait embarqués de force la veille, se tenaient un peu plus loin. Aucun d'eux n'aurait raté cette petite distraction et chacun rivalisait de malice pour trouver un promontoire depuis lequel il ne louperait rien du duel. Le bateau de la Royale était loin de toute terre, c'était le milieu du jour. Le ciel sans nuage permettait un éclairage optimal. Au premier coup, des mouettes vinrent tourner au-dessus du trois-mâts.

L'officier s'était fendu en avant. Il se battait avec un fleuret et un de ces poignards qu'on met sur les phalanges et que l'on appelle « main-gauche ». On avait donné à Pietr une épée semblable. Il ne parvint pas à parer le premier coup et la pointe de la rapière adverse s'enfonça très profondément dans le gras de sa cuisse gauche. Pietr ne bougeait pas son épée. Il ne savait pas s'en servir. Il pensa que si ça se voyait, il perdrait l'avantage psychologique. Le militaire français lui lacéra le visage. Pietr ne voyait plus grand-chose à cause de son propre sang. Il se rappela une phrase rabbinique : « La preuve de l'existence de Dieu, c'est que nous avons des sourcils et que si nous n'en avions pas la sueur nous dégoulinerait dans le regard et nous ne pourrions plus contempler sa munificence. » Il se dit que ça fonctionnait aussi pour le sang. Les sourcils absorbèrent un peu de sang. Il s'essuya la figure.

– Hé ! fit-il à son adversaire. Je ne proposerai ça qu'une fois, mais c'est pour ton bien. Si tu veux, tu peux encore abandonner.

Le bateau entier éclata de rire et les mouettes, au-dessus, s'immobilisèrent en vol plané, puis se demandèrent, car leur appétit sémantique n'allait pas plus loin, si elles auraient du Français ou du Batave au menu.

5.

Dieu, lui, ne vit rien du tout, car il était trop haut, et il était occupé, sans réel succès, à réécrire, en mieux, ses textes saints. Il avait, lors des trois premières tentatives, fait appel à des scribes mésopotamiens. Moïse, Jésus, Mahomet. Trois hommes, avides de conquêtes mais peu sûrs d'eux puisque portant la barbe, et trop profondément marqués par un mode de vie primitif. Dieu avait parfaitement conscience de ça : les trois Bibles révélées étaient l'œuvre de gardiens de chèvres. Il fallait remédier à ça. S'il avait vu Pietr, il se serait dit que ça n'était pas le candidat idéal : un Sémite avec une barbe, ça ne donne que des catastrophes. La prochaine fois, se disait le Créateur, confions nos maximes à une jolie fille. Donc Dieu ne regardait pas ce combat-là.

En revanche, plus bas dans les nuages, il y avait le papa. Il se trouvait dans une situation très embarrassante car non seulement il existait un Dieu, un paradis (qui consistait à devenir spectateur du monde sans plus y avoir les moindres responsabilités), mais il y avait aussi, pour de vrai, un Baruch Spinoza. Il fallut alors lui avouer qu'on ne l'avait jamais lu, qu'on avait vivoté sur son dos et qu'à présent qu'on se trouvait dans les airs, on ne pouvait plus rembourser. Spinoza n'avait rien de remarquable. Hormis ses écrits sans doute, mais le père de Pietr ne savait pas lire. C'était, comme dans la légende, un grand juif maigre en manteau de fourrure. Spinoza déclara que le spectacle du fils était très distrayant et qu'il ne faudrait pas qu'il meure. Le papa supplia le grand penseur de souffler à son fils des maximes de sagesse qui arrêteraient le bras vengeur de la marine française. Spinoza, qui était timide, déclara qu'il était meilleur à l'écrit qu'à l'oral.

Le papa mit ses mains en porte-voix. Il souhaitait hurler à son fils qu'il ne lui en voulait pas au sujet des poissons et que vraiment, la dépouille, ça n'a plus rien d'humain et qu'on s'en fiche. Au lieu de ça, jugeant avec raison que la distance interdisait les longs discours, il se borna à hurler :

– Il y a Spinoza !

6.

Pietr, qui n'était décidément ni croyant ni attentif au retour des morts, crut que les mouettes lui parlaient et disaient « Spinoza ». Instantanément, et en esquivant un coup d'épée, il affirma comme une vérité supérieure l'échec de Descartes ! Les animaux n'étaient donc PAS des petites mécaniques sans âme. Ils avaient une voix, comme chez Monsieur de La Fontaine qu'on ne classe pas parmi les philosophes uniquement parce que sa voix est trop belle, mais il y mériterait toute sa place. Elles parlaient, les bêtes, et de surcroît, elles ne disaient pas que des idioties.

– Oui, messire, il y a Spinoza, affirma le jeune homme en sautant en arrière.

Il bascula sur un tas de cordages. Les hommes riaient et du soleil vint l'éblouir. Il ne voyait plus rien, roulait sur le côté, mais poursuivit sa démonstration :

– Vous pensez que vous êtes supérieur au combat, officier, mais c'est une opinion… Aïe ! Vous me piquez, c'est l'impression que j'en ai, mais cette idée-là, que les choses interagissent par mécanique causale, non, sortez-vous-la de la tête. Il y a vous, il y a moi, et nous avons la même taille au regard du monde.

Son adversaire trouva la remarque pertinente. Il laissa Pietr se relever et lui demanda si selon lui l'issue d'un combat dépendait d'un enchaînement d'événements ou si elle était prévue d'avance. Pietr fit mine de réfléchir et se racla la gorge. Un silence de plomb régnait sur le bateau. Une vague un peu plus forte que les autres fit vaciller les lutteurs immobiles ainsi que l'assemblée. Et Pietr envoya sa botte dans les couilles de l'adversaire. Il le poussa en arrière tandis que le militaire essayait de s'attraper les bourses. Par ce geste, il lâcha son poignard main-gauche. Pietr s'en saisit et l'enfonça dans les boyaux de son propriétaire. Il effectua, très rapidement, des mouvements de bas en haut, oubliant qu'il tranchait de la viande humaine. Il se rappelait les moments où l'on crevait le ventre des moutons pour en retirer les tripes. Bientôt le gradé expirait et son jeune meurtrier, poignard en main, se demandait s'il fallait aussi remercier Spinoza pour ça.

Une autorité militaire commença une phrase afin de prévenir toute velléité de mutinerie. Ça n'était pas dans les règles d'un duel de gentilshommes, on allait administrer des supplices. Les hommes dansaient d'un pied sur l'autre. Alors Pietr leva le poignard loin au-dessus de sa tête et cria :

– Vous voulez rire ! Ce bateau ne vous appartient plus ! C'est chez moi ! Je suis Pietr et vous avez eu tort de me faire monter à bord. Mes hommes truffent ce navire. Soldats du roi, rendez toutes vos armes, et aucun mal ne vous sera fait.

Les militaires hésitaient, et les hommes d'équipage ne savaient pas quoi faire.

– Allez ! hurla Pietr.

Ça ne marchait pas. Les soldats commencèrent à brandir leurs mousquets. Alors Pietr eut une idée de génie. S'adressant aux marins, il beugla :

– Mon équipage ! Prenez-leur tout de force, parce que de toute façon, ils vont vous tuer.

Quelques matelots s'agitèrent, et en premier lieu ceux qui avaient été kidnappés la veille. Les autres n'eurent aucun mal à se persuader que tout cela était organisé. On avait si peur des pirates en ce temps-là que chacun fut prompt à croire que le navire était entre leurs mains. Un soldat tira cependant à bout portant en direction d'un mutin qui esquiva le coup. La balle atteignit un mousse en plein thorax. On entendit de loin (même Dieu le perçut) le vacarme du plexus solaire de l'enfant qui explosait au milieu des clapotis de l'Atlantique. Avant que le gamin tombe au sol, Pietr avait bondi vers le soldat meurtrier et crié :

– Quel verdict pour l'oppresseur ?

Tout le monde répondit sagement :

– La mort.

Pietr lui trancha la gorge et le bateau changea de mains. Les soldats, sans difficultés, se mirent dans le camp des forbans. On réorganisa la hiérarchie du bord. Ça serait une république idéale. Chacun aurait le même grade, sauf Pietr qui commanderait. Chacun était d'accord avec ça puisqu'il parlait bien. Pietr proposa qu'on mette les gradés dans une chaloupe et qu'on les envoie ailleurs avec des vivres et de l'eau. Son nouveau gouvernement (populaire et appliquant un suffrage direct à main ou moignon levé) voulut mettre au vote cette proposition. On vota « non » pour l'eau et la nourriture, à deux cent dix voix contre douze. L'argument avancé relevait de la simple logique : en mer, l'eau et la nourriture sont rares, et on ne savait pas combien de temps allait errer la république pirate avant de se réapprovisionner. Pietr argua que sans nourriture ni eau, les malheureux gradés n'iraient pas loin sur l'océan avant de crever la gueule ouverte. L'assemblée se rangea à son opinion et on vota à l'unanimité pour ne pas gaspiller une chaloupe. Puis Pietr suggéra qu'on les enferme à fond de cale, mais par cent quatre-vingt-trois voix contre trente-sept, l'équipage considéra que c'était une mauvaise idée, car les anciens chefs continuaient de leur faire peur, ils pouvaient parler, ils pouvaient reprendre le pouvoir. Pietr expliqua alors qu'il fallait leur donner une leçon d'humanité et leur montrer que les pirates n'appliquaient pas des supplices aussi cruels que ceux de la marine royale. On les tuerait proprement afin de leur montrer à quoi ressemblait la peine capitale dans une république idéale. Pietr proposa qu'on les décapite à la hache d'abordage. À la majorité des deux tiers, l'assemblée considéra que ça n'était pas amusant.

Une opposition se forma, principalement motivée par l'humanité excessive du nouveau capitaine. Était-il vraiment le grand pirate qu'il prétendait être ? Pourquoi se montrait-il si parcimonieux dans son usage de la torture ? Pietr tenta de dire que la torture était un secret militaire, qu'on ne la pratiquait pas devant n'importe qui. L'argument ne fut pas retenu et on exigea qu'il fasse ses preuves. Pietr saisit un pistolet dans la ceinture du soldat à terre. Il se dirigea vers le chef de l'opposition et le lui déchargea au milieu du visage. Face à ce citoyen qui en guise de nez n'arborait plus qu'un cratère fumant, Pietr demanda si d'autres personnes souhaitaient discuter ses ordres. Personne ne moufta. On coupa toutes les têtes des gradés et on en fit une grappe décorative accrochée à la proue du bateau.

Il fallut ensuite trouver un dessinateur pour le pavillon noir. Pietr voulait une tulipe hollandaise avec un crâne au-dessus. Beaucoup d'hommes du rang savaient dessiner les squelettes, mais aucun d'entre eux n'était capable d'esquisser une tulipe crédible. Pietr fit remarquer que ça manquait de femmes, là-dedans. On lui expliqua que les femmes et les lapins, sur un bateau, portaient malheur. Les lapins, Pietr s'en fichait, mais il émit le vœu qu'un jour les pirates dirigent des gouvernements équitablement composés de marins des deux sexes. Le pavillon n'avançait pas. Les hommes brodaient des crânes tous semblables et n'avaient aucun don pour l'héraldique. Ils ne parvenaient pas à trouver un symbole qui marquerait les esprits. Pietr savait très bien qu'en entrant dans la piraterie, il allait falloir s'imposer. Ne parvenant pas à faire dessiner quoi que ce soit d'effrayant à ses marins, il leur demanda s'ils étaient capables de broder des lettres, qu'on verrait de très loin. Au prix de quelques difficultés, un réparateur de filets y parvint.

Au sommet du plus haut mât de son navire flotta bientôt un pavillon noir où trônait un crâne dessiné de travers, surmonté du nom de famille de Pietr. De très loin, on pourrait voir cette tête effrayante, près de laquelle était écrit COHEN.

7.

– Je regrette, Cohen, ça n'est pas particulièrement juif, bougonna Pietr.

Il n'en revenait pas d'avoir cette discussion. En quelques années, le capitaine hollandais s'était fait un nom dans ce nouveau métier. Grâce à sa faconde et à des capacités hors pair d'adaptation, il avait enfin trouvé sa place, et la société qu'il aimait. On se réunissait dans les repaires troglodytes de cet îlot des Caraïbes, la Tortue. Et dans cette terre sans roi, on se livrait au partage du butin. Pietr Cohen avait changé à de nombreuses reprises d'équipage et de navire. Il semblait survivre à tout. Avec le temps, et par nécessité, il était même devenu un redoutable combattant. Il suffisait d'appliquer à la guerre les lois dialectiques. « Finalement, répétait-il crânement, si l'on connaît un peu l'esthétique d'Aristote et des rudiments de pensée platonicienne, on survit à tout. Il faut, dans tous les lieux de l'existence, deux forces en présence et une résolution. Ce qui est valable en dissertation philosophique convient lors d'un abordage, c'est un jeu. » Dans ces disciplines-là, importe-t-il plus de gagner ou d'être dans le vrai ? Il n'en savait rien, mais par cette souplesse d'esprit, sans doute, il relevait plus du sophiste que d'autre chose. Et son système fonctionnait.

Au sujet des femmes à bord, il n'avait jamais pu obtenir gain de cause. Il existait certaines femmes pirates, mais elles avaient des museaux d'hommes et n'embarquaient que sous leur propre autorité. Il avait donc contracté plusieurs mariages, et quelques parasites, dans divers havres insulaires. Cette délimitation topologique, un océan entre chaque amour, offrait d'indubitables facilités. On pouvait tout promettre dès lors que la belle n'avait pas le pied marin et qu'elle serait toujours plantée comme un géranium dans la terre où lors de la dernière visite on l'avait arrosée.

Pietr n'était pas parvenu à se faire des amis chez les pirates, car bien que charlatan il aimait les vraies discussions, et ses collègues en manquaient. Alors parfois il parlait avec des otages prestigieux, ou des prisonniers bien éduqués. Ces rares rencontres lui permettaient de se tenir au courant de la vie de la pensée. « Si un jour je n'ai plus rien, il faut que je garde ma capacité à discourir. »

– Nous sommes contents de toi, Pietr, ça n'est pas la question, commença le receleur en chef. Tu es un bon élément. Tu tiens tes hommes, ils t'aiment, tu n'abîmes pas trop les prisonniers et tes razzias sont très lucratives. Tu disposes de lettres de course émises par tous les royaumes d'Europe et à chacun tu as fait croire que tu étais un supplétif exclusif. Comme patron des mers, je suis très satisfait de toi.

Pietr n'avait jamais adoré que le receleur en chef lui parle comme un supérieur. Mais cette réalité-là était irrévocable : les pirates vivaient aux crochets de celui qui écoulait leur marchandise. Il s'agissait d'un grainetier gascon plutôt âgé, une soixantaine d'années, surnommé Courtemèche eu égard à d'anciens jeux qu'il pratiquait avec des explosifs.

– Tu as eu d'excellentes initiatives, Pietr, ce journal libertaire que tu as rédigé et imprimé toi-même, que tu distribues à tous, ça a été très apprécié. Ainsi les hommes se plaignent-ils par écrit. Ça nous permet d'identifier les fortes têtes et d'éviter certaines mutineries.

– Et le journal concurrent..., osa Pietr.

– Oui, ça c'était un coup de génie ! Abriter ainsi deux organes de presse libres opposés écrits par toi...

– Arrête, Courtemèche, je sais ce que j'ai fait pour toi. Simplement aujourd'hui, j'arrive à bord d'un navire chargé d'or toltèque et de Portugais prêts à rentrer chez eux moyennant rançon. Je vais tranquillement à la taverne. J'apprends que ma régulière est couchée pour cause de paludisme. J'en trouve une autre. Qui n'est pas chère mais qui veut que je paie d'abord. Et toi... tu voulais me voir pour m'annoncer ça !

– Ça ne pouvait pas attendre !

– Me dire que tu deviens esclavagiste ! Et tu crois qu'en me le disant brusquement, Courtemèche, ça va changer quoi que ce soit ?

– Tu ne comprends pas...

– Je comprends très bien, répondit Pietr Cohen.

Il rougissait. Il avait le sabre au côté et tapait de la paume de la main sur la large lame. Courtemèche fumait un énorme cigare cubain très mal roulé et crachait des cendres partout dans son bureau : un bateau de pêche posé à l'envers sur le sable, et dans lequel on avait délimité une salle du trône, un grand lit pour la copulation et un autre lieu de couchage aux draps plus propres pour le receleur quand il souhaitait dormir. Il traitait ses affaires face à deux lits défaits.

Huit autres capitaines pirates se tenaient dans l'ombre. Ils posaient sans vergogne leurs pieds sales et leurs culottes pleines de sable sur les couvertures du patron. Chacun d'eux était accompagné d'au moins un homme de main. Tout ce monde-là fumait en silence. Comme les relations humaines ne peuvent pas suffire à des cœurs généreux, la plupart des autres capitaines disposaient d'animaux de compagnie. Pietr se voyait ainsi scruté par plus de vingt paires d'yeux, parmi lesquelles perroquet, tamanoir et macaques.

– Et je ne comprends pas pourquoi tout le monde est là ! rugit Pietr. C'est une surprise ? Il va y avoir mon anniversaire ? Il y a une blague ?

– Pietr ! Le patron haussa le ton. C'est la logique commerciale. Ça rapporte énormément. Et l'argent des nègres n'a pas besoin d'être blanchi !

Tous les capitaines se mirent à rire grassement, sauf Pietr. Courtemèche était très content de sa plaisanterie.

– Nous ne pouvons pas TOUT faire dans la clandestinité. Accepter de transporter le bois d'ébène, c'est se mettre en règle avec les grands royaumes d'Europe. Et d'Afrique, mon garçon. C'est mathématique. L'Église a décidé que les Indiens avaient une âme. De mon point de vue c'est faux, même les Blancs n'en ont pas et, à part très rarement dans les yeux de mon chien, je n'ai jamais rien vu chez des créatures biologiques qui donne envie de retarder l'apocalypse. Mais admettons. Ils ont une âme et c'est irrévocable. Il faut donc trouver ailleurs la force de travail. Alors tout ça s'est très bien organisé. Les rois d'Afrique font des prisonniers, ils les emmènent sur la côte... C'est très demandé. Et moi je suis patriote. Nous allons aider.

– Non !

Pietr croyait encore qu'on lui demandait son avis. Aux voix embarrassées qui lui chuchotaient que le problème était ailleurs, il ne répondait rien. Décidément, il ne comprenait pas ce qui était en train de se produire. Le capitaine hollandais se lança dans une longue et laborieuse explication sur la raison pour laquelle il refusait de transporter des esclaves. Il n'avait pas de morale. Que tout le monde meure, s'avilisse et que l'humanité se meurtrisse, ça ne le dérangeait pas, il était familier de ces règles, cependant il aimait la vie à bord de son navire. Avoir de l'or à fond de cale, quelques prisonniers de temps en temps, c'était conforme à son schéma aventureux. Mais embarquer deux fois plus de Noirs que nécessaire afin que, si beaucoup mouraient en route, il en reste assez à vendre aux Amériques, changer la charpente des cales du navire pour accueillir la verroterie durant le voyage en Afrique, les esclaves pendant la grande traversée et des épices sur le chemin du retour vers le Vieux Continent, bouleverser sans cesse l'architecture interne de son navire, ça lui déplaisait souverainement.

– Vous voulez ça comme quotidien ? Attendre des mois dans les ports africains qu'il y ait cette marchandise ? Vous retrouver avec un matériau humain qui pleure et qui meurt et qu'il faut nourrir et faire courir nu sur le pont du bateau ? Et votre loi des femmes à bord ? Vous êtes prêts à passer par-dessus ? Des familles entières ? Et quand ils ne se tiennent pas aussi tranquilles que des bêtes de boucherie, les jeter aux requins avec des poids aux chevilles ?

– On est des pirates, on n'a peur de rien, dit un autre capitaine d'une voix très peu convaincue.

– Moi, j'ai l'estomac fragile, répondit Pietr. Voler les riches afin de bien rigoler, ça ne me fait pas vomir. Que les rois africains massacrent leurs ennemis ou qu'ils les vendent aux rois d'Europe, c'est leur affaire. Moi j'ai signé pour être pirate, pas pour effectuer les travaux dont les autres ont honte.

– Pietr, je suis vraiment désolé, bougonna Courtemèche.

Il se leva de son siège couvert de coussins et étreignit son capitaine favori.

– À chaque fois qu'il a fallu couper un membre, je ne me suis pas demandé si ça me procurait du plaisir, j'ai tranché dans le vif. Tu ne seras pas le premier. Le commerce, c'est un grand fleuve qui nous dirige. C'est une énergie supérieure, et s'il n'y a qu'un Dieu, c'est celui-là. Donc aujourd'hui, je ne te demande pas si tu veux, oui ou non, trimbaler des nègres, je te dis juste que nous allons devoir – et je n'écoute pas mon cœur car il saigne, sois-en certain, Pietr –, nous allons devoir nous séparer de toi.

Pietr Cohen expliqua qu'une telle chose n'arriverait pas et que c'est lui qui démissionnerait si tout ça lui semblait trop insupportable à l'usage.

– Voilà ce que je vous propose, tenta le pirate hollandais, je vais continuer à vous rapporter beaucoup d'or en laissant subsister le rêve de la piraterie à l'ancienne. Et lorsqu'il y aura des esclaves, je m'enfermerai dans ma cabine.

Pietr savait que ça n'était pas vrai. Il mesurait à quel point il allait falloir faire pire que la piraterie.

– Décidément, Cohen, tu me rends les choses pénibles.

Je ne te demande pas si tu acceptes d'être négrier. Je te dis que c'est impossible.

– Oh, parce que pour faire des saloperies je suis moins doué que vous, peut-être ?

– Pietr, ça n'est pas comme notre négoce habituel. Nous entrons dans le rang. Nous allons réellement agir avec la bénédiction des États. Et sur les esclaves, il y a une juridiction très stricte. Afin de bien les traiter, de les protéger, il y a un code...

– Et je ne suis pas capable de suivre un manuel d'utilisation ?

– Tu as lu le Code noir, Pietr ?

– J'attendais de finir tout Spinoza avant de m'y mettre.

– Le Code noir est formel : ni un juif, ni un protestant ne peuvent s'adonner à l'esclavage pour le compte du roi de France.

– Cohen, c'est pas si juif !

Les autres pirates se mirent à rire. On lui parla de son nez. Pietr empoigna d'une main son appendice nasal et expliqua à quel point il était hollandais, volontaire, tubulaire et parallèle au sol comme la planche où l'on fait avancer les condamnés.

– Un nez juif, expliquait-il en spécialiste, n'accepterait pas une bandoulière. On voudrait y accrocher son sac que le chargement tomberait à terre, du fait de la cloison pentue vers le sol. Mais chez moi non, regardez, c'est étrusque, c'est flamand, vous pouvez y attacher ce que vous voulez, ça tient. Oh, merde ! Faites croire au roi de France que je suis un mousquetaire gascon, comme toi, Courtemèche.

– Non, non, s'ils regardent ton zizi, ça ne tiendra pas. Tu ne te rends pas compte, ils sont extrêmement stricts.

– Je regrette, je suis capable de pratiquer l'esclavage au même titre que n'importe lequel des salauds ici présents.

– C'est un projet historique.

– Et alors ? Lorsque les Arabes pratiquaient la traite négrière, ils n'avaient pas de telles préventions, ils embauchaient tous les médecins juifs de Cordoue. En particulier pour les émasculations.

Personne ne voulut entendre les détails mais Pietr les distribua tout de même, avec la certitude qu'en mettant mal à l'aise l'auditoire et en ramenant sa science, il allait peut-être s'en tirer et parvenir à devenir aussi esclavagiste que les autres.

– Les Arabes étaient très logiques, ils voulaient que les Noirs travaillent pour eux, mais ne se reproduisent pas dans leurs contrées, alors très souvent ils en faisaient des eunuques. Et mes ancêtres avaient ce talent très recherché qui consiste à vous casser les couilles sans obligatoirement causer votre mort.

– Tes Arabes, ils transportent les esclaves au titre de marchandise. Mais quand ils sont à bon port, on les convertit à la foi qui nous intéresse. C'est de la géopolitique.

– Les Arabes ne font pas ça du tout !!! s'insurgea Pietr. Le Coran interdit qu'on réduise un musulman en esclavage, alors ils choisissent très soigneusement de ne pas convertir certains royaumes nègres afin de disposer de réservoirs d'esclaves.

– Et tu trouves ça mieux, Cohen ?

– Non, patron, c'est juste pour te faire savoir que je maîtrise mon sujet. Alors je tiens à te dire que la Bible autorise parfaitement l'esclavage et que les juifs sont autant habilités à le pratiquer que leurs frères chrétiens.

– Nous sommes dans une époque anticléricale, Pietr, la voix du roi a plus d'importance désormais que les textes sacrés. Nous allons soit t'assassiner, soit t'exiler. Qu'est-ce que tu choisis ?

– Allez vous faire foutre ! hurla Pietr. C'est injuste, c'est de la discrimination. On me prive du droit essentiel qu'a tout armateur souhaitant commercer librement. Qu'on interdise à un entrepreneur de s'enrichir pour des motifs religieux, c'est l'inverse du progrès. Spinoza…

Mais Pietr n'eut pas le cœur d'associer Spinoza à cette démonstration. Il savait depuis longtemps que la parole valait mieux que les muscles, mais il venait de découvrir qu'elle était bien faible face aux réalités économiques.

Le capitaine hollandais choisit l'exil et leur promit de revenir pour leur trancher la langue. Et lui qui une demi-heure plus tôt avait l'esclavage en horreur ressentait comme une profonde injustice le fait que le roi de France lui en interdise la pratique.

8.

Pendant ce temps, au bout du monde, une comtesse désespérait. Elle se prénommait Éponyme et vivait en province, à Bordeleau, où son époux entretenait sans passion un ancien château entouré de vastes vignes guère moins fameuses que celles de Châteauneuf. Or dans son parc, Éponyme de l'Implication, née Tampononouzen, tapait du pied. Elle tournait autour du grand bassin depuis lequel des poissons de vase lui envoyaient des « o » qui n'avaient rien à voir avec de l'admiration. Éponyme réajustait des aiguilles dans ses cheveux blond paille et s'accroupissait au-dessus de l'eau pour faire des grimaces. Le mari écrivait dans son bureau. Il ne fallait pas entrer dans le château. Le moindre trottinement pouvait lui faire perdre « l'étonnement ». Car Alarmé de l'Implication, le maître des lieux, ne pouvait pratiquer son sacerdoce, la philosophie, qu'en état d'ébahissement. Ainsi passait-il ses journées enfermé, guettant l'étincelle qui d'Archimède à Newton avait conduit l'humanité à considérer de nouvelle façon et les baignoires, et les pommes. Éponyme remontait ses seins dans son corsage en déplorant que personne ne s'en occupe. Flanquée de Fragonarde, son Cavalier King Charles au crâne surmonté d'un ruban, la comtesse se demandait ce que ça lui ferait d'écrire. Au moins son mari n'était jamais seul, car les muses l'accompagnaient. Il connaissait la peur, certes, de déstabiliser l'univers par la force de sa pensée. Mais au moins avait-il en permanence quelqu'un à qui parler.

Éponyme, pour jouer, sauta dans le bassin des poissons rouges. Vingt mètres de circonférence et moins d'un mètre de profondeur. Elle eut les vêtements teintés de marron et son mari, pas plus qu'un hypothétique prince charmant, ne vint la secourir. Fragonarde s'approcha de la piscine vaseuse et pointa la truffe en direction de sa maîtresse, afin de lui demander ce qu'elle avait espéré. Éponyme attrapa la chienne par le collier et la jeta à l'eau. Fragonarde, qui ne nageait pas très bien, refit surface en jurant que c'était injuste, méchant et gratuit. Éponyme répondit que c'était à cause de l'ennui. Elle se mit toute nue dans la piscine, pas par lubricité, mais ses robes gorgées d'eau refusaient de nager avec elle. L'épouse mélancolique agita les bras et battit des pieds comme une grenouille. Sa tête piqua vers le fond, la coiffure était foutue. Ensuite, frissonnant malgré le soleil de midi, elle tenta de se pâmer joliment, la tête en arrière au bord du bassin et les cheveux en éventail, en soleil, en poulpe. La comtesse voulait un projet. Dans l'immédiat, ce fut la planche. Après quelques échecs bruyants, la morve au nez et au bord de l'apoplexie, elle parvint à flotter le ventre vers le zénith, sans que son popotin racle le fond terreux. Elle en conçut un bref moment de satisfaction et remercia pour la deuxième fois de la journée le sage Archimède : « Car enfin, s'il n'avait pas élaboré sa théorie, mon corps ne flotterait pas. » De là elle regarda le ciel et eut d'intéressantes considérations au sujet de la forme des nuages. Elle conclut qu'on pouvait distinguer les nuages humides, les nuages secs et les nuages entre les deux. Songeant à la vanité de ces moutons immatériels qui à peine satisfaits se dissolvent dans l'éther, Éponyme pleura sincèrement. Elle eut brusquement sur les épaules le poids du monde.

Soudain, pas par le cerveau mais par le ventre, « puisque je suis une femme j'ai parfois des intuitions », elle bondit hors de l'eau et courut à son cahier de dessin. Les plumes d'écriture étaient dans le bureau du mari et il ne fallait pas le déranger. Aussi c'est au crayon de couleur mandarine qu'elle écrivit ses premières lignes. Elle n'avait pris le temps ni de se vêtir ni de sécher et les ombres des grandes feuilles au-dessus de ses fesses trempées, ainsi que le vent de l'océan, la firent frissonner. Tout à son éblouissement, la comtesse décrivait ce qu'elle avait vu. Elle n'osait point y mettre des idées, ou s'aventurer sur le terrain viril de l'invention où les hommes excellent. « J'écris, pensait-elle, comme je dessinerais. C'est mauvais, certes, mais au moins le temps passe-t-il plus vite, absorbée dans cet exercice j'oublie, pour un moment, et l'envie de mourir et l'envie de me faire défoncer le cul. Cette écriture est un tonneau jamais vidé et qui ne se peut remplir totalement, j'y vois une occupation qui m'adoucit le quotidien. Comme un métier à tisser. »

– Tu vas choper la crève, répétait sa petite chienne.

– Silence Fragonarde, regarde.

– Quoi ?

– J'ai décrit tous les arbres qui entourent le bassin, ainsi que la façon dont ils se sont révélés à moi quand, baleine désespérée, je flottais sur le dos.

– Même l'arbre en papier ?

– Je n'aurais pas dû ?

– Hé, non ! Tu décris la nature, n'y mets pas des anecdotes.

La chienne se trompait. C'est dans sa description absurde d'un amas de plantes agglutinées autour d'un bassin artificiel, et dans l'apparition navrante d'un arbre en papier aux fleurs de chiffon, que résidait le talent d'Éponyme. Elle seule dans son siècle savait décrire sans penser, en appeler aux choses et prendre leur parti sans la distance qui éloigne du monde… Dans son bureau, à un jet de pierre, Alarmé ignorait tout de la tragédie qui venait de se jouer.

– Madame, vous me refaites ça, j'appelle le docteur !

Nitchonne s'approcha de sa patronne, lui posa une couverture sur le dos et la ramena à l'intérieur.

Pendant que son mari pensait, Éponyme conclut : « Ça suffit, je ne suis pas douée pour les sphères supérieures de l'âme. J'ai un corps comme toi Fragonarde, il faut que quelqu'un l'apaise. » La chienne lui frotta le menton avec les oreilles. Elle voulait plus.

– Tu veux que je te mordille ? demanda la petite chienne.

– Non. Je veux qu'on me dise « Viens par là, toi », et qu'on me tire les cheveux mais pas trop. Enfin si, un bon coup. Je veux qu'on s'allonge par terre sur le dos et qu'on m'ordonne « Grimpe-moi dessus » alors moi j'escalade et ensuite j'ai des bleus aux genoux. Je veux qu'on tienne ma robe comme si c'était une laisse et qu'on me serre le ventre pendant qu'on me fourre. Je veux qu'on m'embrasse, qu'on me dise que je sens bon et que je suis une pute. Et il faut à la fin que ça gicle partout sur mon dos.

– Je suis vraiment désolée, répondit Fragonarde, mais je ne me sens pas capable de remplir toutes ces fonctions. Tu veux quoi, exactement, petite maîtresse ? Un amant imaginaire ?

– Pourquoi imaginaire ?

9.

Ses anciens camarades n'avaient pas osé attacher Pietr. Il était convenu de l'abandonner avec un petit nécessaire de survie composé de vivres, d'une hache d'abordage, d'un poignard et d'un minimum de linge. Courtemèche avait donné des ordres, mais il n'était pas du voyage. C'est donc entouré de la quasi-totalité de son équipage habituel que Pietr fut mené en exil.

– Vous faites ça à votre chef, les gars ?

– Tu es davantage qu'un chef, fit un pirate en sifflant dans sa dent creuse, t'es un vrai copain.

– On t'a mis du savon.

– Et une surprise, regarde…

Ils s'étaient cotisés. L'un des compagnons fourra les mains dans la malle qui contenait les affaires de Pietr et de sous les chemises, il exhuma une très belle édition du *Traité théologico-politique*. Entièrement tavelée de plaques de zinc et sertie de pierres précieuses, avec l'Enfant Jésus portant couronne sur la couverture puisqu'on avait fait faire la reliure par un relieur grec orthodoxe et qu'il ne fabriquait d'ordinaire que des bibles. Et au-dessus de la tête du Christ, au lieu de INRI, « Voici le roi des Juifs », on avait gravé « Spinoza pour Pietr Cohen ».

Pietr se trouvait sur le pont du navire, son cadeau d'adieu dans les mains et autour de lui tous ses pirates qui, en le poussant vers la retraite, se donnaient bonne conscience. Il examina le livre longuement puis leur demanda :

– Vous l'avez lu ?

Les camarades se mirent à rire et lui tapèrent dans le dos, comme si on allait pouvoir détendre l'atmosphère. Le bateau appareilla. L'île de la Tortue s'éloignait lentement et une bande de pélicans s'élança à la poursuite du trois-mâts. Les grands oiseaux se cognaient aux innombrables cordages et dardaient leurs yeux perçants vers le pont en quête d'épluchures. Les subalternes de l'équipage, pieds nus, escaladaient déjà les haubans, chacun prenant son poste après des acrobaties routinières. Pietr Cohen ne bougeait pas. Les pirates qui se partageaient le commandement ne savaient pas quoi faire de lui dans l'immédiat. Ils l'aimaient. Et ils continuaient, en sa présence, d'être impressionnés. Rien ne distinguait le Pietr d'aujourd'hui de leur capitaine habituel : il portait son catogan et ses trois longues tresses terminées par des rubans de satin noir. Il arborait une chemise écarlate ouverte sur le torse, une large ceinture à boucle d'argent sur l'abdomen et ses bottes impeccables retournées sur les genoux. Mais ni sabre ni pistolet ne pendait sur ses hanches. Pour la première fois lors d'un appareillage, il ne fumait pas la pipe. Et dans ses mains, le livre philosophique enchâssé dans sa reliure de métal et de pierreries, lourd comme une brique. Son second était le plus mal à l'aise de tous. Ce blond au torse musculeux et doté de jambes minuscules balançait son poids d'un pied sur l'autre afin que le temps passe plus vite. Son bonheur avait résidé dans l'obéissance aveugle à Pietr et à présent qu'on allait de force le libérer, c'est absurde, mais il en voulait à son ancien capitaine. Il tenait du bout de l'index le crochet du cintre où pendait le manteau de velours du Hollandais.

– Tu me le donnes ou merde ? finit par demander Pietr.

– C'est un manteau de capitaine, balbutia le subalterne en tordant le cou.

Ses longs bras et sa posture voûtée lui donnaient des airs simiesques. Il affichait la contrariété de celui qui ne parvient pas à ne plus se soumettre. Autour, les camarades ne savaient pas comment réagir. Il n'y avait pas eu d'instructions au sujet du manteau et bien entendu on n'allait pas le lui voler. Mais il paraissait difficile de mettre sur les épaules d'un banni la harde du chef de meute. On se grattait beaucoup, qui la barbe, qui les orifices du nez, qui les lobes d'oreilles. Alors Spinoza servit à quelque chose. Avec le coin le plus pointu de l'ouvrage métaphysique, le Hollandais creva l'œil du camarade aux longs bras. Le pauvre tomba à genoux, laissa choir le cintre et le manteau, avant de beugler qu'on était copains et que ça ne se faisait pas d'ainsi aveugler les amis ! Constatant avec détresse que Pietr n'arrêtait pas de lui pilonner la tête avec son opuscule philosophique, les autres pirates se jetèrent sur leur ancien capitaine.

– Me donner des culottes et de la lecture, c'est pas ça, être copains ! gueulait le Hollandais. On sera copains quand vous m'apporterez la tête de Courtemèche.

– Silence !

– Vous m'entendez ! On est avec moi ou contre moi ! C'est ça, l'amitié !

– Alors, reprit un de ses hommes, on n'est pas copains.

Ils se mirent tous à lui taper dessus pendant que celui qu'il avait éborgné hurlait « Œil pour œil ». Fort heureusement, le livre de Spinoza lui avait également brisé les incisives et personne ne comprenait ce qu'il disait. Pietr conserva donc ses aptitudes binoculaires. Et tandis que ses camarades le traînaient vers le ventre du navire, ils lui firent entrevoir l'ironie de sa situation :

– On voulait te faire dormir dans ta cabine, imbécile.

– Tu crois que ça nous fait plaisir, de te traiter mal ?

– Moi, leur hurla Pietr, je suis un rationaliste, j'aime quand les choses sont claires. Je ne suis PLUS un copain. Je ne suis PLUS un collègue. Je suis…

– Oui, Cohen. Tu as raison, fit un homme d'équipage.

10.

Il avait pris tant de coups qu'il marchait difficilement. Malgré tout il ne cessait de se débattre et d'envoyer poings et pieds au petit bonheur, dans l'espoir de laisser derrière lui des souvenirs. Voyant comme il était difficile de le faire avancer sur ses pattes, les hommes le soulevèrent. Ils lui rabotaient involontairement la tête contre les poutres du plafond. Constatant que cette maladresse calmait un peu leur ancien ami, les marins recommencèrent deux ou trois fois, jusqu'à ce que Pietr soit moins vigoureux et n'enfonce plus ses doigts dans leur bouche et leurs narines. Une passerelle descendait à fond de cale. Par lassitude, les forbans lâchèrent Pietr, qui dévala tête la première. La moitié de l'entrepôt regorgeait des verroteries et des fusils que l'on allait offrir aux rois de la côte africaine. L'autre moitié était déjà équipée pour accueillir les esclaves. Il y avait dans cette quasi-obscurité un mât central et plusieurs rangées de planches où s'accrochaient les chaînes. On l'enchaîna. À défaut de pratiquer l'esclavagisme pour le compte du roi de France, Pietr eut au moins la consolation d'œuvrer à son expérimentation. Chaque soir, lorsqu'on lui apportait sa gamelle, le médecin du bord lui demandait comment il se sentait. Le charpentier, sous le regard professionnel des futurs négriers, prenait des notes en fronçant les sourcils et l'on mettait Pietr Cohen dans une nouvelle position.

Ses hommes détournaient le regard lors de sa promenade quotidienne. Il n'avait pas été un mauvais capitaine. Chacun d'eux lui devait sa fortune et il ne les avait jamais brutalisés. Aussi n'éprouvaient-ils aucun plaisir à le voir souffrir. Jour après jour, la barbe de Pietr devenait de plus en plus hirsute. Ses longs cheveux se dénouaient et sous ses immenses yeux de porcelaine se creusaient des cernes morbides. Les marins tremblaient de croiser son regard. Pour tuer toute compassion et faire passer ce malaise, certains tentèrent de lui cracher dessus, ou de le maltraiter, mais le cœur n'y était pas. Certains théoriciens, le borgne en tête, leur enseignaient que Pietr était une créature vraiment différente. Selon eux il ne fallait pas voir comme un sentiment légitime la compassion qu'on éprouve pour un israélite car les juifs relèvent d'une humanité vraiment trop singulière.

– Et s'il vous est facile de traiter celui-là comme de la merde, ça ira encore mieux quand vous aurez des peaux brunes au fond de la cale.

Ce dernier argument jeta un froid dans l'équipage, dont un bon tiers avait la peau aussi noire que le pont du navire.

Pour regagner la sympathie de son auditoire, le borgne ramassa une brosse terminée par un gros manche de bois et la jeta sur la tête de Pietr. Le bruit sec résonna dans le silence. Pietr tomba et se fit plus mal que prévu. Le borgne se força à rire pour détendre l'atmosphère mais il fut bien le seul.

– Je t'aimais bien, tu sais, murmura-t-il à Pietr qu'on remettait à fond de cale. T'avais qu'à pas me mettre ton bouquin dans l'œil.

À l'unanimité, on décida que les promenades quotidiennes de l'ancien capitaine nuisaient au moral de la collectivité. En conséquence, il fut décidé qu'il ne mettrait plus le nez dehors avant qu'on le débarque sur son île déserte. Ils l'attachèrent par le cou à une chaîne de sept mètres de long. De là, il eut accès à un stock de nourriture et la lumière du jour ne pénétra plus dans sa prison. Au bout de quelques heures à visiter du bout des doigts son nouvel espace de réclusion, Pietr découvrit plusieurs tonneaux d'eau pure. Il décida – maigre satisfaction mais il pouvait se montrer mesquin – qu'il ne chierait jamais ailleurs. Et le matin où l'on vint le chercher pour l'emmener sur son île, Pietr s'aperçut que ça n'était pas l'eau de l'équipage. Consciencieusement, il avait passé des semaines à chier dans l'eau potable qui lui était destinée.

– L'eau c'est pas la peine, parvint-il à articuler quand on lui retira son bâillon.

Il voyait ses anciens camarades se casser le dos pour transporter sur une chaloupe les tonneaux pleins de sa propre merde. Pietr se mit à rire. Les hommes furent convaincus qu'il était devenu fou. Il demanda, en revanche, qu'on n'oublie pas le rhum. Le borgne s'inquiéta de la bonne humeur du captif. Il suggéra qu'on l'assassine car, s'il se sauvait de son île, si un jour il revenait, ce type était capable de vouloir se venger. Mais les camarades refusèrent. Ils aimaient bien Pietr et surtout ils avaient la certitude que l'île où ils le déposaient se situait loin des routes commerciales. Il n'en partirait pas. Et personne ne passerait par ce coin. Donc au lieu de l'assassiner, chacun fit de son mieux pour se montrer aimable. Ils lui détachèrent les mains et le soutinrent à la descente de la barque.

De sentir ses jambes dans l'eau tiède et le soleil en plein visage, Pietr se mit à voir des étoiles derrière le blanc du ciel.

11.

On déposa son coffre sur le sable de la plage et le poignard et la hache d'abordage et l'eau. Et le rhum. On n'était pas des chiens. Mais à la seconde où il eut la hache en main, Pietr se fendit en avant et l'enfonça dans le ventre d'un garçon qui ne lui avait jamais rien fait. Puis, avant que quiconque eût pu lui tirer dessus, le diable hollandais se rua sur d'autres marins. D'un mouvement ample, le tranchant de sa lame d'abordage ouvrit deux gorges d'un coup. Ce fut la débâcle. Il hurlait comme un lion et les hommes continuaient à craindre la voix de ce capitaine déchu. Ils partaient de la plage en courant, regagnant leur barque, et quittaient pour toujours l'île sauvage.

– Tirez-lui dessus, bordel ! glapissait le borgne.

Pietr courait vers eux. Il avait de l'eau jusqu'à l'ombilic lorsque les balles de mousquet firent éclater la surface des vaques à moins d'un mètre de lui.

– Je viens ! Je vous tue !

Un projectile atteignit le peu de gras qu'il lui restait à la hanche. Le Hollandais battit en retraite. Ses hommes, à cause des coups de rame hystériques, ne pouvaient ajuster leurs tirs. Pietr en profita pour chercher refuge à l'ombre des bananiers.

– Tirez ! Tirez ! Tirez ! répétait celui qui n'avait qu'un œil.

– Ça sert à rien. Tu vois bien qu'il s'est planqué.

– Laisse-le. Combien de temps tu veux qu'il survive, là où il est ?

– On y retourne ! On y retourne et on le massacre.

– Vas-y tout seul si tu veux.

Ils n'étaient que six dans la chaloupe et ils voyaient bien que dans l'état de colère où était Pietr Cohen, même avec une balle dans le ventre, six hommes risquaient d'y passer.

– Alors, suggéra le borgne, tirez dans ses tonneaux.

Depuis sa cachette, Pietr vit ses récipients d'eau exploser un à un. Et plusieurs semaines de sa propre merde restèrent parmi les débris de bois, tandis que l'eau souillée traversait le sable.

– Pourvu qu'ils ne touchent pas au rhum, murmura le Hollandais.

Les trois tonneaux d'alcool étaient bien plus petits et donc, difficiles à atteindre. Mais l'œil qui restait au borgne était son œil directeur. Il se concentra, fit appel à toute sa rancœur et parvint, en trois détonations, à atteindre les barils de spiritueux.

Alors Pietr songea au patriarche Noé qui après le Déluge s'était retrouvé sur une plage. Et au lieu de remercier Dieu, parce qu'il avait le sens des priorités, Noé s'était enivré. Pietr retourna prudemment près du rivage. La chaloupe au loin avait presque rejoint le bateau des pirates. Le Hollandais attendit que l'on remonte la barque. Il vit les voiles blanches se déployer et le bateau partir.

Il se dirigea vers le coffre et n'y trouva rien d'utile dans l'immédiat. Il mit ses pieds nus au milieu de la flaque de rhum. Le sable avait presque tout bu. Il plongea le nez dedans, respira un peu d'alcool et se demanda si en mettant des noix de coco au soleil il serait capable de fabriquer quelque chose d'apparenté. La subsistance, on verrait plus tard. Il s'allongea sur le dos comme avait fait, à l'autre bout du monde, la comtesse Éponyme, et regarda le ciel. Il saisit le livre de Spinoza, lui inventant un deuxième usage matérialiste, il ouvrit l'ouvrage et se le mit sur la figure, afin de se protéger des rayons solaires. Dans cette position, bras écartés et ne sachant rien du futur, Pietr chercha le sommeil.

« Noé, pensa-t-il, nous envoie un message essentiel. Il s'enivre AVANT de remercier le Créateur. Socrate ne fait rien de différent qui commande au médecin un certain dosage de vin et d'eau avant que les convives du Banquet soient en état de recevoir un discours sur l'amour. Or moi je n'attends rien, je n'ai rien à boire et, pour la première fois de mon existence, rien à vendre. À personne. Le poisson, ces rivages en regorgent. Puisque je suis seul ici, je me donne ce sacerdoce : devenir le meilleur pour cuisiner le poisson.

« J'ai passé ma vie à vendre hors de prix des choses qui n'existent pas. Me voici à présent – est-ce que c'est une punition ? C'est une leçon en tout cas –, me voici en position de construire de vrais agencements sensibles et physiquement profitables aux êtres : de la cuisine, des meubles et d'autres fabrications à n'en pas douter. Et ces biens matériels, je ne les pourrai point vendre car ici je suis seul. Écrire de telles idées ? Inventer, puisque je n'ai pas eu la patience d'étudier la vraie pensée des autres, rédiger un petit manuel à moi ? Inutile, et puis je n'ai pas d'encre, pas plus que d'auditoire. »

Pour la première fois, Pietr Cohen comprit que la philosophie ne lui rapporterait rien. Et face à ce désarroi, le naufragé ressentit une joie inexplicable. Il retira le livre de son visage et retourna à l'ombre des feuilles. Sa blessure abdominale s'avéra très superficielle. Malgré sa conscience de l'urgence de se soigner, ainsi que des mille autres priorités qu'impliquait son état de dénuement extrême, Pietr commença son naufrage par la lecture du philosophe dont il s'était si souvent nourri sans jamais le connaître.

« Aucun mérite à te lire aujourd'hui, n'est-ce pas ? J'ai toujours eu mieux à faire. Et si rhum il y avait eu, nous ne serions pas ensemble, moi à te déchiffrer et toi à m'adresser la parole. Laisse-moi comprendre. Tu parles de façon axiomatique. On a peur de ne pas saisir. On doit te lire doucement, puis on découvre qu'il est impossible de rester le même une fois qu'on t'a entendu. Alors on regrette et on aurait aimé ne pas te croiser. Je voudrais avoir mal compris ce que tu racontes. Tu dis l'indifférence des puissances divines. Parce que Dieu fait partie du monde et que ce qui est bon, ainsi que ce qui blesse, fait partie de lui. Aussi n'y a-t-il là-haut rien pour nous juger, pour nous admirer ni pour s'émouvoir de nos malheurs, dis-tu. Là-haut, c'est aussi du *ici*, et Dieu ne peut ni juger ni aimer puisqu'il constitue le monde. Peut-être que je n'ai rien compris. Je pense à mon père dans son tonneau et aux poissons qui l'ont mangé. Tu n'es pas un philosophe qui fait beaucoup de bien, Baruch Spinoza. Si j'avais su, j'aurais vendu autre chose. Mais je comprends que les rois tremblent en entendant ton nom. »

12.

À l'étage du dessus, c'est-à-dire dans ces nuages que contemplait Éponyme pendant ses moments de mélancolie et que regardait Pietr depuis son île, Spinoza et le papa n'étaient pas très fiers. Le second avait appris à son fils le mensonge et l'autre lui expliquait que l'indifférence était la substance du monde.

Ni le papa ni le sage ne se sentaient à l'aise. Ils savaient, depuis leur trépas, que chacun d'eux s'était trompé : ce sont les interprétations les plus enfantines de la Bible qui disent vrai. Le monde est un petit théâtre dont s'émeut le Créateur les fois où il y jette un œil.

– Et quand il est absent ? demanda le père.

– Je tremble de vous l'avouer, répondit Spinoza. Ah, si j'avais su que les tragédies humaines découlaient d'une telle trivialité. Rarement, il réécrit la Bible, mais la plupart du temps, Dieu est sportif.

– Je vous demande pardon ?

– Lorsqu'il regarde le monde, c'est son spectacle, sa pensée, son amour et sa joie. Mais parfois il éprouve le besoin d'ébrouer son grand corps.

– Le corps de Dieu, c'est le monde ? demanda le père.

– Moi aussi, je l'ai cru. Et mes livres méritent le bûcher où on les a mis, tant la réalité s'avère prosaïque et bête : le corps de Dieu, ainsi que le nôtre, est composé de dix orteils qui s'agitent au bout de deux pieds gigantesques. Je puis vous le décrire de façon anatomique mais vous serez déçu d'y trouver, comme chez vous ou moi, deux bras, deux jambes et une grosse tête.

– Et une barbe blanche ?

– Malheureusement. Donc, même s'ils sont immenses, ses muscles ont besoin d'agitation et parfois il pratique des activités corporelles.

– Sur terre ?

– Mais non ! Dans le cosmos ! Il peut voyager dans le temps et rapporter du futur des jeux qui lui plaisent. Ainsi, en ce moment, Dieu aime le badminton.

– C'est quoi, le badminton ?

– C'est anglais, comme le jeu de paume, mais en plus démoniaque, puisqu'il y a « bad » à l'intérieur, soupira le philosophe.

– Il y joue avec le Diable ?

– Avec toutes sortes d'autres dieux.

– Parce qu'ils sont plusieurs ?

– Ne vous interrogez pas trop là-dessus, conseilla Spinoza, ça peut rendre fou. Dieu et son monde vivent leur expansion cosmique dans un univers simple et absurde. Les seuls humains dont la puissance de représentation et la stupidité crasse peuvent donner une image réaliste de Dieu sont les enfants de trois à six ans. Après quoi l'homme devient trop intelligent pour concevoir le divin.

– Ça veut dire que Dieu ne sert à rien du tout ?

– Dieu, je ne sais pas, soupira Spinoza, mais mon œuvre,

c'est certain. La seule chose utile que j'aie faite sur terre a été de polir des lunettes.

– Donc, mon fils…

– Qui se met à me lire et à croire enfin à la philosophie alors qu'il lui faudrait de la religion, oui… ça prête à rire.

Puisque les juifs, même après le trépas, restent très émotifs, le père et le philosophe commencèrent à pleurer. Cela causa une averse sur l'île et Pietr en fut un peu soulagé. Il confectionna des cônes à l'aide de feuilles de bananiers pour recueillir le liquide. Il trouva des cougourdons. Ça portait certainement un autre nom sur son île, mais on pouvait en tirer le même usage. Lorsque la pluie cessa, Pietr disposait d'eau pour quelques jours. Il ignorait qu'il buvait les larmes de Spinoza mêlées à celles de son père. Il ne l'aurait pas cru si on le lui avait dit puisque depuis quelques instants, il prenait la pensée au sérieux. Il aimait l'éthique. Tout devait se regarder à hauteur d'homme et c'est en considérant chacun comme une redite du chiffre divin qu'on pourrait élaborer une dynamique des corps, avec l'amour pour moteur.

Quand le soleil revint, il coupa des noix de coco et les exposa aux rayons diurnes en rêvant qu'elles macèrent vite. Sa nouvelle façon de penser n'excluait pas l'ivresse. Pietr s'intéressa ensuite aux trois amis morts sur la plage, l'un aux tripes béantes et les autres, gorge ouverte. « Mon corps a fait ça à leurs corps, déclara-t-il, plein de sa doctrine. Peut-on dire alors que nous sommes semblables et que l'étincelle de vie qui bruisse en moi et qui leur fait défaut n'a pas la moindre existence concrète ? Il n'y a pas une âme qui au moment du trépas disparaisse d'un coup. Du sang a coulé et la machine ne fonctionne plus. Ainsi puis-je prélever chez eux des pièces de rechange qui aideront au fonctionnement de ma mécanique propre. Je m'éloigne du texte peut-être. J'ai mal lu ? Ou bien c'est la noix de coco ? Qu'est-ce qui m'interdit, dans ce monde haut comme l'homme et où l'âme comme la vie sont des notions superposables, de me repaître de chair humaine ? »

Alors il les dépeça et mit à boucaner ce qu'il ne pourrait manger tout de suite. Du fond de leur abri de mousse, les vahinés furent atterrées de voir que le naufragé de leur île était un cannibale.

13.

Alarmé de l'Implication avait demandé qu'on ne le dérange pas. Il entendait dans le couloir les pas anxieux d'Éponyme sa femme. Il l'aimait. Il lui était fidèle, ce qui en cette époque de libéralités constituait une anomalie presque honteuse. Mais malgré cet attachement sincère, la proximité d'une épouse tandis qu'il tentait d'être philosophe s'avérait insupportable. Il gratta le papier afin qu'en entrant dans le bureau elle le crût inspiré.

– D'abord votre fille, ensuite la bonne, qui me dit que je prononce mal son nom, en précisant qu'elle s'appelle « Nitchonne », que le « t » se vocalise parce que c'est provençal et que la Provence est une excroissance italienne. Et en conséquence, lorsque je l'appelle « Nichonne », c'est désobligeant. Ensuite elle me les agite sous le nez ! Oui ! Vous avez parfaitement entendu, Éponyme, mais je ne suis pas saint Antoine, aussi ne suis-je pas tenté. Maintenant vous, Épopo ! Je vous préviens que je vous aime. Mais foutez-moi la paix.

– Lisez-moi ce que vous avez écrit, Alarmé ! Lisez-moi la philosophie.

– C'est comme un gâteau, ma mie, c'est pas encore cuit, je ne peux rien faire goûter.

En réalité, son papier était immaculé. Voyant que son épouse s'approchait dangereusement, il cacha tout dans son tiroir. Éponyme avait tendu la main. Elle eut une phalange coincée. Elle se mit à pleurer.

– Mais merde, Éponyme ! Comment voulez-vous que je devienne le Plus Grand Philosophe de France avec tous ces affects qui s'expriment là où j'essaie de me recueillir ?

– Vous n'avez même pas de peine pour ma souffrance, Alarmé ?

– Si ! Si, et ça me bouleverse. Venez que je baise ce petit bout de doigt.

Et il y mit les lèvres, comme on fait pour les égratignures des enfants. Puisqu'elle aimait son mari, la comtesse Éponyme instantanément se sentit mieux. Elle voulut qu'on la culbute mais Alarmé n'en fit rien.

– Vous voyez, chérie, pourquoi Empédocle est parti dans une grotte.

– Mon ami, vous en aimez une autre ?

– Oui, la pensée ! Sortez !

– Non. Attendez, je veux…

– Pas maintenant ! Ce soir ! Peut-être ! Seulement si j'ai bien écrit ! Pas d'écrit, pas de zizi ! Ouste !

– Non, je veux…

– J'ai dit non.

– … du papier.

– Demandez à Nichonne.

– C'est NiTchonne qu'elle s'appelle. Et je veux moi aussi du papier pour écrire.

– Vous voulez écrire quoi, madame ?

– Rien. Rien… pour l'intendance.

– Ne vous méprenez pas, mon huître au citron, précisa Alarmé en lui remettant une ramette de vélin vergé, j'aime notre siècle où les femmes sont libres et pour ainsi dire gouvernent.

– Monsieur, il n'est pas question de pouvoir…

– Si, Éponyme ! C'est beau que votre sexe entende nos pensées, nous reçoive et organise les salons. J'aime aussi, voyez-vous, que la femme questionne ou qu'elle s'épanche. Et d'une certaine façon, il est stimulant que vos congénères s'exercent à penser.

– Rassurez-vous, Alarmé, je ne veux pas penser. Je pense déjà trop. C'est tout l'inverse, voyez. C'est pour…

– Pour ?

– Énumérer…

– Ah ! Les mathématiques, ça va, conclut le comte, pour qui les sciences exactes relevaient, pour paraphraser Sénèque, de l'économat. Elle compte, soit. Et pendant qu'elle s'affaire pour que Rome ait du grain, moi, j'embarque pour les astres.

Il lui colla distraitement la main aux fesses et retourna à sa feuille blanche.

14.

– Tu vas compter quoi ? demanda la petite chienne Fragonarde.

– Rien. C'est un mensonge. J'ai envie d'un amant, je te dis.

– Tu lui écris ?

– Je ne sais même pas qui c'est. Je ne connais personne. Tu vois ce que c'est de vivre en province, je te parle tellement je suis seule. Fais comme moi, Fragonarde. Prends une feuille et décris ton amant imaginaire.

– Oh, il est grand, il aboie joliment. Et quand il me besogne, un instant après c'est oublié et il gambade dans les fleurs. C'est un dalmatien.

– Moi, un Turc !

– C'est une race d'humains ?

– Je n'en ai jamais vu en vrai, précisa la comtesse, mais les opérettes en regorgent. Ils ont de grosses moustaches et ils enferment leurs femmes.

– Ah ?

– Oui. Moi, mon mari s'enferme sans moi. Et si je le trompais il s'en ficherait. C'est extrêmement angoissant.

J'en veux un qui me claquemure. Tais-toi, Fragonarde, j'écris.

Et la petite chienne King Charles, perplexe et mâchonnant ses rubans, regarda un moment Éponyme qui rédigeait ses turpitudes inventées.

– Il n'est pas comme nous, Fragonarde, à réfléchir sur Dieu, à douter, il CROIT. Chez un homme, c'est très séduisant, les certitudes. Il me voile, il m'enferme, il me dit « Bouge pas de là ». Ça veut dire qu'il tient à moi. Si je le tape, il me colle une taloche, ça signifie que je suis importante. Une femme a besoin d'être dominée, Fragonarde.

– Tu es certaine qu'ils sont comme ça, les Turcs ?

– Pas seulement eux, les musulmans dans leur ensemble. C'est Monsieur Voltaire qui le dit.

– Et Voltaire, il s'y connaît vraiment ?

– Tu crois qu'une petite chienne de maison peut se permettre de critiquer Voltaire ?

– Et cet amant, il te trompe pas ?

– Jamais ! Quand il désire une autre femme, il la ramène à la maison, on l'épouse et nous vivons tous ensemble, comme dans les ruches de ce monsieur Fourier qui a tant de mal à se faire publier. En tout cas, on s'entasse.

– Et ça, c'est le rêve ?

– Oui.

– Pourquoi ?

– Parce que c'est le CONTRAIRE de ce que j'ai maintenant. Une femme, Fragonarde, a besoin de changement.

– Et… tu comptes aller en Turquie ?

Éponyme répondit que pour le moment, la littérature lui suffirait. Elle inventa l'histoire d'une innocente Française nommée Angélina, qu'on enlevait sur les côtes ensoleillées de Bordeleau. Elle se ravisa. Elle ne voulait pas qu'on pût croire qu'il s'agissait d'elle-même, alors elle décida que l'action commencerait à Nice, la terre natale de sa bonne. Des pirates ravissaient Angélina. Elle était sauvée du viol collectif par un capitaine turc. Maure. Éponyme laissa les précisions géographiques en blanc et nota « peau sombre, muscles, yeux bleus, sabre recourbé ». Il s'appelait Karim Abdul Jabbar et il était immense, intelligent, mais parlant peu. Il la soustrayait à la foule, l'emmenait dans son palais flottant et lui faisait connaître des plaisirs innovants, à l'aide de miel et de noix de cajou. Après quoi, la comtesse Éponyme se plut à faire la liste des interminables interdits religieux qu'il faudrait respecter pour se montrer digne de ce nouveau maître. Avec délectation, elle s'attardait sur les mots « ne » et « pas ».

« NE PAS exhiber ses cheveux. » Et elle les laissait couler sur ses épaules. « NE PAS s'abandonner à la contemplation de son propre corps. » Et elle malaxa ses deux seins nus entre ses mains, jusqu'à s'en rendre les doigts rouges.

– Ne pas, ne pas, ne pas !

Elle se mit à chanter qu'il ne fallait pas montrer son visage, ne pas se montrer au monde. Attendre dans la cabine que le Turc revienne. Ne plus penser. Être moins qu'une enfant. Plus bas même que Fragonarde, la chienne. Un bien mobilier. Débarrassée des angoisses que confère la liberté d'exister et de choisir. Encouragée par sa chanson absurde, la comtesse nue comme un ver dansa face au miroir de sa chambre une chorégraphie sans voiles. Elle décida qu'il s'agissait d'une tarentelle turque. Aussi peu justes que fussent ses idées sur les terres étrangères et leurs coutumes,

Éponyme venait de faire une découverte intéressante : elle adorait écrire.

Ça ne serait pas de la philosophie, il fallait savoir rester à sa place. Et elle ne ferait jamais lire ça à personne d'autre qu'à sa petite chienne. Mais grâce à cette manie secrète, elle deviendrait peut-être moins anxieuse. À défaut d'amour levantin, la comtesse décida d'avoir chaque jour un rendez-vous clandestin avec le papier, l'encre et la plume. Et les contraintes que dans la vie personne n'avait su lui imposer, elle se les infligea dans l'écriture.

– Dix pages par jour !

Elle s'aperçut, avec déplaisir, que ce rythme scripturaire était facile à tenir. Aussi décida-t-elle de passer à dix-sept pages. Ce chiffre lui plaisait. Un cœur simple eût dit quinze ou vingt mais l'époque était au baroque. Elle habilla le dix-sept de toute une résonance physiognomonique, sa forme, les escarpements du sept, l'interaction des deux nombres et leurs correspondances dans le cosmos. On ferait chaque jour dix-sept pages, quel que soit le sujet à écrire. Sinon : punition.

La comtesse Éponyme se forçait parfois à ne pas accomplir ses dix-sept pages quotidiennes afin de convoquer son tribunal intime et de se martyriser. Elle s'inventait des châtiments à base de « ne pas ». Ainsi Fragonarde la surprenait-elle souvent à NE PAS manger ou NE PAS boire. Elle préparait de la citronnade et des madeleines, dressait une table parfaite au soleil et se forçait à n'y point toucher. Pour rendre le supplice plus terrible, elle se munissait d'un cahier et dessinait la madeleine. Puis, poussant la perversion, elle déchirait le dessin et passait à une description écrite de ce goûter qu'elle n'aurait jamais dans la bouche pas plus que dans l'estomac. Et ces pages-là, celles qui résultaient de la punition, elle refusait de les faire entrer dans le décompte des dix-sept feuillets quotidiens. Lorsqu'il fallait vraiment marquer le coup et se donner une bonne leçon, la romancière aux cheveux d'or s'infligeait des châtiments corporels. Sa fille Chaussette, le curé et la servante Nitchonne l'interrogeaient sur les marques sanguinolentes qu'elle avait au gras des bras et à l'intérieur des cuisses. Elle invoquait des insectes, ainsi que des intolérances alimentaires.

Pour mettre fin à ces questions inquisitrices, Éponyme de l'Implication, née Tampononouzen, fit l'expérience d'insertions anales et vaginales. « Quand je serai trop peu assidue, voilà ce que j'aurai ! Ça ! Et ça et ça ! Où ça ? Dans le cul, ça m'apprendra ! » Ainsi se rendait-elle à table, et même en confession, avec des choses dans la chatte et d'autres dans les fesses. Ça l'amusait beaucoup. Elle ironisait in petto sur l'insondable mystère des femmes. Un jour, elle éprouva de réelles difficultés à récupérer des ferrets que son mari lui avait offerts et qu'il souhaitait la voir porter en un lieu plus visible. Elle les retrouva finalement au prix de spasmes et de contorsions, ainsi que d'autres babioles dont elle avait oublié l'existence. Elle conclut que ces punitions procuraient trop peu de douleur et que des ennemis de la littérature, s'ils avaient su son secret, eussent pu imaginer qu'elle y prenait même du plaisir. Alors, plutôt que mettre son énergie à imaginer d'autres châtiments, elle retourna à son récit. Et de façon indéfectible, la comtesse écrivit désormais dix-sept pages par jour.

15.

Pietr n'avait pas remarqué qu'un groupe de filles à la peau orange l'espionnait. Il faisait cuire la chair de ses compagnons en sifflotant. Cette connaissance anatomique acquise en découpant des poissons, il l'avait adaptée à l'humain et le résultat s'avérait satisfaisant. On identifiait une grosse arête cervicale, au centre, puis il convenait de dépiauter en partant de cet arbre et en remontant des membres aux doigts. Le moment désagréable pendant lequel la viande avait encore un aspect humain ne durait guère. Au bout d'une demi-heure, ça n'étaient plus des copains, mais du plat de côtes, de la bavette et d'autres parties qu'il avait soigneusement exposées au soleil. Il prit une chemise, la mouilla d'eau de mer, la mit à sécher et se demanda combien de temps il faudrait répéter cette opération pour disposer de gros sel. Le feu prit facilement car il n'y avait pas de vent sur la plage. Pietr ignorait si un tel calme était fréquent sur cette île. « Ça serait, songea-t-il, une bonne explication à sa mise à l'écart des routes commerciales. La barrière de corail est assez loin du bord. On peut sans risquer les requins s'avancer dans l'eau pure et y cueillir à manger. Le reste de l'île semble très vaste. » De la bande de sable où il se trouvait, Pietr devinait une jungle épaisse d'où émergeait un immense volcan qu'entouraient deux ou trois montagnes. Il faudrait bientôt faire le tour de ce monde tropical.

Le jeune homme s'assit près d'un morceau de cuisse dont la graisse gouttait dans les flammes en grésillant et qui répandait déjà une odeur agréable. Il mordit dedans sans qu'aucune punition divine le foudroie. La viande lui parut trop dure car elle n'avait pas faisandé. De surcroît, ça n'avait pas encore cuit comme il fallait. Pietr Cohen reposa le bout de jambe dans le feu. Autour des flammes, quatre sections de branchages blanchis par la mer faisaient un bûcher étonnamment efficace.

Le Hollandais ressentit un intense bien-être. Pour la première fois il n'avait rien à vendre à personne. Il posa Spinoza sur ses genoux et relut des passages ardus. Il prenait son temps. Il osait s'avouer qu'il y avait des endroits auxquels il ne comprenait rien. Un bruit le dérangea, venant de l'ombre des feuilles. Pietr ferma son ouvrage et se retourna brusquement, mais il ne vit personne.

16.

Sous l'effet du soleil, ses avant-bras et son torse commençaient à brûler presque autant que sur la broche la cuisse de son camarade assassiné. Le Hollandais se leva et ressentit le besoin d'aller chercher l'ombre des feuillages. Le voyant qui arrivait dans leur direction, les vahinés firent tournoyer leurs frondes. Pietr perçut brièvement le vrombissement des lanières de cuir. Puis des cailloux aux arêtes acérées vinrent percuter son crâne abasourdi. Son chapeau à plumes tomba dans le sable, Pietr Cohen le suivit immédiatement. Et sa tête, en heurtant le sol, déforma le couvre-chef.

À la yeshiva que Pietr fréquentait quand il était enfant, les étudiants se tripotaient tout le temps. Le Hollandais se souvenait très bien de cette promiscuité qui résultait du rassemblement des garçons en binômes. Il fallait étudier dans le même livre que l'autre gars et suivre les lignes en tenant chacun de sa petite main une baguette en argent torsadé de forme parfaitement pénienne. Il fallait aussi, parce que la place manquait et qu'il faisait froid, dormir ensemble.

Toujours dans le dégoût de la sexualité et dans une ambiance de terreur où les moindres pollutions nocturnes prenaient des allures de déluge noahique. Dans ce contexte où le seul mot plus interdit que « masturbation » était sans équivoque « homosexualité », Pietr se rappelait qu'un gars s'était fait sucer par un autre. Il avait juré que ça n'avait rien à voir : son camarade, maudit soit-il, avait promis un massage pectoral supposé soulager les contractures qu'on avait au plexus à cause des frimas. Et à force de se décontracter, la malheureuse victime s'était endormie. Au réveil, son sexe en érection cognait contre la glotte de son binôme. Le rabbin était entré à ce moment-là. Le dormeur, en se réveillant, avait envoyé la purée, et l'innocent juteur avait dû se dépatouiller avec l'autorité rabbinique. En JURANT qu'il dormait, que ça aurait dû rester un massage amical. Que s'était-il passé par la suite ? L'avait-on renvoyé de l'institution religieuse ? Pourquoi Pietr Cohen songeait-il à cette histoire en ce moment précis ? Avant même d'ouvrir les yeux, il comprit que ça n'était pas un rêve. On le suçait pour de bon. À l'aide de plusieurs bouches. Il garda un moment les paupières closes. Après tout il fallait se raccrocher à l'infime possibilité que ça soit un songe afin de ne pas être éjecté dans le réel avant d'avoir pleinement joui de la situation. Au moins deux paires de lèvres. Non. Quatre. Non. Six ? Des mains aussi. Son corps lui sembla recouvert d'huile, tout nu et attaché.

« C'est réel, pensa Pietr. Et c'est agréable. Mais attention, si je jette un œil, je risque de découvrir qu'il s'agit d'un prélude à ma dévoration. Ou bien qu'elles sont vieilles. Et que leurs orifices buccaux, sans doute, n'ont depuis des années plus aucune dent. Ouille ! On m'a mordu la queue, c'est une excellente nouvelle. Mes mains et mes pieds sont complètement saucissonnés. On me tripote. On me prend tour à tour en entier, dans plusieurs gueules. On me lèche les couilles en même temps et des mains innombrables me palpent comme si j'étais un manchon de pâte à pain. Faisons encore semblant de dormir un peu, pour voir ce qui se passe. »

On se mit à califourchon sur lui. Pietr ouvrit instantanément les yeux. Pour des motifs difficiles à démêler, il lui sembla qu'il pouvait à l'extrême rigueur se faire sucer par n'importe qui, mais que la copulation à proprement parler nécessitait un minimum de présentations. Des flaques de cheveux lui tombaient à présent sur les épaules et le visage. Il vit de très près la tête de sa violeuse : une belle brune aux grands yeux ivres, des fleurs sur la tête et en colliers, sautait sur lui. Cette vahiné le baisait en lui mettant des caresses qui ressemblaient de plus en plus à des baffes. Elle lui plaisait infiniment mais Pietr Cohen ne pouvait pas lui attraper le bras ni lui tirer les cheveux ni témoigner d'aucune façon sa sollicitude puisqu'il était entravé. D'autres filles pesaient de leurs masses généreuses sur ses jambes et ses bras. Il ne pouvait même pas leur plaquer les mains sur les fesses. Cela lui manquait, pas seulement pour le plaisir de battre le rythme. Il voulait éviter une fracture de la bite.

– Corps caverneux ! Ça s'appelle une fracture du corps caverneux. Si tu vas trop en arrière avec ton gros cul des îles, on va entendre un grand CRAC ! Et ça sera ma bite et je te promets que ce craquement ne sera bon pour personne.

Elle lui répondit dans une langue étrangère. Il répéta son anxiété dans l'idiome de la jeune femme. Cette déclaration provoqua un éclat de rire général chez les sauvages et Pietr en profita pour les dénombrer : au moins dix rires distincts. Il se sentait dans un espace vaste mais protégé du vent et, bien qu'il fût sur le dos, il ne voyait pas le ciel. Une fumée aux odeurs de plantes rebondissait contre un plafond invisible. Il était dans une tente. Les rares lumières venaient de conques posées au sol. Il n'en percevait que la réverbération dans les yeux gourmands de ses tortionnaires. Le jeune homme éjacula sans que la sauvageonne lui ait abîmé l'excroissance reproductrice. La fille se désemboîta du marin hollandais sans autre cérémonial. Il sentit un peu de sperme retomber sur les poils de son ventre. Dans un mouvement de cheveux et de fleurs, elle lui tapota affectueusement la tête en lui disant qu'il était une « bonne bite ». Pietr se demanda par quel miracle il pouvait comprendre la langue de ces Indiennes des îles.

17.

Plusieurs langues se remirent au travail sur sa queue. Tandis que les sauvages frottaient leurs narines contre le blanc de ses cuisses, Pietr voulut savoir ce qu'il fichait là. On lui répondit qu'on n'adressait pas la parole à un homme.

Pietr exigea d'être libéré mais sa requête resta sans effet. Il ne bandait plus. Elles prenaient tour à tour son sexe en bouche, sans aucune considération pour lui. Deux filles des mers du Sud s'amusèrent à s'embrasser. Il expliqua que ça suffisait et que si elles ne savaient rien au sujet de la mécanique des fluides, c'était bien regrettable, mais que lorsqu'on vide un flacon il faut le laisser se remplir avant d'en faire à nouveau usage. Il continuait de parler des flux et reflux du canal spermiducte quand une inventive se mouilla trois doigts de salive et les lui enfonça dans le cul. Pietr banda malgré lui. Elle lui grimpa dessus et il la trouva assez semblable à la première : une peau orange de vase crétois, de gigantesques seins aux aréoles énormes et des fesses d'hippopotame, très fermes pourtant. L'action frénétique de sa cavalière ne l'empêcha pas de se poser mille questions. Et cette fois, à cause de l'inquiétude et parce qu'il était pleinement réveillé, il ne venait pas. La primitive rebondissait sur lui, transpirait comme un baquet percé, et le naufragé se sentait semblable au tapis que l'on bat trop fort. Il commença à lui expliquer que ça n'était pas de cette façon qu'on faisait jouir un homme. Manifestement, elle avait compris et il l'avait vexée devant ses congénères. Elle plongea la tête vers son torse et lui mordit brutalement un téton. Il hurla. Elle mordit plus fort. En léchant. Il déchargea à regret et elle se mit à rire.

Craignant qu'une troisième ne prenne la place de cette vampiresse astucieuse, Pietr raconta que malheureusement, les puissances cosmiques ne l'avaient créé qu'avec deux testicules et que cette fois-ci, la paire de pistolets avait craché sa poudre. Et il faudrait…

– Attendre quelques heures, ne te fatigue pas, elles savent.

Il avisa alors un Indien gigantesque recroquevillé dans une vaste cage en bambou de l'autre côté de la hutte de procréation.

– Je m'appelle Pietr Cohen.

– Moi, c'est Yomachichi, parce qu'on m'a kidnappé le sixième jour de la semaine.

– Enchanté. Elles m'ont fait prendre des drogues, n'est-ce pas ? Pour que je comprenne votre langue ?

Yomachichi ne saisissait pas cette remarque. Pour lui, ainsi que pour tous les habitants de l'île, il n'existait qu'une seule langue : l'hébreu.

18.

Il faudrait donc, si on le croisait, expliquer au roi de France qu'il n'y avait aucun progrès de civilisation à promouvoir l'esclavage. Ce n'était pas une invention de l'industrie française, pas plus qu'une preuve du génie chrétien, voire occidental. Tandis que les jeunes femmes habillées de fleurs le détachaient, Pietr se dit que leur recherche égoïste de plaisir ou de fluide reproducteur disait l'universalité de cette compulsion humaine : utiliser l'autre.

– Hé ! Laissez-moi ! Je n'irai pas dans cette cage.

Il tomba au sol et, pour la première fois de son existence, Pietr se trouva à quatre pattes face à des êtres humains. Ses geôlières lui administrèrent, sans passion excessive mais on devait avancer, des coups de bâton sur le dos. Il fit la tortue, recroquevillé au sol, et refusa d'avancer. La plus jolie des vahinés prit son élan, comme à la soule quand on va taper dans le ballon, et d'un coup de pied imprécis lui fit mal aux parties intimes. Pietr resta en posture de cloporte, mais bascula sur le côté en gémissant. Au fond de la prison de bambou, Yomachichi posait sur cette scène un regard résigné. Pietr songea qu'il avait déjà observé un tel abandon chez des chiens. Mais chez l'homme, pas souvent…

On avança une écuelle vers lui. Il n'y toucha pas et s'assura que Yomachichi ne lui voulait aucun mal. C'était le plus volumineux des êtres. Il arborait la coiffe d'un Iroquois ainsi qu'une large plume attachée aux cheveux. Des sections tubulaires issues de squelettes aquatiques décoraient ses lobes d'oreilles, ses narines et sa lippe.

– Même dans les Caraïbes et chez les pires boucaniers, j'ai jamais vu quiconque musclé comme toi ! déclara Cohen. Et quel pif ! Mes compagnons m'ont dit récemment que j'avais un nez sémite. Mais c'est faux. Regarde : chez toi, le cartilage part des sourcils et tire le front en avant. Tu es un cacatoès !

Après cette déclaration, Yomachichi ne lui cassa pas la figure. Pietr considéra que la cage serait un lieu à peu près sûr. Il s'assit. À peine eut-il cessé de se méfier que les grosses mains de Yomachichi lui caressaient le ventre.

– Ah non ! se récria Pietr.

Yomachichi lui montra une calebasse pleine d'un baume gras.

– Je t'ai dit que non ! Ça, non ! J'y ai résisté pendant de longues traversées, alors…

– Tu te méprends, murmura l'Indien.

Et il lui montra son propre sexe. Sa verge était immense, en terre cuite comme le reste de son organisme. Elle opérait à sa terminaison une courbure assez comparable au nez busqué de son propriétaire.

– Je comprends très bien ce que tu veux, poursuivit Pietr, je te dis juste non.

– Tu ne comprends rien du tout, précisa le géant avec un large sourire. Regarde ma queue (elle était blessée en divers endroits). Si je ne mettais pas cet onguent, je n'arriverais jamais à cicatriser entre les fois où elles me baisent.

– Pourquoi me caressais-tu le ventre ?

– Je te soignais, prétentieux ! Tu n'es pas si beau, tu sais !

Pietr constata que le baume, étalé largement sur son écorchure abdominale, faisait presque disparaître les douleurs qu'avait laissées la balle des pirates. Jugeant qu'on n'attenterait pas à son honneur dans l'immédiat, il prit de la crème et en étala sur son appendice érectile, ainsi que sur ses pendeloques serrées comme des noix et couvertes de douloureuses ecchymoses.

– Et à toi seul, tu... ?

– Oui, je suis le père de toutes leurs filles. Les garçons, elles ne les laissent pas survivre. Je ne peux pas le leur reprocher, dans mon camp ils font pareil avec les filles. Avant, j'étais le seul esclave reproducteur du village des femmes.

– Tu ne vas pas me tuer dans mon sommeil ? Tu n'es pas jaloux ?

– De quoi ?

– De partager tes femmes ?

L'Indien se mit à rire et expliqua qu'il ne les possédait pas et qu'étant donné tout le travail qu'il avait, un peu d'aide ne pourrait que le soulager. Pietr eut le sentiment d'avoir la conversation que deux bovins pourraient avoir au sujet d'un grand champ qu'ils auraient peine à labourer.

Assis en tailleur tel un scribe d'Égypte, dans la hutte de copulation, Yomachichi découvrit un large plateau couvert de semoule, de raisins et de fèves. Ils en mangèrent avec les doigts. Pietr prit une tape sur la main gauche. L'Indien lui expliqua que seule la droite pouvait toucher la nourriture.

Au point où il en était, le Hollandais était disposé à accepter toutes les absurdités.

– C'est tout de même curieux que je comprenne votre langue, répétait-il.

Yomachichi lui servit du lait caillé et lui montra qu'on pouvait en répandre sur la semoule. Pietr reçut une tape sur la main droite car, lorsque le contenu de son assiette se mit à ressembler à une soupe, l'Indien lui conseilla d'utiliser une cuiller.

– Vous avez des lois pour tout ?

– Et des bénédictions aussi.

Yomachichi se posa un petit calot sur la tête et entama une prière pour la fin du repas. Pietr était très familier des paroles, même s'il les connaissait sur un autre air. Yomachichi fut surpris d'entendre le naufragé dire « amen » et « béni soit son nom » aux moments où il fallait. L'Indien interrompit sa mélopée et demanda au Hollandais si dans son peuple aussi on pratiquait le judaïsme.

– Vous êtes juifs ? demanda Pietr.

– Moi oui. Et ceux de mon village aussi. Les femmes, elles croient qu'elles le sont, mais c'est une erreur. Un jour, nous, les vrais croyants, nous allons les exterminer.

– Je ne comprends rien ! Comment avez-vous échoué ici ?

– Nous sommes là depuis toujours. Cette île se nomme Canaan et la colline au milieu, c'est Sion. Depuis une éternité, le Peuple des Hommes et le Peuple des Femmes se battent parce que Dieu a donné Sion aux hommes et les femmes, ces traînées, disent que c'est à elles et que nous falsifions les Écritures. La réalité, c'est que les Écritures sont dans une langue et que nous ne savons pas les lire. Mais je SAIS que nous avons raison.

– Je crois que vous confondez beaucoup de choses. Vous avez dû trouver une vieille bible et vous vous êtes imaginé que ça parlait de votre île. Mais il ne faut pas se montrer trop littéral lorsqu'on interprète de Saintes Écritures.

– Nous, on connaît les vingt-deux lettres sacrées. Et on SAIT les lire. Ce qu'on ne parvient pas à déchiffrer, ce sont les nouvelles révélations qui sont rédigées dans un alphabet de vingt-six lettres auquel on ne comprend rien...

Pietr comptait sur ses doigts les lettres des alphabets dont parlait Yomachichi. Le sauvage ne le laissa pas terminer son énumération.

– Les Écritures, on s'en fout, Pietr ! Ce qui est important, c'est la terre. La terre nous appartient à nous, les hommes. Et pas aux femmes. Alors on se bat.

– Toi, non. Toi, tu es dans une cage.

– Moi, murmura le colosse, c'est encore plus désespérant que les autres, ce qu'il m'arrive.

Le Hollandais regarda son compagnon d'infortune qui récurait ses calebasses. Manifestement, l'Indien se retenait de sangloter. Pietr se dit qu'il n'avait pas l'air si sanguinaire et que sa tristesse devait provenir d'autre chose que de l'impossibilité de se battre contre la tribu des femmes.

19.

– Neige. Neige qui blanchis les terri…

– Mon ami, qui est ce Thierry ?

– Les terrils ! Pour le charbon.

– Mais ici nous avons des vignes.

Éponyme faisait de son mieux pour s'intéresser à ce que déclamait son époux. Elle n'osait pas s'avouer qu'elle était un peu déçue.

– Alarmé, très cher, j'ai peur qu'on se ridiculise avec cette chaise à porteurs, osa-t-elle chuchoter tandis que le véhicule à bras manquait de verser au bord du chemin.

Il avait neigé la veille sur l'agglomération bordelaouaise ainsi que sur la nature environnante. Ces intempéries n'allaient pas empêcher son époux d'inaugurer son Université libre de Philosophie en arrivant par véhicule porté à bras d'hommes.

– Alarmé, c'était précipité ! Si vous vouliez qu'on vous porte, il ne fallait pas le décider hier. On aurait pris nos précautions.

– Croyez-vous que ça me réjouisse, ma mie ? Pour moi les hommes sont égaux et il n'est pas plus grand privilège que de fouler du pied la terre girondine. Mais à Paris, c'est ainsi que se meuvent les professeurs. Ça n'est pas à leur personne corporelle qu'on fait honneur en les portant, mais à la discipline que par leur charge ils incarnent.

– Justement, Monsieur mon mari ! Si vous créez une Université libre ici, en province, c'est bien pour vous affranchir des carcans de...

– Cessez de m'interrompre ! Vous croyez que c'est facile ? Ces braves gens vont être là en nombre. Ils ont soif d'éveil dialectique et je vais seulement leur parler de la neige !

À cet instant, le curé trébucha et lâcha les deux bras arrière de la chaise à porteurs. Nitchonne la servante qui n'avait pas prévu cette brusque défection du représentant de l'Église tomba dans une flaque de boue recouverte d'une fine pellicule verglacée. À l'intérieur du véhicule, la comtesse Éponyme de l'Implication, née Tampononouzen, bascula en avant, le nez sur les papiers du comte. Elle massait son cartilage nasal endolori tandis que Monsieur vitupérait. On marcha sur la chienne Fragonarde qui avait glissé des genoux de sa maîtresse jusqu'au plancher de la chaise. Seule Chaussette, la fille de Madame et Monsieur, semblait bien se porter. Elle était à cet âge, dix ans, où l'on commence à se désespérer des limites de la puissance parentale. Et comme cette petite avait un peu d'éducation, elle ne disait jamais à papa et maman à quel point ils étaient imparfaits. Ses chaussettes enfoncées sur les mains, elle commentait le monde. À chaque espièglerie de ces marionnettes nauséabondes, lorsqu'on la grondait, Chaussette se récriait et répondait :

– C'est pas moi, c'est mes chaussettes !

Alarmé, l'air sombre, rassemblait ses notes à quatre pattes dans le véhicule à bras. Monsieur le curé se massait les poignets et répétait que porter cette chaise ne relevait pas de ses attributions.

– Le Seigneur a enduré le poids d'une croix bien plus grosse, lui fit remarquer Éponyme.

– Certes, Madame, fit valoir le prêtre exténué, mais vous n'étiez pas assise à l'intérieur.

La comtesse, vexée par cette évocation peu galante de sa masse corporelle, fila reprocher à la servante Nitchonne d'encore exhiber sa généreuse astrologie pectorale.

– Madame, c'est plein de gadoue, je suis toute sale. Il faut qu'on me frotte.

Tandis que sa maman se dévouait pour frictionner la bonne afin que ni le curé ni le papa ne lui mettent les mains sur l'épiderme, Chaussette surenchérissait :

– Coin ! Coin !

– Ma fille, on vous a dit de la fermer !

– C'est pas la chaussette gauche, maman. Coin ! coin ! C'est la chaussette droite.

Elle voulait suggérer d'y aller à pied, faute de quoi ils débarqueraient tous en morceaux.

– Ma fille, déclara gravement le comte Alarmé de l'Implication, la philosophie NE PEUT PAS marcher.

– Je m'excuse, papa, mais Platon c'était un esclave et Plotin c'était un Arabe ou un Égyptien, enfin un moricaud. Alors, ça m'étonnerait qu'ils aient eu des chaises et du portage, cancana la chaussette gauche.

– Dis à tes DEUX chaussettes de se taire, mon enfant, brailla le père.

Il sortit enfin de l'habitacle. Il épousseta son manteau moutarde. Une bourrasque fit voler son tricorne qui rejoignit bientôt la flaque où Nitchonne venait de crotter ses habits.

– Et ne profite pas, mon enfant, des libéralités de l'éducation que nous te dispensons pour raconter n'importe quoi !

– Je dis PAS n'importe quoi, papa !

– Si ça n'est toi, ce sont tes chaussettes ! Mais la philosophie, c'est du sérieux. Ne commence point à nous inventer des penseurs qui sortent tout droit des *Contes* de Monsieur Charles Perrault.

– Mes chaussettes disent PAS n'importe quoi !

– Ah, et donc tu as vu quelque part un philosophe qui n'était pas un petit lutin des feuilles du jardin de ton invention… et qui s'appelait, je cite, « Plotin » ?

– Heu… oui ! répondirent les deux chaussettes interloquées.

– Ha ! Haha ! Il y aurait donc un type qui s'appellerait « Platon » ?

– Celui-là, papa, tu le connais, tout de même ? fit la chaussette gauche, inquiète.

– Ne sois pas insolente ! Et donc un autre aurait décidé de s'appeler « Plotin » ? Sans se rendre compte que c'était un nom ridicule et qu'on allait passer son temps à le comparer au deuxième ?

– Mais papa, il existe…

Le curé était inquiet. Éponyme était inquiète. Même Nitchonne semblait préoccupée. Monsieur venait d'être pris en défaut à moins d'une heure de l'inauguration de son Université libre de Philosophie. Et si la petite avait raison ?

– Rappelle-moi comment s'appelaient les Trois Petits Cochons, Chaussette ?

– Père, je l'ignore…

– Nif Nif, et puis…

– Papa, je ne sais pas…

– Nif Nif, Niaf Niaf et Niouf Niouf ! Tu vois, pour des personnages de divertissement, c'est possible, mais PAS pour un philosophe. Un philosophe n'a d'autre but que…

– Faire triompher le Bien, osa la chaussette gauche.

– Et le Vrai et le Beau, ajouta l'autre manchon de laine.

– Chut ! Un philosophe, poursuivit le papa, veut être le plus grand philosophe.

– Du monde, papa ?

– De France ! Enfin, peu importe, il ne veut pas qu'on le confonde. Si je commençais aujourd'hui une chaire philosophique (et note que c'est le cas), je ne me ferais appeler ni Roisseau ni Voltour, comprends-tu ?

– Oui, papa, acquiesça la première chaussette.

– Oui, oui, admit la seconde, jugeant avec sagesse qu'il ne fallait pas le déstabiliser davantage.

– Bon ! Parce que je suis aussi le papa de tes chaussettes, fit Alarmé en se radoucissant.

– Oui, oui papa… justement…

– Quoi donc ?

– Mes chaussettes suggèrent qu'on aille à pied jusqu'au coin de la rue du café où tu vas prendre la parole.

– Ha ! Ha ! Les petits petons aussi veulent avoir leur part de mon triomphe. Eh bien soit !

Alarmé fit asseoir sa fille sur ses épaules. Ainsi chargé, il avança d'un pas vif en direction de Bordeleau. Éponyme le rejoignit en tenant ses jupes au-dessus des mollets tandis que Fragonarde aboyait pour se plaindre du froid et de ses coussinets fragiles. Monsieur le curé et la méritante Nitchonne tenaient chacun un des bras avant de la chaise, et les bras de derrière traînaient sur la route enneigée.

Éponyme admirait le courage de son époux. Elle, qui depuis plusieurs semaines écrivait en secret, n'aurait jamais osé lire publiquement sa production. Elle progressait pourtant. Jamais plus elle n'avait dû s'infliger de châtiments corporels car dix-sept pages étaient devenues le minimum de son rendement journalier. La comtesse parvenait, parfois, à ne pas écrire sur le sexe et à s'en tenir à la description des événements du monde. Très rarement, la sueur aux tempes, il lui était même arrivé de camper des personnages qui ne lui ressemblaient pas. Mais lire son travail à un autre auditoire que sa petite chienne ? Il eût fallu pour cela une bravoure d'homme.

– Ça va aller, dit-elle à Alarmé. Ça n'est pas la Sorbonne.

– Et vous croyez que je ne le sais pas ? Ça n'est qu'une assemblée de marchands de vin et d'armateurs qui n'ont pas plus de diplômes que moi. Mon Université libre, vous ne voyez pas que c'est une façon de ne pas me mesurer aux vrais grands penseurs de notre temps ? Je fais ma petite chose dans mon coin, ainsi je n'aurai guère de mal à convaincre l'auditoire que je suis digne qu'on m'écoute.

– Monsieur, rétorqua Éponyme. Je vous admire, moi. Et songez qu'il faut un début à tout.

– Éponyme ! Ma chérie, ma blonde fraise, purpurine, melliflue, adipeuse et tendue, Éponyme mon petit boudin girondin, ça ne va pas me suffire. Je n'ai pas faim, je n'ai pas froid et ne connais point la guerre. Ma cervelle fait ce qu'elle peut, mais de quoi voulez-vous que je leur parle, à part de la neige qui est tombée hier soir ?

– Peut-être, Monsieur, mais je gage que jamais ils n'en auront entendu aussi bien parler.

– Éponyme ! Si je deviens le Plus Grand Philosophe de Bordeleau, ça ne va pas me suffire.

– Alors, du Monde, papa ? demanda à nouveau une chaussette.

– De France, ma fille. Je t'ai dit que je veux être le Plus Grand Philosophe de France.

– Voilà qui est sage, mon époux. Il faut procéder par étapes.

– Éponyme !!! Parce que tu crois VRAIMENT que la France c'est moins grand que le monde ?

20.

Quelle que fût la nourriture qu'il ingurgitait, Pietr Cohen ne grossissait jamais. C'était une grande araignée hollandaise au visage apparenté aux christs hallucinés d'Albrecht Dürer. Aussi ne pouvait-il s'empêcher de regarder avec fascination Yomachichi dont chaque parcelle de muscle semblait imbibée de graisse. S'il levait le nez, deux gros boudins de peau se formaient derrière son cou de gorille. À présent qu'il le savait de sa propre religion, Pietr s'autorisait à penser à Yom comme à un grand singe. « Ça n'est pas une insulte à son sang, puisque son sang, c'est le mien. » Il se tenait comme les scolastiques en terre rouge que l'on rapporte d'Égypte, son assiette de ferraille en main. Il grignotait des raisins. Il dégustait. Il se préoccupait de la consistance et des arrière-goûts, tandis que son invité batave avait déjà à moitié terminé son écuelle.

– C'est toi qui cuisines, Yom ?

– C'est ma passion, Pietr.

– Mais dans ta cage, où trouves-tu les ingrédients ?

Yom agita la main, comme pour indiquer que cette question ne l'intéressait pas.

– Tu apprécies la petite touche d'orange, Pietr ?

– Oui, oui.

Pietr pensait qu'il aurait bien le temps, dans l'éternité à venir, de l'interroger sur les juifs de cette île et sur cette guerre qui y régnait entre les hommes et les femmes. Pour l'heure, il appréciait de parler du monde sans y inviter la pensée éthique. Comment cuisine-t-on le monde ?

– Oui, oui, répondit l'Indien. J'ai une personne qui m'aide pour les ingrédients.

– Une alliée chez les femmes ?

Le regard de Yomachichi se perdit dans l'obscurité. Il changea de sujet :

– Elles mettent le lait dans leurs céréales, et hop ! Elles mangent. Moi j'ai eu l'idée que ça devait macérer. Et je couvre le tout avec une assiette pour que les vapeurs sucrées restent dans le saladier.

– Ils sont bizarres, vos saladiers. Ce sont les seuls objets en métal que j'ai vus ici.

– C'est quoi du métal ?

– C'est vos saladiers.

21.

Alarmé en était à sa dix-septième causerie hebdomadaire. Éponyme confectionnait des bonshommes en mie de pain. Le négociant en vins, qui accueillait dans sa boutique leur académie de philosophie, garnissait les tables de pâtés et de boules de pain blanc afin que l'auditoire s'occupe les mains et ait le sentiment de participer, sans pour autant faire trop de bruit. Chaussette jouait sous la table. Ses chaussettes parlantes au bout des mains, elle adressait la parole aux pieds des convives qui ne répondaient pas. Une botte lourdement écrasa sa main. Chaussette hurla. On tapa sur la table pour lui dire d'être sage, mais la botte ne se retira pas et la fillette songea que la personne sans égard pour ses cris se montrait bien cruelle. À moins que cet écraseur ne fût diablement absorbé par le discours paternel. Papa dissertait sur la partie qu'il appréciait le plus dans l'œuvre de René Descartes : la nécessité, pour bien philosopher, de n'avoir ni chaud ni froid ni faim, et de ne manquer de rien. Fragonarde la petite chienne sauta bientôt sous la table pour demander à la gamine de cesser de geindre.

– Dans ce cas, grogna l'enfant, va mordre ce mollet qui m'écrase la main.

– Ça ne servirait guère ma petite, car c'est une des gambettes du duc Nécrozé. Et comme tu le sais, c'est avec la parole un des attributs dont il fait le moins usage.

– Moumoumou ! disait Nécrozé au-dessus.

– Mon époux a tout écouté. Il vous apprécie beaucoup. Alarmé mon beau-frère, affirma la jeune femme du duc de Bordeleau.

Chaussette risqua un œil et constata que la sœur de sa maman était vêtue de façon encore plus provocante que d'ordinaire.

– On lui a habillé l'épaule gauche et l'épaule droite, à tata, mais tout ce qu'il y a entre le menton et la cramouille, c'est pour ainsi dire dans les courants d'air.

– Une fille bien élevée ne doit pas dire cramouille, lui fit remarquer Fragonarde.

Éponyme venait de terminer une petite girafe. Elle s'attaquait à présent à un village africain miniature.

– … n'est-ce pas ? demanda anxieusement Alarmé.

– Oui, répondit son épouse, c'est indéniable. Mais pourriez-vous préciser votre propos ?

– Éponyme ! Qu'est-ce que vous trafiquez avec ce pain ? demanda le mari.

Les convives amusés avisèrent alors la population boulangère que la comtesse Éponyme avait fait naître sur sa portion de table.

– Pardon ! Ça m'aide à me concentrer. Une femme a besoin d'ancrer sa pensée dans le réel. Avec ses doigts.

– Moumoumou ! fit remarquer le duc Nécrozé de Bordeleau. Et l'assemblée rit de bon cœur à la saillie du vieillard, avant même que son épouse ne traduise ce borborygme. Nécrozé était le plus grand armateur de Bordeleau et chacune de ses interventions, bien que totalement inintelligible, déclenchait l'approbation.

– Éponyme, poursuivit Alarmé de l'Implication, je conçois que mon exposé soit un peu long et sans doute trop technique pour votre naturel brouillon, mais vous m'obligeriez en allant continuer vos modelages dehors.

– Mais…

– Éponyme ! Vous ne m'aidez pas, conclut le comte, catégorique.

Et tandis que rouge comme des graines de grenade la comtesse se levait pour sortir, Antinôme de Bordeleau, sa sœur, lui glissa qu'elle avait beaucoup de chance d'avoir un mari philosophe.

– Fragonaaaaarde ! hurla Éponyme en franchissant la porte de l'auberge. Fragonarde, tu viens avec maman !

La petite chienne s'extirpa de sous la nappe en faisant déraper ses griffes sur le carrelage d'ardoise. Chaussette resta sous la table, satisfaite pour une fois que sa mère ait si peu besoin d'elle. Éponyme s'assit sur une bitte en granit d'où partaient deux grosses chaînes. Autour d'elles, incrustées dans les arches du port de Bordeleau, grimaçaient des têtes d'esclaves stylisées. Dehors, Nitchonne se disputait avec un grand dadais au long nez. Fragonarde sauta sur les genoux de sa maîtresse et dut subir de longues minutes durant ce qui constituait la fonction première du métier de chienne : laisser la maîtresse la secouer et lui décoiffer les poils.

– C'est peut-être anxiolytique pour toi, maîtresse ; mais moi, ça ne me rend pas heureuse.

– Salope ! Sale chienne !

– Dis donc ! C'est pas parce que je suis en bas du règne

animal que je dois tout subir ! Un jour les chiens auront leur mot à dire sur la façon dont on les traite et ce jour-là…

– Pas toi ! L'autre ! Ma conne de sœur ! Elle est plus jeune que moi. Elle s'habille de façon encore plus provocante ! Je savais pas que c'était possible de montrer ses seins davantage que je fais voir les miens ! Moi, je suis au-delà du décolleté, j'exhibe au minimum un tiers d'aréole de chaque côté ! Mais Madame Antinôme, qui les a plus petits, elle veut faire mieux, alors hop ! Fendu du milieu et vas-y que je fais voir le nombril. Et ce qu'elle garde caché, c'est sous de la guipure, alors bonjour la dissimulation ! Qu'est-ce que tu veux que je fasse, moi qui suis condamnée aux boutiques d'ici ? Elle, avec les bateaux de son paraplégique qui parcourent sans cesse le monde, elle a tout ! Si une Chinoise invente une boucle d'oreille aphrodisiaque qu'on accroche aux narines, tu peux être certaine que cette vache en aura trois exemplaires avant que j'en connaisse même l'existence !

– Ah ! Ta sœur !

– C'est ma DEMI-sœur, rien à voir ! Avec son mari qui sait rien dire, c'est elle qui commande. Tu as vu l'assurance qu'elle montre ! Mais ça a toujours été comme ça. Depuis le jour où elle est née, il a fallu qu'elle m'écrase. Ah, le jour où une Tampononouzen a épousé un de Bordeleau, on en a causé jusqu'à Londres ! Mais moi, avec mon…

– Ça ne te plaît pas qu'il soit philosophe ? demanda la petite chienne noyée sous les caresses nerveuses.

– Si ! Il est super fort en plus, en philosophie. Mais… je sens que je le perds… La pensée, ça prend toute la place. On ne baisait déjà pas beaucoup, mais là, c'est plus du tout.

– Si c'est que ça, conseilla la chienne, prends un amant.
– Tu crois VRAIMENT que c'est ça que je cherche ?
– Ben…
– Retournes-y, Fragonarde ! Je voudrais…
– Quoi ?
– J'ai oublié mes petites sculptures…
– Les trucs en mie de pain ?
– Ne discute pas.

La chienne Cavalier King Charles, se demandant comment elle allait pouvoir mettre les figurines dans sa gueule sans les abîmer, retourna à l'Université libre de Philosophie.

22.

Nitchonne s'agitait toujours dans le champ de vision d'Éponyme qui séchait ses larmes. Afin de déprécier l'image de sa sœur Antinôme, la comtesse décida que même Nitchonne était plus désirable. Alors pour la première fois elle regarda sa servante et fut très ennuyée de la trouver jolie. Sans la coiffure ni les robes d'Antinôme, sans sa noirceur altière ni son port de tête, la bonniche provençale avait tout d'un Caravage. « Oui. Un Caravage fille avec des seins encore plus gros que les miens », songea la comtesse. Sa servante était une Niçoise de petite taille qui se promenait dans l'existence le menton en l'air et les sourcils froncés. Elle avait la peau brune, marchait volontiers pieds nus et savait serrer ses poings menus aussi fort qu'un boxeur. Nitchonne ne connaissait que le mouvement. Elle s'épongeait sans cesse le front. Elle n'essuyait jamais les gouttes de sueur qui lui coulaient entre les seins dont la luisance attirait l'attention. Éponyme, furtivement, lui en voulut d'être aussi désirable avec, circonstance aggravante, la certitude que cette fille n'avait jamais cherché à plaire. Confusément, la comtesse associait les mœurs des valets et le comportement de sa chienne Fragonarde. Elle comptait ces êtres pour des amas de volonté primale dont la séduction procédait par décharges olfactives. « Ils se reniflent les fesses, ils se baisent, et comme les clébards, lorsque deux d'entre eux par hasard restent coincés, ça donne des gosses, une chaumière, et une nouvelle génération de serviteurs. »

Bénissant le Créateur que jamais aucun peintre n'ait rencontré Nitchonne pour immortaliser son regard buté et ses seins fermes malgré leur volume d'aérostat, Éponyme lui pardonna d'être si belle, puisque de sa joliesse elle ne faisait point usage. Son cuir allait se tanner. Elle continuerait à servir jusqu'à épuisement la maison de ses maîtres. Puis elle mourrait un jour sans avoir eu conscience de sa beauté. « Peut-être, songea Éponyme, est-ce une bénédiction d'être collée à la terre comme les ongles du cheval, comme le sable des dunes quand il a bien plu. Moi qui ai connaissance des nécessités stellaires et qui avec dix-sept pages par jour côtoie en secret les confins de mon âme, moi je souffre. Et à force de garder silencieuse cette clameur intime, j'en arrive à donner autant d'importance aux enfantillages que je confectionne avec de la mie de pain qu'à l'acte d'écrire. Et ma chienne qui voudrait me coller un amant ! Parce que mes aspirations trouveraient à s'épancher dans le corps fini et périssable d'un mâle de mon espèce ? Sous prétexte que je décris, chaque jour et avec quels détails, des amoureux de rêve, elle voudrait qu'on me secoue le dindon pour de vrai ! Comme si ça avait quoi que ce soit à voir... »

Nitchonne avait des mots avec un inconnu au long nez :

– Mais jamais ! Jâmais je te dis jâmais !

– Nitchonne, qu'est-ce qu'il vous prend de crier sur ce garçon ? C'est un Niçois comme vous, c'est votre collègue ? C'est un cousin ?

– C'est mon…

– Votre frère peut-être ? Moi-même, je suis d'une fratrie et, croyez-moi, je comprends certaines frictions. Mais nous avons un rang et à votre niveau infime, vous êtes mon excroissance, Nitchonne. Aussi vous serais-je reconnaissante de garder en tête qu'à CHACUNE de vos saillies publiques vous représentez le château de l'Implication, même lorsque vous vous adressez à un valet…

– Madame, fit le type au grand nez, jé souis couisinier.

– Tiens ! On n'en a pas, nous, de cuisinier. Nous disposons juste de cette pauvre Nitchonne qui utilise toutes les réserves d'huile bordelaouaise pour nous confectionner chaque semaine sa daube, sa ratatouille et sa pizza à la fleur de courgettes. Vous êtes un cuisinier niçois ?

– Italien, Madame ! Jé viens dé Napoli où on l'a inventée, la pizza.

– Mais le croyez jâmais, Madame ! C'est un menteur ! brailla Nitchonne.

– Ah ? Et quoi ? La pizza, ça vient de chez toi, peut-être ?

23.

Éponyme était énervée. Sa chienne revint. Fragonarde avait dans la gueule les petites sculptures en mie de pain. La conférence durait toujours à l'intérieur de l'auberge. Fragonarde n'avait pas compris qu'il fallait saisir les figurines une à une, et qu'il valait mieux éviter de les mouiller pour qu'elles ne s'agglomèrent pas. Les personnages de mie, la girafe et les Africains blancs, faisaient à présent un petit conglomérat recouvert de bave, qui toucha le sol pavé dans un « plop » à peine perceptible.

Éponyme distribua, pour dire son impuissance face à la tragédie du monde, un coup de pied à la chienne, une gifle à Nitchonne et… avant que sa main rose couverte de bagues chatoyantes ne heurte la joue du cuisinier italien, Oracio lui saisit le poignet et lui dit tout bas :

– Madame, on né mé broutalise qué pendant l'acte amoureux.

Éponyme rougit immédiatement. Elle constata que l'Italien l'avait vue s'empourprer et elle tenta de le gifler à nouveau, en espérant qu'encore il arrêterait son bras, mais Oracio se laissa faire. Au moment de la claque, elle sentit contre sa main le menton carré parsemé d'une barbe si dure qu'aucune lame ne pouvait parfaitement la raser. L'odeur d'ail et d'aisselles qu'elle avait perçue quand il lui avait causé ne se dissipait pas. Afin de reprendre ses esprits, la comtesse Éponyme chercha refuge dans sa chaise à porteurs.

– Madame, écoutez-moi ! Madame, suppliait Nitchonne, celui-là je le connais, celui-là jamais il faut l'embaucher !

La comtesse boudait. Les bras croisés et la pointe du nez dirigée vers son ombilic, elle ne prêtait plus attention à ce qui se disait hors de sa cabine à bras.

– Madame, insistait Nitchonne, voyant qu'Oracio ne s'en allait pas.

– Et tu crois qu'on va continuer comme ça ! finit par répondre sa patronne. Le curé a été limpide : tenir les bras arrière de notre chaise ne fait PAS partie de son sacerdoce. Tu sais TRÈS bien qu'il a menacé de se plaindre au diocèse si on lui inflige à nouveau de tels travaux. Alors, si la Providence nous envoie deux bras secourables, je suis prête à subir un deuxième promoteur de ta cuisine niçoise.

– Ma couisine, Madame, murmura Oracio accoudé à la lucarne de la chaise, elle n'est pas niçoise. Elle vient comme moi d'Italie.

24.

Spinoza griffonnait et faisait des pliages. Le père de Pietr se demandait où il trouvait du papier, dans son éternité.

– Que faites-vous ?

– J'écris aux vivants.

– De la philosophie ?

– Non. Des petits messages d'encouragement.

Le penseur tentait maladroitement de constituer avec ses missives des avions en papier. Malgré sa proximité avec les cieux, il ne disposait pas des dons du Dieu éternel pour voyager dans le temps. C'est pourquoi il lui était très difficile de plier des aéroplanes correctement profilés pour voler vers la Terre. Les messages du philosophe ne parvenaient donc jamais aux vivants.

– Ils se dissolvent, gémissait Spinoza. En entrant dans l'atmosphère, quelque substance divine les consume, comme si Dieu voulait absolument qu'on ne leur tende jamais la main.

– Et qu'écrivez-vous sur vos pliures volatiles ?

– « Tenez bon, vivants, tenez bon ! »

25.

Quelle géométrie cosmique pouvait bien être à l'œuvre pour qu'Éponyme, brusquement éprise de cuisine italienne, embauche Oracio au moment même où Pietr Cohen se liait lui aussi à un cuisinier ? Parce qu'il faisait sombre, qu'il avait besoin de s'abandonner et qu'il voulait un ami, Pietr s'approcha de Yomachichi et s'assit à ses côtés. Il voulait regarder ce que voyait son ami. Face à eux, au zénith de la vaste cage, l'Indien captif avait planté une constellation de têtes de poissons. Pietr, ravi de pratiquer cette langue hébraïque qu'il n'avait guère parlée depuis l'enfance, tenta de se faire enseigner le nom de ces poissons.

– Je pêche mieux qu'elles. Ceux qui nagent loin au fond, elles n'en mangent presque jamais. Alors elles m'emmènent en pirogue. J'ai des liens aux pieds. Je plonge avec une grosse pierre. Je capture…

– Avec les mains ?

– Et avec quoi veux-tu attraper un poisson, Pietr ?

– Yom, on pourrait s'enfuir pendant la prochaine pêche !

– Hm…

Le gigantesque indigène ne paraissait pas pressé de quitter sa prison.

– Tu m'as dit « je m'appelle Yomachichi parce qu'on m'a capturé un vendredi » (Yom Hachichi signifie « le sixième jour »), mais tu n'es pas né le jour de ta capture. Comment t'appelais-tu avant ?

– Yom.

Yom, ça signifie « jour ». L'Indien expliqua qu'il avait reçu ce patronyme parce que personne ne se souvenait précisément du jour où il était né. Pietr reposa la tête sur l'épaule confortable de son nouvel ami. Des serpents et des vagues y étaient tatoués d'une encre bleue aux irradiations quasiment surnaturelles. Le Hollandais se hasarda à demander comment s'appelait la bête ou la plante qui donnait cette teinture.

– C'est une moule, répondit Yom, un coquillage, et il y en a très peu. Il est écrit qu'on doit tremper dans le jus de ce mollusque les pointes de nos phylactères, puis autour du bras, autour de la main, sur le cœur et entre les yeux, nous gravons les six cent treize lois de Dieu.

En regardant de près, effectivement, ça n'étaient pas des lignes géométriques qui traçaient sur la peau musculeuse du géant des montagnes et des nuages et des gouttes et des diables. Il avait sur le corps toute une constellation de caractères hébraïques.

– Lorsqu'on dessine le monde sur ta peau, expliquait Yom, les lettres ne doivent jamais se toucher. Il faut une respiration entre chaque caractère. Si le scribe se trompe et que deux lettres se chevauchent, on te retranche du monde. Tu peux aller te noyer. Tu sors de l'Alliance.

– Et ça arrive souvent ?

– Non ! Nos scribes sont très forts ! Il faut que ça respire entre les lettres. Comme j'ai fait avec les graines et le lait.

Le dessin que forment les lignes dit la vague, la montagne, le nuage, la pluie. De loin, tu as l'impression que ce sont quatre objets différents. Mais si tu regardes de près (Pietr s'approcha pour voir), tu vas constater qu'il n'y a jamais de limite claire entre l'eau et le nuage, entre la pierre et…

À force de s'approcher et sans bien réfléchir à ce qu'il faisait, Pietr posa ses lèvres sur celles du gros Indien. Yom lui envoya son coude sur le nez. Le marin hollandais, assez embarrassé, tenta de présenter des excuses tandis qu'il essuyait ses narines en sang.

– Deux hommes ont le droit de baiser, avertit Yom. C'est normal. C'est la vie. Mais on ne doit pas toucher la bouche.

Alors il expliqua que le pénis était un lieu bon, un lieu d'homme, un endroit de courage. Tandis que la bouche constituait l'organe féminin par excellence, le lieu du mensonge et de la tromperie à l'intérieur duquel s'agite ce serpent qu'on nomme langue et qui est la cause de toutes les disgrâces. Yom ajouta qu'il voulait bien pardonner pour cette fois puisque Pietr était étranger et qu'il ne pouvait pas avoir une connaissance infuse des coutumes locales. Le Hollandais repensa au mot « phylactères » qu'avait employé son compagnon de cellule. Il lui demanda ce qu'un tel vocable désignait sur son île.

– Ce sont les bâtons pointus qui servent aux tatouages.

– Dans mon pays, c'est autrement, mais on fait la même chose. Et le mollusque qui donne cette couleur d'azur, nous l'avons aussi dans nos textes anciens, précisa Pietr, mais nous croyons que c'est une légende.

– Si le peuple des femmes continue de teindre des châles avec, ça le deviendra bientôt, je te dis. Ce coquillage est très rare. C'est une des raisons de la guerre entre les hommes et les femmes : elles gâchent le colorant.

Pietr n'osa pas avouer que Yom était le premier juif qu'il croisait dont le châle de prière était gravé à même la peau.

– Donc elles te gardent ici. Parce qu'il n'y a pas d'hommes dans leur tribu. Et tu… enfin, moi aussi si j'ai bien compris… on les féconde, c'est ça ? Mais de l'autre côté, ça se passe comment ? Chez les hommes ?

– Nous avons beaucoup de captives.

– Et vous les traitez comment ?

– La Bible réglemente l'esclavage.

– Rappelle-moi les modalités ?

– Pietr Cohen, je n'aime pas beaucoup les hommes non plus, tu sais.

Et Yom commença de rêvasser en regardant sa collection de crânes de poissons. Pietr n'osait plus aller s'asseoir près du grand indigène. Il s'allongea sur le sol recouvert de feuilles tressées. Avant de fermer les yeux, il vit le gros Indien se lever, ramasser les écuelles d'acier et les nettoyer au fond de la grande cage en les trempant dans un baquet d'eau et dans un baquet de sable. Puis il empila ses saladiers métalliques sur une étagère où d'autres bols semblables reposaient. À les voir ainsi disposés, leur surface concave vers le plafond, Pietr comprit enfin à quoi ces ustensiles lui faisaient songer.

– Hé ! s'exclama-t-il, émerveillé. Vous n'êtes pas des juifs de la nuit des temps ! Et ton volcan, ça n'est pas le mont Sion ! Et ta teinture, ça n'est absolument pas le jus du chilazon biblique de Palestine !

– Arrête, maintenant, murmura Yom. La religion, je m'en fous, mais au sujet de la terre d'Israël, je ne rigole pas.

Le seul point de consensus entre les hommes et les femmes, c'est notre certitude que cette terre est le pays de Canaan que décrivent les Écritures. Et la montagne, c'est Sion. Et je te ferai voir les belles murailles de bois vestiges du Temple ancien. C'est ici, dans cette île, que l'humanité est née. Vous ne le savez pas car vous vous en êtes éloignés, mais tout commence à Sion. Tout finit ici. Et si nous sommes prêts à mourir pour cette île, c'est bien que le monde tient debout grâce à la guerre qui s'y joue depuis Adam et Ève.

– Depuis Christophe Colomb, répondit Pietr.

Yom ne réagit pas à l'évocation de ce nom étrange.

– Tes saladiers, poursuivit Pietr, ce sont des casques espagnols de l'époque de Colomb. Ou de Cortés.

Yom ne comprenait rien. Il s'approcha un peu et secoua son copain pour en faire sortir des explications.

– Je dois dormir un peu, parvint à murmurer Pietr Cohen. Je t'expliquerai demain. Mais sois certain que vos deux tribus ne sont pas sur cette île depuis plus de deux siècles.

– Tu es fou !

Et Yom se mit à rire.

– Oh, ça n'est pas drôle, et vous n'êtes peut-être ni juifs ni Indiens. Ou alors des marranes échappés de chez la reine Isabelle et qui ont rencontré des locales fécondables. Ou bien vous êtes des marins révoltés, votre bateau a accosté ici et à fond de cale c'était plein de Molly Malone, des putains de Londres.

– Je comprends rien.

– Je te dis qu'on vous a laissés seuls sur une île avec pour guide spirituel une Bible. Qui a été écrite par des sauvages.

Alors comme vous êtes obéissants, vous rejouez les guerres absurdes de l'âge primitif.

Yom lui mit un coup de pied mais Pietr avait décidé de cesser le débat pour cette nuit. Il avait sommeil.

– Ce n'est pas grave. Si ça te vexe, on se bornera à parler de cuisine. Mais lorsque tu y seras disposé, j'ai une meilleure bible. Elle vient d'un de mes compatriotes qui s'appelle Spinoza, c'est un texte moins... périmé.

– Debout ! Hé ! Tu te prends pour le Messie ! Hé ! Tu peux mettre fin à la guerre des hommes et des femmes ? Je veux savoir ! Si tu me dis oui, en échange je t'avoue mon secret. J'ai un secret que je n'ai jamais confié à personne... qui peut me coûter la vie...

– Chut ! fit Pietr. Je dors. Nous aurons beaucoup de temps dans les jours qui viennent, puisque nous sommes prisonniers pour longtemps.

26.

– Salope ! Chienne !

Ah, l'étonnement et la tristesse d'Éponyme lorsque Fragonarde, une fois encore, prit ces insultes pour elle.

– Je parle de ma sœur Antinôme, sotte !

– Peut-être, maîtresse, mais si tu persistes à si souvent classer ta cadette dans mon registre biologique, je te promets que je change de foyer.

– Je crois qu'elle s'envoie mon mari.

– Et moi, répondit le Cavalier King Charles, je crois que non. Ton époux me semble le seul seigneur fidèle dans toute la région, voire le royaume. Ça t'ennuie ?

– Ma sœur a des bateaux, répondit Éponyme, moi je n'ai qu'une baignoire.

La comtesse Éponyme étrennait cette vasque de faïence en forme de tasse à café géante. Une baignoire dépourvue de pieds de lion. Une anse en cou de cygne aidait à se hisser à l'intérieur. Elle avait fait remplir sa luxueuse bassine avec de l'eau bouillante, jusqu'au tiers de sa hauteur. Puis elle avait congédié Nitchonne pour la soirée. Éponyme tourna autour du bain à de nombreuses reprises pour ne rien oublier. Quelques marches d'un escabeau en bois la conduisirent dans l'ustensile révolutionnaire. Elle savait qu'une fois dans l'eau, on n'en sortait pas facilement. La comtesse disposa donc à portée de main trois chaises et sur chacune le matériel dont elle avait besoin : du papier et de l'encre, une tablette en bois, un ouvrage classique à lire, une brosse, de l'huile, des savons ; quelques poudres et un gode en ivoire.

La comtesse sauta dans l'eau et prit des poses pour elle-même. Inaugurer cette baignoire alors qu'elle lui appartenait depuis des semaines et que, respectueusement, elle avait continué de se laver dans un baquet, c'était donner à son premier dîner avec Oracio toute la solennité qu'il méritait. Éponyme songeait qu'il lui incombait, en tant qu'écrivain de sa propre existence, de décider lorsqu'un jour avait de l'importance. Dorénavant, tout tournerait autour d'Oracio.

– Et de mon cœur si fragile faire un objet d'expérience pour ma littérature.

– Il vient dans moins d'une heure, fit remarquer la chienne.

– Ça va. Je suis prête.

– Mais tu fais rien que lire !

– C'est la toilette de l'intérieur de l'âme.

– Si tu veux qu'il y aille, à l'intérieur de toi, tu ferais mieux de sortir de ta marmite ! T'es toute rougeaude, t'as l'air d'une grosse piqûre de taon.

Fragonarde n'avait pas tort. La comtesse sortit de l'eau et tomba. Elle poussa un cri et s'épongea le front. Une bosse y apparut et elle ne trouva aucune action judicieuse qui pût en prévenir l'éclosion. Avant même qu'elle se coiffe afin de cacher sous les mèches la disgracieuse excroissance tuméfiée, Oracio toquait à sa porte. Ouvrir nue ? Ainsi s'attarderait-il moins sur le visage. Par la faute de l'eau chaude, elle se trouva les seins, le panicule abdominal et certaines parties des genoux un peu trop lymphatiques. Éponyme s'enveloppa dans un drap d'où seul sortait son bout du nez et elle sautilla jusqu'à la porte de sa chambre. Elle n'ouvrit pas. À travers l'huis, elle questionna Oracio sur le motif de son avance.

– En avance de quoi, Madame ? Jé toque parce qué vous avez hourlé !

– J'ai pas hourlé, je chantais. Reviens dans une heure.

– Ma ! Et pour quoi faire, Madame ?

– Oracio, tu n'as pas lu mes lettres ?

– Ma qué quoi ?

– Je t'ai glissé un mot dans un gigot, une invite dans un soufflé au fromage et plusieurs papillotes fort explicites dans un gnocchi.

– Ah, les pétits papiers !

– Ben oui, quoi, les petits papiers ! Tu les as mis où ?

– Ma… Madame…

– Quoi ?

Elle comprit que son cuisinier italien ne savait pas lire. Oracio fit remarquer, à travers la porte, que si on n'avait plus besoin de lui, il allait retourner dans ses cuisines. Risquant le tout pour le tout, Éponyme se délesta alors du drap et, faisant fi des rougeurs, elle apparut derrière lui dans le couloir, avec le contre-jour de la nuit tombante pour seul vêtement. Oracio la regarda, l'air terrorisé. Elle se jeta sur lui.

27.

Par l'influence des semaines qu'il avait vécues à fond de cale sans perception de la course solaire, Pietr Cohen avait perdu l'habitude de dormir complètement. Aussi reposait-il sur une natte tressée, à moins d'un mètre de l'endroit de la cage où Yom et lui avaient dîné. Le Hollandais maintenait sans intention particulière un imperceptible espace entre ses paupières. Les crocodiles et les serpents prennent des habitudes semblables. Il se laissait bercer par les couilles de Yom qui battaient en altitude. L'Indien restait debout, lui montrant ses fesses musclées et tatouées d'hébreu. Il avait raclé ses casques de Cortés. Il les avait rangés. Il en reprenait un avec d'infinies précautions. Et à la manière dont le géant des îles avait de rentrer ses épaules à chaque infime choc du bassinet métallique, Pietr comprit qu'il y avait manigance secrète.

Un éclair s'alluma dans les yeux du Hollandais. À présent parfaitement réveillé, il résolut de faire semblant de dormir, afin d'en savoir davantage. Il lui apparut que Yom faisait à nouveau la cuisine. Avant qu'il ait fini sa tambouille, une forme massive se faufila par l'ouverture de la tente. Pietr Cohen ne bougea pas d'un pouce et fit subir à ses muscles oculaires la plus douloureuse contorsion afin de voir qui arrivait dans leur cage sans donner l'impression d'être réveillé. C'était une femme. Elle paraissait un peu plus vieille, plus grave et sans doute moins éblouissante dans sa beauté insulaire que les sauvages de l'après-midi. Yom, pendant les quelques pas qu'elle effectua sur la pointe des orteils pour atteindre le portique de la cage, saupoudra précipitamment sa préparation de cannelle. Il y jeta une noix et des boutons de fleurs, et s'approcha de sa volumineuse fiancée en chuchotant « Mon dodo, mon didi ». Pietr mesura à quel point son compagnon était dans l'embarras. En cette terre hommes et femmes se livraient une guerre ancestrale, et le Roméo tatoué de versets du Talmud n'avait pas trouvé mieux que tomber amoureux.

Au lieu d'accepter le couscous aux grenades baigné de petit-lait, au lieu de s'abandonner au baiser à travers les barreaux de bambou que son grand gorille lui proposait, la vahiné aux yeux cernés lui annonça qu'au matin qui suivait, Yom serait lapidé.

– Mes sœurs disent qu'elles en ont marre que tous leurs gosses te ressemblent. Et moi qui n'ai jamais porté un enfant de toi… oh, comme tu vas me manquer lorsque ton chétif camarade t'aura saigné à coups de pierres. Tue-le maintenant, ça nous évitera plein de soucis.

Yom se retourna vers le Hollandais qui, piètre comédien, fit mine de se réveiller sans avoir rien entendu.

– Pardon ? Quoi ?

– Il faut se sauver d'ici ! ordonna Yom. Demain elles vont te donner des galets et elles ordonneront que tu me les jettes dessus. Maintenant qu'elles te possèdent, elles n'ont plus besoin de moi.

– D'un point de vue philosophique, ça m'intéresse beaucoup ! expliqua Pietr.

– Tue-le, insista l'ogresse dont les seins rivalisaient avec la circonférence de l'abdomen de son amant. Je n'ai pas confiance en lui, avec sa chair blanche de cabillaud.

– C'est un exercice, continua Pietr. Je m'habitue à une pensée où Dieu, puisqu'il est partie constitutive du monde, ne s'offre pas le luxe de s'émouvoir de ce qu'il s'y produit...

Yom s'avança.

– ... ainsi, poursuivit Pietr, dans cette indifférence, échanger un baiser amical ou s'envoyer des cailloux à la figure sont phénomènes comparables.

Yom leva le poing et renversa du couscous.

– Je me demande donc si fort de cette nouvelle doctrine je pourrais sans frémir...

Le poing fondit sur Pietr qui l'esquiva en riant.

– ... assassiner un ami.

Yom se précipita sur lui. Pietr galopa en arrière.

– Hé ! Je rigole !

Yom ne saisissait pas l'humour hollandais et sa compagne non plus.

– Je te connais depuis peu et cependant je t'aime, Yom le juif indien des îles ! Et s'il faut te sauver et protéger ton idylle, je m'emploierai à cette tâche d'autant plus volontiers que ça m'aidera, brièvement, à ne pas penser aux tourments cosmiques dont le monde est agité !

– Tue-le, c'est mieux, insista la maîtresse aux fesses hottentotes.

– Yom, quitte à faire hommage à tes multiples qualités, je te remercie de m'avoir laissé les autres filles qui sont plus jolies.

Le sauvage rit à gorge déployée mais silencieusement. Sa compagne prit un air buté. Yom lui mordit le nez à travers les bambous afin de calmer son courroux. La belle aux proportions éléphantesques sortit un coutelas d'entre ses pagnes et ses plis, avec quoi elle fit sauter les cordages qui fermaient la cage. Bientôt trois ombres s'enfuyaient de la prison du village des femmes.

28.

– Il n'a pas seulement dit qu'il a aimé. Tu as entendu ? « Ma ! Madame ! Jé n'ai jamais vou ça ! »

– Mais, maîtresse…

– Il ne parlait pas seulement des sentiments dignes qui entre lui et moi sont en train de naître, Fragonarde, il évoquait l'acte. Malgré ses expériences passées et sa vie dissolue, l'as-tu bien entendu, ma chienne ? As-tu perçu la ferveur qu'il mettait, comme une imprécation, à dire ces mots : « Madame », « jamais », « Ma ! »

– Maîtresse ! Il est italien putain ! Et c'est un homme ! Tu es pour lui comme pour moi la dispensatrice du gîte et du couvert ! Comment voulais-tu qu'il te dise autre chose que des compliments ?

– Tu es jalouse. Parce que chez vous les chiens de tels sentiments ne peuvent naître.

– Maîtresse, tu te fourvoies. Ce cuisinier te lutine comme il aspergerait d'orange un gigot ; ça fait partie de ses attributions professionnelles. Tu as raison d'en profiter, puisque c'est compris dans le forfait de ses prestations, mais ne va pas prendre ça trop au sérieux. Tu deviendrais aussi ridicule que ces auteurs de théâtre qui se croient aimés d'une comédienne.

– Tu sais ce que je vais faire ? poursuivit Éponyme, les yeux écarquillés.

– M'écouter ? t'apercevoir que j'ai raison ? exercer une nécessaire circonspection dans l'étalage de tes bouffées romanesques ? proposa la chienne avec perfidie.

– Idiote ! Je vais laisser tomber mon roman pour l'instant et mettre cette belle énergie à entretenir la flamme qui entre Oracio et moi est en train de grandir.

– Parce que baiser ET écrire, c'est incompatible ?

– Sotte ! Écrire je le veux ! Mais écrire à Oracio. Je vais lui envoyer un déluge de lettres.

– Tu as compris, oui ou non, qu'il sait lire moins bien que moi ? Qui suis une chienne ?

– C'est encore plus beau. J'écrirai. J'attendrai des réponses qui ne me parviendront que sous la forme de coups de reins. Puis j'écrirai encore. Et quand en son absence j'aurai besoin de paroles dignes de notre amour, je relirai la prose que je lui aurai écrite. Tu vois, Fragonarde, lui, sa façon d'écrire, c'est…

Éponyme promena le doigt sur les chemins argentés qu'avait laissés sur ses hanches, ses cuisses et le bas de son ventre le sperme de son amant. Fragonarde fit remarquer que certaines limaces abandonnaient derrière elles des serpentins tout aussi expressifs et que l'on ne prenait pas pour autant cette bave pour un témoignage amoureux. Éponyme ramassa le gode en ivoire qui n'avait pas servi et l'abattit, pas trop fort, sur la tête de la chienne. La comtesse se leva du lit en sautillant, comme si elle était légère. Ses seins et la graisse de ses jambes rebondirent à contretemps tandis qu'elle ouvrait grand les fenêtres afin que la lumière lunaire ajoute à ce moment privilégié.

– Nettoie cette chambre, idiote ! grogna la chienne réfugiée sous le lit. Ton époux il va rentrer !

– ... J'aurais aimé qu'il éclabousse tout mon dos en me tirant les couettes ! Sur les reins aussi ! Flac ! Floush ! Plooooosh ! Comme les vagues du Bosphore sur les rivages de Cappadoce...

– C'est pas au même endroit.

– Si ! Il est tellement vigoureux qu'il aurait pu me tenir par les cheveux comme on serre le guidon d'une charrue et j'aurais dit « maintenant » et il m'aurait labourée, sarclée, inondée ! Et le flux créateur aurait accompli ce miracle : tracer un fleuve artificiel aux reflets lactés qui aurait relié les rives de mes reins au littoral de mes omoplates... Fragonarde...

– Quoi encore ?

Alarmé de l'Implication ouvrit la porte et déclara qu'il honorerait une autre fois la cambrure de son épouse tant sa causerie philosophique l'avait épuisé. Éponyme n'eut pas le temps de se recouvrir d'un drap. Elle gisait face au comte, fenêtres ouvertes, lumière de lune sur la chatte, le ventre en maints endroits craquelé des sécrétions du rival. Alarmé ne vit rien. Il prit sa petite brosse à dents, déposa sur les poils soyeux du bicarbonate ainsi que quelques gouttes de liqueur savonneuse. Il procéda à son examen dentaire du soir, retira sa perruque et reparut près du lit conjugal, en liquette et mi-bas. Il se plaignit sans rage excessive que son bonnet de nuit ne fût pas sous l'oreiller. Éponyme, du bout des orteils, fit remonter ledit couvre-chef depuis le dessous des draps où il était allé se perdre. Elle se rappela que pendant l'acte, afin qu'elle ne crie pas trop et peut-être par perversion, Oracio le lui avait fourré dans la bouche. Alarmé le déplia et se le mit sur la tête. Puis il parla de son grand amour : la pensée. Éponyme dormait déjà.

29.

Dieu rentrait du badminton où il venait de subir une mémorable branlée. La divinité d'en face avait fait usage de bras surnuméraires terminés par une multitude de raquettes. Dieu déplora qu'il n'existe aucune instance supérieure pour statuer sur de telles irrégularités. Il se laissa tomber dans un fauteuil de nuages et fit rouler sous ses orteils le globe de la Terre, moitié pour y poser les yeux, moitié pour s'y rafraîchir la plante des pieds.

Sur l'îlot caraïbe que ses habitants appelaient Sion et dont le plus grand volcan était surnommé Jérusalem, trois fugitifs glissaient entre les feuilles de la ville des femmes. Dieu avait cette tendance intéressante à voir d'abord les détails. Yom le gros Indien au nez de cacatoès tirait son amoureuse par le gras du ventre. Elle s'appelait Mawya, mais Pietr Cohen et le Créateur du monde la nommaient Maria. Tout près de ces deux montagnes dont la peau orange luisait sous la lune, Pietr au corps de langouste sans carapace faisait part de sa désapprobation : dans ce village, selon lui, on traitait mal les hommes. Dieu trouvait tout ça délicieux. On avait fait de la nation juive une molécule malheureuse. On l'avait tellement écrasée entre tous les outils de torture de la terre que les agrégats qui se reformaient un peu partout n'avaient jamais la cohérence paisible d'un pays légitime. Dieu se rappelait le temps où les Grecs, les Romains, les Babyloniens avaient morcelé la plèbe juive. Il se souvenait comme on leur avait reproché d'être chrétiens, avant de les massacrer parce qu'ils ne l'étaient plus. Il songeait à l'époque où en Espagne on avait simultanément ordonné que les juifs meurent, qu'ils s'exilent, et qu'ils abjurent leur foi. En créant cela, Isabelle la Catholique avait donné naissance au plus grand groupuscule corsaire au monde. N'ayant plus d'autre choix pour survivre, puisque même les juifs convertis au christianisme subissaient les pires sévices, ils s'étaient massivement engagés dans les marines du monde. Avec une prédilection bien entendu pour tout ce qui venait de Hollande, d'Angleterre ou de Turquie, afin que la reine mesure ce qu'elle avait perdu. Et Colomb, le plus grand d'entre eux, avait eu l'intelligence de négocier la propriété des territoires qu'il découvrirait, pour lui et les générations futures. Dieu adorait que l'humanité propose des modèles d'organisation qu'il n'avait pas prévus. Mettre ce qui restait du peuple juif en situation d'égarement perpétuel, le rendre coupable et passible du bûcher quel que soit le choix qu'il ferait. Dans de telles circonstances, on est contraint de s'adapter. Alors, fatalement, on découvre l'Amérique ! Dieu avait suivi assez précisément l'histoire juive jusqu'à ce moment-là. Il savait que Colomb était guidé, entouré, financé par des juifs en fuite. Il savait que l'idéal d'un jeune israélite consistait à tailler la route avec Magellan et Marco Polo, puis à découvrir les Caraïbes, à s'installer au Mexique ou en Californie, pour y mener une vie tranquille. Il savait que certains capitaines avaient cumulé le rôle de philosophe, ceux de rabbin et de marchand, et qu'on les avait retrouvés à Amsterdam. D'autres ramenaient des bambous du Japon pour que Monsieur Rembrandt puisse réinventer le dessin. D'autres encore avaient lu Spinoza et avaient fait voyager sa prose jusqu'à Madagascar. L'avait-il dit à Spinoza, le bon Dieu, que sa pensée avait servi à cimenter des républiques corsaires ? Toutes ces informations, puisqu'elles étaient atypiques et distrayantes, l'Éternel n'avait éprouvé aucun mal à les retenir. Mais cet îlot précis ? Celui où Pietr Cohen avait échoué ? Dieu n'avait pas la moindre idée de ce dont il s'agissait. Il avait la flemme de retourner dans le passé pour voir comment cette crotte de terre s'était peuplée. Selon lui, c'étaient plutôt des Indiens. Il leur trouvait les dents écartées des Mexicains, les seins en ogive des Hawaïennes et la grâce indolente des Marquisiens. « Enfin, soupira Dieu, pour son malheur, cette population innocente sera tombée sur une bible. Ils sont fichus. Voyons où ça va les mener. »

L'attention de Dieu fut attirée par une piscine naturelle formée de concrétions volcaniques. Dans ce bassin, immergés jusqu'au nombril, une tripotée de guerriers mâles gesticulaient. Dieu fut courroucé, ils s'adonnaient à l'aquagym. Dieu souhaitait rester le seul à maîtriser les sports du futur. L'exploitation des femmes par les hommes et des hommes par les femmes, la souffrance, l'oppression, l'égarement, tout ça ne le dérangeait pas tant qu'on ne touchait pas à ses privilèges personnels. Comment ces créatures terriennes avaient-elles pu voyager dans le temps et rapporter dans leur île les merveilles de la gymnastique en piscine ? Dieu regarda mieux : aucune musique électrique ne présidait à l'agitation des corps. Et les hommes déterminés qui pataugeaient dans l'onde envoyaient régulièrement leur poing contre l'épaule du voisin. Dieu rougit tendrement lorsqu'il constata que ces brutes répétaient son nom à chaque exhalaison. « Ouf ! Il s'agit d'une prière ! Ouf, ils n'entretiennent pas leur corps, ils se préparent à la guerre ! »

Sous la lumière métallique de la Lune, ils remerciaient en hébreu qu'on ne les ait pas faits femmes. Chaque matin de par le monde, les juifs observants procèdent ainsi, se balançant d'avant en arrière, « merci d'être un homme », tandis que du côté de la gent féminine on répond pudiquement « merci de m'avoir faite comme je suis ». Sur l'îlot en question, ces psaumes s'accompagnaient d'une gestuelle brutale. Coups de poing sur le voisin, coups de poing sur le cœur, tout pour montrer qu'on était bien des garçons.

Cachés derrière des fougères préhistoriques à l'aplomb d'une roche de pierre ponce, Pietr et les deux amants contemplaient le peuple de Yom.

30.

Les soupirs interminables de Dieu chauffaient l'atmosphère jusqu'aux plus basses couches de l'éther. Spinoza, le papa de Pietr et d'autres morts d'envergure en eurent l'éternité perturbée. Spinoza leva les fesses de son nuage, effectua quelques étirements musculaires, puis donna un grand coup de talons sur la concrétion gazeuse. Il s'envola. Sans air. Il invalidait ainsi toute la pensée kantienne à venir, et les présocratiques par la même occasion, toute la physique du monde. Spinoza s'approcha de Dieu en grenouillant des jambes, sa robe de chambre battant le vide. La ceinture terminée de passementerie qui tenait son vêtement ensemble lui faisait une queue de chimère.

– Dieu, demanda Baruch Spinoza, qu'est-ce qui ne va pas ? Pourquoi ces longues plaintes ?

– Qu'est-ce que ça peut te foutre, fourmi ?

– Je me sens coupable. J'ai passé ma vie terrestre à combattre les enfantillages et à expliquer votre immanence. Et à présent que je sais, au sujet du badminton, de la planète qui vous sert de repose-pieds, de votre longue barbe, je me sens tellement coupable…

– Tu te donnes un peu trop d'importance, répondit

Dieu. Je m'en fous complètement de ce qu'on dit de moi. J'ai besoin d'objectifs simples. Ta planète est trop emberlificotée et j'ai des apophyses sanguinolentes plein les yeux à force de la regarder. Fais-moi des lunettes.

– Gratuites ! s'exclama Spinoza. Je m'y mets tout de suite et je vous les fais gratuites. Ainsi vous regarderez mieux le monde et il s'y déroulera moins d'abominations.

– Tu crois ? On ne sait pas. Mais au moins je gagnerai au badminton. Je verrai mieux arriver le volant !

– Gagner au badminton, Éternel, c'est plus essentiel que le destin de vos enfants sur ma planète ?

Dieu se mit à rire tristement. Spinoza se demanda si en plus des verres correcteurs, il ne lui faudrait pas un anxiolytique. Mais le Créateur expliqua que la Terre et ses habitants lui semblaient impossibles à satisfaire, ou à rendre heureux, ou à sortir du pétrin. Et si un Dieu y regardait attentivement, il y perdrait sa santé mentale. Tandis que le sport, on compte, on gagne ou on perd. C'est un processus où la victoire est possible. Quant à la Terre… non, il valait mieux le sport.

– Mais dans l'avenir, Seigneur, dans l'avenir la marche du progrès, de la civilisation, de la culture…

– Toi, tu es impayable. Non. Ce qu'il me faudrait, c'est un poney !

– Un… poney ?

– Un poney je te dis. Si je laissais tomber les sports de compétition pour une activité plus harmonieuse. Tu m'imagines ? J'aurais mon poney à moi. Je le sellerais, le brosserais, le préparerais. Et je m'inventerais des circuits, on transpirerait, le poney et moi, mais ça serait de la bonne fatigue. Je serais un Dieu plus paisible. Je dormirais mieux.

– Mais Dieu, demanda Spinoza, où trouver un poney assez gros pour qu'on puisse y asseoir vos fesses ?

– Nulle part. Tu as raison et c'est regrettable.

Spinoza convint que même lorsqu'on était large d'esprit, certaines limites ne devaient pas être dépassées. Il osa dire que peut-être, si l'immanence était une erreur, s'il existait vraiment des dieux et des êtres supérieurs, il ne fallait pas s'étonner que les puissants finissent par croire à leur propre puissance.

– Ils se prennent pour vous, non ?

– Ne me parle plus de cette planète ! répondit Dieu. Mais vraiment, Spinoza, ton espoir, si ça pouvait s'arrêter, j'en serais reconnaissant. Je ne souhaite pas que la Terre serve à autre chose qu'à reposer mes pieds douloureux après le badminton. Les hommes ne méritent rien d'autre. Ils m'ont déçu.

31.

– Dieu m'a demandé de lui faire des lunettes à sa taille, grommela Spinoza après avoir réintégré son nuage au-dessus de l'île caraïbe.

– C'est un grand honneur, lui répondit avec bigoterie le père de Pietr.

– Sans doute, souffla le philosophe.

Après quoi il croisa les bras, ne se mit pas au travail et ferma les yeux.

– Ne fais pas semblant de dormir, tu as les sourcils froncés, je vois bien que tu boudes ! Hé ! Le patron t'a donné un boulot ! Pourquoi tu fais rien ?

– Tu crois que je suis le premier à qui il fait cette saloperie ?

– Tu as voyagé dans la paume de Dieu et tu râles ?

– Tu sais ce qu'il a fichu quand Moïse est arrivé ?

Le père ne savait pas. Et pour cause, il n'habitait pas dans les nuages depuis si longtemps.

– Quand Moïse a débarqué ici, après tous ses bons et loyaux services sur la croûte terrestre, il a gentiment demandé ce qui allait advenir de sa Terre promise. Alors Dieu a pris son petit sourire. Son air du type qui sait qu'il va te rouler dans ton propre caca et qu'il va finir par hausser les épaules en te disant que c'est toi qui l'as voulu. Et Dieu l'a amené dans l'avenir. Il a vu…

– Je ne suis pas sûr de vouloir connaître la suite…, prévint le papa.

– Ah bon, tu ne veux pas savoir ? Babylone, Rome, la Grèce, Isabelle la Catholique, tu crois que ça a suffi ? Le raffinement, le progrès, tu es sûr que tu ne veux rien savoir au sujet des tsars, et de l'Allemagne, et de…

– Je t'écoute pas, j'ai les doigts dans les oreilles. *Shema Israël ! Shema Israël !*

Et le papa se mit à hurler la prière du Shéma depuis son nuage, pour ne pas savoir ce qui allait advenir de la terre d'Israël.

Spinoza, par pure méchanceté, lui raconta que beaucoup de juifs avaient cru en la promesse d'une Jérusalem qui descendrait du ciel et qu'ils étaient allés s'agglutiner dans cette terre qui était devenue la lointaine banlieue de l'Empire ottoman, puis de l'Empire britannique.

– Je n'entends pas ! continuait le papa. *Shema Israël ! Am Israël haï !* Fous-moi la paix !

– Tu vois, ça c'est Dieu tout craché ! Alors moi j'ai l'habitude, je sais que dès qu'il accueille quelqu'un ici, par jeu, il s'arrange pour lui faire voir l'avenir et bien lui montrer qu'il faut oublier tout espoir. Mais je pensais qu'il m'avait à la bonne. Je pensais que moi, il m'épargnerait. Alors ses lunettes, tu vois, je vais…

– Tu ne vas pas les faire ?

– Si, mais je vais prendre mon temps. Et tu sais quoi ?

– Je ne sais pas. Quoi ?

– Eh bien, en faisant les lunettes que Dieu m'a demandées, je vais te dire… je ne vais PAS m'appliquer.

32.

Le silence de Spinoza devenait pesant. Il se tenait à l'écart, les bras croisés, les jambes emberlificotées. Le papa de Pietr était à deux doigts de changer de nuage. Afin de détendre l'atmosphère, il osa demander :

– Quel serait son intérêt, à Dieu ?

– Tu n'as donc pas compris ?

– Pardonne-moi mais non. Moi je ne suis pas un grand philosophe comme toi. Je suis juste un charlatan hollandais qui a dû mettre beaucoup d'énergie à nourrir son fils. Ah ! Baruch Spinoza, si toi aussi tu avais dû t'occuper d'un enfant, tu n'aurais pas eu l'esprit libre pour les hautes pensées. Alors dis-moi ! Quel serait son objectif, à Dieu ? Pourquoi mettrait-il tant d'énergie à expliquer à ses créatures qu'il faut oublier tout espoir ?

– Donc VRAIMENT, tu es aveugle à ce point ! Tu ne les as pas vues ?

– Quoi donc ?

– Mais les oreilles de Dieu ! Tu as vu leur taille ? Dans chacune on pourrait loger trois cents éléphants ou trente baleines à bosse, donc tu penses bien qu'avec des oreilles pareilles, Dieu, il entend !

– Il entend quoi ?

– Les prières des hommes, ces êtres désespérés qui veulent en permanence être éclairés sur leur place dans l'univers. Alors percevoir en même temps toutes ces larmes, tous ces soupirs émis vers lui, ça lui file des migraines ophtalmiques et finalement, quand il perd au sport, il se dit que ça vient de là : c'est le poids de l'espoir des hommes.

– Tu es en train de supposer que le rêve de Dieu, c'est que les hommes soient tellement désespérés qu'ils cessent complètement de prier ? Quel salaud !

33.

Alarmé se racla la gorge sans qu'Éponyme sursaute. Il lui caressa l'épaule, mais la comtesse, épuisée par son cuisinier, ne sentit rien du tout. Leur lit était vaste. Le comte de l'Implication pouvait y reposer bras écartés à quarante-cinq degrés, les cuisses si éloignées l'une de l'autre que ses testicules étaient posés sur les draps protégeant la peau des couilles du plus infime contact avec le gras des jambes. Il pouvait agiter les mains, clapoter de la bouche. On ne réveillait pas l'autre dans cette luxueuse literie et ça ne constituait pas une bonne nouvelle pour un mari qui sentait très distinctement qu'il lui manquait quelque chose.

La chienne de son épouse grimpa sur le matelas et, par-dessus les draps, se fit un nid entre les jambes du maître de maison. Alarmé qui n'avait jamais éprouvé une immense sollicitude pour cette bestiole battit des genoux promptement. Les couvertures se muèrent en trampoline et la chienne rebondit avec autant de vigueur que les Paillasse du carnaval de Nice. « Ouste ! File, rate pigne ! » Son strabisme divergent (de trop gros yeux pour un crâne trop étroit), ses oreilles comme des queues d'écureuil et ses rubans assortis, tout chez cette chienne agaçait Alarmé. Il ressentit une brève satisfaction à l'instant où le quadrupède toucha brutalement le parquet avant d'aboyer son mécontentement et de quitter la pièce.

Alarmé se sentait bien seul. Son cours de philosophie s'était mal passé. La sœur de son épouse, Antinôme de Bordeleau, née Tampononouzen, lui avait ouvert dans une tenue encore plus légère que d'ordinaire. Alarmé ne comprenait pas que, disposant de la plus grande fortune de tout le sud-ouest du royaume de France, la duchesse de Bordeleau ait si peu de tissu à mettre sur ses jeunes épaules. De plus, la maladresse de la grande brune avait beaucoup perturbé la leçon. À chaque mouvement, elle frôlait Alarmé. Tantôt avec l'épaule, tantôt avec la joue, tantôt avec ses tétons en escargot dont les cornes affleuraient sous la guipure.

– Rha ! Mais les fauteuils ne vous suffisent donc pas ! avait pesté le comte au moment où elle s'était d'un bond assise sur la table pour encercler son professeur à l'aide de ses interminables jambes.

Elle avait la vulve sur les leçons. Alarmé avait mis un temps fou pour préparer ses cours. Et voilà qu'elle répandait sa cyprine sur les feuilles !

– Je n'y peux rien, je suis trempée ! avait répondu Antinôme.

– C'est la pensée, duchesse, je vous comprends, elle peut plonger le plus pur des cœurs dans le désarroi lorsque s'ouvrent devant lui les abysses de son ignorance...

– Alarmé, ça me fait peur, tout ce savoir !

Et elle s'était blottie dans ses bras. En tentant de la repousser afin qu'elle se souvienne de ce qui était important : l'esprit, pas le corps, Alarmé avait renversé l'encrier.

Antinôme s'était baissée pour aller chercher ledit récipient ainsi qu'une plume torsadée en verre dont le bout, malheureusement, venait de se briser. Alarmé constata alors qu'à part sa chemise brodée parsemée de dentelle de Burano et extrêmement lâche, son élève ne portait rien du tout. Dans la position incongrue où se trouvait l'épouse du duc Nécrozé, il ne put ignorer les trois spasmes successifs dont furent animés ses sphincters postérieurs au moment où, toujours la tête sous la table, elle éternua trois fois. Un silence s'en était suivi. Puis, indifférente à la plume et à l'encrier, Antinôme envoya ses interminables doigts bagués d'ambre et d'obsidienne sur ses cuisses blanches. Elle relevait sa robe-chemise. Jusque bien au-dessus du cul. Face à cette exhibition, Alarmé eut le sentiment qu'on faisait bien peu cas de la pensée et en fut offensé.

– Antinôme ! J'entends que Monsieur le duc investisse davantage dans votre habillement et je vous promets d'aborder avec lui cette révoltante manifestation de pingrerie.

Elle éternua à nouveau à trois reprises. Les fesses demeuraient vulnérables au moindre courant d'air. Pensant qu'elle ne trouvait pas ce que sous la table elle était partie chercher, Alarmé se mit à son tour à quatre pattes et la rejoignit dans le lieu des fouilles. Antinôme vint coller sa joue droite contre la joue gauche d'Alarmé.

– C'est ce que je dis, vous êtes brûlante ! Vous avez la fièvre ! Et possiblement une congestion ! Vous êtes chaude, passez-moi l'expression, comme une baraque à cannelés. Je me dois de parler à Monsieur votre époux. Si l'on néglige ce genre de commotion, on se retrouve au lit sans savoir comment.

– Alarmé ! On s'en fout de mon mari ! Prends-moi sur le bureau !

Alarmé eut bien peur d'avoir compris. Il se convainquit que c'était la fièvre qui occasionnait chez sa belle-sœur un tel délire.

La duchesse s'extirpa de sous la table, remit sa robe en broderies et se montra très froide. Alarmé fut ravi que grâce à ses sages conseils la jeune femme ait retrouvé ses esprits. C'est alors qu'elle lui annonça qu'il n'y aurait pas de leçon philosophique la semaine suivante.

– Je pars en Afrique avec Monsieur mon époux.

– Dans son état ?

– Quoi ? Il parle peu, il ne sait pas bouger, mais sa chaise roule. Nous allons acheter des esclaves. Le marché change. Il y a des comptoirs flottants. Il y a un nouveau roi. Des opportunités…

Il ne fermait pas l'œil. Il tapota à nouveau l'épaule d'Éponyme. Sans succès.

– J'ai besoin de vous parler, Éponyme. Mes cours de philosophie vont s'interrompre. Momentanément. Mais momentanément longtemps tout de même. Vous ronflez encore ? Peu importe. Vous dormez mais n'êtes point morte. Je gage que le cerveau reptilien entend ce que j'ai à lui dire. Vous me tenez pour un génie, ma mie, et sans doute n'avez-vous point tort. La France, son climat, ses vents, sa disposition sur la planète. Montesquieu l'a dit… pas mieux que moi… j'aurais su le formuler de plus belle manière mais rendons-lui grâce du fait qu'il l'a dit avant : le climat façonne les êtres. Et quoi de plus normal que voir naître en Gironde le Plus Grand Philosophe de France.

» Entendez-moi, ma belle dormante, ce penseur jalousé par tout le monde pensant, je le suis en puissance, mais point encore en actes. Finalement, qui connaît mon génie ? Quelques marchands de vin, votre sœur, le curé, vous ? Vous êtes-vous déjà posé cette question au sujet de Jésus-Christ ?

Elle ronflait de plus en plus fort.

– Jésus, Éponyme, on l'appelle Messie, mais à mes yeux c'était un grand philosophe avant tout. Il fut à la Palestine ce que je suis à l'Hexagone. Eh bien, combien furent-ils, selon vous, à réellement côtoyer ce Jésus ? Combien d'êtres charnels eurent le privilège de sa proximité physique ? Peu ! Voilà ! Exactement : peu ! Comme pour moi ! Et comment a-t-on décidé qu'il était le plus grand philosophe de Palestine ? Et par extension de l'Empire romain et du monde ?

Éponyme ronflait sans autre réaction notable.

– Par des textes, mon amie ! Absolument. Or, malgré votre bon cœur et les regards d'amour que vous posez sur moi, diriez-vous que je les ai déjà écrits, mes grands textes ?

– Ron !

– Non ! Vous avez raison. Des bribes sur le temps qu'il fait, quelques maximes, joliment tournées, soit, mais je suis un œuf de sagesse dont la coquille n'a pas encore été craquelée.

– Pishpishhhhhh !

Le comte gisait toujours sur le dos dans son grand lit, à agiter anxieusement les doigts des mains et des pieds. Il expliqua au plafond indifférent et à sa femme endormie qu'un génie avait besoin d'être génie de quelque chose.

– Ce qui nous tue, finalement, c'est l'absence d'un lieu élevé depuis lequel regarder le monde.

Écrasé sur son lit, il eut cette interrogation désespérante, qu'aurait pu formuler Spinoza :

– Comment puis-je penser le monde puisque je suis partie du monde ?

Alors l'assaillirent les images de sa belle-sœur. Son regard cruel. Ses lèvres fines dessinées au charbon comme le maquillage d'un sarcophage égyptien. Les serpents noirs que formait sa chevelure. Alarmé avait occulté tous ces stimuli. Mais dans cet instant de solitude où cherchant le sommeil il se lamentait de l'absence d'altérité dans le monde, le comte de l'Implication bandait comme un cheval. Il bandait tant que sa zézette lui soulevait le costume de nuit et le wigwam ainsi formé tirait le tissu vers le zénith et lui découvrait les mollets.

– Éponyme, je bande.

Éponyme ne se réveilla point.

– Peut-être faut-il, puisqu'il n'est pas de puissance cosmique étrangère au monde, puisque aucun mont Olympe ne s'offre sur lequel grimper afin de penser l'univers, puisque Archimède n'a jamais découvert ce levier qui permettrait de soulever la planète, peut-être faut-il considérer, pour échapper à la folie, que l'autre est en nous. Décidons cela, Éponyme : mes parties hautes = la conscience ; mes parties basses = l'être irréductible ; et en mon milieu = moi, l'égaré.

Un silence pesant s'installa pendant lequel Alarmé n'eut pas conscience qu'il venait d'inventer la psychanalyse. Il passa à une autre idée et le cours de l'histoire des sciences ne fut pas modifié cette nuit-là. Le comte commença à caresser son épouse. Elle avait glissé dans une phase de sommeil sans renâclements. Dans le silence de cette nuit de printemps, Alarmé se rappela comment Antinôme avait mouillé ses feuilles de cours tantôt, étalant l'encre qui était devenue violette sous l'aspersion des liqueurs corporelles.

– Tu es trempée, petite cochonne, murmura-t-il à l'oreille de sa femme endormie.

Puis il porta ses doigts à la bouche et apprécia le goût des humeurs. Croyant goûter la chatte de sa femme et se sentant un peu coupable de penser à la vulve de sa belle-sœur, Alarmé n'avait pas idée qu'il faisait fondre sur sa langue le sperme salé du cuisinier Oracio. Comme il n'avait rien d'autre à faire, il essaya de voir quand sa femme se réveillerait. Il la trifouilla trois bons quarts d'heure durant lesquels l'inconsciente ne cessa de balbutier « O… Oracio… ».

– Le ratio est très bien, répondit son mari. J'ai un rythme de croisière. Vous jouissez sans vous réveiller.

Alors, perché sur ses bras, afin de ne pas peser de tout son poids sur le corps qui près de lui roupillait, Monsieur le comte vint en elle. Elle dormait toujours. Alarmé sentit qu'il allait mieux et que le sommeil enfin le prenait.

– C'est bien ! dit-il. Vous voyez, Éponyme, pour la pensée, c'est exactement la même chose. J'étais perdu, je ne rimais à rien. Vous comprenez ? Ma pensée est exactement comme mon zizi. Il lui faut un objet. Et tandis que votre belle-sœur visite l'Afrique pour y acheter des Africains, je vais chercher cet objet de pensée sur lequel je me hisserai pour devenir Le Plus Grand Philosophe de France. Vous entendez, Éponyme, hurla Alarmé dans la nuit, il me faut une cause !

– Quoi ? demanda la comtesse.

– Rien. Dormez.

34.

Spinoza continuait d'envoyer des petits papiers vers les hommes. Aidé dans cette entreprise par le père de Pietr, il suppliait Dieu de se révéler à cette populace.

– Faites l'expérience, ô Éternel, d'une bonne vieille révélation au cours de laquelle barbu et campé sur vos deux pieds vous apparaîtrez à ces furieux afin de les calmer.

– Les calmer ? As-tu vu l'état où les mettent quelques murs en pierres disjointes dans la Jérusalem de Mésopotamie ? As-tu observé dans le désert de naphte comme ils trottinent chaque année autour d'un météore ? As-tu observé, dans les églises du monde, la folie que suscitent ces sculptures à l'esthétique discutable où un blond d'Europe du Nord, censé être mon enfant organique, s'étire les ligaments sur une croix en bois ? Tu as vu le bordel, là-dessous, Baruch Spinoza, conseilleur insolvable ! Et tu voudrais que j'investisse davantage dans cette boule de terre recouverte d'une fine pellicule d'eau ? Non ! La Terre sert à me rafraîchir les pieds, rien de plus.

– Dans ce cas, Seigneur, fichez-y les pieds, mais près du littoral. Autorisez l'humaine populace à contempler les cors et les terminaisons ongulaires de vos orteils divins. Ainsi, ayant aperçu des membres anthropomorphes, ils en déduiront le reste de votre plastique, et votre bras puissant porteur de foudre et votre barbe et vos yeux bleus. Ô Éternel, tous les mots que vous dites à présent que la mort est sur moi ! Pourquoi si peu de palabres pour les infortunés petits singes qui s'égratignent en dessous ?

– Foutez-moi la paix, souffla le Créateur. Je transpire tellement que je m'indispose moi-même. Je vais aux ablutions.

– Dieu ! Sois utile ! ordonna le père de Pietr. Aide mon fils à revenir au monde et fais-en ton berger.

Le Créateur n'écoutait plus. Son ventre ceint d'un nuage comme d'autres d'une bouée, il battait l'espace de ses grandes mains. Son abdomen remarquable lui conférait une silhouette de lamantin nageant dans le cosmos.

– Où va-t-il ? demanda le père de Pietr.

– Il se rend dans un coin de l'espace où l'on trouve des cascades à sa taille, répondit Spinoza.

35.

Les nuits dans le navire s'avéraient particulièrement pénibles pour la duchesse Antinôme. Les quartiers qu'occupaient son époux et elle-même lui semblaient trop grands.

Antinôme marchait pieds nus dans l'immense cabine du capitaine qu'au titre de propriétaires ils avaient réquisitionnée. Elle arpentait la pièce en regrettant d'avoir autant d'espace pour déambuler, car ce vide l'angoissait. Malgré le tangage, elle passait ses nuits à dérouler ses grands pieds distingués l'un devant l'autre. Elle savait au centimètre près la taille de ses extrémités palmaires et s'en servait pour prendre des mesures, on passe le temps comme on peut.

– Ma sœur écrit, moi je compte.

Elle calcula la longueur et la largeur de la cabine. Puis elle se mit à la parcourir en diagonale afin de corroborer ses informations. Pour que l'examen fût complet, sans plus s'habiller qu'auparavant, Antinôme se jucha sur une chaise, leva les bras et se déploya au maximum afin d'atteindre la voûte du plafond. En additionnant sa hauteur anatomique aux dimensions supposées des pieds du siège sur lequel elle se trouvait, elle disposa d'une information assez précise au sujet de la hauteur sous plafond. Toutes ces indications ne suffirent pas à lui faire trouver le sommeil. La duchesse avait déjà procédé la veille de pareille façon et ça n'avait pas fait venir la paix qui précède les rêves. Elle multiplia donc toutes les dimensions de la pièce pour obtenir un résultat semblable à celui de la nuit précédente, qui l'aida à calculer le volume d'air respirable. Elle évalua ensuite à la louche la contenance de ses alvéoles pulmonaires et des poumons atrophiés du mari. Elle se demanda en conséquence, sachant le temps approximatif de chaque expiration, combien de fois un centimètre cube d'air allait être avalé et craché par son époux et par elle-même au cours de la nuit.

Un tangage plus fort lui fit perdre l'équilibre. Dans cette cabine qui tout à l'heure lui avait paru trop vaste, voici qu'Antinôme étouffait. La duchesse était toute nue, couverte de grains de beauté noir olive dont sa sœur Éponyme était presque dépourvue. Ses cheveux corbeau tombaient jusqu'à ses fesses maigres. Elle s'approcha de la porte. Le mari ronflait toujours. Elle pensait aux marins, sans les identifier individuellement. Aux yeux d'Antinôme, c'étaient des serviteurs, un ramassis. Une propriété. Un inconvénient, presque. Le grouillement des hommes d'équipage se résolvait dans son imaginaire en l'action ininterrompue de bras transpireux, de boyaux pleins de mauvaise nourriture et de dents gâtées. Elle les percevait comme un seul organisme doté d'yeux innombrables et de terminaisons préhensiles. Ils eussent voulu, elle le savait, la violer tous ensemble. Avec brutalité, puisqu'elle était leur propriétaire. Ils auraient mis dans chaque coup de reins la vigueur inutile de ces êtres simples qui croient que le pouvoir s'acquiert par l'usage mécanique des muscles. Frustrés que cette femme appartienne à un impotent, oui, ils l'auraient baisée, elle en était certaine, en laissant partout des griffures et des marques de dents. « Pourquoi, se demanda Antinôme, ma sœur est-elle aussi heureuse ? »

36.

– Mon fils, vous ne devez pas dire pareilles conneries à votre femme.

– Et pourquoi, curé ? Elle sait très bien que je n'ai pour Antinôme aucune envie de frottis ni de fluides ni d'éjaculage.

– Le sait-elle vraiment ?

– Je crois, oui ! Éponyme n'ignore pas qu'hormis la pensée, rien ne me pénètre.

– C'est tellement bête, Alarmé, que j'aimerais que nous poursuivions cette conversation dans le secret du confessionnal.

– Vous n'y pensez pas ! L'Université libre ouvre sa séance hebdomadaire dans deux heures. Je dois me faire porter là-bas d'urgence. Et couper certaines pilosités. Oui, depuis qu'on a un bon miroir j'ai constaté cette disgrâce : du fond de mon nez, ça pousse. Plus fort depuis la narine droite, figurez-vous ! Méditez cela, curé !

– Ce que je médite surtout, mon fils, c'est la bêtise que vous avez dite à Éponyme ! Pour vous, c'est rien, vous balancez votre bêtise et vous partez donner vos leçons.

Mais soyez certain qu'elle va ruminer tout ça et que ça me finira sur les godasses. Elle va m'en conchier la confession.

– Mais enfin, j'ai juste dit...

– Je sais ce que vous avez dit.

– Une seule auditrice vous manque et tout est dépeuplé.

– Et vous ne parliez pas d'Éponyme.

– Je parlais d'Antinôme. Pourquoi aurait-elle voulu, ma chère épouse, qu'il fût question d'elle, puisque mes leçons, elle n'y assiste plus ? Et franchement, elle ne semblait pas s'y intéresser outre mesure. Elle fabriquait des patates en mie de pain.

– Justement, mon fils. Sortons de l'église, afin que je puisse dire le fond de ma pensée. Mon fils, vous faites chier ! Parce qu'avec votre saillie sibylline, vous pouvez être certain que la comtesse votre femme va s'y intéresser À MORT, à la philosophie.

– Par rivalité avec sa sœur ? Par amour pour moi ?

– Et pour quelle autre raison, Monsieur le comte ?

– Vous vous trompez, curé, Éponyme pense plus haut.

Ailleurs dans le domaine...

– Madame, si vous n'y mettez pas dou vôtre, jé pouis difficilement y mettre le mien.

– Pardon Oracio, pardon, mon Léonard des conduits, je songe à ma sœur et je pleure.

– Pleurez-moi sour lé jonc, on améliorera le glissando.

– Oracio ! Oracio ! Ne me tiens pas rigueur ! Je suis à toi, tu es à moi.

– Madame, pas grave, Madame. Votre époux appelle ! Madame, je dois me retirer afin d'aller porter Monsieur.

Au jardin, pas loin…

– Oracio ! Mais que fait ce branlottin ?

– Alarmé, ça suffit ! Notre cuisinier est requis à d'autres tâches ! Ici, on enfourne ! Portez-vous tout seul.

– Éponyme ! Mais Épopo ! Je ne peux point aller sans chaise. Boudiou que sa présente passion pour les arts culinaires ne fait pas mon affaire. Curé, curé, porte-moi !

– Mon fils, si c'est la pensée que vous allez semer, et non pas le verbe incarné de Dieu, portez-vous vous-même.

Ainsi par les routes poudreuses du Bordelaouais, Alarmé de l'Implication alla-t-il seul au café qui lui tenait lieu d'université.

Le bistroquet ouvrit et lui annonça, comme une bonne nouvelle, qu'il allait avoir beaucoup à manger.

– Personne n'est venu ? soupira tristement Alarmé.

– Non, non, pas personne. Y a quelques quelqu'uns.

En réalité, on ne trouvait autour de la table que les clients habituels de l'échoppe.

– Vous savez que c'était aujourd'hui, mon université ?

Cette question suscita peu de réactions dans l'établissement.

– Je fais quoi ? poursuivit le comte. Je fais mon cours tout de même ?

– Ouais, faites court, parce qu'après y a le match de soule.

Alors il leur parla de la force de travail. Et de sa liberté. Il évoqua l'esclavage en expliquant à quel point cette pratique était répréhensible « puisqu'elle corrompt la prodigalité que possède l'esprit, à bondir sans entrave d'une sphère à l'autre ». Il ne parlait pas des nègres, ni de vicissitudes réelles. C'est son esclavage à lui qui l'intéressait. Il songea à Éponyme qui avait confectionné ici même une jolie girafe et un village de pain blanc. Il pensa à sa fille, à Antinôme enfin. Comme il avait aimé que ce petit univers tourne autour de sa malhabile découverte de la pensée déclamante. Las, dans cette auberge vide où personne ne cherchait ni Sophie la Sagesse ni Laetitia la Joie, il venait de comprendre que jamais personne n'était venu pour lui.

– Y r'viennent quand, l'duc Nécrozé et sa p... p'tite de femme ?

– Après l'Afrique, répétait Alarmé. Après la mer et après le négoce.

Tout le monde s'en foutait, de la philosophie. On s'était pressé là pour croiser le duc Nécrozé, la plus grande richesse de Bordeleau. Alarmé et sa pensée ne constituaient que la belle-famille du souverain local.

– Soyez philosophe, lui conseilla le tenancier. Dès que l'duc reviendra, on sera à guichets fermés.

Le marchand de vin proposa de le raccompagner. Alarmé refusa. Foutu pour foutu, déclara-t-il, autant marcher. Et à son grand déplaisir, la marche lui fit du bien et lui remit les idées en place. « Voilà qui contrevient, se dit-il, à toutes les notions concernant la nécessaire exploitation de l'homme par l'homme. Dans mon Athènes, comme chez Platon, il y a ceux qui pensent et ceux qui marchent. Voici que contraint à la marche je me mets simultanément à penser. Décidément, aujourd'hui, rien ne va plus ! »

Nitchonne dans le jardin se tenait courbée en deux qui repiquait des fraisiers. Ses fesses couvertes d'une robe de coton orange vif attiraient une partie bien visible du substrat solaire. S'émerveillant de ces lois mystérieuses de réfraction chromatique qui amènent la lumière à s'attarder davantage sur le cul d'une servante que dans le vert des feuillages, Monsieur le comte, sans conviction, y porta la main. Nitchonne se retourna et Alarmé découvrit qu'elle avait pleuré. De se sentir ainsi sollicitée aux antipodes du cœur, la Provençale lâcha ses fraises et se tint face au maître, interdite. Elle attendait la suite. Rien ne vint. Monsieur repartait dans ses rêveries.

– Monsieur.

– Non, Nitchonne, rien.

– Mais Monsieur, vous vouliez quoi ?

– Ma pensée, mon petit. Elle se cherche un objet.

– Et vous croyez pas que votre main l'a trouvé ?

– Non, jolie fleur de courgette. Ah, comme je t'envie de disposer de ton jardin. Les sphères que je convoite se dérobent aux muscles métacarpiens. Je cherche, fidèle Niçoise, et ne puis encore saisir.

Nitchonne le trouvait complètement cintré. Elle remit le nez dans les fraisiers et continua de pleurer.

37.

Tandis qu'Oracio, qui était le plus bête du château, se collait le zoziau et les roubignous sous l'eau fraîche, Éponyme fondit en larmes. Nitchonne, qui ignorait tout de ces épanchements, n'allait pas bien non plus. Quant à Alarmé, dans le secret d'une clairière de la périphérie de son domaine, il versait lui aussi beaucoup de larmes. Nitchonne aimait Oracio, sans passion ni transports. Et elle craignait que le débarquement de l'Italien ne lui fasse perdre et son travail et son amoureux. Alarmé se demandait à quoi ça pouvait bien servir d'avoir tant d'amour pour la pensée et aucune cause dans laquelle incarner cette énergie. Éponyme pleurait, parce que le cœur et la vulve sont deux éponges qu'on gorge et qu'on presse, avec entre chaque épanchement un moment de vide cosmique. Elle ne vivait plus que pour Oracio l'illettré et cependant, par éclairs, elle parvenait à saisir ce que ça lui ferait de ne plus l'adorer. Ça serait se condamner à une vie grise et sans but. Pour éviter cela, Éponyme continuait d'écrire chaque jour comment avait été le zizi du zozo : « Dedans, dehors, dedans, dehors. Et puis zou ! Dans mon dos. »

– Ta sœur se marre davantage, répétait la chienne.

– Tu crois que Nécrozé, pour « dedans-dehors », il est mieux ? répondit négligemment Éponyme, pour ne pas se rappeler que, tandis qu'elle s'envoyait un pizzaiolo, sa frangine vivait des aventures aussi exaltantes que les voyages de Bougainville.

Afin de se changer les idées, la comtesse recommença, en plus des lettres d'amour, à rédiger les palpitantes tribulations d'Angélina et les sultans. Autour de son héroïne, les mahométans se montraient de plus en plus malintentionnés. Leurs rites barbares impliquaient désormais force lapidations, un surcroît de torsions de doigts dans des étaux et ce qu'il fallait de lavements intestinaux à base de sang de girafe. Les sultans imaginaires disposaient d'esclaves. Angélina, puisqu'elle avait été outrecuidante, se retrouvait punie, reléguée par les seigneurs d'Orient au rang d'esclave des esclaves. Ils la prenaient au sommet des girafes.

– Il lui arrive tout ça, tu crois, à ta sœur ?

Rageusement, la comtesse jeta l'encrier sur la chienne à laquelle les taches de pigment donnèrent un faux air de dalmatien. La même robe mouchetée se répandit, du fait de la trajectoire du flacon, sur le dessus-de-lit en satin taupe.

– Ta sœur qui vit les choses, aboyait joyeusement Fragonarde, et toi qui les racontes, qui est la plus heureuse ?

– Tais-toi, toutou. Personne n'est plus triste que moi. S'il n'y avait l'écriture, je plongerais par la fenêtre.

– On est au premier.

– Qu'importe, puisque je peux écrire.

– Ça te rend heureuse, alors ?

– La graphie fait battre le cœur moins fort, alors pour un moment, ça va.

38.

Qui d'autre pleurait ce jour-là, au même moment et en un autre coin du globe ? Pinoquillio, car il avait très faim.

– Arrête de manger ! Arrête de manger ! braillait le précepteur.

– Tu te rends compte que c'est ta seule mission sur terre, vieux Bambara. Tu étais quoi, dans ton village ?

– Chef. Médecin. Noble. Et je parle quatorze langues, dont le latin, le grec, l'arabe et l'occitan.

– Et ton métier aujourd'hui, c'est de me dire « Pinoquillio, arrête de manger » !

– Votre papa peut tout se permettre, puisque depuis les côtes il a soumis douze royaumes de l'intérieur du continent. Il vend, il achète, il règne. Les Blancs et les Arabes lui font une confiance aveugle lorsqu'il est question de négocier la chair humaine. Et même dans ses rangs, chacun baisse les yeux en sa présence. Nul ne peut atteindre ce roi. Ne soyez pas son point faible, Pinoquillio mon prince.

– Précepteur, je ne te comprends pas. Mon papa a sans doute mis le feu à tout ton village avant de te capturer et tu le défends ! Tu es là depuis quand ? Ils vous chassent comme on fait des gibbons, non ? On met le feu à la brousse, on agite les arbres et vous tombez comme des noix de coco.

– Parlez tant que vous souhaitez, petit maître, mais ne grossissez pas. C'est tout ce qu'on vous demande. Voyez votre papa : grand, fort, musclé, colossal. Si vous devenez obèse, Pinoquillio, comme tel semble être votre projet, vous serez le lieu vulnérable de son royaume viril.

– Tu parles bien, vieux, tu n'es pas con. Je ne comprends pas pourquoi tu acceptes d'être l'esclave de mon papa et par extension le mien ? Ça te plaît tellement de prendre soin de moi ?

– Je crois en la force, jeune maître. Je n'ai pas une terreur respectueuse, ni une soumission ancestrale à l'égard des chefs. Pour tout vous dire, j'ai connu de nombreux villages avant d'être fait esclave et aucune organisation traditionnelle ne m'a satisfait. Partout je n'ai observé qu'exploitation, brutalité et soumission des faibles à la puissance dominante. Alors suivre ton père, c'est s'éviter une lutte inutile. Te rappelles-tu le *Léviathan* de Hobbes ?

– C'est ton boulot de m'apprendre à me souvenir des choses que tu m'enseignes.

– Songe juste, Pinoquillio, qu'il y a des puissances, qu'elles sont toujours atroces et qu'il ne sert à rien de s'en offusquer.

Pinoquillio courut dans l'eau, y plongea les fesses et, assis dans les vagues, le niveau de la mer sous ses tétons, commença à pleurer. Le précepteur s'approcha. Le petit obèse lui jeta un coquillage à la figure, dans lequel s'agitait piteusement un bernard-l'ermite.

– Trois minutes de solitude par jour, c'est trop demander ? sanglota le prince.

– Pour le fils d'un roi, Pinoquillio, c'est beaucoup.

Il aimait manger, il n'appréciait rien d'autre. Il se foutait complètement des côtes d'Afrique. Rester immobile le cul dans l'eau et observer les poissons colorés. Feindre d'être un bloc de saindoux inanimé et attendre que les bestioles mangent squames et pellicules à la surface de la peau. « Les poissons me nettoient. Quel goût j'ai ? Est-ce que je suis sucré ? »

Dans la poétique du petit prince esclavagiste, dans son existence égotiste qui depuis le premier souffle avait été l'objet de tant d'attentions, seule importait la vie intérieure. Sa destinée digestive et gastrique lui appartenait car à l'intérieur de lui son papa n'allait pas. « Son royaume, ça n'est pas mon royaume. Ses esclaves, sa fortune, qu'ils crèvent tous, je n'hérite pas de ça. Ce qui est à moi, c'est ce que j'imagine. » Et dans la fantaisie intelligente et nombriliste du petit obèse, tout avait un goût.

Il ouvrit doucement la bouche et goba le reflet lunaire. Il l'assaisonna à l'aide d'étoiles. Il fallait lécher l'entière Voie lactée. Il fit croustiller sur sa langue le clapotis des vagues et s'amusa à prévoir le goût qu'aurait, pour ses plantes de pieds, un enfouissement sous le sable. L'enfant-papille pleurait en se figurant ces mets imaginaires. Il avait faim. Il s'en fichait d'être gros. La monotonie de la cuisine locale le faisait enrager. Si peu de sucre ! « Dire qu'en France, je l'ai vu dans un livre, ils ont des pâtisseries, des glaces, du sucre glace, qu'est-ce que ça peut bien être, le sucre glace ? Vive l'esclavage s'il nous donne du sucre, mais pourquoi mon père ne s'achète-t-il pas un pâtissier digne de ce nom ? »

Pinoquillio leva les fesses de son trou d'eau et supplia le précepteur d'intercéder auprès de son père le roi : un grand royaume digne de ce nom se devait d'être à la pointe des arts culinaires. Papa devait capturer un cuisinier français. Le vieillard refusa de transmettre de telles doléances et l'enfant le menaça :

– Si tu obéis pas, je dis que tu me laisses manger en cachette et on te coupera les pieds.

– Je sais que vous en êtes capable, ô prince.

– Alors, fais ce que je t'ordonne.

– Je ne risque rien, ton père dira non.

– Trouve une solution ou je dis que ta simple vue me fait grossir.

Le petit gros goûta une larme salée aux commissures de sa bouche. Ce condiment gâchait la saveur sucrée des étoiles. Il pleura davantage.

39.

Le curé était un homme d'action, peu amateur de palabres stériles. Or trop souvent dans la semaine, chaque habitant du château de l'Implication venait lui déverser un nouvel épisode de son épopée quotidienne. Il observait leurs grands projets de changement et tentait de ne pas se prononcer trop sincèrement sur ce que de telles entreprises lui inspiraient. « Mais enfin, se disait le calotin, ils vont, chacun à leur façon, effectuer différents agencements, après quoi leur âme restera identique. Point d'exaltation extérieure ni de transfiguration, seule subsiste la lourde menace de cette pensée dialectique. Si un jour se lève une vague réformiste et qu'on remplace la confesse par un dialecticien, je m'inquiéterai. Avant ça, quoi ? Je ne vis pas chez des tragédiens. Avant ça, c'est juste la province et ses petites régulations. »

– C'est difficile, souffla le curé.

– N'est-ce pas ? répondit Éponyme.

Le curé parlait des nœuds marins que sa main gauche en silence tressait sur ses phalanges droites. Éponyme croyait qu'on évoquait sa situation.

– Je voulais aussi vous faire part, mon père, d'un tracas

plus intime. Vous disposez d'une espèce de secret professionnel, n'est-ce pas ? Puis-je m'épancher avec la certitude de me déverser dans un milieu étanche ?

– Une autre fois, Madame. Méditez quelques jours sur ce que je vous ai déjà dit aujourd'hui.

– Vous n'avez rien dit, c'est moi qui ai parlé.

– Ah ? Eh bien, réfléchissez ! À ce que vous m'avez dit.

– J'ai parlé. Mais j'ai rien vraiment dit.

– Comtesse, ça fait près d'une heure. C'était il me semble un rien très conséquent. La prochaine fois. Ouste !

– Monsieur le curé, continuait Éponyme sur le pas de la porte ! Écoutez-moi ! Si vous ne m'absolvez pas, je ne vais pas dormir.

– Je vous absous, Madame, puisque c'est mon travail, mais gardons-en pour la prochaine fois…

Nitchonne attendait devant la porte de la chapelle. Elle portait une robe bleu ciel. Un fichu rose comme l'intérieur d'un noyau d'amande était bien peu noué autour de sa gorge, laissant à leur aise respirer ses protubérances mammaires.

– Hé, Nitchonne ! s'exclama la comtesse. Qu'est-ce que tu fais là ?

– Madame, c'est mon heure de confesse.

– Tu iras une autre fois. Le prêtre est fatigué. Viens ! J'ai besoin de tes oreilles. Regarde, il pique du nez.

Il reluquait Nitchonne. Il fallait regarder plus bas que dix ans auparavant, quand la petite Provençale avait pour la première fois mis les pieds au château, parce que ses seins étaient un peu tombés. Ils avaient grossi et cependant le prêtre constatait chaque jour à quel point ils n'avaient rien perdu de leurs attraits. Nitchonne lui plaisait tellement qu'il avait mis un point d'honneur à ne jamais l'inviter dans son lit. Voici un des rares interdits bibliques qu'il prenait au sérieux : ne pas culbuter cette servante-là. Une telle frustration, consciencieusement entretenue depuis une décennie, rendait d'autant plus précieux à ses yeux chaque moment en compagnie de Nitchonne.

– Si le curé est fatigué, murmura Nitchonne, je l'épuiserai pas. Je parlerai au Seigneur. Il est en bois, il a plus de patience.

Le prêtre pensait aux innombrables fois où il l'avait trouvée, cœur simple et foi intacte, qui parlait à Jésus, la robe remontée et coincée entre les cuisses, pour que le tissu ne s'use pas et que ça ne traîne pas dans la poussière. Les genoux sur la pierre, les avant-bras agrippés à une antédiluvienne rampe de bois, la Niçoise levait les yeux et exhibait aux pieds du Christ son sillon pectoral. Puis, selon son humeur, elle le tutoyait comme si Jésus était son enfant, ou elle lui disait « vous » quand il devenait le père qui lui faisait défaut. Pour finir, la brune embrassait lèvres ouvertes les orteils usés de la statue de bruyère. Le curé aimait l'imaginer qui repartait vers le monde, emportant un infime scintillement de feuille d'or sur son visage, comme si Jésus avait laissé sur sa bouche un souvenir de son revêtement scintillant.

– Rien du tout ! fit la comtesse. Nitchonne, viens, j'ai besoin de toi ! Puisqu'on me prive de parole, il faudra bien que je me contente de tes oreilles.

Tandis que la bonne provençale s'éloignait de son temple, littéralement poussée en avant par la comtesse, le curé restait accroché à ses linteaux. Avant de pénétrer au château, la servante se retourna vers l'ecclésiastique et il constata, perplexe, que la brune plantureuse avait les yeux rouges de larmes. « Printemps, pollen », songea le prêtre. Puis il ferma à clé ses appartements et s'allongea sur son lit spartiate. Il commença d'ingérer nerveusement un chapelet de petites saucisses corses. Il mangea aussi du foie gras à même le bocal dont il racla le fond avec un couteau émoussé. Il eut envie de cornichons et de flan aux pruneaux. Comme il vivait seul et n'avait pas le goût des choses ordonnées, il ingéra les cucurbitacées d'une main et le flan de l'autre. Les denrées incompatibles se rencontraient sur son palais. Il mastiquait sans profiter. « Un peu de vin et dormir. » La lumière solaire dessinait dans sa cellule une équerre aux perfections gnostiques dans laquelle s'agitaient des particules de poussière. Le curé rota à faire trembler le lit mais ne parvint pas à trouver le sommeil. Il entreprit de se branler au travers de sa robe. Ce Girondin bandait facilement. Malgré l'indolence de cet après-midi de printemps, il fit l'effort de se retirer l'habit sacerdotal. « C'est pas que j'aie le respect de l'uniforme, mais un excès de lessivage m'épuise. »

Ainsi, tout nu sauf les chaussures, le curé se masturba en rêvant à tout ce qu'il voulait faire à Nitchonne. Brusquement sa main interrompit son labeur quand il constata que la Niçoise sanglotait pour de bon et qu'elle s'apprêtait à ouvrir la porte de la cellule. En chaussures et tout nu, pris de panique et la queue à la main, le curé bondit du lit et se jeta sur la porte dont il ferma le loquet. Le cliquetis d'occlusion retentit à l'instant même où les doigts de Nitchonne, de l'autre côté de l'huis, tiraient la chevillette.

– Mon père, ça va pas du tout ! Je peux parler au Christ mais franchement, j'aimerais mieux vous.

Sensible à ce compliment, le curé demanda un instant

qu'il mit à profit pour renfiler sa robe. Il constata que le sang ne refluait pas de l'intérieur des constituants spongieux de ses terminaisons. Aussi attrapa-t-il ce qu'il avait sous la main, un faisceau de cierges, pour se taper sur la zézette. Ça ne débandait pas.

– Mon père, ça vient ?

La pauvre pleurait dehors. Tel le méchant loup qui répète « Je mets mes chaussettes », le curé se trouvait des excuses pour temporiser le temps du dégonflage. Mais par l'action du Malin, chaque mot proféré le faisait bander davantage. Dieu existait et il se payait sa poire. Pour faire comprendre au Très-Haut qu'il saisissait toute l'ironie de la situation, il se munit d'un missel très lourd et le garda en main, pressant tout ce paquet sur ses localisations anatomiques indociles. Le vieux cuir de la reliure, bien entendu, ne pouvait pas le calmer, mais au moins, de l'extérieur, présentait-il la décence nécessaire pour accueillir Nitchonne.

Décoiffée, Nitchonne hoquetait et, en plus de ses larmes, du mucus lui coulait du nez. Le curé se dit que la servante était plus excitante dans son souvenir et son zizi cessa d'un coup de le narguer. Il abandonna derrière lui le missel désormais inutile et suggéra à la brune d'entrer dans la cabine de confession.

– Non, mon père. Ce coup-ci, j'ai rien fait de mal.

– Ah. Mais tout à l'heure…

– Tout à l'heure, c'était déjà la merde. Mais maintenant, c'est pire. Madame fait des conneries, mon père, et c'est moi que le Seigneur punit.

– Il est taquin, Nitchonne, c'est un fait établi. Dis-m'en plus. Qu'est-ce que je peux faire pour toi, mignonne ?

– Me défoncer le cul ! Mais alors, à fond.

La Nitchonne de ses branlettes se montrait moins entreprenante. Elle baissait les yeux, elle rougissait, elle restait soumise. Le curé ne trouvait pas le comportement de la Nitchonne du monde réel très excitant.

– Paroissienne ! Je ne sais quel vocabulaire tu copies, mais je te prie de revenir à un registre langagier compatible avec l'institution que ma robe représente.

– J'ai besoin d'oublier, mon père. Je veux vos grosses mains et votre vieux zizi ! Et on va picoler ! Et ensuite vous me direz dans quelle religion vous avez le droit de m'épouser et de me faire dix gosses. Et on ira les élever ensemble au bout du monde : à Porquerolles, aux îles de Lérins, à Nice, mais loin d'ici ! Trop, c'est trop, mon père. Elle m'a emmenée dans sa chambre, elle s'est foutue près de la grande baignoire et elle a voulu que je l'aide à se déloquer. Jusque-là, la routine. Mais voilà pas qu'elle s'est retournée, qu'elle m'a collé ses deux mamelles sous le nez… Décidément, le Seigneur avait résolu de consacrer cet après-midi-là à tourmenter son agneau… et elle m'a montré, Monsieur le curé. Elle m'a dit « J'ai deux esquimoses ». Moi, je sais pas ce que c'est. J'ai cru qu'elle me parlait de ses nichons, alors je lui ai répondu : « Oui Madame, encore heureux. Que si vous en aviez six, vous seriez une cochonne. » Je lui ai dit ça plutôt qu'un compliment, parce que comme vous allez voir, malgré ma fidélité, en ce moment, je lui en veux. C'est ce que je comptais vous confesser tantôt. Et je m'en sentais coupable, de mon agacement vers ma patronne. Mais là c'est trop. Vous savez ce que c'est, mon père, des « esquimoses » ?

– Tu veux dire « ecchymoses », Nitchonne ?

– Excusez-moi ! Quand vous étiez au petit séminaire,

moi j'aidais déjà ma pauvre maman à battre le linge. Alors oui, c'est des bleus. Et elle me les a montrés. Des esquimoses pareilles à celles que j'ai moi-même ! Je le sais parce que c'est Oracio qui me les a faites. Ce con-là, il me mord le bras et il m'aspire la graisse, juste là, en haut du nibard.

– Ne me fais pas voir, Nitchonne ! Pas devant la statue du Seigneur.

– Alors moi, j'ai dû encore me retenir de pleurer. Parce que j'ai pas le droit de lui dire, à Madame, que le cuisinier qu'elle a embauché et qu'elle s'est pris comme giton, ben c'est mon homme. Et si elle l'apprend, lui et moi on va se faire virer. C'est pas juste, mon père.

La servante pleura encore plus bruyamment. Le curé convint qu'on remette à plus tard l'amélioration du traitement réservé à la syntaxe et affirma qu'il comprenait son tourment. Il lui dit qu'elle avait beaucoup souffert et qu'elle méritait du réconfort.

– Mais ça, c'est rien, Monsieur le curé ! Après ça elle me sort toutes les lettres qu'elle écrit à Oracio. Et elle me dit qu'elle est triste parce que Oracio lui répond jamais vu qu'il sait pas écrire. Tu parles que ça m'étonne ! C'est tout juste s'il sait parler, mon homme. Alors elle me dit qu'elle le sait qu'il est d'une analphabêtise crasse. Et que c'est pour ça qu'elle s'écrit toute seule les questions et les réponses. Ensuite cette falabraque me sort un autre mille-feuille de lettres, signées Oracio mais écrites par elle !

– Oh, comme j'ai bien fait, soupira le curé, de l'interrompre dans sa confession ! Tu souffres, mon enfant, d'être instrumentalisée par cette scripturaire volubile et logorrhéique, mais pense à moi qui n'en puis plus d'être le réceptacle de ses ébullitions délirantes.

– Mais attendez donc la fin ! Après elle s'assied sur son lit, au milieu des lettres et en pleurs, et elle me balance comme ça : « Mais dis donc, Nitchonne, tu sais écrire, toi, non ? » Moi, je sais à peine. Pour les comptes, pour les commissions. Alors j'y réponds que pas trop. « C'est toujours mieux qu'Oracio, qu'elle me fait.

– Ma pauvre enfant.

– Vous allez m'aider, mon père ?

– À quoi ?

– Enfin ! Elle va m'écrire des lettres d'amour avec marqué « cher Oracio ». Et moi, j'ai pas le droit d'y dire qu'Oracio c'est mon homme. Et je dois répondre pour faire comme si que j'étais Oracio qui serait amoureux d'elle. Mon père, vous allez m'aider à les écrire, ces lettres ?

– Tu trouves pas que j'ai déjà assez de travail, Nitchonne ?

– Mon père, poursuivit la bonne en découvrant le carré de tissu qui lui comprimait les seins, qu'est-ce que je dois faire pour que vous m'écriviez ces lettres ?

La voyant bientôt nue dans la sacristie, le curé retira sa robe pour la deuxième fois de l'après-midi et ordonna à la belle d'aller fermer à clé la porte du temple.

40.

Le roi passait la nuit avec ses maîtresses. Il en changeait si souvent que Pinoquillio ne prenait plus la peine de retenir leurs prénoms. Le gros enfant pénétra dans la tente et vit le dos paternel entouré d'autant de jambes qu'une langouste possède de pattes. Les courtisanes se battaient pour lui, puisque, en plus d'être un chef cruel, il était le plus bel homme de la côte.

Cette nuit-là elles étaient trois, d'ethnies diverses. Dans l'Afrique de Pinoquillio, on n'utilisait pas l'épiderme comme un marqueur de différence. En revanche, on était attentif aux têtes rondes et aux têtes plates. Cette nuit-là, deux longues et une plate. Toutes trois claquèrent la langue et firent sonner une dent creuse. À ces sifflements, le roi comprit qu'il y avait de la visite. Il ordonna à l'enfant de lui fiche la paix.

– Mais papa, j'ai peur.

– Il faut pas, fils. Toi aussi, quand tu seras grand comme moi, musclé comme moi et considérablement plus maigre comme moi, tu te montreras capable d'honorer trois femmes à la fois. Tu es mon fils, qu'est-ce que tu crois ? Dans ta verge, c'est mon sang qui coule !

– C'est pas ça, papa. Vous m'avez mis des tentes d'esclaves trop près de ma hutte. Ils miaulent toute la nuit. Moi j'ai l'habitude des vagues sur la plage et des feuilles qui s'entrechoquent dans le vent. Je m'endors en mangeant tout ça par les oreilles, parce que les sons ont un goût, vous savez, papa, mais là, tous ces esclaves qui miaulent !

– Mon fils, je t'aime mais je ne peux pas les tuer. C'est notre gagne-pain. Morts ils valent moins que de la viande de crocodile.

– On ne pourrait pas les vendre plus loin de là où on dort ?

– Les affaires marchent, Pinoquillio, on met la marchandise où on peut.

– Papa, c'est vraiment l'enfer ce qu'ils vivent ? Papa, pourquoi ils pleurent ?

– Ils ont peur sans raison. Là où ils vont, c'est formidable.

– Où ils vont, papa ?

– Au pays du sucre.

– C'est quoi, papa ?

– Pinoquillio, va dormir !

Et le gros enfant retourna dans sa tente. Nonobstant les râles des captifs, il sombra vite dans le sommeil en songeant à ce que pourrait être ce royaume dont on lui avait parlé : le pays du sucre.

41.

La nuit avait été exécrable. Tellement de choses s'étaient produites depuis que Pietr Cohen était sorti de la cage. Le sommeil, après les drames récents, avait mélangé le souvenir des événements. Il tentait de se remettre les idées en place. Une pluie matinale lui tapait sur la tête. Yom, assis non loin de là, tenait Maria dans les bras.

Pietr considérait l'accélération exponentielle de sa situation. Naître. Perdre sa mère. Écumer pendant trente-cinq ans les routes de Hollande et d'Europe avec papa à vendre le contenu d'un livre que l'on n'a pas lu. Voir mourir papa. Des poissons le dévorent. Avoir une poissonnière pour amante. Ne pas aimer la façon dont elle nous branle. Apprendre malgré tout à son contact l'amour de la cuisine des bêtes aquatiques : enfin une science utile. Se réveiller sur un bateau. Devenir pirate. Être surpris de faire un bon pirate. Les pirates deviennent esclavagistes. Être interdit d'esclavagisme parce que le Code noir est antisémite. Le temps s'accélère. Seul sur une île. Lire enfin Spinoza. Les vahinés : se faire violer. Yom. Le couscous aux grenades. La fuite nocturne avec l'amoureuse de Yom qui s'appelle Maria. Ça, c'était depuis la naissance jusqu'à hier. Et depuis cette évasion, Pietr avait l'impression de dix fois plus de péripéties, comme si la conclusion de cette chute entamée au jour de sa naissance était imminente.

Hier : en pleine nuit quitter la prison sous la houlette de Maria. Pietr la trouvait rassurante avec ses seins qui battaient la marche, ses plis gras et le rouge orange sur les lèvres.

Les trois fuyards avaient crapahuté à quatre pattes entre les feuilles. Les sentinelles femelles ne s'étaient pas aperçues de l'évasion.

Après une heure de trajet épuisant dans cette attitude quadrupède, des concrétions calcaires se mirent à craquer sous ses genoux. Il crut à du corail. Dans un éclair de lune, il comprit qu'ils cheminaient sur des crânes et des ossements enfantins.

– Qu'est-ce que c'est que cet enfer, Maria ?

– C'est Golgotha. C'est là où le pays des hommes et le pays des femmes jettent les enfants du sexe non désiré.

Pietr eut l'air effaré.

– Ne juge pas trop sévèrement le peuple des femmes, précisa Maria, l'autre camp fait pire.

– C'est difficile à imaginer.

– Quand ils attrapent une de mes sœurs, ils l'attachent à leur hutte. Elle fait à manger, on la viole, et si elle veut s'instruire, on la tue. Si elle désire un autre homme, on la défigure. Si elle parle, on la brûle.

– Voilà une interprétation bien plus orthodoxe du canon biblique.

– Tu me traites d'hérétique ? Écoute-moi bien, messie de l'étranger ! Je ne discute pas la loi de Dieu. Je crois qu'il a raison. Il y a un concours de prières entre les femmes et les hommes. Et si nous ne sommes pas sans pitié, l'autre tribu nous écrasera.

– Pourquoi te sauves-tu, dans ce cas, Maria ?

– Parce que avec Yom, c'est... inluttable. J'ai besoin de lui sans cesse. Il n'est affublé d'aucune des tares des hommes. Lorsque je le vois, c'est la libération. Les autres hommes n'apporteraient que des chaînes.

Pietr constata avec tendresse qu'elle ne disposait pas de mots pour exprimer l'amour. Ils avaient, sur cette île, un lexique riche et fin qui décrivait l'amour qu'on expédie vers le bon Dieu, mais l'idée de transférer ces attentions vers une créature biologique n'avait pas encore fait son chemin.

Yom avait bien travaillé. Les guerrières, affirma-t-il, seraient convaincues que la communauté des hommes avait enlevé leur sœur d'armes. Il indiqua à Pietr les divers endroits de leurs collines où elles allumaient des feux.

– Il y aura sans doute une guerre, murmura Maria avec regret.

– Une parmi d'autres, répondit Yom pour la calmer, c'est une guerre permanente, ici. Celle causée par notre faute ne sera pas plus terrible que les batailles passées. Ça ne nous concerne plus. Viens, Maria, nous quittons ce monde-là.

– Disposez-vous d'un bateau ? demanda le Hollandais.

– C'est quoi, un bateau ?

– Comme dans la Bible, Noé, tout ça...

– Non. Nous allons à Gan Éden.

Le Hollandais suivit ses nouveaux compagnons jusqu'aux abords d'un volcan. Ils y connaissaient un passage et sans doute étaient-ils les seuls à savoir ce chemin. Il fallut s'accrocher à des lianes et pénétrer dans le sol. Le soleil se levait. Tandis qu'ils descendaient deux cents mètres de végétation dans les entrailles de la terre, la lumière du matin inonda le cratère. Un lagon souterrain apparut sous leurs pieds.

– Les Indiens Aztèques, précisa Pietr, nomment « cénote » ce type de lac troglodyte.

– Pas une mare, un passage, expliqua Yom. C'est le serpent. Par ses anneaux, les ancêtres ont quitté Gan Éden.

Sous l'eau il fallut effectuer des circonvolutions épuisantes. Avec de l'imagination, effectivement, on eût pu considérer ces boyaux comme l'intérieur d'un interminable reptile. Au bout du conduit inondé, la caverne finit par accoucher de ses trois rejetons : deux gros Indiens amoureux suivis d'un Néerlandais désemparé. À l'intérieur d'un vallon de roche noire, une vallée indétectable des autres habitants de l'île s'étendait devant eux avec une théorie de cascades et de lagons où clapotait une eau dépourvue de sel. Ils explorèrent un peu. On trouvait dans ce pays secret suffisamment d'oiseaux, de gibier et de grottes pour ne s'inquiéter de rien. Aucun prédateur ne se dressa sur leur passage lors des premières promenades. Dans chaque cours d'eau des poissons aveugles se laissaient si facilement attraper qu'on peinait à croire que leurs ancêtres avaient connu le moindre pêcheur.

Heureux de se rendre utile, Pietr décida de confectionner leur premier repas dans ce paradis. Il mit la main sur des gobis gigantesques, aussi appétissants que des tortues sans carapace. Il demanda à ses compagnons si par précaution il ne valait pas mieux éviter de faire du feu. On lui répondit qu'un peu de fumée sortant d'un volcan n'aurait rien de suspect. Et puisqu'une guerre se préparait dehors, les êtres de l'extérieur avaient d'autres chats à fouetter.

On mangea. On fit des compliments à Pietr. Après quoi le couple d'amants lui demanda de jurer que plus jamais il ne sortirait du paradis.

– Sinon ?

– Sinon on te tue, répondit Yom gentiment.

– On rêve d'être ici depuis toujours, ajouta Maria. Tu es notre petit messie, tu nous as permis d'échapper à nos peuples. Nous ne voulons plus du reste du monde. Nous souhaitons copuler ici sans interruption car on a des années de séparation à rattraper. Notre religion restera dans l'intimité de ce volcan, on adorera Dieu à notre façon, sans ostentation.

– Pietr Cohen, ajouta Yom, les histoires de paradis s'arrêtent parce que, à un moment, Adam manque de sagesse et décide d'aller voir ailleurs.

– Donc, demanda le Hollandais, soit je reste ici pour toujours, soit vous me tuez ?

– Oui.

Pietr se trouva un coin de mousse. Il déplia son grand corps blanc et se massa les extrémités, avant de s'interroger sur le craquement de ses os. Voilà un luxe qui ne lui avait pas été autorisé depuis longtemps. Il pouvait, dans ce paradis, s'étirer, se regarder l'organisme et accorder du temps au craquement de ses métacarpiens. Il se peigna avec les doigts. Il entortilla les extrémités de sa barbe, se promettant, bientôt, d'y confectionner des tresses. Des champignons gros comme des sacs de farine lui servirent d'oreillers. Une famille de tatous passa paisiblement près de lui tandis qu'il fermait les yeux. Il avait cuisiné un bon poisson. « On se déterminera plus tard, pensa-t-il, au sujet de la philosophie ; mais la cuisine, c'est certain, constitue une bonne science. »

Le Hollandais se réveilla vers midi par la faute d'une petite pluie. Il n'éprouvait ni faim ni soif. Un végétal très facile à escalader lui permit de cueillir, par pure gourmandise, des fruits laineux et vert tendre, en forme de grenades. Avec à l'intérieur des quartiers juteux et aussi nacrés que des huîtres, qui offraient sous la dent la texture d'une poire et avaient un goût que Pietr rapprocha, faute de mieux, des graines de sésame. Du jus de ces poires-sésame lui coulait sur le visage. Les amants indigènes n'étaient pas visibles.

Pietr marcha sans hâte vers le lagon le plus proche. Débarquant sur une sorte de plage, il constata avec ravissement qu'elle était dépourvue de sable. Ce littoral cavernicole consistait en concrétions de pierre ponce, très douces lorsqu'on s'y allongeait et dont les ondulations offraient à la morphologie humaine d'innombrables opportunités d'alanguissement. Il se lava la bouche et la barbe. Ensuite il se baigna tout entier. L'eau n'était ni trop chaude ni réellement refroidissante. L'onde se trouvait animée de juste assez de courants pour rendre la nage intéressante. Les cascades ne tombaient pas de très haut, aussi produisaient-elles sur la tête du baigneur un martèlement tout à fait supportable qui n'interrompait pas le cours des pensées. Le Hollandais monta sur un rocher. De là il plongea tête la première. La nature était bien faite : c'était profond et le Robinson juif ne se fracassa pas la tête.

– On est bien, fit une voix en hauteur.

Il leva le nez. C'était Yom. Pietr fit un petit signe de main et le géant caraïbe retourna dans sa grotte où des soupirs vinrent bientôt informer le Hollandais que ses compagnons rattrapaient le temps perdu. Pietr pissa dans l'eau.

– Oui, on est bien, murmura-t-il pour lui-même.

Il songea à l'ataraxie que chérissait Montaigne. Se faire réveiller afin de découvrir que l'on n'éprouve ni désir ni passion et jouir de la possibilité de dormir encore. À cause de la présence des autres dans la caverne qui surplombait son bassin, il n'osait pas se masturber en plein air. Il se demanda alors quelle allait être sa sexualité, célibataire anxieux auprès d'un couple comblé.

– Viens, si tu veux, fit la voix de Maria.

Pietr fit celui qui ne comprenait pas. Il plongea dans l'eau et nagea nerveusement, en cercles.

– Puisqu'elle te dit de venir.

– Non, non, je... je ne couche qu'avec des Blancs.

Cette phrase idiote lui était venue afin d'éviter de préciser certaines pensées dérangeantes :

1. Il avait été choqué par la proposition.
2. Pourtant, Maria et Yom lui plaisaient.
3. Il n'avait rien contre une partouze.
4. Il était choqué car il percevait cette possibilité comme un inceste.

Pietr s'aperçut que si ces deux-là rejouaient Adam et Ève, il souhaitait être Caïn. « Et puisque me trouvant seul ici j'ai pensé avant tout à ma mère dont je ne sais rien et à papa car tous deux me manquent, ces deux faces d'Algonquins seront mes parents mythologiques. J'aurai sans doute un jour des amours d'homme adulte. Mais aujourd'hui je veux qu'ils me protègent. Yom, Maria, avec moi pour toujours. Ici, c'est Samsara. Moi je suis Empédocle. Partir du paradis : jamais. »

Il finit par croiser des « ours à longues pattes », du moins fut-ce ainsi qu'il les désigna. Hormis les poissons, le Hollandais n'avait jamais reçu la moindre formation en zoologie, aussi se montra-t-il incapable d'apprécier la rencontre à sa juste valeur. Il s'agissait de créatures à face plate qui cheminaient sur deux bras interminables, leurs jambes atrophiées traînant derrière. Les rares fois où elles se tenaient sur leurs pattes arrière, ces bêtes culminaient à plus de trois mètres de haut. Leur mufle se finissait en entonnoir, duquel jaillissait par intermittence une langue rose et préhensile. Pietr ne disposait d'aucun moyen de savoir que ces paisibles colocataires représentaient une race disparue du reste du globe depuis des millions d'années. Il ignorait qu'il s'agissait de paresseux géants, bien plus sthéniques et combatifs que leurs lointains cousins d'aujourd'hui. Yom, lui, affirmait qu'il s'agissait de singes. Tous deux se trompaient. Donc, au lieu de dessiner ces xénarthres admirables, de les disséquer ou d'accumuler à leur propos des informations qui eussent pu aider la science, Pietr tuait l'ennui en leur enseignant la boxe. Au début, le Hollandais s'était borné à leur offrir du poisson. Cuisiner pour les papilles exclusives de Yom et Maria pouvait s'avérer monotone. Aussi Pietr Cohen tua-t-il le temps, pendant ses premières semaines au paradis, en préparant du poisson « pour les humains et pour les ours ».

Les placides créatures s'étaient vite acclimatées à la proximité des visiteurs. Bien avant l'heure des repas, elles avaient pris l'habitude de rôder près de Pietr. Elles reniflaient et s'entortillaient la langue autour des ongles, attentives aux préparations gastronomiques. Ça humait, ça donnait des coups d'épaule en espérant renverser les plats pour se barbouiller la tête de sauce, comme si on allait pouvoir en manger aussi à l'aide des oreilles. « Mais vous êtes des fourmiliers géants ! » affirmait Pietr. Encore loupé. Décidément, il n'était pas observateur. Après manger, de leurs interminables griffes recourbées, les monstres se curaient les dents et roulaient sur le dos avec indolence. L'un d'eux mourut. La tribu tripota tristement son cadavre puis s'en désintéressa. Par souci d'hygiène autant que mû par la sollicitude, Pietr fit rouler la dépouille au fond d'un grand trou qu'il recouvrit de caillasse et de branches. Avant de fermer la tombe, il coupa les mains de la carcasse. Il les éplucha, les mit à boucaner, et leur fit subir un processus de fumigation lyophilisante afin d'en extraire des griffes saines et inodores qui pourraient servir d'armes.

Un soir, après dîner, Pietr entraîna Yom, Maria et les « ours » dans une clairière au sol tendre et leur proposa avec entrain :

– Allez, la boxe !

Qu'on ne parle plus d'infériorité animale car instantanément les colosses comprirent que c'était un jeu : on était là pour le sport, on ne se ferait pas mal. L'humain blanc et maigre leur agitait sous le museau des griffes semblables aux leurs. Ils acceptèrent ce simulacre de lutte et, par souci d'équité entre les espèces, ils ne se jetèrent pas tous ensemble sur Pietr Cohen. S'il mourait, qui allait cuire le poisson ?

Un jeune mégathérium avança sur le ring et répondit au défi. Le Hollandais lui lança du sable, l'adversaire fit de même. Après s'être longtemps tourné autour, les deux combattants effectuèrent des cabrioles pour s'impressionner l'un l'autre. Yom et Maria assistaient à ce duel par courtoisie, mais il leur tardait que ça se termine afin de retourner s'embrasser à l'ombre des pierres. Durant le combat, Pietr songea qu'au long de son existence, il ne s'était jamais confronté qu'à des créatures dotées de parole. Même ses aventures pirates avaient été victorieuses grâce à cette capacité héritée de son père, qui consistait à convaincre par le verbe. Face à l'ours, griffes au bout des phalanges, il fallait totalement s'abandonner à la dialectique du muscle : uppercut, saignement du mufle de l'adversaire, esquive au dernier moment, glissade sous les pattes et agrippement aux poils. Le xénarthre se retournait, boxait le vide. Pietr Cohen effectua un saut impressionnant pour lui retomber sur les deltoïdes. Il ne voyait plus Maria et Yom parmi le public. Seules les bêtes observaient ce spectacle et furent incapables d'applaudir correctement. Il eût vraiment aimé avoir des supporters de son espèce.

Lorsque Pietr arracha la victoire, l'assemblée des « ours » cassa des branches et sauta sur le derrière pour le féliciter. Le Hollandais salua dignement. Ils semblèrent apprécier sa révérence et s'employèrent à en imiter le mouvement général. Puisqu'il les découvrait capables de mimétisme, Pietr consacra le temps nécessaire à leur enseigner les applaudissements. Afin de se sentir moins seul.

Un deuxième combat eut lieu, avec pour opposant un « ours » plus âgé mais davantage versé dans la réflexion tactique. « Nous sommes à égal degré d'intelligence, songea le naufragé, il ne nous manque que la parole. » Le vieux lui en colla une derrière la tête et l'humain désorienté fit trois tours sur lui-même avant de tomber en arrière, le coccyx dans la mousse. La troupe des paresseux se précipita afin de vérifier qu'on n'avait pas cassé leur cuiseur de poissons. Pietr se redressa et fit comprendre qu'il demeurait en état de marche. Dans la mesure où sa petite taille l'y autorisait – puisque se tenant debout l'exilé batave n'arrivait qu'au sternum de l'ours – Pietr leva les bras du vieil adversaire sans susciter de réaction parmi l'assemblée. Qu'il était pénible d'éduquer une troupe sans recourir aux mots ! Il tapa ostensiblement dans ses mains. Les ours cognèrent l'une contre l'autre leurs pattes antérieures et le vieux mâle fit une révérence maladroite sans quitter Pietr des yeux afin de savoir si sa chorégraphie était acceptable.

– Le grand-père ours est parfait ! Mais vous, les gars, vos mains sont en peluche. Entre vos coussinets et les griffes qui les prolongent, ça assourdit l'impact des claquements de paumes. Dans mes oreilles, c'est comme si vous cogniez des grouses.

Ils se regardèrent avec perplexité.

– Grouse. Je veux dire faisan. Comme du poulet. Je deviens cinglé. J'en arrive à simplifier mon vocabulaire pour me faire entendre. J'ai un ami amoureux, donc inaccessible aux échanges fraternels, et des ours boxeurs. Il me faut d'urgence, à défaut de contradiction locutrice, une foule à convaincre.

Le paradis terrestre fut bientôt gâché par les renâclements de ce Hollandais aux cernes profonds comme les babines d'un braque qui se plaignait aux arbres et aux pierres de ne jamais bien dormir. Il progressait aussi en cuisine. Pancrace et cuisson des fruits de mer sont sans doute de divines disciplines, mais de telles occupations ne sollicitent pas une complexité comparable à l'art d'écrire ou à la philosophie. L'ennui finit par affleurer. On rêve de s'abîmer complètement dans l'art pour ne plus sentir les limites du sensible, et ça n'est pas le poisson cuit, pas plus que la boxe, maugréait Pietr. Ou bien manquait-il dans ces deux disciplines de l'étincelle d'imagination qui fait dire à certains : « Les gants de boxe ou l'épinette ou la sanguine, ça sera mon domaine et grâce à ce tourbillon je ne craindrai plus le cosmos. » Pour rencontrer la satisfaction dans un tel sacerdoce, comme le maître de budo qui vous laisse tranquille à condition que vous lui refiliez, en guise de sabre, un long bâton pour jouer, il faut se dire : « C'est un chemin pour une vie. Je progresserai sans cesse car j'aperçois l'étendue, dans cette petite spécialité, du territoire à arpenter, et je vois ma petitesse. » Cette sagesse qui fit détester à Hokusai la brièveté des jours, puisque, se trouvant presque centenaire, un bambou dans une main et une pierre à encre dans l'autre, il adressa la parole à son dessin et lui confessa, avec un peu de fierté, qu'il commençait enfin à y comprendre quelque chose. Aucune passion semblable ne brûlait dans le cœur de Pietr, ni pour la boxe ni pour la cuisine. En quelques mois, dans les deux disciplines, il atteignit un niveau très honorable et comprit qu'il s'agissait de deux voies sans issue pour combattre son saturnisme : il ne progresserait pas davantage. Ce n'était pas pour cela qu'il était sur terre. Cette question écrasante à laquelle jamais il ne s'était confronté tant qu'il fallait survivre l'empêchait de trouver le sommeil. Il pensa qu'à défaut de dangers mortels, il lui fallait des partenaires sexuels.

Dans la grotte au-dessus de la sienne, Yom et Maria n'espaçaient pas le rythme de leurs rencontres intimes. Les amoureux témoignaient à Pietr une tendre sollicitude, ils se tenaient au courant de ses progrès. Malheureusement, leurs attentions ne faisaient qu'accentuer sa solitude. Pietr en vint même à penser que leur présence était de trop. « Le paradis, ça serait mieux seul. Donc, il me faut une femme. » Lorsqu'il la formula, cette assertion ne lui parut en rien paradoxale et aucun des supposés plantigrades ne vint le contredire.

Pietr Cohen ne croyait pas un mot des légendes où celui qui se détourne du pays de l'innocence n'y revient jamais. L'Éden lui convenait, à condition de pouvoir quelques heures par jour se frotter au tumulte du monde.

Le vieil « ours » qui l'aimait beaucoup suivit Pietr jusqu'aux boyaux aquatiques. Il osa même escalader avec lui le mikado de lianes qui reliait l'eau noire du cénote au sommet du volcan. Mais, face au monde extérieur, le géant de peluche poussa un soupir de réprobation. À la manière dont « l'ours » s'emberlificota dans le faisceau végétal, l'air de dire « Fais ce que tu veux, intrépide, moi je ne vais pas plus loin, je reste dans mon hamac, je fais la sieste et je t'attends », Pietr eut enfin une révélation zoologique : « Vous n'êtes pas des ours, vous êtes des géants paresseux ! »

42.

C'est au moment où il sortit de ce cratère que Dieu commença réellement à regarder Pietr. Le père du Hollandais, caché dans les nuages, fut flatté que l'Éternel montre de l'intérêt pour son rejeton égaré sur terre. Spinoza, qui complétait cette singulière trinité, ne cachait pas sa surprise.

– Quoi ? grommela Dieu. Tu me demandes depuis des semaines de laisser tomber le sport au profit de l'examen de cette ridicule planète. Tu devrais être content.

– Certes, mais…

– Mais quoi ?

– Pardon, Dieu, mais vous êtes un tellement gros égoïste.

– Dis donc !

– Comprenez-moi, vous disposez d'innombrables autres qualités mais si l'on m'obligeait, sous la torture par exemple, à nommer votre unique défaut, je dirais que vous n'avez jamais été capable de vous intéresser à autre chose qu'à ce qui tourne autour de votre considérable nombril. Ne vous vexez pas, Dieu, mais il m'est arrivé de me demander si vous ne vous preniez pas pour le centre du monde.

– Et alors ?

– Et alors, pourquoi à la seconde où vous sortez de votre

légendaire indifférence à l'endroit de l'univers, ça tombe sur ce Pietr Cohen ? Et pourquoi pas moi de mon vivant ? Et pourquoi maintenant ?

– Qu'est-ce qu'un prophète, Spinoza ? demanda le Créateur.

– Pas moi, en tout cas.

– Certes non. Et pourtant, tu les vaux tous. Tu les surpasses. Mais…

– Quoi ? J'ai toujours dit ce que je pensais, le vrai. Je suis sincère, et si Dieu est vérité, celui qui dit vrai…

– Chut ! Un prophète, c'est un bon vendeur.

Le père de Pietr arborait un sourire de mère juive. Le patron des patrons venait d'admettre que pour la vente, son fils était un cador.

43.

Pietr avait en tête un projet simple. Dès qu'il eut mis le nez hors du cénote, l'aventurier batave partit en quête de citoyennes de la tribu des femmes. Au lieu de l'air du matin, un nuage de suie l'enveloppa et noircit son épiderme. Il examina le terrain en suffoquant. « Des incendies de forêt », pensa-t-il. Il descendit un peu à flanc de montagne et comprit que les feux avaient été causés par une bataille. La guerre des indigènes ne le regardait pas. Il cherchait une femme à emmener avec lui au paradis. Il faudrait bien entendu l'isoler de son groupe, la soigner de sa doctrine. Il quitta l'ombre des arbres et s'avança sur le terrain des opérations. Ses pieds calleux de marin frissonnèrent au contact de l'insupportable douceur des cendres. Il lui fut impossible de distinguer la limite entre les restes des combattants et les reliquats consumés de végétation. On s'était battu dans cet immense terrain à l'aide d'armes dont il ignorait tout. Pietr s'avança vers le centre du carnage. Il reconnut des blessures familières. Au corps-à-corps, tous les combattants se ressemblent et meurent de façon comparable. Il progressa bientôt parmi les cadavres encore tièdes d'hommes d'un côté du talus et de femmes de l'autre. Au lieu de jonction des deux équipes, les belligérants s'étaient vraisemblablement grimpés dessus. Il se rappela les récits de cet ivrogne qui prétendait être assez vieux pour avoir guerroyé avec Cortés. Il se rappela les fêtes légendaires des Aztèques dont il parlait, en l'honneur du dieu Tchak qui est affublé de ce nom car c'est le bruit que produit une tête lorsqu'on la tranche. Les Aztèques séparaient leurs prisonniers en deux camps. Ils devaient jouer avec une boule et les gagnants mouraient au combat suivant, les perdants : tchak !

Sur l'île caraïbe, on appelait en hébreu le Dieu éternel, mais si Tchak avait l'occasion de temps en temps d'y jeter un œil, il devait se régaler. Pietr continuait de se répéter, debout au milieu de ces corps nus, désirables et fraîchement assassinés, que cette géopolitique ne le regardait pas. Une jeune femme râla, elle avait un harpon d'homme dans la cage thoracique. Elle produisit une bulle de salive dans laquelle Pietr Cohen vit se refléter son visage. Égoïstement, l'évadé du paradis se demanda si elle était soignable et s'il était envisageable de la ramener en Éden avec lui. Mais le harpon ressortait dans son dos pour se planter dans la cendre du terrain, où se répandait une éponge rose et sale dont Pietr fut incapable de déterminer si elle relevait du poumon ou de l'intestin.

Pietr retourna donc seul au paradis, juste à temps pour que Yom et Maria ignorent tout de son escapade. Le vieux paresseux l'avait attendu sagement dans son filet de lianes.

Au dîner, dans la fraîcheur nocturne, face à une daurade aveugle cuisinée aux cédrats dans une feuille gigantesque d'une essence odorante pas si lointaine du thym, Pietr fut à deux doigts de raconter à ses compagnons ce qu'il avait vu. Après tout, c'était peut-être à cause de leur fuite que la guerre s'était déclarée entre les hommes et les femmes. Cette bataille n'était-elle qu'une péripétie ou revêtait-elle un caractère plus définitif ? Le couple heureux s'embrassait à table, la bouche pleine de poisson. Chacun essuyait ses doigts dégoulinants de graisse sur le ventre de l'autre. Yom fit part de son excitation, car ce gros Indien, spécialiste des desserts, attendait la fin de la daurade pour sortir une mousse glacée aux stalagmites, fourrée aux fruits et aux termites. Il se forçait à manger doucement, pour que Pietr n'imagine pas qu'on bâclait sa daurade aveugle. N'empêche, Yom pensait au dessert.

– Mes amis, commença Pietr d'un air grave.

– C'est bon ! C'est excellent, s'empressa de répondre l'Indien. Tu fais des progrès indéniables, comme si parti des cimes tu savais encore aller plus haut. On pourrait t'ouvrir un grand restaurant. On l'appellerait « Le Poisson de Pietr ».

– Je voulais parler d'autre chose.

Maria leva les yeux vers lui comme si elle le remarquait pour la première fois.

– Je voulais vous dire, se reprit Pietr pour ne pas gâcher l'ambiance, j'ai bien regardé les « ours ».

– Eh bien ?

– Je pense que ce sont des paresseux.

Éponyme ignorait qu'une bouteille pût être construite à l'aide d'autant d'éclats de verre. Le cri strident qu'elle émit après avoir cherché de la main son collier et qu'un flacon fût tombé sur le parquet réveilla Monsieur le comte.

– Dormez ! lui ordonna-t-elle en allumant toutes les lanternes.

Fragonarde sauta du lit. La petite chienne constata que le parquet brillait d'une constellation coupante et retourna sur sa couette. La bête fit mine de se rendormir aussitôt. Madame sonna la bonne. Alarmé demanda à nouveau pourquoi on le réveillait et s'entendit hurler, pour la deuxième fois, qu'il ne fallait pas en rajouter.

Nitchonne, à cette heure, apparut seulement vêtue d'une chemise très lâche et, la voyant ainsi dépoitraillée, Madame traversa la chambre (pieds nus) afin de lui dire qu'on se débrouillerait sans elle. Ce faisant, la comtesse se fourra un éclat dans le pied. Elle pleura très fort et se serait assise par terre si Nitchonne n'avait eu la présence d'esprit de la retenir par le bras en lui expliquant que son arrière-train serait aussi vulnérable aux esquilles de verre que la plante de ses pieds. Nitchonne poussa sa maîtresse vers la salle de bains et se mit à quatre pattes afin de tout ramasser. Bien que Monsieur se fût rendormi, la comtesse Éponyme trouvait la situation scabreuse. Faisant fi de la douleur, elle resta debout dans l'encoignure de la porte jusqu'à la fin du ramassage. Pendant que la Niçoise travaillait, Fragonarde la chienne se tourna sur sa couette, pour bien montrer que ce vacarme la dérangeait. Lorsque Monsieur demanda timidement si l'on pouvait envisager d'éteindre les lumières, Éponyme fit remarquer à Nitchonne qu'elle dérangeait Monsieur le comte.

– Mais Madame…, commença la bonne.

– Chut ! répondit sa patronne, après quoi elle entra dans la salle de bains et s'exclama : Existe-t-il…

– Oui, Madame ? demanda Nitchonne.

– Ça n'est pas à toi que je parle.

Madame traversa la chambre en quête de son cahier d'écriture et, sans le faire exprès, mit le pied dans le seau plein de verre. Ce coup-ci, la comtesse hurla si fort que même Oracio finit par monter voir ce qui se passait.

– Rien, Oracio, le rassura la comtesse avec une moue touchante.

Mais à la seconde où l'Italien pour qui cette brève sentence suffisait pour trouver la paix eut quitté l'étage, Éponyme hurlait sa douleur.

– Madame.

– Chut ! Nitchonne, ne m'interromps pas.

Elle retourna à la salle de bains et ouvrit son cahier au milieu des poudres et des brosses.

« Existe-t-il souffrances comme les miennes ? » furent ses premiers mots. Éponyme posa franchement ses petons sur le sol et se mordit les lèvres. Elle était résolue à ne pas interrompre son inspiration du moment, et à endurer la douleur pour ne pas couper le flot d'écriture qui la submergeait. Mais ça la lançait si fort dans les voûtes plantaires qu'elle tapait les pieds au sol et la situation empirait.

– Viens ! Viens et règle ça !

Nitchonne ne comprit pas tout de suite que cet ordre la concernait, elle, et pas le chien ni le mari. Elle frotta ses yeux rouges de sommeil jusqu'à ce qu'Éponyme lui balance une brosse en nacre sur la tête.

– Viens m'enlever les débris dans mes pieds, je ne peux pas m'arrêter d'écrire.

Alors la Niçoise se mit sur le dos par terre dans la salle de bains, une bougie près des mains. Elle avait saisi une pince à épiler et s'attaqua courageusement à tous les scintillements qui lui apparurent sous la voûte plantaire de sa maîtresse.

– Oui, poursuivait Éponyme, qui peut dire sur cette terre qu'il souffre plus que moi ? D'autres reçoivent le fouet, le feu, la roue ? Mais ils ont l'habitude ! Les climats où ils ont vu le jour et les vicissitudes de cultures arriérées leur ont tanné le cœur, comme mes pieds le seraient s'ils avaient depuis la naissance foulé la terre et les cailloux. Mes menottes n'ont jamais travaillé. Je ne me suis jamais habillée toute seule. Mon âme se montre attentive aux moindres injonctions. Puisque j'écris chaque jour dix-sept pages, j'ai développé un système de tragique intime et de compassion christique dans lequel la mort d'un insecte devient un cataclysme. ... Nitchonne, lèche-moi les pieds.

– Pardon, Madame ?

– Comme ça, s'il reste du verre, tu le sentiras.

– Faudrait peut-être pas abuser, Madame. Je suis hors des heures de travail et c'est pas vraiment ma spécialité. Je veux bien être une merde, Madame, mais je suis pas une esclave.

– Pardon, Nitchonne. C'était une demande affectueuse.

– Parce que ça vous excite, Madame, qu'une pauvre fille de Provence qui vous a jamais nui en rien vous léchouille les pieds ?

– Non ! Tu me comprends de traviole, oh, pardon, ma bonne bonne.

Éponyme la fit relever et la serra contre elle.

– C'était une demande affectueuse. Je ne proposerais ça

à personne d'autre qu'à Fragonarde. C'est l'être que je préfère au monde.

– Donc, c'était une promotion sociale que vous me faisiez, Madame ? Non, ne répondez pas, parce que je ne suis pas sûre d'aimer ce que vous allez dire.

Et je vais faire de mon mieux pour ne pas répéter à Mademoiselle votre fille que l'héritière c'est pas elle, mais c'est la chienne.

44.

La nuit qui suivit la découverte du carnage, Pietr Cohen avait réussi le tour de force de troquer le « je vais kidnapper une partenaire sexuelle afin de ne plus être contraint à boxer des paresseux géants pendant que Yom s'envoie Maria » contre « j'ai une mission civilisatrice, je vais sauver une princesse des îles. Deux à la rigueur, rien n'interdit la polygamie, ça sera toujours mieux que leur quotidien ».

À l'aube du jour suivant, Pietr repartit vers le cénote. Le vieux paresseux le suivit.

Pietr ignorait que Yom et Maria étaient à ses trousses. Les paresseux n'avaient pas eu leur entraînement de boxe. On leur avait distribué à la va-vite du poisson même pas cuit. Ils avaient entouré Yom à son arrivée et manifesté leur mécontentement en applaudissant n'importe comment. L'un d'eux avait fini par provoquer Yom. L'Indien lui envoya un coup de poing et un match de lutte improvisé démarra. Yom n'était pas hollandais, il n'avait pas l'habitude de se battre pour rire. Il constata bien vite qu'à la façon dont il cognait, il énervait l'animal. Sa vieille habitude de la guerre le conditionnait à taper efficacement, en visant les parties fragiles de l'anatomie adverse. Le paresseux sortit les griffes et, d'un coup de patte, fit jaillir le sang sur la poitrine du gros Indien.

– Frappe-le moins fort ! ordonna Maria.

– Mais c'est lui qui me tape ! répondit Yom en esquivant un deuxième coup de patte.

Le paresseux poussa un cri agressif et prit appui sur ses membres antérieurs pour envoyer deux pieds griffus dans le bas-ventre du Caraïbe qui alla rouler vingt mètres plus loin contre une roche volcanique. Tous les paresseux hurlaient. L'adversaire courait à présent vers Yom, babines retroussées. L'humain ramassa une roche pointue et la jeta à la face du xénarthre. Trois dents explosèrent dans l'air du matin et les beuglements des animaux redoublèrent. Maria avait disparu momentanément. Pendant que Yom faisait face à une horde de quadrumanes devenues imperméables aux règles de la lutte loyale, la fiancée s'était précipitée dans la réserve où l'on gardait les victuailles. Elle revint les bras chargés de poisson en hurlant aux belligérants d'arrêter cette guerre stupide. Maria jeta des poissons sur les lutteurs, ce qui eut pour effet de les exciter davantage.

45.

Pietr revint un peu déçu de sa visite hors du paradis. Il n'avait pas croisé de guerrière isolée. Elles semblaient retranchées dans leur village. Son projet d'en éloigner une du groupe et de la convaincre de quitter les vicissitudes du monde pour s'isoler avec lui dans le volcan secret allait demander des agencements.

Une fois encore, le vieux paresseux l'avait attendu sagement. Quand les deux compères rentrèrent au refuge, ils découvrirent une indescriptible pagaille. Les paresseux tapaient sur Yom. Maria leur avait sauté dessus et, armée de daurades, cognait sur la mêlée.

– Les poissons ne les calment pas, brailla la volumineuse Indienne à l'instant où elle aperçut Pietr.

Instinctivement, le vieux paresseux émit un râle modulé et profond qui aurait dû rappeler à la meute son autorité d'ancien. Mais personne n'écoutait. Pendant que Pietr fonçait aux cuisines, le patriarche des « ours » arracha toute l'écorce d'un arbre à pain. Il s'en fit un battoir de la taille d'une petite pirogue et frappa vigoureusement ses congénères. Ce battage fut sans autre effet que de colorer en vermillon les fesses tatouées de Maria. Le Hollandais avait filé vers la petite bouillabaisse de sécurité qu'il se gardait au fond de la grotte à manger, des calebasses odorantes posées sur un cratère volcanique assez loin de la lave, qui produisait un feu doux et constant. À l'intérieur des marmites barbotaient des portions individuelles d'épices, de chutney et de rougaille. « Je suis le meilleur, pensa Pietr, mais personne ne le sait puisqu'on mange tout ce qu'on produit. Sans exportation, point de gloire éternelle. » Malgré l'urgence, l'orgueilleux Hollandais ne put se retenir de renifler sa préparation et d'y tremper un doigt. Il manqua tomber tandis qu'il revenait en hâte vers le lieu de la bagarre les bras pleins de casseroles fumantes. Dès qu'ils sentirent l'odeur de sa cuisine, tous les paresseux cessèrent le combat et tendirent le cou. Les narines devinrent alors la partie la plus animée de leur morphologie. Ils se calmèrent aussitôt.

– Je ne comprends pas, murmura Maria, vexée, mes poissons…

– Ce dont ils raffolent, expliqua Pietr, c'est la cuisson.

Il trempa des filets de chair blanche dans les plats de sauce bouillante et entama la distribution, y compris pour Yom, de denrées apaisantes. Rassasiés, les monstres laineux se mirent bientôt à applaudir très correctement. Pour insister sur le retour à la normale, Pietr offrit même à l'assemblée un combat de boxe contre l'ancêtre, dans les règles et sans débordements. On applaudit encore, puis chacun mastiqua des feuilles jusqu'au coucher du soleil.

Ce jour-là, le Hollandais parla très peu, et ni Yom ni Maria ne lui demandèrent d'explications. Comme Pietr était affligé d'une trop grande confiance en lui-même, il voulut croire que personne ne savait où il s'était rendu pendant la révolte des paresseux boxeurs. « Il faudra juste faire attention, se dit-il, je n'ai pas l'occasion de passer tout mon temps hors du paradis. Je dois apparaître aux filles du dehors tel un éclair dialectique, causer, convaincre, et alpaguer. L'affaire nécessite d'être conclue promptement car si Yom et Maria savent que je quitte le jardin d'Éden, ils risquent d'en obturer l'entrée ou de m'en bannir à jamais. Je dois leur rapporter cette fille comme si elle avait poussé dans une fleur et que je l'avais trouvée pleine de rosée en sortant de ma grotte. »

Il dormit peu. Allongé dans un hamac au fond de sa caverne, Pietr avait déniché une branche de bois dur comme le fer et la taillait en casse-tête. Au nœud incassable et pointu qui terminait ce marteau de Lucerne, il donna l'aspect d'une tête d'espadon. Plusieurs paresseux s'étaient rassemblés près de lui dans son refuge. Ils ne voulaient pas le voir se sauver. Les grandes bêtes firent un cercle autour du hamac et dormirent là, comme autant de descentes de lit attentives aux moindres velléités de fuite hollandaise. En dépit de leur taille immense et de leur authentique vélocité au combat, ces créatures montraient un peu de l'inclination lymphatique des paresseux modernes. Aussi Pietr n'attendit-il pas longtemps avant qu'ils dorment tous.

Lorsque chaque bestiole eut commencé de ronfler, l'humain leur faussa compagnie. Il passa devant le refuge de Yom et Maria d'où provenait de la lumière. Pietr, armé de son gourdin tout neuf, traversa les bois environnants, puis il escalada les collines moussues qui menaient aux boyaux du serpent lacustre et plongea dans l'onde.

– Est-ce que tu te crois assez discret pour tromper des Indiens ?

Le géant placide se tenait sur le bord de la bassine naturelle, accompagné de sa concubine.

– J'ai besoin qu'on m'embrasse, se justifia Pietr Cohen. Et d'embrasser aussi. Tu vas me proposer ta femme ou ton cul, mais aucune de ces deux routes ne me convient. Je pars juste quelques heures, je trouve une fille, je lui tape sur la tête, et quand elle sera assommée, je reviens ici avec elle. On lui dira qu'elle est morte, que c'est le paradis, et elle sera très heureuse.

Yom et sa compagne l'observaient en silence. Leurs yeux maquillés brillaient encore plus sous la lumière argentée de la nuit. Pietr les regardait avec anxiété.

– Je pars pas longtemps. J'attrape une fille et je reviens.

– D'accord, répondit Yom.

– Mais ne te fais pas voir, termina Maria.

Sans se retourner, tellement il était surpris d'avoir la permission de kidnapper une sauvage, Pietr nagea le long du boyau. Une fois qu'il se trouva hors de portée, certain qu'on ne pouvait plus l'entendre, il murmura :

– Au fait, il y a eu une guerre terrible, je ne sais pas si elle est finie. Vos deux peuples sont à l'agonie et je crois que tout ça s'est déclenché à cause de votre amour.

46.

Pinoquillio ne dormait toujours pas. Il glissa entre le raphia de sa hutte et le sol rouge du bord de mer. Malgré son embonpoint, le fils du roi esclavagiste pouvait se montrer très agile. Il avait échappé à l'attention des sentinelles de son père et à la vigilance de Zeb, son vieux précepteur. Le petit prince ventripotent sautillait à présent sur la plage.

Signe qu'il était le rejeton du roi, qu'il n'avait peur de personne et que le paysage était à lui, il sortit d'entre les bourrelets son petit robinet et pissa sous la lune. Même là, dans cet instant où la miction traverse l'air nocturne et se perd dans le sable, dans ce moment où la mousse du ressac se confond avec la pisse, célébrant l'alliance du dedans et du dehors, il fallut que les esclaves le dérangent.

– C'est pire que le cri des chiens, des insectes et des oiseaux réunis, maugréa le prince en penchant le nez en avant pour mieux voir son zizi. Tu te rends compte, zizi ! Moi qui suis fils de roi, je mange les cochonneries d'ici et eux ils partent pour le pays de cocagne. Il y a des limites à l'injustice ! La chance qu'ils ont ! Je comprends qu'on leur fasse la surprise, zizi, mais moi, ils m'empêchent de dormir à force de pleurnicher dans leurs tentes.

Sans vraiment se sentir obligé de ramper, Pinoquillio glissa entre les ombres vers la plus grande structure de laine et de palmes où étaient parqués les esclaves. Même pour faire des bêtises, cet enfant gâté ne se cachait pas trop. Il était fils de souverain, que pouvait-il lui arriver ?

– Je souhaite juste les voir, expliqua-t-il à son zizi, qui ne répondit rien. Je sais ce que tu penses. Tu t'imagines que je vais leur gâcher la surprise. Par jalousie ! C'est ça ! Tu crois que je suis capable de m'approcher d'un de ces paysans et de lui dire : « Tu vas au pays du sucre. » Et alors ? Pourquoi pas, si en échange ils arrêtent de pleurer ?

Au moment où il atteignait l'arrière de la tente, Pinoquillio entendit un grognement de fauve. Il fit un bond en arrière. La tête baveuse et dentue d'un dogue d'Argentine apparut à la hauteur de son visage terrifié. Le mâtin tira sur sa laisse. La lanière de cuir se tendit, Pinoquillio brailla et deux mains calleuses venues de nulle part le saisirent par les poignées adipeuses. L'haleine de cadavre d'un Blanc aux dents vert-de-gris et peu nombreuses lui envahit les narines.

– Un négro qui s'est taillé.

– Remets-le dans son vivier, fit une autre voix.

Pinoquillio se tenait face à deux Européens couverts de tatouages. Chacun portait l'uniforme de la marine française. Ils disposaient de souliers à boucles, de poignards ainsi que d'immenses fusils à baïonnette. À leurs tricornes déplumés, le jeune prince comprit qu'il s'agissait de vulgaires sentinelles.

– Pour vos mains, je ne peux plus rien faire, déclara le garçonnet d'une voix calme, elles m'ont touché, mon père exigera qu'on vous les coupe. Le chien, pareil, il sera embroché vivant. Mais il vous reste encore une chance infime de sauver votre peau dépigmentée... si vous me reposez au sol.

– Il aboie dans sa langue, on comprend rien, fit le premier marin. Remets-le avec les autres.

– Mon prince, vous mériteriez que je vous laisse dans votre pétrin, répondit calmement le vieux Zeb. Combien de fois ai-je tenté de vous convaincre que les langues étrangères avaient de l'importance ? Si vous aviez eu ne serait-ce que des rudiments de français, il vous aurait suffi d'un instant pour expliquer à ces marins primitifs que vous êtes le fils du roi, et pas un vulgaire esclave.

Aux marins qui commençaient à le menacer de lâcher leur chien, le précepteur dit quelques mots dans cette langue française dont Pinoquillio ne comprenait pas un mot. Un instant plus tard, le petit prince courait se réfugier dans les bras de son vieux maître.

– Va chercher papa, Zeb. Je veux qu'on leur entaille le menton et qu'on épluche toute la peau d'un coup et lentement. Et quand ça sera à vif, on mettra leur putain de bordel de rhum dessus. Et du sel pour que leur bordel de putain de clébard ait un truc à béqueter avant de leur arracher leurs couilles. De merde.

– Pinoquillio, si je vous entends encore une fois proférer de telles grossièretés, je vous rends à ces messieurs !

Le précepteur convainquit le prince que si on parlait au papa, il faudrait accepter d'être punis : le vieux Zeb pour avoir mal surveillé l'enfant, et le gosse pour être allé rôder trop près des tentes aux esclaves.

– Mais enfin, précepteur, demanda Pinoquillio tandis que le vieillard le reconduisait dans sa tente, qu'est-ce qu'il leur a pris, à ces singes, de poser la main sur moi ? Ils tiennent pas à la vie ?

– Ne vous offusquez pas, Pinoquillio, mais ainsi que je vous l'ai dit quand vous n'écoutiez pas vos leçons, les peuples à l'épiderme rose accordent beaucoup d'importance à la pigmentation. Je crains qu'ils ne vous aient tout bonnement confondu avec un esclave.

Pinoquillio écarquilla les yeux et hurla de rire.

– Un esclave ! Mais les esclaves ont la tête plate ! Moi j'ai la tête ronde ! Quelle bande de cons !

Après qu'on lui eut à nouveau ordonné de surveiller son langage, le garçon ventru commanda qu'on lui raconte le pays du sucre. Afin que son pupille consente enfin à dormir, le précepteur Zeb lui brossa le portrait d'un paradis où la plus humble officine était consacrée à une passion nationale : la cuisine. Et les pâtisseries en particulier.

– Tu as raison, vieux, souffla Pinoquillio entre ses grosses joues. J'aurais dû t'écouter. J'aurais dû apprendre la langue du pays du sucre. Mais c'est ta faute aussi, tu me parlais sans cesse de leurs idées, jamais de leur manger.

– Cette langue porte un nom, Majesté, ça s'appelle du français.

47.

– Pour que la France veuille de moi, je dois savoir ce que la France désire.

Alarmé regrettait que son épouse se fût endormie après l'incident du flacon. Il eût aimé se faire vidanger les humeurs, dans le but de trouver le sommeil. Bien qu'il ne s'avérât guère observateur sur le terrain de l'intimité, Monsieur le comte s'apercevait qu'Éponyme lui dégorgeait le poireau de façon moins assidue. « C'est ma faute, sans doute, se reprocha-t-il dans l'obscurité. Cette chère Épopo sait que les idées prennent de plus en plus de place et que ma prochaine conquête se nomme France. France ! oins ta croupe généreuse d'onguents, brosse-toi le système pileux, vernis tes ongles, bientôt tu auras oublié jusques aux noms de Rabelais, Montaigne et Pascal. Histoire, lubrifie-toi, j'entre ! »

Puisqu'il ne dormait toujours pas, Alarmé promena sa main hors du lit et convoqua une ménagerie d'ombres chinoises. Les chevaux, passereaux et dragons lui parurent vite moins intéressants que l'ombre primale et dépourvue d'allégories de sa main déployée. Il ouvrait et fermait le poing. « Quelle puissance ! L'ombre de ma main qui saisit et qui décide s'il fera lumière ou si l'on ne verra goutte. C'est l'expérience concrète de la puissance préhensile de mes idées. Je serai le Plus Grand Philosophe de France. »

Alarmé se leva sans réveiller Éponyme, sortit un parchemin et l'étala sur le bureau. Après avoir lesté le papier à l'aide d'une petite horloge et d'une blague à tabac, le comte trempa sa plume dans une encre mauve que la nuit rendait peu lisible. Il prit une grande inspiration et écrivit ce titre :

Théorie Du Travail En France
1. Mettre la noblesse au travail.

Aucun fracas d'éclair ne vint saluer cette trouvaille. Soit Dieu n'existait pas, soit il regardait ailleurs. Alarmé fut inquiet des implications de ce qu'il venait de noter. Il souleva la petite horloge et l'étui à tabac, froissa son parchemin et le déchira doucement en multiples morceaux. Éponyme dormait toujours. Pour plus de tranquillité, il déplia les débris et versa sur chacun une quantité considérable d'encre colorée. Le bureau s'en trouva maculé en maints endroits, Nitchonne le frotterait le lendemain. Il ramassa tout et en fit une boule inoffensive qu'il enfonça au plus profond de sa corbeille à papier. « Il faudra commander à la bonne de bien astiquer, songea le comte qui s'endormait enfin. Si elle n'y met pas assez de cœur, le maroquin de cuir qui couvre mon bureau sera foutu à jamais. »

48.

Pietr avait jailli de son volcan casse-tête au poing. De ce promontoire, il surplombait une grande partie de l'île. Il parcourut dans les rocailles et les figuiers de Barbarie un vaste espace découvert. Une longue épine, pleine d'un suc blanc et collant, lui égratigna le sexe. Sans un cri, le Hollandais y porta la main et s'en malaxa l'extrémité afin que la douleur disparaisse. Il prit conscience à cet instant que depuis sa fuite de la prison des femmes, et pendant les longues semaines au paradis, il s'était promené dans l'existence nu comme un litchi sans écorce. L'anatomie s'était musclée. La plante des pieds et des mains avait acquis une corne protectrice autorisant la course et l'essentiel des travaux de la nature. Sa barbe et ses cheveux se confondaient à présent, ce qui lui donnait l'aspect d'un lion maigre aux yeux bleu fer. Sur les avant-bras et les jambes, sur le torse aussi, il eut le sentiment que ses poils avaient poussé. Et toutes ces excroissances pileuses, des cheveux aux burnes, étaient devenues argent. Pietr fut tenté d'attribuer cette oxydation à l'air gorgé de sel du littoral. Or il avait trente-cinq ans et, à l'image des gorilles, cet argent qui lui venait au pelage n'avait d'autre raison que cette maladie qui vient avec l'âge et qu'on nomme respectabilité.

Les poils de sa nuque se raidirent. Des torches grimpaient la colline. « Les humains ne sont jamais aussi semblables aux singes que lorsqu'ils se chicanent », songea Pietr en bondissant dans l'arbre le plus proche. Il grimpa aux hautes branches et s'aplatit sur une surface de bois assez large pour l'accueillir. Il gardait en main son marteau à tête de poisson, paré à toute éventualité. On criait sous les feuilles. Une guerrière de la tribu des femmes jaillit bientôt dans l'espace dépourvu de végétation qui s'étendait sous l'arbre. Dans l'obscurité, depuis la cachette d'où il la surplombait, l'Européen ne put déterminer si elle lui plaisait et si c'était vraiment d'elle qu'il rêvait pour l'éternité paradisiaque. Elle était plus grande que lui et très bien bâtie. Ses cheveux retenus par des arceaux de bois formaient au-dessus de son front une queue de scorpion. Deux gueules de barracudas aux dents acérées mordaient ses larges tétines. Au niveau du pubis, elle arborait une tête de varan autour de laquelle avaient été tressées des queues pointues d'iguanes. Partout sur les ceintures de raphia qui constituaient sa cotte de mailles, s'agitaient des touffes de barbe virile de couleurs différentes. Chacun de ces toupets se terminait en chair racornie et parfois tatouée. Sur certains de ces scalps, Pietr reconnut (parce qu'il avait mangé du groin un jour à Salamanque) des narines ainsi que le cartilage qui les entoure. Pietr n'eut pas le loisir de frissonner en pensant à toutes ces barbes que les amazones arrachent aux mâles car la fille, sans l'avoir vu, grimpait à son arbre.

Leurs regards se croisèrent à l'ombre des feuilles. Elle darda sur lui des yeux écorce de citron. Le temps qu'il la regarde, elle lui mit un coup de coude et il tomba de son arbre. Trois hommes arrivèrent. C'étaient eux qui poursuivaient la guerrière. Ils disposaient de torches et de lances au bout desquelles avaient été plantés des becs de macareux. Pietr résolut en un éclair d'éliminer ces trois mâles afin de convaincre l'éclaireuse aux yeux jaunes qu'il était dans son camp. Mais le découvrant nu, tout blanc et tellement plus barbu qu'eux, les trois ressortissants du royaume des hommes ne l'attaquèrent pas. Ils s'approchèrent et résolurent de le questionner avant de décider quoi que ce soit :

– Es-tu le Messie ?

– Es-tu Dieu ?

– Es-tu un diable ?

Pour une fois que Pietr se fichait de la métaphysique et qu'il essayait de penser en animal reproducteur, toutes ces interrogations tombaient mal. D'un vaste mouvement de casse-tête, le Hollandais heurta le front du premier guerrier. Surpris, l'Indien s'écroula sur le côté, l'oreille en sang. Dans sa chute, il déséquilibra ses camarades. L'amazone profita de cette agitation pour se laisser tomber des branches. Ses orteils creusèrent de vastes excavations dans la bouche d'un ennemi et dans le bas-ventre d'un autre. Elle fit jaillir de sa culotte d'iguane un harpon et un gros coutelas taillé dans une arête de marlin. Sans regarder où elle cognait, la Walkyrie caraïbe perçait toute chair virile qui palpitait sous elle. Pietr s'écarta pour ne pas prendre un mauvais coup. Sous l'Indienne déchaînée, les trois adversaires furent bientôt réunis dans un coulis de charcuterie et d'os dont les apophyses palpitaient à peine.

Couverte de sang ennemi, la brute aux yeux citron fit un signe de la tête vers le grand Hollandais. Pietr interpréta ce mouvement comme une interrogation au sujet de son état civil.

– Madame, je ne vous assommerai que si je parviens à la certitude que mes arguments ne vous ont pas convaincue.

– Quoi ?

– Je parle du libre arbitre. Dans le charnier où notre espèce s'ébroue, vous ne me tiendrez pas rigueur de n'en faire que peu de cas, du libre arbitre. Voici mon rêve : j'ai un lieu secret où je vis en paix. C'est mieux qu'ici, venez ! Acceptez mon empire, Madame, car si jusqu'à ce jour vous vous êtes crue libre, songez que vous ne fîtes rien d'autre qu'appliquer la doctrine de votre dieu, et celle de votre peuple. Oserais-je dire aussi, celle de votre sexe.

Elle grogna.

– J'entends, Madame, votre réticence à suivre un inconnu, mais faites avec moi le pari que rien ne saurait être plus vilain qu'ici. Pascal vous ordonnait de prendre le risque de croire ; je vous demande, moi, d'accepter le danger de ne plus croire en rien.

Une main se posa sur l'épaule de Pietr Cohen. Il se retourna vivement et aperçut derrière lui Yom et Maria. Chacun d'eux découvrait les brasiers qui couvraient l'île, l'odeur de cendre, et ils devinaient dans quel état leur idylle avait laissé les tribus ennemies.

– Ce sont les artisans du refuge paradisiaque dont je vous parle, poursuivit Pietr sans se démonter.

Partout dans les fourrés, des queues de scorpions s'agitèrent dans les feuilles.

49.

Pinoquillio faisait des pets sur son poney. Il avait faim. Il s'ennuyait. Cette monture ne le mettait guère en valeur car ses pieds touchaient le sable lorsqu'il l'enfourchait. Il s'agissait d'un poney pour bébé.

Le petit prince aperçut les deux marins et leur chien, ceux qui la veille l'avaient agressé. Il fut très agacé de constater que leurs mains s'agitaient toujours au bout de leurs bras tatoués. Leur molosse grognait autour d'une des plus grandes tentes aux esclaves. On faisait sortir un contingent de captifs. Pinoquillio observait ce manège distraitement. Il n'avait rien en commun avec ces têtes plates d'esclaves et ne s'intéresserait à leur sort que lorsque son ventre serait plein. « Ces chanceux qui vont se goberger de sucre en France peuvent bien supporter les contraintes d'un voyage en collectivité. » Le garçon constata qu'ils portaient des laisses et qu'on les cognait à l'aide de bâtons. C'était un spectacle monotone. Zeb, le précepteur, claudiquait sur sa canne derrière le poney.

Une esclave se jeta au sol. Sa chute fit tomber trois de ses compagnes d'infortune. Les marins lâchèrent leur chien sur cette troupe, quand un esclave mâle d'une cinquantaine d'années se précipita sur les geôliers en hurlant.

– À quoi sert cette agitation ? demanda Pinoquillio.

– Regarde, lui répondit Zeb.

Du contingent s'extirpa un jeune homme de dix-sept ans. Il se retourna vers la malheureuse au sol et vers le grand homme qui affrontait la soldatesque. Pinoquillio constata que la femme à terre faisait signe au jeune homme de se tirer.

– C'est sa mère ? demanda le petit.

Des renforts arrivaient et des crosses innombrables s'abattirent sur les esclaves. Le jeune homme parvint à s'extraire de la cohue. Pinoquillio observait sa fuite avec grand intérêt.

– Tu vois, Zeb, je ne suis pas sûr que mon père prendrait de tels risques pour moi. Je vais te dire, Zeb, les pauvres, parfois, je les envie, parce que ces gens-là, ils s'aiment vraiment.

Le fugitif renversa un étal. Il tomba. Les deux marins et leur chien couraient derrière lui. Pinoquillio admira que le jeune fuyard soit encore capable, malgré ses mains attachées, de gambader tellement plus vite que les Européens. Il régnait une grande agitation dans le comptoir ce matin-là, car de nombreuses files de denrées et d'esclaves voyageaient du bateau aux entrepôts et des entrepôts au bateau. Le fuyard, à la grande joie du petit prince d'Afrique, mit une pagaille indescriptible dans tous ces agencements mercantiles. Tantôt il apparaissait derrière des tonneaux de bière, tantôt il renversait des fusils. Son regard traqué n'évoquait rien d'autre à Pinoquillio qu'un cerf qu'on s'apprête à capturer.

– Dis donc, fit remarquer l'enfant à son maître, il en fait pas un peu des caisses ?

– Mon prince, ne soyez pas si prompt à juger. Cette péripétie est une excellente illustration de notre leçon sur l'espérance.

– C'est pas drôle. Regarde, ils l'ont perdu. On voit plus où il est.

Soudain, le jeune souverain eut une vision émouvante. Là, sur une palette portée par deux serviteurs et sortant tout droit et intacte des cales du navire français. Oui. L'odeur ne pouvait le tromper. C'étaient bien des pâtisseries françaises !

– L'espérance, mon prince, c'est ce qui nous maintient en vie et, cependant, c'est la source de nos pires…

– Tais-toi ! Des gâteaux français ! Zeb ! Zeb ! Fais-moi une sélection de chaque fragrance.

– Mon prince, votre père ne veut pas d'un héritier grassouillet. Venez plutôt sur la rive et vous m'entendrez traduire la belle langue de France. Et vous vous éduquerez.

– Justement, vieux Zeb, je veux m'éduquer la langue. Donne-moi des gâteaux.

– Votre père m'attend pour traduire. Ça suffit à présent.

Zeb accéléra le pas et, appuyant fort sur sa canne, il se dirigea vers le lieu où le roi recevait les Français. Pinoquillio tira sur les rênes du poney afin de rester en arrière. La bête continua d'avancer. Le garçon planta alors ses deux pieds profondément dans le sable et l'animal comprit qu'il fallait rester là.

Pinoquillio contraignit le poney à faire discrètement le tour de l'étal où se rendaient les porteurs. Il attendit que les marchandises fussent déposées et se dirigea, discrètement, derrière les tréteaux où il pensait trouver cette nourriture digne de lui. Mais au lieu de découvrir les pâtisseries, lorsqu'il souleva un drap, c'est le jeune esclave fugitif qui croisa les yeux du prince. À la tristesse et à l'espoir qui se lisaient sur le visage du malheureux, Pinoquillio opposa un haussement d'épaules un peu las.

Les Français et leur chien approchaient.

– Cherche ! Cherche ! répétaient les marins.

L'esclave en fuite lança à Pinoquillio un regard implorant.

– Tu veux rester ici ? chuchota le prince. Ça ne te rendra pas service !

Le poney éternua. Pinoquillio leva la main en l'air et apostropha les poursuivants :

– Hé ! Vous êtes nuls, hein, comme pisteurs.

Le jeune fugitif bondit tel un ressort et reprit sa course folle. Il se dirigeait vers les terres.

– Hé ! Non ! Pas par là ! hurla Pinoquillio.

Les Français et leur chien lui couraient après. Il allait très vite. Eux aussi. Mais moins. Pinoquillio prit un panier et entreprit de le remplir de gâteaux.

– Tu vas louper ton bateau, hurla-t-il en direction de l'esclave.

Un marin français se tordit la cheville. Il jura. Son camarade fut contraint d'interrompre sa course et de rebrousser chemin vers lui.

– Ça va ?

– Non. Ça va pas du tout. On l'a perdu. Qu'est-ce qu'on va dire ?

Le fugitif avait dépassé les limites du camp négrier. Il courait à présent dans la brousse.

– On va dire qu'il s'est défendu, murmura le marin valide, avant d'épauler son fusil et de viser.

Plus loin, trottinant sur sa monture d'opérette, Pinoquillio s'empiffrait, puisant à pleines mains dans le panier de gâteaux. Il entendit le coup de fusil mais n'en comprit pas la provenance. Il reprit son chemin vers le rivage.

Les gâteaux français lui plaisaient beaucoup. Il s'en était mis plein la bouche en mélangeant de façon un peu honteuse les variétés de friandises. Et ça n'était qu'un avant-goût ! Ses papilles n'interagissaient pour l'instant qu'avec les moins éthérales des créations sucrées. On n'offrait à son peuple, c'est évident, que les sucreries qui supportaient le voyage. Mais ces prolégomènes : du sucre qui craque sous la dent et de la pâte sablée où l'on sent encore et le beurre et l'huile et la caramélisation causée par la flamme, oui, ça justifiait le voyage. « Et si l'on doit s'y rendre enchaîné, qu'importe, pays du sucre, je viens vers toi ! »

Il n'avait pas eu un regard pour le bateau français. Pas plus qu'il ne s'intéressait à cette scène qui se reproduisait si souvent, quelle que soit la nation d'Europe qui accostait pour acheter à son papa des prisonniers de guerre : les Occidentaux palabraient dans leur langue, Zeb traduisait, papa restait intraitable et obtenait un bon prix.

Le Blanc du jour était tellement vieux qu'on l'avait mis sur une chaise et il ne semblait pas capable de s'en extraire. Afin qu'il n'ait pas l'air plus petit que le roi africain, sa chaise avait été sanglée dans de longs bambous que des marins français portaient à l'épaule. Ce détail intéressa Pinoquillio : « Comme papa est sur un trône porté par ses guerriers, le vieux Blanc a souhaité faire pareil. Je suis content quand c'est papa qui lance une mode. » Près du vieux Blanc se tenait une jeune femme brune presque nue, couverte de bijoux et de coiffures compliquées. Pinoquillio pensa que c'était une pute et se dit que son papa avait coutume d'en exhiber bien plus qu'une lors des rencontres plénipotentiaires. Il se dit aussi que les putes de son papa s'habillaient davantage et qu'elles étaient mieux nourries. « La France, pensa le petit prince en reprenant du gâteau, doit être un pays pauvre ! »

Parmi les mots que traduisait le vieux Zeb, Pinoquillio entendit distinctement revenir « sucre ». Il s'approcha. L'enfant eut soudain très peur pour la France : le vieux parlait dans une langue étrange composée de « moumoumou », après quoi, son hétaïre explicitait son propos dans un parler tout aussi incompréhensible mais plus délié ; l'un de ces deux langages, à n'en pas douter, était du français. Puis Zeb traduisait. Pinoquillio, qui aimait déjà tant la France puisqu'elle faisait de si bons gâteaux, s'inquiéta de cette propension à laisser parler les femmes.

– Un esclave, c'est trois tonnes de sucre chaque année, traduisait Zeb après les « moumou » et les roucoulis de la jeune prostituée.

– Ont-ils le droit d'en manger autant ? intervint le petit garçon émerveillé.

– Pinoquillio, chut, votre père travaille.

Du haut de son trône, le papa fit comme s'il n'avait pas vu son fils, le poney et les gâteaux. Il affectait face aux visiteurs la dureté d'une statue de pierre.

« C'est injuste, rageait Pinoquillio, moi, on me prive de tout. »

– Est-ce que vous avez déjà eu à vous plaindre de la qualité de mes esclaves ? demanda le papa.

Zeb traduisit dans la langue française la plus complexe en vocables. Le vieillard blanc répondit dans le français composé de « moumoumou ». Sa pute répondit un gazouillis assez long que Zeb retranscrivit sobrement par « non ».

– Dans ce cas, poursuivit papa, pourquoi essayez-vous de me fourguer des fusils merdiques ?

Zeb redit ça en gazouillis français. Après quelques « moumou », on lui répondit que les armes en question provenaient de la manufacture de Saint-Étienne. Cette dernière affirmation eut peu d'effet sur le roi esclavagiste.

– J'aime mieux les fusils anglais, répondit sobrement le papa.

Cela jeta un froid. Le vieux Blanc cracha juste un demi-« mou » et se rentra le nez dans le menton. Sa pute traduisit ce râle en un très long piaillement complexe.

– Qu'a dit cette pute ? demanda papa.

« J'avais vu juste ! songea Pinoquillio. Si c'était son épouse, il ne l'emmènerait pas avec lui en voyage. »

– Elle a dit, mon roi, traduisit Zeb, qu'elle aussi adore les Britanniques, mais que c'est pas de sa faute si son mari et elle-même sont français. Et elle vous signale que son mari trouve que toute cette conversation prend un tour discriminatoire.

– Tout ça dans un demi-« mou », admira Pinoquillio. Il doit en aller de même de leurs meilleurs gâteaux, simples à l'extérieur et gorgés d'une multitude d'informations gustatives dès qu'on mord dedans.

– Dis-leur, vieux Zeb, de me filer du pognon dans ce cas. Au moins, l'or est partout le même.

Le roi donna trois petits coups de talon sur la tête plate d'un de ses porteurs. L'ouvrier diligent interpréta correctement cet ordre et le répercuta dans un souffle aux six collègues qui portaient le souverain. La chaise se détourna promptement, laissant le vieux Blanc paraplégique, sa pute et leurs porteurs aux allures de marins mal fagotés seuls sur la plage.

Antinôme gravait des chiffres dans le sable avec le bout de ses chaussures. Près d'elle les épaules des porteurs répandaient sur la plage une odeur aigre et désagréable.

– Mou ? demanda faiblement le mari.

Antinôme ordonna qu'on pose la chaise. Les marins firent descendre le duc de Bordeleau au niveau de son épouse. Un coup de vent leur mit les perruques en bataille. Le chapeau d'Antinôme se pliait sous les actions opposées de la force de Coriolis d'un côté et de sa main moite de l'autre, qui tentait de le maintenir sur le crâne. On n'avait pas fière allure.

– Ce pays part complètement en couilles, déplora la grande brune.

– Moumou ? demanda son mari.

– Qui vous parle d'Afrique ? La France ! On n'est même plus capable de leur fourguer de quoi se massacrer correctement. Si on ne fait rien, c'est toute la filière esclavagiste qui est en danger. Ça commence comme ça et…

– Moumoumou…

– Non, chéri, faut pas dire ça. C'est pas fichu. La France est encore une grande nation esclavagiste et nous le prouverons !

50.

Pinoquillio comblait sa solitude en faisant revenir sur sa langue un microscopique bout de sablé. Sur un embarcadère à deux pas de la plage où avaient eu lieu les discussions, on préparait les esclaves résignés. Ils se laissaient faire lorsque les Blancs et les employés de papa leur retiraient leurs laisses de cuir et leurs carcans de bambou pour les remplacer par des chaînes de métal.

« Il y en a, pensa Pinoquillio, qui ne savent pas la chance qu'ils ont. »

Il s'était approché. On ne le remarquait pas. Une idée lui vint, tant il lui semblait vrai que les Blancs ne le différenciaient pas des esclaves. « C'est incroyable, ils ne regardent pas le volume de la tête des gens, ces Européens ont la passion des couleurs mais n'entendent rien aux formes », songea le petit prince. De la miette de gâteau sur sa langue il ne restait qu'un souvenir. Il faudrait affronter les prochaines minutes dans l'absence du goût. « Pas grave, songea l'enfant, on peut se nourrir d'un souvenir, lorsqu'on a l'espoir de… »

– Monsieur le prince ! Monsieur le prince !

Le vieux Zeb, à trois cents mètres, agitait sa canne dans

l'air. Pinoquillio plongea dans la cohue de l'embarquement. « Non, non, l'Afrique, ça suffit ! Parfois, lorsqu'on a une vocation, il faut prendre sa vie en main. Mon destin, je le sais, c'est la France. La France et le sucre. »

L'enfant disparut dans la masse des esclaves. Le vieux Zeb ordonna qu'on le cherche, mais les serviteurs de papa ne l'avaient pas vu et les marins blancs n'écoutaient rien de ce qui sortait de la bouche d'un Noir.

– Excusez-moi ! Excusez-moi.

Pinoquillio, à quatre pattes, se faufilait entre les esclaves. Mais l'enfant était gros comme une truie prête à mettre bas et son passage sur le ponton qui menait au navire fit tomber dans l'eau deux ou trois esclaves. Pinoquillio ne s'inquiéta pas du destin de ces malheureux, mais il eut très peur que leur chute attire l'attention sur lui. Depuis le pont du navire français où il venait d'arriver, le gamin jeta un coup d'œil vers le vieux Zeb. Ça allait. Il repartait vers un autre coin de la plage. Sans doute avait-il cru à une illusion d'optique. Ou bien partait-il vers le camp chercher son pupille.

– Ton erreur, cher Zeb, murmura l'enfant, c'est que tu ignores tout du courage que je cache sous ma graisse.

Sur le bateau, on les mit en rang. Il n'y avait plus d'Africains parmi le personnel chargé de l'organisation de leur voyage.

– Hé, tu es le fils du roi ! s'exclama un esclave.

– Tais-toi, abruti, tu vas me faire repérer, répondit Pinoquillio en essayant de ne pas trop faire de bruit.

– Tu es complètement fou ! lui dit un autre esclave. Retourne chez ton père !

– Oh, que vous êtes anxieux ! Vous surréagissez à tout. Allez, calmez-vous. Ça va bien se passer, leur dit Pinoquillio, qui sentait dans le timbre de sa voix les prémices de l'autorité d'un roi. En tout cas, sachez tous que je suis bien content de partir avec vous au pays du sucre.

– Arrête de me parler, ordonna une autre tête écrasée. On va prendre des…

Un coup de bâton, assez habilement distribué pour heurter et Pinoquillio et son interlocuteur, leur électrisa le dos. La tête plate serra les dents tandis que le petit prince criait :

– Ça va pas, non ? Hé ! Si vous continuez, j'y vais pas, moi, au pays du sucre !!!

Cette fois, on le cogna sur la tête. Et le petit garçon, comme ses compagnons d'infortune, se mit à pleurer. On l'installa avec les autres le long d'une poutre de bois où étaient arrimés des bracelets de métal dans lesquels on lui emprisonna les mains.

Tout ce qu'il trouva à dire, à ce moment-là et les jours qui suivirent, ce fut « je vais le dire à mon père ».

51.

– Ça ne vient pas de Dieu, m'entendez-vous, ça vient de vous !

Pietr avait face à lui les visages hébétés du peuple des hommes et du peuple des femmes.

– En arrivant dans votre île trop peu déserte, je me suis creusé la tête à me demander d'où venait votre bible. Et je ne sais toujours pas si vous êtes hébraïsants depuis l'âge du bronze ou si vous descendez de Cortés, de Colomb ou d'Indiens Kayapo. Je me suis demandé quelle Bible vous lisiez et j'ai rêvé des façons de vous convaincre de ne plus y accorder foi. Mon erreur a consisté à chercher des indices de fausseté. Comme on dit à un musulman : Ta Bible date de sept cents ans après Jésus-Christ, comment faisait-on avant ? Comme on dit à un chrétien : Ta Bible date de Jésus-Christ, comment diable faisaient ceux qui l'ont précédé ? Comme on dirait à des juifs : Treize siècles avant le Christ, c'est un saut de puce. Avant, il y a eu tant de vérités. Car ainsi que vous, j'avais en tête cette idée fausse selon laquelle une révélation serait d'autant plus vraie qu'elle remonterait aux origines du monde. La vérité ? Je l'ai eue en bouche des années durant et j'en ai fait commerce ! La vérité, c'est Spinoza et il ne m'était jamais venu à l'esprit qu'un jour elle comblerait mon désarroi. Écoutez, hommes ! Oyez, femmes, puisque vous comprenez mon ladino qui ressemble tant à votre hébreu : il n'y a jamais eu de révélation. Et qu'importe que vos lois aient été gravées sur le granit par Moïse ou écrites sur du papier d'emballage, ces règles à cause desquelles vous vous tuez et mettez l'île en feu, elles sont de main d'homme. Certaines de vos lois sont bonnes ? Soit. Elles s'avèrent parfois inspirées, belles, et vos pères, vos mères les suivaient ? Sans doute. Oui. Voilà la vraie et profonde raison : on fait comme les parents. Alors, acceptez ce fatum : la fin de papa-maman. Mais rappelez-vous que vous êtes d'un camp, non par nécessité éthique, mais simplement parce que le géniteur que vous avez connu vous a voulu tels. Vous êtes du camp des hommes parce que c'est la montagne des types qui vous a élevés. Vous êtes de la mamelle parce que chez les amazones on jette au Golgotha tous les petits couillus. Allez. Oubliez tout cela et vénérez Spinoza. Ou plutôt non. Dites-lui juste merci de vous enseigner que puisque Dieu est partout, il ne saurait désormais plus avoir tort ni raison. En tout cas, pas pour des motifs surnaturels. Et faites la paix.

– Qu'est-ce qu'il a dit ? demanda le chef des hommes.

– Répète ! ordonna la patronne des femmes ! On ne comprend pas dans quel camp tu es.

– Je vous dis que Dieu n'y est pour rien.

52

Depuis son nuage, Dieu trouvait ça bien. À sa grande surprise et pour la première fois depuis longtemps, le gigantesque barbu aimait mieux regarder la planète que de faire de l'exercice.

– Si Dieu existe, qu'il me foudroie ! hurlait Pietr du haut de sa montagne.

– Qu'est-ce qu'il dit ? demanda la chef des mémères.

– Il se prend pour Moïse, affirma le capitaine des bonshommes.

Dieu se penchait, essuyant ses bésicles. Il trouvait la scène tordante. La situation correspondait, pour une fois, à son sens très particulier de l'ironie. Il existait. Pietr Cohen l'ignorait. Et souhaitant démontrer la vacance divine, le Hollandais inconscient allait d'un instant à l'autre se faire hacher menu, soit par la tribu des garçons, soit par la troupe des filles.

– Voilà ce qui arrive, murmura Dieu, quand on leur adresse la parole sans rien essayer de leur vendre. Il était à deux doigts de la révélation messianique. Il lui aurait suffi de leur balancer ce qu'ils attendent, un moi omniscient et qui n'a que ça à faire de leur dire de se torcher les fesses et de se brosser les dents. Il leur aurait vendu un Dieu qui autorise le massacre et qui promet pan-pan-cul-cul à chaque manquement à une loi impossible, ils lui auraient offert un mausolée. Au lieu de ça… ah, Spinoza, regarde où elle mène, ta sincérité, tu me salopes mes meilleurs bonimenteurs.

Le père de Pietr grimpa depuis son nuage inférieur et alla imbiber de larmes la barbe de Yahvé-Béni-Soit-Son-Nom-Que-Les-Anges-L'assistent-Au-Badminton.

– Pitié ! Pardon ! J'ai menti consciencieusement pendant toute mon existence, Éternel, et mon fils, je m'y engage, poursuivra mon œuvre de mystification. N'allez pas le laisser se faire assassiner parce qu'une seule pauvre fois dans sa vie, égaré sur une île loin de tout, il s'est laissé aller à vouloir dire le Vrai.

– Non, non, répondit Dieu. Il a le choix, qu'il en assume les conséquences. Lorsqu'on quitte la sophistique pour entrer dans l'Histoire, il faut accepter de payer la facture.

Les Indiennes et les Indiens commençaient à traiter Pietr de blasphémateur.

– Blasphème de quoi ? poursuivait Pietr Cohen ? Dieu, c'est moi, c'est vous, c'est l'ineffable que les mots ne savent dire et aussi la matérialité graineuse des coprolithes, ce sont les germes pas digérés qui ressortent par en bas et les idées mal comprises qui à la faveur d'un rot deviennent idées meilleures. Donc c'est vous, c'est moi, c'est rien. Donc il ne foudroie pas ! Dieu, foudroie-moi, sinon tu es mort ! Vous voyez ! Pas de feu ! Donc, contre quoi, mon blasphème ?

Ça rendait fous les sauvages. Et au-dessus, bien caché, Dieu riait.

– Regardez comme ils ont la frousse. Il leur prouve non seulement que je n'existe pas, mais que de surcroît je ne châtie personne, donc toute la singerie qu'ils s'infligent ne les protège de rien ! Écoutez ! Leurs dents grincent jusqu'à nos nuées ! Papa de Pietr Cohen ! Ces macaques vont manger ton petit ouistiti tout cru. Tout ça à cause de mon inexistence. Et à cause de toi aussi, Spinoza.

– Ô, Dieu barbu, rétorqua Spinoza, tu jouis du spectacle et, s'il faut que j'apparaisse à ces malheureux et que je m'humilie pour de bon, renvoie-moi là-bas et je leur dirai tout simplement que je me suis trompé. Et que tu existes puisque depuis ma mort je le sais. Seras-tu satisfait ? Épargneras-tu Pietr à l'aide d'un artifice infantile et imagé ? Rayon stellaire, auréole, écuelle lumineuse ou bouffées de gaz méthane pour les disperser tous ? Fais tomber sur l'île une pierre noire, un mur des Lamentations ou une crèche de Noël, afin qu'ils sautillent et s'épuisent. Car cette comédie, Éternel, c'est uniquement pour te venger de moi ? Ô Dieu, comme tu es lourd dans ton triomphe ! Allez ! Sauve Pietr ! Fais-leur voir que tu existes.

– Non. Non. Vraiment. Tu as raison. Je n'existe pas.

– Mais… puisque nous te parlons.

– Pour vous, c'est différent. Vous êtes de bons clients, répondit le Créateur. Mais pour eux, en bas, non. Je ne suis rien pour eux.

– Dieu, insista à son tour le père de Pietr, tu ne sais pas ce que c'est que d'aimer son fils et de voir des chiens le déchiqueter.

– Si, je sais. Mais vois-tu, je n'ai pas bronché pour mon Jésus, je ne ferai rien pour ton Pietr.

– Pourquoi, Éternel ?

– Par paresse, papa de Pietr ! Tu n'imagines pas le travail que ça me ferait si je devais exister pour eux. Si je fais acte de présence une seule petite fois sur cette planète, ça sera sans fin. Et je disposerai de moins en moins de temps pour mes loisirs. Les autres déités me battront pour toujours, au badminton, au poney, au ping-pong.

– Dieu ! Sauve mon fils !

– Je t'ai dit que non ! Cesse d'être capricieux.

Spinoza n'en pouvait plus. Il saisit à la ceinture de l'Éternel un faisceau d'éclairs et, d'un geste rageur, le séfarade d'Amsterdam lança vers l'île tropicale les flammes du Très-Haut.

Les éclairs tombèrent au hasard chez les femmes et chez les hommes. Ils épargnèrent Pietr et, trois respirations plus tard, tous se prosternèrent, ni vers La Mecque, ni vers Rome, ni vers Jérusalem, mais en direction de ce juif nu et hirsute dont la seule métaphysique se résumait à ne point croire en Dieu.

– Spinoza, tu es le roi des casse-couilles ! gronda Dieu. Je t'ai dit que les messies barbus et sémites, ça ne donne rien de bon. Trois d'entre eux m'ont déjà foutu une pagaille indescriptible. Avait-on besoin d'un quatrième connard ? Si tu avais laissé faire, ça aurait donné un messie mort et tout irait bien.

53.

Pietr se tenait en haut de la colline, totalement désemparé. Les hommes et les femmes se tartinaient le visage de suie, ils déchiraient leurs vêtements et demandaient pardon. Ils n'avaient pas saisi un traître mot du discours que leur avait servi le naufragé, mais la foudre leur avait beaucoup plu. Ils étaient à présent disposés à obéir aux plus absurdes des ordres.

– Si c'est comme ça, vous allez vivre ensemble ! hurla Pietr.

– Pas la paix ! Pas la paix ! braillèrent à pleins poumons les unes et les autres. Ordonnez qu'on brûle les yeux des ennemis, qu'on les retourne de l'intérieur avec des hameçons de pêche, mais par pitié, pas la paix !

– Tu leur en demandes trop d'un coup, chuchota Yom.

– Soit..., concéda Pietr, alors la guerre éternelle !

Une clameur unanime fit trembler la montagne et chacun empoigna son casse-tête, sa sagaie, ou fit vrombir une fronde. On allait en découdre.

– Non ! beugla Pietr. Cette guerre doit durer éternellement ! Si vous vous jetez les uns contre les autres, la boucherie sera brève, votre joie s'altérera et vous replongerez dans l'inquiétude qu'il y a à paisiblement exister au monde.

– Mais, mais, mais, bêlaient, désorientés, celles qui avaient des ovaires et ceux qui n'en avaient pas.

– J'ordonne, poursuivit le Hollandais, que chaque ennemie se trouve un ennemi, et qu'ensemble ils s'isolent pour à jamais s'affronter.

– Hein ? Quoi ?

– Le Temple de Jérusalem ! Quand il a été détruit, on a dit aux Hébreux que chaque maison serait un temple et qu'à défaut de se rendre chaque semaine à Sion y sacrifier un bœuf, on ferait ça en chaussons, à la maison. Et entre deux veilleuses tous les vendredis, on agite deux pains torsadés et votre antre se fait temple. Faites de même, je l'ordonne, pour la guerre des hommes et des femmes. Que chaque femme se prenne un homme. Je dissous à cet instant vos deux tribus et je décrète des noces. Allez ! Par couples ! Chacun sous une tente bien à vous. Vous serez le même peuple et les guerres auront lieu dorénavant en secret, à l'ombre de vos logis.

– Et les enfants ? Les hommes abandonnent les filles et les femmes fracassent le crâne des petits mâles. Faudra-t-il dorénavant tuer et les hommes et les femmes ?

– Non ! Vous les élèverez et vous ferez de votre mieux pour leur farcir conjointement l'esprit de vos deux doctrines à la fois.

On jugea ce projet d'une cruauté infinie, il créerait une souffrance inextinguible et, avec cet agencement, plus un homme ni une femme ni aucun de leurs rejetons ne pourrait plus vivre un instant de bonheur. Alors on pria très fort Pietr Cohen et on en fit un messie.

54.

L'écho de la foudre volée à Dieu par Spinoza emplissait encore l'air de l'îlot caraïbe. Pietr n'avait pas bougé du haut de sa montagne tant il craignait de ne pas être obéi et qu'on en revienne au projet initial : le massacrer et s'entre-tuer ensuite. Mais la tribu des hommes et la tribu des femmes, se balançant d'un pied sur l'autre, commençaient à se lancer des coups d'œil. On fronçait les sourcils. Quand les regards se croisaient, on s'empressait de se gratter le nez ou bien de chasser un insecte imaginaire. Il n'y eut point de meurtre cependant. À leur rythme, le souffle court, les indigènes de l'île envisageaient de mettre fin à l'ancestrale séparation des sexes.

– Choisissez-vous un binôme ! ordonna Pietr.

L'élection de l'âme sœur ne fut en cette occasion affaire ni de littérature ni de choix cornélien. Chaque insulaire se trouva si intimidé de regarder dans les yeux un représentant du sexe opposé qu'on se rabattit, dans l'immense majorité des cas, sur la personne la plus proche de soi. Ils se choisissaient en ne se regardant que les pieds. Certains, sans le faire exprès, désignèrent des pieds du même sexe que les leurs, et il y eut entre trois et cinq pour cent de couples homosexuels, comme c'est le cas depuis la nuit des temps dans toutes les sociétés humaines. On s'en foutait complètement. Influencé par des générations de mauvaises habitudes, un guerrier de la tribu des hommes fut à ce point déstabilisé par la proximité affectueuse d'une femme qu'il lui mit un coup de masse sur la tête. Constatant la désapprobation générale, le soldat présenta immédiatement des excuses. Mais la fille à qui il venait de cogner la figure tenta d'intercéder auprès de Pietr. C'était un réflexe, une preuve de bonne santé. Dans un couple, ce genre de chose pouvait arriver, affirma-t-elle. Aucun feu du ciel ne vint sanctionner ce manquement et Pietr eut soudain peur de perdre son autorité fraîchement établie. De sa main puissante, le nouveau prophète envoya un caillou pointu sur la tête de la brute qui émit un petit « ouille » confus.

– Voilà, c'était un avant-goût de ce qui t'arrivera si tu recommences. Je ne vais pas déchaîner les flammes cosmiques à tout bout de champ mais soyez certains que je n'hésiterai pas à recourir à cette lapidation partielle en cas de…

On ne l'écoutait pas. Comme un seul homme, si l'on peut dire, les indigènes des deux sexes venaient d'imiter son geste. Avant que Pietr ne termine sa phrase, des centaines de cailloux, lancés par des hommes autant que par des femmes, s'abattirent sur l'Indien fautif qui expira dans un râle.

Pietr Cohen se mit franchement en colère et expliqua que le lancer de pierres sur la figure des pêcheurs serait dorénavant une prérogative sacerdotale.

– C'est seulement le Messie qui a le droit de lancer des cailloux, et le Messie, c'est moi ! Compris ?

Il y eut un murmure. Les Indiens se regardèrent et firent mine d'obtempérer. Dans un silence inquiétant, chacun continua de se choisir une chacune. Les couples ainsi formés se donnèrent la main. La fille dont on venait de lapider le mari fit remarquer qu'elle n'avait plus personne. Pietr la trouvait très jolie.

– Messie ? demanda la jeune veuve.

– Mais si, répondit Pietr. Tu seras la grande prêtresse dévolue à mon zizi. Ça ira très bien.

« Puisqu'elle m'a choisi, se dit Pietr, ça m'évite de me casser la tête. » Après quoi, il pensa à la guerrière aux yeux citron.

– Suis-je prêtresse pour toute la vie ? demanda la jeune femme.

– On verra bien. Non. Il y aura des cycles.

– Je suis prêtresse pour combien de temps ?

Qu'est-ce qu'on allait bien pouvoir faire faire à ces Indiens ? Pietr se sentait déjà responsable de cette fille dont on avait tué le fiancé à coups de pierres. « Une île, songea le Hollandais, c'est bien autre chose qu'un bateau. On n'accoste nulle part. »

– Qu'est-ce qu'on va faire, Messie ?

– Spinoza…, commença Pietr.

Et la mer se déchaîna. Dieu, au-dessus, reçut des postillons jusqu'aux narines. Spinoza promit qu'il n'y était pour rien et qu'il n'avait jeté aucune espèce d'éclair dans la mer ce coup-ci.

– C'est ce que je craignais, maugréa Dieu.

– Un raz de marée ? demanda anxieusement le papa de Pietr depuis son nuage.

– Pire, souffla Dieu, un miracle.

En voyant la grande baleine blanche émerger des flots, entourée des rafales et de la tempête qui l'accompagnaient, Spinoza ajusta ses lunettes. Il n'en croyait pas ses yeux. Tous les Indiens s'étaient tournés vers la mer. Le mammifère aquatique mesurait l'équivalent de trois bateaux espagnols. Il disposait, tout le long de son épiderme blafard, d'une forêt d'espadons de fer d'où partaient d'innombrables filins. Autour de lui, une armée de baleinières rebondissaient sur les flots comme des petits pois du Mexique. Dans chaque barque s'agitaient trois ou quatre marins enragés. À chaque coup de vertèbre caudale, le monstre des mers faisait faire aux chasseurs des bonds gigantesques dans leurs esquifs. Les plus chanceux retombaient le coccyx sur leur banc de nage et ne lâchaient pas leurs câbles. D'autres se cassaient les os sur le bastingage ou s'abîmaient dans les flots.

Puis apparut le capitaine. Même depuis les sommets de leur île, Pietr et ses Hébreux ne virent plus que lui. Il s'était arrimé à un harnais d'où partaient trois harpons. À ses côtés, un Algonquin, plus grand encore que Yom le cuisinier. Et un jeune homme. Tous deux lui semblaient chers. C'était une trinité vengeresse qui apparaissait dans le pli des vagues. L'Indien prit un coup de queue. Le jeune homme plongea pour le récupérer. Tous deux sombrèrent et le capitaine ne leur lança pas un regard. Il tenait aussi solidement au plancher de sa barque que s'il avait fait partie du bois du bateau. La baleine, marionnettiste malgré elle de ce tumultueux théâtre, eut un soupir démoralisant. Des flots de sang dégueulant d'entre ses dents gigantesques, le monstre fonça vers la plage et dans un dernier coup de reins alla s'y échouer.

– Allez ! Allez ! fit Pietr Cohen.

Et sans bien savoir quelle serait la suite des opérations, les Indiens dévalèrent la colline en direction du Léviathan naufragé. Le capitaine posa sa jambe de bois sur le sable de l'île. Il fit sans escorte quelques pas sur la plage et, le temps qu'il arrive à la hauteur de la grande baleine blanche, l'œil de la bête devint vitreux.

Alors, entouré par son équipage de damnés, le chasseur de cétacés s'effondra sur la grève et sanglota comme un gosse.

Déjà les Indiens curieux grimpaient sur la baleine. Certains lui entrouvraient les babines et faisaient remarquer à leur épouse qu'il existe des baleines à fanons, mais que celle-là, carnivore redoutable, était une baleine à dents. À peine mariés, répondaient les filles, et déjà vous ramenez votre science.

Pietr Cohen dut jouer des coudes pour se frayer un passage parmi la foule des natifs et des hommes des mers qui n'avaient d'yeux que pour la créature occise. Il s'approcha du capitaine inconnu, lui mit la main sur l'épaule, s'assit par terre près de lui et le prit dans ses bras. D'instinct, il éprouvait pour ce chasseur brisé une immense sollicitude.

– Dieu ! murmura le guerrier des eaux.

– Ça n'est pas de votre faute, répondit Pietr en lui tapotant le dos.

– Mais…

– Je sais.

– Rien d'autre ne m'a occupé, murmura le chasseur. Que faire à présent de cette réussite ? Je veux dire, maintenant qu'aux yeux de tous la chose est entendue. Il est mort par ma main comme…

– Comme les truites, précisa Pietr. Avez-vous déjà cuisiné une truite au bleu ? Il faut les cuire immédiatement après le coup qui les a occises. Ainsi leur épiderme garde ce reflet métallique dont à l'instant même se recouvre votre baleine.

– Dieu est mort sur cette plage, répéta le capitaine. Qu'est-ce qu'on peut faire après ça ?

– Une poissonnerie, répondit Pietr Cohen, animé de la certitude que pour la première fois de son existence, il avait quelque chose de concret à vendre.

Le Hollandais se releva au moment où un rayon solaire crevait opportunément la grisaille. Face aux Indiens et aux baleiniers, il émit un oracle. Il riait. Ses bras attrapaient dans l'air du Sud des formes invisibles avec lesquelles il bâtirait son temple.

– Sur cette plage, vous construirez un ponton et ça sera mon ponton.

– Le ponton à Pietr ! Le ponton à Pietr ! hurlèrent les Indiens.

Par politesse, les marins rescapés se mirent aussi à psalmodier que bientôt se dresserait sur cette plage « le ponton à Pietr ! Le ponton à Pietr ! ».

Le capitaine à jambe de bois qui avait sacrifié toute son existence à chasser une baleine dont la disparition le rendait neurasthénique ne trouva pas l'énergie de s'opposer à ce projet. En quelques semaines il dépérit et mourut. On lui fit des obsèques honorables et il se trouva rendu à la mer sans sa jambe végétale.

Pietr ordonna que cette prothèse usée par les batailles serve de devanture à son restaurant.

55.

La charpente de la plus grande baleinière échouée servit de poutres. On y entrelaça ce que la plage comptait de palmes et d'écorces d'arbres. Puis on dressa une immense table. La viande avait été cuite dans le plus grand boucan du monde : des pierres en flammes sous la baleine et un vaste trou dans son dos. Et par cet orifice on balançait des cabris encore vivants, des langoustes par milliers et des bâtons de citronnelle gros comme des barreaux de chaise. On noya aussi dans ce bouillon une armée de porcelets, on y fit bouillir des familles entières d'albacores ainsi qu'un banc de rascasses.

Depuis les cimes de son séjour céleste, l'Éternel percevait le fumet de ce ragoût et regretta, pour une fois, de n'être pas mortel.

– À mon âge, expliqua-t-il à Spinoza et au papa de Pietr, si je décidais de me réincarner, ça ne serait pas pour des motifs sexuels. Mais vraiment, les gars, on pourrait me faire descendre sur terre à cause de la cuisine. Vous avez compris ce qui vient de se passer ? demanda encore le Créateur.

– Oui, répondit le papa de Pietr. Ils vous ont pris pour une baleine.

– Non, non, non ! Ce qui vient de se produire, c'est une conjonction inouïe. Les Indiens vivaient là. Spinoza me traînait dans la barbe. Ce Hollandais et toi, son père, n'avez vécu que par Spinoza. Le Hollandais a laissé ton cadavre paternel se faire dévorer par des poissons. Tu comprends ? Et à l'instant où ils se libèrent ! Les vagues et la baleine ! Tu comprends ! martelait Dieu au désespoir. Et je ne l'avais pas prédit ! Tu comprends pourquoi je ne veux pas m'en mêler ! C'est trop ! On se paie ma poire.

Et Dieu s'enleva les pieds des mers du Sud et retourna près du mur des Lamentations du cosmos pour s'entraîner au badminton.

– Peux-tu m'expliquer, demanda à Spinoza le père de Pietr, embarrassé, pourquoi Dieu nous laisse en plan et pourquoi il est en colère ?

– Tu n'as pas compris, répondit le philosophe. Tu n'as pas remarqué les circonlocutions qu'il a faites pour éviter de nommer simplement ce qui vient de se produire sous ses yeux. Cette rencontre, l'arrivée du grand poisson qui indique à ton fils son destin et qui donne à cette petite communauté tropicale un but à atteindre et un bonheur raisonnable sur terre, ça porte un nom.

– Un miracle.

– Tu vois, quand tu veux, tu comprends.

Le père de Pietr, du haut de son nuage, continua de regarder son fils avec des larmes dans les yeux. Il venait de découvrir le plus grand mythe du monde ainsi que la honte originelle et secrète du Dieu Créateur : les miracles existent, mais ils dépassent la compréhension de Dieu.

– Mais…, demanda le papa entre deux hoquets de rire, si ça n'est pas Dieu qui fait les miracles, comment ?

Spinoza avait retiré les lunettes de son arête nasale. Il les replia et les glissa calmement dans la poche de sa robe de chambre. Un sourire aux lèvres, sans répondre à aucune des questions du père, le penseur s'endormit satisfait.

56.

Sur l'île, la nuit tombait. Le cratère flambant du dos de la baleine éclairait bien au-delà de la plage. Des marins le prirent pour un phare et s'apprêtèrent à dévier la course de leurs bateaux. Puis le fumet de cette cuisine merveilleuse heurta les naseaux de leurs huniers qui parvinrent à convaincre les équipages qu'il fallait s'approcher. Sur le rivage, Pietr Cohen était à son affaire. Les charpentiers de la baleinière aidaient à construire tables et bancs. Quant aux Indiens, ils entretenaient le feu et transportaient les pierres volcaniques blanchies par la chaleur. Ils touillaient chacun leur tour et pourvoyaient à toutes les nécessités de la préparation culinaire.

Yom et Maria contemplaient avec étonnement l'œuvre de Pietr le Messie. Bien entendu ils avaient rêvé de cette réconciliation insulaire, ils aimaient la cuisine et avaient trouvé le spectacle formidable. Cependant, en se collant contre son amoureux, Maria perçut au fond de ses yeux un imperceptible voile de tristesse. Il allait falloir apprendre à s'aimer au grand jour. Combien de temps ça allait durer, à présent que l'amour était autorisé par la tribu ?

– On s'aimera toute la vie, murmura Maria, sans savoir si c'était une affirmation ou une demande.

Yom la serra dans ses bras, puis il alla aider les nombreux cuisiniers.

Au petit jour, ce ne furent pas moins de trois caravelles espagnoles qui s'approchèrent de la plage. Chaque navire envoya une chaloupe en reconnaissance. Pietr, souriant face au monstre des mers qui servait de marmite, répondit aux interrogations :

– L'île est une terre libre. Elle n'obéit à aucune lettre de course ni inféodation à des rois d'Europe. Aussi les équipages peuvent-ils y débarquer pour faire de l'eau et acheter une cuisine dont même à Paris on ne trouve pas l'équivalent.

– En somme, demanda un capitaine espagnol, vous êtes un restaurant ?

Pietr acquiesça. Il se fit payer en denrées que les insulaires pourraient utiliser et invita son visiteur à s'asseoir.

La nouvelle se répandit. Nulle part on ne mangeait aussi bien que chez Pietr Cohen et ses Indiens. Une fois digéré le plus grand boucan du monde, on conserva le squelette du cachalot pour en faire une salle de banquet. On prit ce que la plage comptait de palmes et d'écorces pour y ajouter des murs, des nattes pour le sol et des toitures qui résisteraient au vent et ne prendraient pas la pluie.

Le lieu devint célèbre. On y avait instauré des règles simples : payer avant de débarquer. Ne pas s'installer sur l'île. Tout litige territorial, la moindre bagarre occasionnée par des visiteurs, était puni par la rôtissoire. Les coupables se voyaient embrochés et cuits devant tout le monde, après quoi on les mangeait. Car Pietr était resté célèbre aux yeux des indigènes pour son premier déjeuner cannibale le jour où il avait mis le pied sur l'île. Cette pratique, dictée par les vicissitudes de l'exil, avait semé la terreur chez les locaux qui en avaient parlé aux visiteurs. À l'instar de Thomas Hobbes, Pietr considéra qu'il fallait conserver cette légende, puisque par la peur un messie peut obtenir la paix. L'embrochage constituait également une source substantielle de revenus : lorsque le prévenu se voyait condamné à un tel supplice, il avait la liberté, en échange de toute sa fortune, de choisir par quelle extrémité la broche le pénétrerait en premier. Chacun ayant la jugeote nécessaire pour comprendre qu'on trépassait plus vite lorsque le creusement s'effectuait par les lieux du langage, c'était la solution communément choisie.

57.

Pendant les premières heures de la traversée, Pinoquillio pensa qu'il lui incombait de remonter le moral des autres captifs. Son père était un grand professionnel, il savait planifier ce genre de déplacements. Tout allait bien se passer. Chaque jour on les faisait sortir de leur cale. On leur lançait de grands seaux d'eau pour les laver et on les faisait courir en rond, sans leur retirer leurs chaînes cependant. Les captifs ne semblaient pas apprécier cette activité. Pinoquillio, qui avait tant haï son père quand il était à la maison, faisait de son mieux pour lui trouver présentement des circonstances atténuantes. C'était, après tout, l'entreprise familiale, et donc son héritage, que le petit prince voyait à l'œuvre.

– C'est pour votre forme physique. Mon papa n'aime pas les gros, c'est comme ça. Mais même si vous souffrez un peu, sachez qu'il fait ça pour votre bien.

Peu d'enthousiasme accueillit cette déclaration.

On venait deux fois par jour leur donner une sorte de mélasse que Pinoquillio n'aimait pas beaucoup. On ne leur avait confié ni assiette ni cuiller. Un marin accompagné d'une escorte munie de fusils descendait à la cale et déposait, à l'aide d'une vieille louche, une ration de ce gruau dans les mains tendues des esclaves. Pinoquillio tenta respectueusement d'expliquer que c'était une bien vilaine vitrine que présentait la France.

– Je comprends que vous gardiez secrètes les recettes des pâtisseries, car après tout l'économie de votre peuple tient tout entière là-dessus, faire commerce du superflu, du goût, du beau. Mais à force de précautions, vous allez finir par nous convaincre que chez vous on bouffe de la merde.

Il prit un coup de crosse, se révolta et en reçut un autre.

Les jours suivants rendirent le discours apaisant de Pinoquillio de moins en moins audible par ses camarades. La mer se calma. On ne leur donna plus qu'un seul repas par jour. Un enfant mourut. Comme sa mère pleurait beaucoup, deux marins vinrent détacher le petit et sa génitrice. Pinoquillio leur en fut reconnaissant car le cadavre eût pu attirer des maladies, et les gémissements de cette maman ne faisaient rien pour améliorer l'ambiance de cette traversée.

Enfin, un matin que le vent ne se levait toujours pas, on les fit tous monter sur le pont du navire. Pinoquillio constata avec satisfaction que le capitaine du bateau était là. Il y avait même, sur le pont supérieur, le vieux Blanc paralysé avec sa concubine, toujours aussi peu vêtue. Pinoquillio souhaita leur parler. Il prit un coup de pied dans le ventre, distribué par un homme du rang.

– Si mon père savait qu'un roturier me touche !

Et on le frappa à nouveau.

Le capitaine, aidé de deux ou trois spécialistes, choisit quelques femmes, quelques vieux et un garçon qui tremblait beaucoup. Ils les détachèrent. Pinoquillio se dit que s'il suffisait de faire semblant d'être malade pour avoir des avantages, c'était dans ses cordes. Après quoi il constata un étrange manège. On accrochait les colliers de ce petit groupe à une autre chaîne. Pinoquillio sentait bien que quelque chose n'allait pas.

– Hé ! Blanc ! Tes marins sont des incapables ! Ils sont en train de les attacher à un truc qui se termine par… je sais pas… c'est quoi ces gros machins en métal ? C'est des boulets de canon ? Hé ! Blanc paralysé ! Tu emploies des incapables !

Un marin donna un coup de pied dans les boulets qui tombèrent à la mer. Immédiatement après, dans un fracas de fer, la longue chaîne à laquelle étaient assujettis les esclaves suivit le mouvement. Les femmes, les quelques vieux et le garçon qui tremblait tombèrent sur le plancher du bateau. Certains se brisèrent les dents. Pinoquillio hurlait :

– Aidez-les, vous voyez bien que tout ce métal va les entraîner dans l'eau !

Mais au lieu de leur prêter main-forte, les marins leur donnaient des coups de crosse et leur marchaient sur les mains afin qu'ils ne s'agrippent pas au bateau. Ils glissèrent assez vite. On entendit un plouf !, des cris. Et puis rien d'autre que le rire des mouettes. Dieu n'était pas là, il faisait du sport.

Pinoquillio ne souhaitait pas incriminer ce pays du sucre sur lequel il fondait tant d'espoirs. C'était peut-être ce voyagiste-là qui n'était pas compétent. Il faisait de son mieux pour se souvenir de tout afin de témoigner, quand il reverrait son père, de ce qui clochait dans cette manière de transporter les gens vers le paradis du goût.

Malgré l'accident qui avait privé le contingent d'esclaves de ces quelques individus, la nourriture ne devint pas plus abondante. Au bout de huit jours, Pinoquillio avait sérieusement maigri. Son père serait fier de lui. Il avait cru très tard à l'omnipotence paternelle, aussi se prit-il à songer que peut-être tout cela était fait exprès. Un père qui serait capable d'organiser tout ce voyage infernal uniquement pour que son petit garçon retrouve la ligne, certainement, ce père-là serait un être aimant. Outre cette perspective qui relevait du fantasme, car sur l'amour d'un père on ne peut jamais être totalement rassuré, le petit prince nota un effet inattendu de son régime forcé : ses poignets étaient devenus assez fins pour passer entre les menottes de métal. « C'est normal, ils ont enchaîné un petit gros, et maintenant je suis un petit maigre. Pinoquillio d'Afrique, tu es mort au fond de ce bateau. Pinoquillio de France, bienvenue, tu es beau, tu es mince et tu seras pâtissier ! »

58.

Ainsi le petit aventurier passa-t-il le restant de la traversée dissimulé dans divers coins du navire. Il put observer le manège des Blancs. Il s'agissait d'une société assez comparable au monde normal que l'on trouve en Afrique : les riches mangeaient mieux que les autres et les pauvres bossaient assez durement pour n'avoir pas le loisir de s'interroger sur leur condition. Pinoquillio finit par se rendre à la raison du vieux Zeb : dans ce monde-là, on ne martyrisait pas les hommes à cause de leur tête plate. Seule la différence de couleur de peau servait à calmer la frustration des marins opprimés.

Instantanément, le petit prince aima davantage les riches que les matelots, car eux commandaient qu'on donne les coups, mais ils ne les distribuaient pas eux-mêmes. « S'ils devaient filer un coup de fouet, ils ne sauraient pas s'y prendre, songea-t-il. Et puis, malgré la différence culturelle, il me semble qu'entre riches, on se comprend. » Tel devenait son projet, établir un contact, créer des liens. La barrière de la langue lui paraissait infranchissable. Il avait rêvé que la langue française se résume à la succession tonique et modulée d'innombrables « moumou ». Malheureusement, c'est la prostituée qui parlait le français le plus répandu, et chaque marin, même le plus simple, s'exprimait dans ce chant d'oiseau dépourvu de relief et dont tout mot était collé aux autres de façon qu'à écouter une phrase, on n'en saisissait pas l'architecture.

Le jeune prince volait à manger. De bonnes choses. Le Pinoquillio nouveau redevint bien vite un petit gros.

Après une dizaine de jours, le navire s'approcha d'une île très vaste. Pinoquillio, tout excité, songea qu'il s'agissait du pays du sucre. Caché dans les cordages, il assista à une curieuse cérémonie. Un sorcier blanc, vêtu d'une robe noire et portant une grande croix d'argent, fit rassembler tous les esclaves sur le pont. Il effectua des palabres et des gestes fétiches. Puis il les fit agenouiller (parfois il fallait qu'un marin les cogne pour les faire obéir, ou les soutienne lorsqu'ils étaient trop faibles). Alors, ainsi en cercle, gueule ouverte, parfois de force, chaque esclave eut droit à une galette blanche. L'un d'eux la cracha et se fit battre si fort que les autres mangèrent leur pastille sans se plaindre. « Voilà, pensa Pinoquillio, je loupe tout, c'est injuste ! On les intronise. Ils font à présent partie de la grande communauté du sucre. Je suis un idiot. J'aurais dû rester avec eux au fond du navire. Ah, cher vieux Zeb, tu avais bien raison, lorsqu'on découvre une nouvelle culture, il faut se garder d'en juger les usages. Ces pauvres merdeux à tête plate viennent de manger le gâteau qui vous rend membre de la confrérie de mes rêves. Et moi, quel échec, seul, caché dans l'ombre, avec les rats ! »

Oui. Ça devait être ça, la France. Des Blancs avec

perruque, du même genre que le vieux Moumou et sa pute, attendaient dans une crique. On faisait descendre tous les esclaves. D'autres têtes plates se promenaient dans le coin. On leur avait mis des chemises de Blancs et ils semblaient toujours enchaînés. Beaucoup d'hommes armés surveillaient les opérations. Pinoquillio décida d'attendre la nuit pour se faufiler hors du navire afin de débarquer au pays du sucre. On descendit Moumou par le ponton. Sa pute n'était pas là.

À la nuit, un miracle se produisit. Pinoquillio s'était approché d'une rampe par laquelle on faisait monter des marchandises. Il pensait pouvoir assez facilement se faufiler par là pour gagner la terre ferme. Soudain, à sa grande surprise, deux esclaves passèrent devant lui sans le voir. Il n'avait pas la moindre idée de la façon dont ce duo avait pu se planquer. Ils descendirent sur la terre ferme par l'exact chemin que Pinoquillio comptait emprunter.

– Copieurs, salauds ! murmura le petit prince.

Mais dès qu'ils posèrent le pied hors du bateau, une voix piailla quelque chose en français. Puis deux déflagrations percèrent le dos et le ventre des clandestins qui s'écroulèrent sans un cri. Dans l'écho des coups de fusil, Pinoquillio entendit distinctement le bruit que faisaient les deux corps en heurtant le bois du débarcadère. Il frissonna et décida de se sauver par un autre chemin. Plus tard dans la nuit.

Des marins passèrent très près de lui. Il se précipita vers une autre cachette. Il y avait de l'animation. Ils faisaient monter des filles à bord. Pinoquillio souffrit de cette accélération des activités nocturnes. Dans chacune de ses planques habituelles, on entendit bientôt les ahanements des Blancs qui tripotaient des fesses de femmes. « Ils copulent moins bien que papa, pensa Pinoquillio avec fierté, mais tout de même, ils m'emmerdent. »

Comme une petite souris que l'on chasse de toutes ses cachettes, le prince gras finit par rebondir jusqu'aux appartements des officiers. Là, une porte entrouverte. Pinoquillio s'approcha. Quelqu'un, à bord de ce navire, avait des appétits semblables à ceux de papa : c'était la brune de Monsieur Moumou. Elle se tenait à quatre pattes sur un bureau couvert de cartes et de sextants. Cinq hommes du rang la prenaient en même temps, d'une manière que Pinoquillio ne souhaita pas détailler. Il eut beaucoup de chagrin pour le vieux Moumou et se dit que le royaume de France n'allait pas très bien. Préoccupé par le sort du pays du sucre, Pinoquillio n'avait pas entendu arriver l'escorte. Il se retourna trop tard. Derrière lui dans le couloir revenait Monsieur Moumou, que poussaient deux marins.

– Monsieur Moumou, n'entrez pas là, vous serez trop triste ! le prévint Pinoquillio.

Mais personne ne comprenait sa langue. On se saisit de lui.

– On a déjà tout vendu. Ça ne rime à rien de redescendre juste pour ce négrillon-là, dit un officier.

– On pourrait l'offrir, suggéra un autre.

– Moumoumou ! opina Monsieur Moumou.

Antinôme précisa qu'elle partageait l'avis de son mari.

– On a le droit de tout faire, dans ce métier, sauf des cadeaux. Ne nous mettons pas en retard. Trouvez une petite cage à ce porcelet noir, et rapportons-le à Bordeleau.

– Moumoumou ?

– Ne vous en faites pas, Monsieur, j'ai une idée sur l'usage que nous pourrons en faire. Notre métier a besoin qu'on lui fasse de la publicité.

59.

– J'ai tout eu, j'ai tout eu, j'ai surtout quarante ans, oui.

Les Indiens lui avaient fabriqué un gâteau. On se lasse des meilleures choses et même du chocolat, au bout d'un moment c'est de la merde. Le commerce marchait. Les navigateurs avaient compris que son comptoir pouvait répondre aux urgences d'une longue traversée. Dans cette terre neutre on trouvait à manger, à boire, un lieu où se reposer loin des guerres, et on pouvait laisser ses esclaves en dépôt-vente. Cette dernière disposition avait créé une vraie dissension au sein de la communauté de l'île. Les navires qui pratiquaient la traite négrière avaient trouvé cette solution pour ne pas jeter à l'eau les esclaves en trop grand nombre. Par calme plat, lorsqu'on n'était pas loin, on cabotait jusqu'au rivage et on les laissait à l'administration du comptoir, qui acceptait de les garder jusqu'à ce qu'un autre navire les achète.

Pietr s'était opposé à ce projet. Pour des raisons que nous connaissons, et qui n'avaient rien à voir avec la morale, le Hollandais avait l'esclavage en horreur. Mais les Indiennes voulaient de la variété et elles avaient bien compris que les marins blancs avaient tous la vérole. L'esclave en dépôt-vente leur offrait un expédient. « C'est le début des soucis », avait dit Pietr. Mais puisque les indigènes savaient que ce messie-là ne lapidait pas grand monde, ils n'en avaient fait qu'à leur tête.

Le comptoir disposait donc, en plus de ses infrastructures habituelles, de campements pour les esclaves qui attendaient d'être vendus. On avait créé une petite administration, ainsi que des livres de comptes. Sans rien demander à personne, les Indiennes avaient décidé que le sexe, dans la vie, ça ne suffisait pas. Celles qui n'avaient pas eu de mari durant le grand partage voulaient, elles aussi, connaître la guerre éternelle des hommes et des femmes dans leur hutte, tous les soirs. Elles voulaient un mari à qui répéter « Non, tu ne sortiras pas ce soir ». Donc, sans demander la permission administrative, elles avaient contracté des mariages secrets avec certains des esclaves en dépôt-vente. Cela avait ouvert la porte à un vrai casse-tête juridique. On a beau être une république libre, il faut des lois, sinon c'est le sang et la guerre qui reviennent. Lorsque les propriétaires desdits esclaves étaient repassés par le comptoir et qu'ils avaient souhaité récupérer leur bien, les Indiennes avaient expliqué que les maris étaient à elles désormais. « Tout bien abandonné appartient à celui qui le trouve. » On fit valoir qu'aucun article du Code noir n'évoquait ce cas précis. Les Indiennes expliquèrent que ces maris étaient très bien et que si on les leur prenait, il y aurait une guerre. Les esclavagistes sortirent les fusils et on fut bien obligé de les massacrer jusqu'au dernier pour qu'ils n'aillent pas raconter que sur le comptoir de Pietr Cohen on ne respectait pas la propriété privée. Après ce regrettable incident, Pietr fut contraint d'édicter une loi selon laquelle l'esclavage était interdit sur son île.

– C'est la loi la plus con du monde, dit-il à Yom, c'est comme proscrire la prostitution, en faisant cela je contreviens à une aspiration fondamentale de l'espèce humaine et je pousse mes administrés vers le secret et la dissimulation lorsqu'ils souhaiteront asservir leurs prochains. Mais le matériau humain est imprévisible et cette histoire d'esclaves a failli fiche en l'air notre paix civile.

– Tout ça est écrit dans Spinoza ? demanda Yom.

– Absolument, conclut Pietr, qui se félicitait de n'avoir pas fait lire le philosophe hollandais à ses administrés.

» Dorénavant, avait ordonné Pietr Cohen, tout homme qui posera le pied sur le sol de notre île sera un homme libre.

De telles dispositions n'empêchèrent pas les bateaux négriers de continuer à passer par ce comptoir, mais à cause de cette loi, dans les parages de l'île, on recommença à jeter aux requins les esclaves surnuméraires. Et surtout, pendant que les navires accostaient sur l'île, plus aucun esclave n'eut le droit de faire un tour hors du bateau.

En début d'après-midi, le jour de ses quarante ans, Pietr Cohen se promenait pensif sur l'embarcadère. Un grand navire français mouillait là. Pietr s'adossa à la coque, sortit une pipe et fuma un tabac au miel.

– Et moi j'ai quarante ans.

– Et moi je m'ennuie, lui répondit la voix de Yom

Le colosse roulait des feuilles de tabac et les fumait.

Déjà à cette heure-là il était ivre. Le gâteau et l'anniversaire avaient bon dos, on buvait tout le temps.

– Il est bon, notre tabac, hein ?

– Oui.

– Et le rhum ?

– Le meilleur.

– Tu te souviens de ce qu'a dit ce dessinateur vénitien : « Vous avez le meilleur tabac, et le meilleur rhum, mais personne ne le sait parce que vous buvez tout et parce que vous fumez tout » ?

– Oui, Yom, dans la vie, on ne peut pas tout vendre, il faut garder des choses pour soi.

– Je me fais chier, osa avouer Yom.

– Moi aussi, fit une voix à l'intérieur du navire, dans un hébreu assez correct.

Les deux compères ne tinrent pas compte de cette voix hébraïque. S'il y avait un hébraïsant parmi les esclaves, ça ne les concernait pas.

– Tu te fais chier avec Maria ?

– Tu sais, Yom, maintenant que c'est autorisé…

– Spinoza…, commença Pietr.

– Oh, merde avec Spinoza, lui répondit l'Indien, laisse-moi être triste.

– Si c'est tout ce que la liberté vous inspire…, fit en hébreu la vieille voix qui leur parlait depuis l'intérieur du bateau.

– Mais on n'est pas libres, espèce de con, répondit l'Indien, tu vois bien qu'on est mariés, enfin moi. Lui, l'autre grand penseur, il s'envoie une nouvelle compatriote toutes les trois semaines et ça lui donne l'illusion du pouvoir, mais je vais te dire un secret, Pietr, je le sais très bien que tu trouves que toutes les filles de l'île se ressemblent et que tu ne parviens pas à les différencier. Donc mon pauvre, tu t'endors chaque soir avec l'impression d'avoir embrassé la même fiancée. Je vais te dire, Pietr, tu es aussi malheureux que moi.

– Et en plus j'ai quarante ans…, souffla Pietr Cohen sans même tenter de nier.

– Aidez-moi, fit la voix à l'intérieur du navire. Moi, j'ai de vrais problèmes.

Les deux amis se regardèrent et conclurent que l'inconnu avait raison. C'était exactement ça qu'il leur manquait depuis que l'îlot était prospère : il leur fallait des vrais problèmes.

60.

À Bordeleau, une banderole s'étendait sur la façade de l'auberge qui avait jadis accueilli l'Université libre de Philosophie. On pouvait y lire, en très gros caractères : « GRANDE VENTE DE NAVIRES AU PROFIT DE L'ESCLAVAGE. »

Pinoquillio, que l'on avait lavé et dont la peau avait été recouverte d'huile, attendait près de tonneaux de vin, dans les coulisses d'une scène rudimentaire. On l'avait mis dans une cage qui d'ordinaire servait pour les chiens. Lorsqu'elle passa près de lui, dans une robe encore plus dénudée que d'ordinaire, la grande brune qui appartenait à Monsieur Moumou ne répondit pas aux appels du petit prince. Elle colla juste un coup de pied dans la cage afin qu'il se taise.

– Écoute, mémère, moi pas esclave ! Moi vouloir déguster gastronomie et rentrer maison… Hé ! Mémé ! Pute ! Reviens ! s'égosillait Pinoquillio.

– Toi parles encore, moi coupe la langue à toi.

Chacun s'employait à simplifier sa syntaxe pour être compris par l'autre, mais aucun d'eux ne pratiquant le même idiome, l'échange ne se poursuivit pas. Antinôme se dirigea vers la chaise de son vieux mari, qu'elle fit rouler jusqu'à la scène.

On applaudit leur entrée. Ils avaient été absents plusieurs mois. Tout ce que Bordeleau comptait comme notables avait fait le déplacement. L'auberge refusait du monde. Un peu amer que le mercantilisme attire tant de public, tandis que la pensée ne déplaçait pas les foules, le comte Alarmé de l'Implication se tenait assis sur un des bancs les plus proches de la scène. À ses côtés, indifférente au tumulte, sa fille jouait avec ses chaussettes.

– Moumoumou, affirma clairement le duc Nécrozé de Bordeleau.

Antinôme demanda au public si on avait compris l'affirmation de son époux. Face à la perplexité ambiante, la belle brune rendit le propos plus explicite :

– Mon mari vous dit que c'est pas tout de soutenir l'esclavage ! Encore faut-il soutenir l'esclavage français !!! En achetant nos bateaux, continua Antinôme, non seulement vous faites de bonnes affaires, mais encore accomplissez-vous un geste CITOYEN puisque vous aidez l'industrie de notre pays à un moment où la concurrence internationale fait rage. Bordelaouaises, Bordelaouais, votre argent peut sauver l'esclavage français !

Le bras de Chaussette jaillit de la foule et sa Chaussette hurla avec enthousiasme :

– MOUMOUMOU !

Son père lui donna un coup de doigt sur la tête et lui dit que ça suffisait comme ça, le manque de respect envers les institutions.

– Et surtout, poursuivit Antinôme, vous aidez les populations africaines.

– Moumoumou, chuchota l'autre chaussette.

– Chaussette, ça suffit, maintenant tu vas m'attendre dehors ! cria Alarmé.

Un grand silence suivit cet ordre. Alarmé, confus, présenta des excuses à l'assemblée. Un signe de tête d'Antinôme accueillit avec bienveillance cette interruption. La belle fit signe au comte de se lever.

– Monsieur le comte…

– Ce n'est pas le notable qui vous parle, chers amis… (Alarmé se racla la gorge), c'est l'homme, je veux même dire, humblement, le phi…

– Alarmé de l'Implication, le grand philosophe, précisa Antinôme.

– Grand, on ne sait pas, chère belle-sœur, on n'apprend qu'après sa mort si l'on a mérité ou pas de rentrer dans l'histoire de son pays. Mais Madame, chers amis, ça bouillonne dans mon crâne. Depuis des lustres, mon génie se cherche un objet. Je dois nourrir mon feu intérieur. Il faut que ça questionne. Pour aider mon pays. Pour avancer…

– Avançons, dans ce cas, suggéra Antinôme.

– Voilà. Pardon de mon déficit de compréhension. Il vient sans doute du fait que je n'ai pas partagé avec vous ce beau voyage en terres nègres, mais je ne comprends pas bien en quoi nous allons aider l'Afrique avec ces bateaux.

– Moumou ! répondit Nécrozé avec beaucoup d'autorité.

– Je n'en disconviens pas, osa poursuivre le comte, mais si je remets, ne serait-ce qu'un instant, le nez dans le *Discours sur l'origine et les fondements de l'inégalité parmi les hommes* de mon collègue Rousseau…

Chaussette quitta la salle en traînant les pieds. Même ses

chaussettes ne trouvaient plus rien à dire sur ces réunions de grandes personnes.

À l'extérieur de l'auberge, adossés à la chaise à porteurs, Oracio et Nitchonne se tripotaient discrètement. Les deux domestiques, pour une fois, semblaient joyeux. En passant, une des chaussettes de Chaussette, tel un bec de canard, pinça les fesses de Nitchonne pour lui montrer qu'on avait tout vu.

– Tu dis rien à ta mère, Chaussette.

– Hé, petite bella, tou né dis rien. Jé risque ma place, moi.

– On rentre quand ? demanda la domestique. Il se passe quoi là-dedans ? Il fait quoi ton père ? Moi j'ai envie qu'on rentre.

– Ah, fit Oracio, vexé, parce qué ces moments avec moi au soleil, ils té semblent ennouilleux, Nitchonne ?

– Prends pas ça à la légère, Oracio. Tu vas en faire une tête, s'il achète des esclaves, lui rétorqua la Niçoise.

– Ma… qué ? Qu'il en prenne ! Des Africains qui font lé boulot à ma place, moi jé souis favorable ! Jé pourrais arrêter dé porter cette chaise de mierda !

– Bé non, fatche de cougourdon, répondit Nitchonne. Un esclave, y va pas faire le boulot à ta place. Y va te piquer ta place. Et gratuit, en plus ! Moi, ça me… moi, ça me…

– Ça me rend hostile à l'esclavage ! claironna une chaussette.

– Oh, toi, c'est facile d'être généreuse, lui répondit la servante, toi, tu risques pas ta place.

61.

Depuis sa cage, Pinoquillio observait les Français qui discutaient. Il ne comprenait décidément rien à leur langue. Le petit prince espérait qu'on n'allait pas le manger. Et si c'était ça, le secret de leur cuisine ? Des enfants qu'on fait cuire, et qui donnent à chaque gâteau le goût du péché ?

– Mon mari, expliquait Antinôme, vous dit qu'on leur fait un beau cadeau en amenant ces nègres dans nos îles, car même nos lointaines colonies sont auréolées de la lumière franç…

– Moumou !

– Il ajoute, poursuivit la grande brune, que ce sont les nègres que l'on prive de France qui sont les plus à plaindre.

Alarmé n'y tenait plus. Il sautilla trois fois sur sa chaise et leva un index timide avant d'interrompre la conférence.

– Sans doute, osa le comte de l'Implication, mais je me suis laissé dire que ces nègres, pendant le voyage, ils souffrent… et un penseur comme moi… Même sans faire preuve de sensiblerie… même un penseur de province… il ne peut pas rester sourd à la détresse humaine.

– Moumou ! répondit sans appel Nécrozé de Bordeleau.

– Mon mari a raison, précisa la belle Antinôme. On vous

a bourré le crâne avec de la propagande. C'est plus comme ça du tout. Voyons-nous plus tard, en tête à tête, cher professeur de pensée, et nous pourrons...

– Non, pardon. (Alarmé se leva.) Je ne veux pas détonner dans cette assemblée enthousiaste, mais si je lis ce que disent nos philosophes...

– Ne lisez pas, professeur, regardez !

Pinoquillio vit la brune aux jambes interminables s'approcher de sa cage. Il fut très gêné de constater que dans le bâillement de sa robe, il apercevait son pubis. Ce n'était pas la première fois qu'il voyait la nudité d'une Blanche, mais celle-là avait des lèvres presque bleues, ce qui l'intrigua. Tout à sa surprise anatomique, il ne sut comment réagir lorsque cette prostituée ouvrit les barreaux et le poussa sur scène, devant le parterre de marchands de vin bordelais. Pinoquillio, gras, énervé et anxieux, s'adonna à son activité favorite : il insulta ceux qui à ses yeux n'étaient que des subalternes. Face à ce petit Noir obèse qui les enguirlandait dans un idiome incompréhensible, les riches de Bordelaouais se mirent à rigoler.

– Vous êtes moches ! Vous sentez mauvais ! Ramenez-moi chez moi, bande de patates ! leur hurlait Pinoquillio dans cette langue d'Afrique de l'Ouest que l'on parle sur un territoire cinquante fois plus grand que le royaume de France.

– Que dit-il ? demanda Alarmé, qui se tenait toujours debout.

– Moumou, précisa Nécrozé.

– On ne maîtrise pas encore bien son baragouin, précisa Antinôme. Mais avouez qu'il se porte bien et n'a pas l'air maltraité, non ?

– Et retirez-moi ces chaînes ! Si mon père vous retrouve, il vous jette aux crabes ! hurlait Pinoquillio. À l'heure qu'il est, une armée de guerriers aux dents limées comme des squales fait voile vers votre royaume pour émasculer votre roi et me sauver !

Le petit prince sautillait sur scène en transpirant beaucoup. Dans l'assemblée, il se trouva quelques voix pour louer son sens du rythme.

– Ses bourrelets, fit une vieille dame, marquent le contretemps. Dans leur brutalité, il existe une musique savante…

– Vous conviendrez, encouragea Antinôme, que quelques leçons de bienséance ne feraient pas de mal à ce brouillon d'homme, non ? Alors ? Ça va lui faire du bien, les colonies, non ?

L'assemblée fit silence. Alarmé, comme paralysé, ne s'était toujours pas assis. Le comte de l'Implication se grattait le menton, remettait sa perruque en place et osa enfin croiser le regard d'Antinôme et du petit Noir.

– C'est troublant, renifla le comte, c'est confusionnant. Ni Rousseau ni Diderot ne m'avaient préparé à une telle rencontre. Je réfléchis. Ça fume ! Attendez ! Non, la VRAIE question, c'est : EST-CE QU'UN PHILOSOPHE PEUT SE RENDRE COMPLICE DE L'EXPLOITATION DES HOMMES ?

Pas un bruit dans l'auditoire. Puis, de concert, plusieurs voix osèrent répondre « oui ».

– Au contraire, encouragea Antinôme, c'est MIEUX, s'il y a un philosophe. Qui présente bien, en plus.

– Pour encadrer ? demanda Alarmé, un peu perdu.

– Oui, expliqua la brune à la robe très lâche, si vous travaillez avec nous, cher philosophe, on pourra donner une meilleure image de l'esclavage, on pourrait construire ensemble...

Alarmé eut alors le sentiment qu'un éclair le frappait et qu'il parvenait à aller plus loin que les autres penseurs contemporains. Il annonça ainsi en public les bases de sa doctrine :

– Un esclavage à visage humain !

– Vous voyez, applaudit Antinôme, il faut un grand penseur pour inventer ce genre de formule !

– Bravo ! Bravo !

Toute l'assemblée applaudit la découverte d'Alarmé et chacun le congratula. Alarmé accueillit en rougissant ces nouvelles marques d'intérêt pour sa discipline chérie, la pensée.

Dans ce mouvement de joie où le commerce et les idées dansaient ensemble, la grande vente de bateaux commença. Alarmé se trouvait génial. La foule achetait. Le soleil se montra derrière les nuages et on ouvrit de bonnes bouteilles.

– Alors, proposait joyeusement Antinôme, qui veut sauver la filière esclavagiste ? Qui veut acheter mes bateaux ?

– Moi ! Moi ! Moi ! disaient les riches de Bordeleau.

– Moi aussi j'en veux, s'époumona Alarmé. Moi aussi, j'en veux. C'est tout de même moi qui ai eu l'idée.

À l'extérieur, le bruit se répandait de ce nouvel essor de l'esclavage français.

– Ils ont qu'à faire ça chez eux, en Afrique. Mais nous, se plaignait la bonne Nitchonne, nous avons des traditions en ce qui concerne le travail. Si on se met à tolérer l'esclavage chez nous, ces salauds d'esclaves vont tout nous prendre.

Son Italien la rassura et lui rappela à quel point les

travailleurs européens effectuaient des activités techniques, qui demandaient une formation, du doigté.

– Notre travail, Nitchonne, il n'est pas à la portée d'oune main-d'œuvre sans qualification.

Après quoi, leur maître sortit de l'auberge, et les deux domestiques soulevèrent la chaise à porteurs et partirent en courant tels deux mulets sur la route cramée de soleil.

62.

Pietr Cohen, prophète d'une île lointaine, était privé de présence divine. Yom Hachichi, mari tellement comblé, ne pensait qu'à se tirer. Les deux amis retournèrent à la nuit tombée s'adosser à la coque du bateau négrier pour écouter celui qui leur causait en hébreu. Ils grattèrent la surface couverte de clams.

Une voix fatiguée et hébraïsante leur demanda pourquoi ils venaient à nouveau lui casser les roubignoles. Pietr s'enquit de savoir si terré dans le bateau se tenait un ange, un séraphin, ou un esprit de Dieu. La voix lui fit remarquer que de longs mois parmi les Indiens font sans doute perdre le sens du ridicule. Yom demanda de quelle île venait l'inconnu. Il répondit « L'Afrique ». Yom fut ravi d'apprendre que dans ce grand territoire, l'Afrique, on parlait sa langue caraïbe : l'hébreu. La voix chevrotante finit par leur ordonner de se tirer :

– J'ai besoin d'hommes intelligents, et vous m'avez l'air de deux imbéciles. Barrez-vous, vous ne ferez pas l'affaire.

– C'est un test, fit remarquer Pietr. C'est vraiment un ange.

Et il se mit à genoux. Il expliqua qu'il avait compris, qu'il serait digne de l'appel. Et d'ailleurs, il allait organiser illico sa libération.

La vieille voix expliqua qu'il n'était absolument pas question de le libérer, qu'il n'était pas un esclave mais qu'il était puni. Si on voulait l'aider, il fallait le rejoindre, à fond de cale.

Yom accueillit cette proposition avec intérêt, puisque cela allait lui permettre de passer une nuit hors de la tente conjugale. Pietr Cohen, quant à lui, aurait obéi à n'importe quel ordre, pourvu que le fol espoir de rencontrer un autre messie ne lui soit pas enlevé. C'était trop de responsabilités de porter sur ses épaules les destinées économiques et le salut de l'âme d'une république libre et croyante. Il fallait démissionner et d'urgence cesser d'être objet d'adoration. Réapprendre les génuflexions. Confier à un autre la paternité du monde.

– Attends-nous, ô Mélec, ô Seraph, ô Hosanna, je viens à tes pieds ! S'il n'est aucun Dieu là-haut, sois un guide et autorise-moi à réapprendre l'inconséquence.

– Venez en silence, idiots. Si on vous attrape, c'est fichu, lui répondit-on dans un hébreu parfait.

63.

Dans le jardin du château de l'Implication, la comtesse Éponyme tentait d'écrire sur une escarpolette, avec pour seul public sa chienne Fragonarde.

– Ma vie est un roman, répétait-elle. Je m'acharne à raconter cette Angélina que je ne connais pas et qui s'envoie des Orientaux, mais peut-être est-il temps, après cette fiction, après mon immersion profonde dans l'art épistolaire, peut-être est-il temps que je m'intéresse au seul sujet qui vaille vraiment le coup ?

– Tes fesses ? demanda la chienne. A-t-il jamais été question de rien d'autre, ô maîtresse ?

La balançoire était trop basse. À chaque aller-retour, au lieu de planer élégamment, Éponyme devait subir le raclement pénible de ses souliers contre le gravier. Elle tâcha de se balancer en gardant les jambes en avant.

– Ça n'est pas banal, Fragonarde. Je t'entends. Tu vas dire : « Mais qui ça va intéresser ? » Songe qu'en entrant par là…

– Par tes fesses ?

– Oh, cesse de faire de l'esprit, en entrant par le moi, c'est le monde qu'on regarde.

Elle tenta de mettre les jambes sous le plateau de l'escarpolette en se disant qu'elle serait assez souple pour bien les replier, afin d'éviter de frotter le sol. Le stratagème fit long feu et la comtesse se tordit une cheville.

– L'écriture, je ne sais pas, fit remarquer la chienne, mais en tout cas tu ne sais pas te balancer.

Éponyme donna des coups de pied rageurs. Elle admit que sa chienne avait raison. Écrire sur soi, écrire sur l'amour et, en dernière analyse, oui, parler de ses fesses, c'était encore trop difficile. Au lieu de ça, comme tout le monde, elle résolut de s'intéresser aux injustices du monde. Elle cessa de se balancer. Elle ne frappa plus le sol.

La comtesse Éponyme leva la tête vers le ciel et se dit qu'il était bien vaste, l'univers, et que le travail ne manquerait pas.

64.

– Il est assommé ou il est mort ?

– Pietr, ton amour pour la vie humaine, je ne le partage pas, répondit Yom, dont le casse-tête dégouttait de sang. Je lui ai tapé dessus et il ne nous embête plus. Tu serais plus heureux si tu t'en tenais à des objectifs simples. Nous voulions grimper dans ce navire sans attirer l'attention, nous y sommes. Et cache-toi bien, sinon je devrai tuer un autre marin.

– On est idiots, non ? fit remarquer Pietr, qui commençait à trouver cette aventure très amusante. On entre clandestinement dans un navire d'esclaves ! On quitte une île où on a tout, y compris le meilleur rhum et la meilleure herbe, pour aller… à fond de cale. Tu sais quoi, Yom ? Tu sais quoi ?

– Chut, Pietr Cohen !

– Tu sais quoi, je crois que l'homme a besoin d'esclavage.

Sans avoir à assassiner davantage de matelots, les deux amis se glissèrent en silence jusqu'à la soute où l'on gardait les esclaves. Se tenant loin des captifs, le garde en faction dormait sur un tonneau d'alcool. Il serrait sa lanterne comme un oreiller. Ça lui roussissait les moustaches et ses grosses mains faisaient obstacle aux rayons lumineux. C'est donc dans une obscurité presque totale que Pietr Cohen et Yom Hachichi découvrirent celui qui parlait hébreu.

Enchaîné derrière les esclaves, il se tenait derrière un petit secrétaire de bois laqué sur lequel étaient posés une plume et un parchemin. C'était un vieux Noir recouvert d'autant de chaînes que les autres esclaves.

Il annonça son nom à voix basse : « Zeb. » Et Pietr Cohen ainsi que Yom se mirent à rire.

– Donc, tu n'es pas un ange, fit remarquer Pietr, puisque l'Éternel n'appellerait pas une créature divine « zizi ».

– Parce que ton zizi, ça n'est pas Dieu qui l'a créé, imbécile ? demanda le vieux Noir.

– Je ne m'étais jamais posé la question, dit Pietr. Je ne pense sérieusement à Dieu que depuis très peu de temps.

– C'est la seule différence entre les juifs et les chrétiens, espèce de con, précisa Zeb. Les chrétiens croient que le zizi est l'œuvre du diable et les juifs savent bien que Dieu est multiple.

– Hé ! C'est moi qui fais ce genre de baratin, d'habitude ! répondit Pietr. Oh, tu es un vrai juif, un vrai messie ! Tu es tellement juif que tu pourrais être jésuite ! Laisse-moi t'embrasser les pieds. Je me décharge de toute ma…

– Tu ne te décharges de rien du tout, tu arrêtes de faire du bruit et je ne suis pas juif. Je parle ta langue, c'est tout.

– Ce n'est pas ma langue ! Je suis européen, la langue d'Europe, c'est le hollandais, et accessoirement le français. L'hébreu est juste un souvenir d'enfance et cet Indien…

– Je m'en fous, répondit Zeb. Vous voulez être très riches ?

– Nous le sommes déjà, fit Yom, puisque sur cette île nous n'avons besoin de rien.

– Alors tirez-vous.

– Non, non, supplia l'Indien, c'est insupportable de n'avoir besoin de rien. Tu as l'air d'être vraiment dans le pétrin, vieux Zeb, alors par pitié, mets-nous dans ton pétrin, ne sois pas égoïste, la merde, c'est si rare qu'il faut savoir la partager.

– Yom a raison, ajouta Pietr. Tu es un messie, c'est entendu. Dis-nous la mission et on se tire avec toi. Tu es esclave ? Tu es quoi ?

Le vieillard expliqua qu'il avait la charge d'un prince d'Afrique très capricieux et que l'enfant s'était pris de passion pour la France.

– Il s'est fait des idées, lorsqu'on ne connaît pas les choses, on s'en fait une impression parfois trop favorable. Et c'est un enfant qui a une relation très compliquée avec son papa. Ne vous méprenez pas, je ne suis qu'une serpillière sur laquelle on s'essuie, je suis un captif dont toute l'intelligence est au service de la main qui l'asservit. Mais je me suis pris d'affection pour ce petit obèse. Et j'ai le sens du devoir. Il s'est sauvé par ma faute. C'est loin, la France. Et un bateau d'esclaves, c'est dangereux. Et là-bas, personne ne sait qu'il est fils de roi... Ils risquent de le prendre pour un Noir, vous comprenez ? Non. Pardon. Ma motivation est plus simple. Si je ne ramène pas le gosse, on va m'arracher la peau et, même à mon âge, c'est une perspective désagréable.

– Tes motivations sont peut-être plus compliquées que tu le dis, vieux Zeb, lui fit remarquer Yom Hachichi. Qu'est-ce qui t'empêche, une fois le bateau arrivé en France, de te sauver sans jamais revenir ?

– Non, ami indien. J'aime mieux l'esclavage chez moi que la liberté ailleurs.

– Moi, répondit Yom, c'est l'inverse.

– Parce que tu es jeune encore.

Un bruit de casse-tête les tira de leur discussion. Pietr Cohen avait pris la liberté de cogner un peu sur le crâne du vigile qui faisait mine de se réveiller.

– Il est con, ton prince, fit remarquer Pietr. Qu'est-ce qu'il faut avoir dans la tête pour s'embarquer volontairement sur un bateau négrier ?

– Et toi ? demanda Zeb. Mon prince y va par passion pour les gâteaux français. Mais toi, le Hollandais, qu'est-ce qui te pousse à tout quitter pour voyager avec les plus malheureux des hommes ?

Ne sachant quoi répondre, Pietr annonça qu'il cherchait Dieu. Pour la première fois de son existence, il proférait au sujet de Dieu une phrase sincère. Le Hollandais se fit une place discrète au fond de la cale, parmi les malles et les papiers du vieux Zeb. Yom se cacha sous le lit.

Zeb leur expliqua qu'il serait facile de voler à manger pour eux et qu'à défaut de grands repas on pourrait toujours maltraiter les esclaves afin qu'ils donnent un peu de leurs maigres portions.

– Il vaut toujours mieux voler les plus pauvres, expliqua Zeb, car ils savent moins se défendre que les autres.

65.

Les domestiques suaient comme des vaches en portant la chaise de Monsieur le comte qui agitait avec une joie enfantine son tricorne à plumes.

– Hissez la grand-voile ! hurlait Alarmé. Laissez passer la pensée ! Tu as vu, ma fille, spontanément, comme ça, la duchesse Antinôme de Bordeleau m'a appelé « philosophe ».

– Le Plus Grand Philosophe du monde ! cancana dans le mistral une des chaussettes que la fillette tenait en main.

– Ne te gausse pas, insolente pitchounette ! Nous autres, gens d'esprit, nous plaisantons sur de tels sujets, mais souvent, on n'en a pas conscience, du moment où l'on écrit l'histoire.

– Le Plus Grand Philosophe de France, répondit plus humblement la chaussette.

– Suffit le cynisme, suffit l'ironie ! Le monde est un navire et quelqu'un doit bien accepter de le conduire.

Sans le faire exprès, Alarmé avait le don d'amuser sa fille. Chaque mot qu'il ajoutait faisait tordre de rire Chaussette et le comte finit par s'en agacer. Il tapa nerveusement sur la portière de sa chaise à porteurs afin que les domestiques courent plus vite.

La chaise franchit en trombe les grilles du château de l'Implication. Alarmé, sans un regard pour ses vignes, ses fontaines, son jardin, ordonna :

– Aidez-moi à porter tout ça !

À peine lâchés les bras de la chaise, Nitchonne et Oracio s'épuisèrent à soulever le grand coffre. Le comte fit semblant de les aider du bout de l'index. Éponyme, pour qu'on ne voie pas que ses yeux brillaient pour Oracio, fit mine de s'intéresser au chargement.

– C'est quoi, dans ce coffre ?

– Des bateaux, Éponyme !

Oracio descendait aux cuisines. Il ne fallait pas louper un instant avec lui.

– Des bateaux pliables ? demanda la comtesse sans rien écouter.

– Non, ma mie ! Ce sont des titres !

– Ah ! Le titre, dans un roman, c'est le plus important.

Après quoi elle fila vers les fourneaux sous l'œil un peu trop observateur de sa fille Chaussette.

Oracio venait de s'adosser à un mur plein de salpêtre. Le grand Italien soufflait. De la sueur lui tombait du nez et il espérait un instant de tranquillité. Peut-être s'allonger sur un banc, prendre une mandoline. De longs doigts nerveux lui grattèrent la nuque. C'était Nitchonne, à qui il restait de l'énergie pour d'autres activités.

– Viens, maintenant, lui ordonna la Niçoise, on est tranquilles.

Elle frotta contre lui son gros ventre ferme. Oracio songea que ça lui faisait comme si trois seins le caressaient, le sein droit, le sein gauche, et le sein abdominal. Nitchonne lui attrapa son paquet reproducteur, sa main huileuse trouvant facilement à se faufiler entre les lacets du pantalon. Oracio bandait sans cesse, donc ça ne disait pas forcément du désir, c'était un homme pas compliqué.

Aux « Oracio » de Nitchonne répondit bientôt un « Oooraaacioo ! » plus autoritaire, émanant des marches supérieures. La patronne descendait quatre à quatre les escaliers de pierre qui menaient aux cuisines. Oracio repoussa Nitchonne et lui fit signe de se tirer. La Niçoise lui conseilla de refaire ses lacets de braguette, « que ça lui donne au moins un peu de travail ». Nitchonne, en colère, disparut dans un autre recoin du sous-sol.

– Je vais faire une pissaladière, fulminait-elle, et je cracherai dedans.

Éponyme se colla au cuisinier avec plus d'empressement encore que précédemment Nitchonne.

– Mon Oracio ! Tu sens la marée ! Tu t'es battu ? As-tu couru pour me rejoindre ?

– Madame, c'est juste mon travail !

– Travail, le joli mot ! Toi, tu connais le monde, tu es au courant de ses vicissitudes. Quelle injustice, toi qui vis les choses et moi qui sais les décrire. Ah ! Oracio ! Nous deux !

Elle lui défit le nœud du pantalon. Il se protégea le sexe, tenta de repousser l'inévitable labeur.

– Oracio, il faudrait inventer des mots pour nommer les transports qui s'emparent de nous ! Tu ressens pareil, hein ? Comme si le cosmos ne restait en place que parce que je t'aime et parce que tu...

– Éponyme ! Éponyme ! Épopo ! Regardez !

Le cuisinier italien fut sauvé par la voix de son maître.

Alarmé arrivait dans l'escalier en braillant le prénom de sa femme.

– Rho ! Il gâche tout ! Oracio, je voudrais que ma vie fût une page blanche. À plus tard, mon Buonarroti.

– Madame, répondit Oracio en chuchotant, vous voulez du rôti ?

– Oracio, comme tu es spirituel ! Non. Je disais ça par rapport à Michel-Ange…

– Miqué qui, Madame ?

– File !

Alarmé débarqua dans la cuisine les bras chargés de rouleaux de papier, de calques et de plans. D'un geste vif, Monsieur le comte débarrassa la grande table de travail des victuailles qui l'encombraient. Dans des nuages de farine en lévitation, il étala les schémas où s'écrivaient ses rêves.

– Regardez mes bateaux, Madame ! J'ai énooormément investi ! Regardez ! Il y a la *Pietina*, la *Mater Doloris Causa* et la *Virilis Planetarium* ! Trois mâts chacun, dix-huit canons, laisse-moi compter. Si je multiplie, ça fait que notre puissance de feu est de…

Éponyme, qui avait compris qu'on serait obligé de s'intéresser à tout ça si l'on souhaitait qu'il finisse par quitter les cuisines, pointa du doigt des petits détails qui revenaient obstinément sur chaque plan de navire.

– Et ça, Monsieur ?

– C'est les cales, pour la cargaison.

– Mais les trucs noirs rangés là, c'est des esclaves ?

– Justement ! Figurez-vous que tout ça a beaucoup changé…

– Alarmé ! Vous venez d'investir dans des vaisseaux négriers !

– Pas du tout, répondit le philosophe.

Sentant qu'il s'agissait d'un sujet sensible, Éponyme n'ajouta rien. Elle se saisit d'une petite saucisse et la grignota sans même en retirer la peau. Pendant ce temps, Alarmé se grattait la perruque.

– Non ! Ma mie, écoutez ! Sur le sujet de l'esclavage, on subit une vraie désinformation. On m'a tout expliqué et...

– Je n'en doute pas, mon aimé, mais...

Alarmé s'énervait :

– Là, vous voyez, il y a dessiné des esclaves, mais c'est juste un EXEMPLE ! On vous dit : « Ce navire peut transporter trois cents nègres », mais « trois cents nègres », c'est une unité de mesure ! Ça peut donner cinq cents ballotins de tabac, huit cents kilos de sucre, trente lions...

– Mais quand même, ce qu'ils trimbalent, c'est surtout des Noirs.

– Éponyme, il faut voir cela de façon plus vaste. Notre beau-frère m'a assuré lui-même...

– Nécrozé, il dit que moumoumou...

– Ne jouez pas sur les mous... sur les mots ! Sa femme, Antinôme...

– Vous avez vu ma sœur ?

– Non... oui... enfin zut ! Ils m'ont dit qu'une « compagnie négrière », ça n'existe pas chez nous. Pas à Bordeleau. On dit « armateur ». Nous, notre compétence, ce sont les bateaux. Au sujet de leur contenu, justement, il faut développer une industrie qui...

– Qui ?

– … qui devienne moralement acceptable grâce à un encadrement philosophique.

– Et l'encadreur, Alarmé, c'est vous ?

– Vous êtes moqueuse ou quoi ? Vous voulez bien prendre ça au sérieux ! Oui, Éponyme, un simple regard éclairé, avide d'étonnement dialectique, peut suffire à…

– Non, mais moi, vous faites comme vous voulez, c'est juste que…

– Quoi ?

– Si ça vous empêche pas de dormir d'être esclavagiste.

Face à cette épouse rétive qui crachotait des peaux de saucisson, la voix du mari tonna, ferme et sans appel :

– Je ne suis PAS esclavagiste.

66.

La vie sur l'île avait doté Pietr Cohen de capacités physiques extravagantes. Grâce à ce long voisinage avec la nature, grâce aussi sans doute aux jeux avec les paresseux géants, il savait grimper, se cacher, duper les humains ordinaires. Même Yom, dont le volume abdominal concurrençait les plus gros tonneaux, parvint sans la moindre difficulté à vivre une traversée beaucoup plus heureuse qu'ils le pensaient. Rien de plus facile, finalement, que d'être passager clandestin. De leurs raids sur les ponts supérieurs, ils rapportaient de la nourriture et de l'alcool pour le vieux Zeb. À cause du monothéisme, Pietr et Yom finirent même par donner des choses aux esclaves. Zeb le leur avait déconseillé. De fait, les denrées qu'ils distribuaient firent beaucoup de dégâts, car il n'y en avait jamais assez pour tout le monde et des disputes eurent lieu, qui causèrent quelques morts.

Zeb leur expliqua que la bonne conscience c'est bien joli, mais que parfois, il faut être pragmatique. Si quand tu leur donnes des pommes, ils se tapent dessus, ne donne plus rien. Résolus à obéir à ce nouveau maître, les deux camarades se montrèrent moins généreux.

Puisque dorénavant il était sincère, Pietr observa les

esclaves. Et les marins. Il se demanda ce que contenaient les premières Tables de la Loi, celles que le maladroit Moïse avait cassées lors de son premier voyage sur le mont Sinaï.

– Peut-être, songea tout haut le Hollandais, existe-t-il une Bible infiniment plus complexe, qui explique que le libre arbitre n'existe pas, pas plus que le Bien ou le Mal. Peut-être existe-t-il un ordre, une programmation cosmique, dont le but n'est ni la justice, ni le bonheur. Peut-être…

– C'est curieux, lui fit remarquer le vieux Zeb. On dirait que tu cites Spinoza.

– Oui, répondit Pietr Cohen, c'est curieux, car pour la première fois, je ne le fais pas exprès.

67.

La nuit, au fond de son lit, le comte Alarmé s'agitait en répétant « Armateur, je suis armateur ». Son épouse Éponyme, bras croisés, boudait. « Et voilà, regrettait la blonde bordelaouaise, ça l'empêche de dormir. » Le mari grognait, s'agitait, il allait même jusqu'à déranger Fragonarde. Il finit par sombrer dans un sommeil agité, du fond duquel on l'entendit maugréer : « Non ! C'est mal ! C'est mal ! C'est trop mal ! J'assume pas du tout ! »

Éponyme voulait rejoindre son amant, mais les culpabilités nocturnes de son époux lui compliquaient l'existence. Elle profita d'un instant de calme pour sortir du lit conjugal, le plus discrètement possible. Lorsque, enfin, elle se dressa hors des draps, les pieds nus sur le parquet, sa chienne sur les talons, son mari bondit. Et jusqu'aux confins de la propriété on put entendre son cri désolé :

– Je ne peux pas vous aider tous !

Éponyme reposa d'urgence une fesse sur le lit afin d'accréditer la thèse qu'elle aussi venait de se réveiller. Son époux, les yeux grand ouverts, fixait le plafond. « Et moi, on m'attend », songea-t-elle, désolée.

– Alarmé ! Il faut dormir, là.

– C'est à cause des nègres, Éponyme.

– Qu'est-ce qu'ils vous ont fait encore, mon pauvre chéri ?

– Vous avez raison, Épopo. Il est probable qu'ils souffrent.

– Moi, ça ne m'arrange pas, fit remarquer la comtesse à Fragonarde. Alarmé ! Mon penseur ! N'ajoutez pas à leur drame en souffrant vous aussi ! Dormez !

– Mais Épopo, j'ai foutu tout notre pognon dans la traite négrière ! Plus les jours passent, plus je donne raison à votre premier mouvement, car vos semblables parlent par ce cœur qui est blotti au creux de leur vagin et qui parfois précède la raison par ses traits intuitifs ! Éponyme, je me sens ultra-coupable !

– Vous n'aviez qu'à pas les acheter, ces bateaux.

– Au contraire, ma mie de pain complet au contraire ! C'est GRÂCE à mon investissement que j'ai pris conscience du rôle de la France dans cet odieux négoce.

– Dans ce cas, puisque vous avez bien fait, vous pouvez dormir. Dormez !

– Ce serait indigne ! Tant que les nègres ne se porteront pas mieux, je refuse de fermer l'œil. Je me sens coupable. COU-PABLE ! Et tant que je me sentirai coupable…

– Vendez tout !

– Quoi ?

– Les titres qui proviennent de l'esclavage, vous les revendez ! Comme ça, on n'est plus coupable et on retrouve le sommeil.

Face au silence de son époux, Éponyme crut à un triomphe. Elle pensait déjà aux coups de reins d'Oracio.

« Oh, se disait la comtesse, ma tête écrasée sur le four à pain. Oh, des traces de suie sur moi ! »

– Bonne idée, non, Alarmé ? Vous vendez tout !

– Ha ! Haha !

Ce rire en trois temps, très caractéristique du comte de l'Implication, était rarement signe de bonne nouvelle.

– Éponyme, c'est bien une idée de femme ! Vendre ! Ha ! Haha !

– Pourquoi ?

– Parce que vous pensez que c'est un acte individuel qui va changer les choses ? Moi, chérie, on m'en a montré un, ce matin… Il bougeait. Ses yeux interrogeaient, appelaient la sagesse. Il s'est établi entre lui et moi une connexion…

– Mais on vous a montré un quoi, Alarmé ?

– Un Noir, Éponyme !!!

– Ça donc ! Vous voulez qu'on aille voir ce Noir ? que nous l'aidions ? Qu'est-ce qui lui ferait plaisir ?

– Non. Enfin… je…

– Le plus simple, peut-être, Alarmé, ça serait que nous l'adoptions.

– Pardon ?

– On serait la SEULE famille de Bordeleau à pouvoir se prévaloir d'un nègre dans la famille ! On serait précurseurs. Tous les autres Noirs qui viendraient dans le futur ne seraient que des copieurs. On l'élèverait comme notre propre enfant…

– Comme notre enfant ? Ha ! Haha ! Éponyme !!!

– Quoi ?

– Mais Épopo, il est tellement MIEUX que ça ! Ce Noir, c'est un modèle. C'est l'humain à l'état de nature, comme chez Rousseau.

– Oh, pardon. Si j'ai fait une mauvaise suggestion, excusez-moi. C'est qu'au bout d'un moment, je suis fatiguée. Une femme a des besoins, mon chéri, parmi lesquels le sommeil. Alors demain, vous allez voir votre négrillon et vous lui donnez un diplôme de Nature, mais pour cette nuit, le problème est résolu et vous pouvez dormir.

Elle glissa la main gauche sous les draps, que l'on vit bientôt s'agiter vigoureusement. Elle trayait l'appendice conjugal dans un souci d'efficacité maximale.

– Je vais… je vais…, haletait Alarmé.

– À cette heure-ci, fit remarquer Éponyme à sa chienne, ça ne m'arrange pas du tout qu'on se lance dans de grandes discussions. (Elle continuait de traire.) Pardonnez-moi, mais j'ai besoin…

– Aaaaaah ! cria Alarmé, qui venait de salir les draps en y dessinant une île qu'aucune carte marine n'avait à ce jour répertoriée.

Après cette illumination, le comte fut sujet à un brusque endormissement. Au premier ronflement, Éponyme quitta le lit. « Moi, j'ai besoin de vivre. »

68.

« J'écris le roman de ma vie. » Madame, dans le couloir, se répétait semblables bêtises. On pouvait pratiquer l'écriture sans plume et sans papier, juste pour soi et dans sa tête. Chaque événement méritait d'être décrit. On le vivait avant de le vivre. Puis le réel advenait. Après quoi on écrivait encore. Chaque scène du monde, avec une prédilection pour les moments sexuels, serait ainsi vécue trois fois. Avec désir avant qu'il advienne, dans l'intensité de l'instant, puis, pour finir, de façon aussi poignante que lorsqu'un cerisier se fane au Japon, dans la nostalgie du moment à jamais passé.

– Ton mari ne viendra pas te sauver dans ma cuisine. Couisine, il dit couisine avec son accent. Inconsciente ! Tou peux hourler ! Personne ne t'entendra.

Éponyme imitait la voix d'Oracio, ainsi que sa propre voix terrifiée et excitée. Elle descendait l'escalier avec la détermination d'une charge d'éléphants.

– Non, Oracio, pitié, n'arrache pas mes vêtements ! (Puis, avec un accent italien :) Ma ! Offré-moi ton corps d'albâtre ! Non… Si… Jé vais t'éclater la patchole !

À ces mots prononcés un peu fort en arrivant au rez-de-chaussée du château, la comtesse Éponyme vit apparaître sa fille.

– Maman, vous ne dormez pas ?

Madame fut très embarrassée de se faire ainsi choper par sa fille. Sans vergogne, elle se rua vers l'enfant et fit de son mieux pour la terroriser, tout en lui agitant les épaules afin de bien appuyer son propos.

– Chaussette, mon enfant, avez-vous perdu l'esprit d'ainsi déambuler nuitamment ? Ignorez-vous que nos couloirs sont envahis d'ogres, de monstres et de loups dès la tombée du jour ?

Surprise par l'agressivité maternelle, la petite Chaussette éclata en sanglots.

– Ah, mais taisez-vous, bordel ! Chut ! lui ordonna sa maman.

– Mère, quand vous êtes folle, vous faites vraiment peur. Où allez-vous à cette heure ?

– Pleurnichez pas ! Dormez ! Courage ! Fichez-moi la paix, exigea Éponyme tout en poussant la petite vers sa chambre.

69.

La jolie tête de Madame apparut dans l'encoignure de la porte des cuisines. Près de son visage pendouillaient de gros jambons auxquels l'éclairage à la bougie donnait un hâle orangé. D'un ton suave, la bouche en avant, la comtesse murmura le nom du cuisinier :

– Oooooraaaaciiiooooo…

La pauvre patronne suffoqua sur le dernier o du prénom aimé, car sur la table de cuisine se trouvait Nitchonne. Là où plus tôt son mari avait étalé des cartes de marine, une Niçoise était allongée, ses vêtements répandus autour d'elle. Comme les jambons, la brune bénéficiait de l'éclairage nocturne. Oracio l'embrassait. Elle était dans les bras d'Oracio. Oracio faisait semblant de lui apprendre à jouer de la mandoline, mais même un œil distrait aurait compris que le solfège n'avait qu'un rapport périphérique avec les activités qui les occupaient. Une dernière note retentit sur l'instrument à cordes. Les domestiques nus regardaient leur patronne. Éponyme s'approcha d'eux dans un silence terrible.

– Madame, fit remarquer Oracio d'une voix enrouée, vous auriez dou frapper.

Obéissante, Éponyme leur prit la mandoline des mains et la cassa sur la tête du cuisinier italien.

Fragonarde, la petite chienne, observait ce drame domestique avec embarras. Nitchonne tentait tant bien que mal de rassembler ses vêtements. Mais lorsqu'elle descendit de la table, ses seins rebondirent. Et quand elle se baissa pour ramasser son corsage, elle présenta sans le faire exprès ses fesses à sa patronne. Comme elles étaient jolies, ça ne faisait qu'énerver Éponyme davantage.

– Et vous, Nitchonne, déclara la comtesse, vous êtes virée.

– Oh, pitié, Madame !

– Vous avez cinq minutes pour aller vous faire éclater la patchole ailleurs, sinon je vous tape. Très fort.

– Madame, en pleine nuit, je n'ai nulle part où aller…

– Fallait y penser avant.

Renonçant à avouer à Éponyme qu'Oracio était son partenaire légitime, Nitchonne partit en courant. Ses sanglots résonnaient encore dans le couloir quand sa patronne se tourna vers le cuisinier.

– Oracio ! Qu'avez-vous fait ? Nous étions sur l'Olympe ! Quelle image vais-je avoir de vous ? Comment vous racheter ?

Face à ce cuisinier terrifié à l'idée de perdre sa place, Madame défit son corsage. Elle sauta sur la table de cuisine en ordonnant « Et hop ! ». La table craqua un peu trop fort quand ses fesses s'y installèrent. Face à l'absence de réaction du cuisinier, la comtesse souleva ses robes en réitérant son ordre :

– J'ai dit, et hop !

Malgré l'enjeu professionnel, Oracio semblait peu inspiré.

– Pardon, Madame, je crois que là, j'y arriverai pas.

– Est-ce une panne conjoncturelle, Oracio ?

– Madame, vous parlez compliqué.

– Je te demande de venir me contenter au plus vite, sinon…

- Dans ma région, Madame, on dit « tchouler ».

Éponyme descendit de la table et vint lui parler très près du visage. Il constata qu'elle sentait un peu la saucisse.

– Je serai très belle, annonça la comtesse. Tu viendras et tu me tchouleras sans dire un mot. Et si tu ne me tchoules pas d'ici demain, conclut-elle en le laissant seul, tu peux te trouver une autre place.

70.

Le curé recommençait à croire en Dieu. En pleine nuit, la jolie Nitchonne était venue demander asile chez lui. Elle était à moitié déshabillée et pleurait beaucoup. Il l'avait prise dans ses bras. Il se comportait bien. Il avait proposé les bénédictions d'usage mais, à cette heure de la nuit, la Niçoise ne voulait pas déranger le Créateur ni les anges, elle avait besoin d'une aide simple, humble et séculaire : il lui fallait un lieu où se cacher et dormir.

Tandis qu'il la tenait contre lui, dans la chapelle, le curé entendit des pas. Il lâcha Nitchonne et s'approcha de la porte. Il ne se souvenait plus s'il avait fermé à clé derrière la servante. Manifestement non. Alarmé arrivait. Le curé se jeta sur l'huis. Chacun poussait de son côté, le curé répétant « Je dors, je ne peux pas vous recevoir », et Alarmé, plein d'une joie incongrue en pleine nuit, qui répétait « Monsieur le curé, Monsieur le curé ! »…

– Je vous dis que je suis occupé.

– Ouvrez-moi, je me sens seul avec la pensée.

Nitchonne vint se blottir contre le curé et le supplia de ne pas ouvrir. Le curé regarda ses seins, car dans cette agitation, on les distinguait fort bien, et il résolut de protéger cette petite coûte que coûte.

– Ne pensez pas, ordonna-t-il au comte, lisez la Bible !

Le curé constata qu'il n'y avait pas de loquet sur cette porte. Il s'appuya sur le bois de tout son poids afin que le comte n'entre pas.

– Non ! La Bible ne sera d'aucun secours ! Je m'interroge sur les notions de travail, d'exploitation, d'asservissement…

– C'est pas l'heure. Et je suis certain que la Bible doit en parler. Quelque part…

– Je pense que non… pardon… comment vous dire ça franchement ? La Bible, c'est mal écrit !

– Mon fils, vous abusez !

– Vous voyez bien ! Les idées m'aveuglent ! Je ne veux pas dire que je peux faire mieux que le Dieu créateur, mais enfin, j'ai ces illuminations philosophiques. Laissez-moi entrer !

Alarmé tournait la poignée avec frénésie, tandis que de l'autre côté, Nitchonne aidait le curé qui s'arc-boutait contre le panneau de bois.

– Vous avez raison, Monsieur le comte, il faut de l'ambition dans la vie. Vous vous enfermez où vous voulez, vous me réécrivez la Bible, et on se revoit dès que vous avez fini.

– Mon père ! fit joyeusement Alarmé. Votre confiance… je serai digne de vous. Je suis surpris que vous m'accordiez ce crédit, mais soit ! J'y vais ! Enfermé, vous dites ?

– Réclusion, enfermement, souffrance ! Vous croyez qu'on écrit avec des pâtes de fruits ?

– Je vous ai fait mal ? demanda Nitchonne sous la soutane.

– Chut, lui répondit le curé. Continue.

Elle avait disparu sous la bure pendant la discussion et avait pris dans sa bouche le sexe du prêtre. Le curé aurait aimé que l'on discute un peu avant. Il aurait été heureux que ce geste parte du cœur. Il avait un peu peur que par cette attention dans laquelle elle excellait, Nitchonne ne démontre rien d'autre que sa reconnaissance pour le gîte et le couvert. Elle l'avala en entier. Il décida de remettre à plus tard les questionnements éthiques.

71.

Chaussette non plus ne trouvait pas le sommeil. La fillette errait dans le couloir sans plus avoir la force de faire parler ses marionnettes odorantes. Elle entendit une cavalcade. Sa mère, embarrassée par des robes trop lourdes, se précipitait vers le jardin. Une porte claqua et Chaussette la vit courir dans l'herbe et s'y allonger les bras en croix.

– Est-ce que tu sais ce que j'aimerais, Fragonarde ?

– Te faire tchouler un bon coup, répondit la petite chienne.

– Non. J'aimerais un amour qui dure toujours, répondit la comtesse qui perdait le souffle. Trouver des bras au creux desquels je puisse soupirer : « Pour toujours je serai là, et jamais je ne me lasserai, et jamais il ne partira, et c'est ici que je dois être. »

Dans une lamentation époumonée qui devenait inaudible, elle poursuivit :

– Plus de quête épuisante, plus de ces moments fébriles où le monde oublie comme je suis importante.

– Il y a Monsieur, tenta Fragonarde, rassurante.

– Idiote.

Madame s'étouffait. Elle répétait, chaque fois plus faiblement, des « Aaaah », des « Ah » et des « Rrrhhhaaaaaa ».

– Tu chantes ? demanda sa chienne.

– Non. J'ai une crise d'angoisse existentielle.

Chaussette aimait bien lorsque les adultes allaient mal. D'une main, elle s'employa à imiter la chienne, et de l'autre, elle interpréta le monologue maternel :

– Oua ! Oua ! Oua ! chanta la première chaussette.

– Non ! Fidèle confidente, laisse-moi seule affronter l'abîme.

– Oua ! Oua ! Oua, insista la première marionnette.

– Ah, ma chienne, conclut la deuxième chaussette, c'est tellement compliqué l'amour, qu'il n'y a que toi qui puisses me comprendre.

Quand la comtesse Éponyme remarqua la présence de sa fille, elle ramassa un caillou et le lança en direction de l'imitatrice. La pierre atterrit sur le front de la petite fille, qui se sauva en pleurant. Madame en fut désolée. Tandis qu'elle se levait pour aller pleurer dans les jupes de son enfant, afin qu'on lui pardonne d'avoir laissé parler sa susceptibilité avant son cœur de mère, Monsieur apparut à la fenêtre du premier.

– Éponyme ! Montez vite ! Épopo ! Je dois combattre l'esclavage et vous allez m'aider.

– Un mari, une fille, comment écrire dans ces conditions ? Lorsqu'on touche le fond et que dans le malheur on veut tremper sa plume, voilà que d'autres boules de volonté viennent dicter leur emploi du temps. On ne peut pas, soupira la comtesse, être mère et amante, épouse et littératrice. Vous m'empêchez de vivre !

72.

Éponyme et sa chienne arrivèrent dans le bureau de Monsieur. Il était plus de deux heures du matin.

– J'écris mieux que la Bible, affirma Monsieur.

– C'est une bonne nouvelle, Alarmé.

– Je relisais ce Moïse, mais son projet, c'est petit, c'est pas assez ! Sauver UN peuple de l'esclavage ! Quel manque d'ambition ! Qu'importe leur couleur, les hommes sont semblables et je vais consacrer ma vie à le prouver ! Je vais ! Je vais ! Je vais…

– Vous battre, Monsieur ?

– Mieux, Madame, je vais penser !

Sous le regard dubitatif de son épouse, Monsieur le comte se fit un petit paquet de plumes, de porte-plume, d'encriers et de papier, qu'il emporta dans son grand coffre.

– Si je veux penser les Noirs, je dois comprendre leurs tourments.

Il avait pénétré dans le coffre comme on entre dans une baignoire. Et il embarquait avec lui des liens et des harnais qu'il avait pris aux écuries.

– Enroulez-moi, Madame, dans ces lourdes chaînes, que je puisse écrire mais pas bouger. Serrez mieux, je souhaite vivre en une nuit ce qu'ils supportent en une vie de servitude. Serrez, bordel ! C'est le jus de ma douleur qui remplira les pages !

Éponyme, décontenancée mais docile, ferma les cadenas et saucissonna son époux de la façon qu'il le demandait.

– Avez-vous conscience, mon chéri, que ce coffre renferme aussi toutes vos actions de la compagnie négrière ?

– Pas d'ironie, Éponyme. Fermez le loquet. Il est temps pour moi d'écrire porte close.

La comtesse se trouvait debout face à cette étrange prison où ruminait son mari. La chienne tournait autour et ne savait comment réagir. Après quelques secondes de silence, la voix angoissée du philosophe lui parvint depuis les profondeurs du coffre :

– Madame ? Vous êtes encore là ?

– Oui, Monsieur.

– Moi, Madame, je suis déjà en Afrique. Je la quitte. Nous n'avons pas de carte géographique, alors je ne sais pas exactement comment se nomme le port que je laisse derrière moi, mais soyez assurée que nous souffrons énormément, mes camarades et moi-même. Il y a du roulis, Madame, et je me sens mal. Je ne voudrais pas que vous vous inquiétiez ; si vous me retrouvez mort demain, dites que c'est la faute aux esclavagistes. Madame, de ce qui pourra arriver, je vous dédouane.

Éponyme avait dans sa main la clé du coffre et l'envie subite lui prit de la jeter par la fenêtre. On hériterait. On se paierait trois ou quatre cuisiniers pour faire bisquer Oracio et… non, le veuvage, quelle tristesse. Elle entrevit un instant comme les sautillements de l'adultère lui sembleraient vains sans la joie du secret et de l'interdit. Vivre ça sans son mari, ça serait se priver de tout le bonheur que l'amour procure. Et les enfantillages qu'elle s'autorisait prendraient alors la triste couleur du monde réel.

– Madame ?

– Je suis là, Monsieur, ne vous en faites pas, j'ai la clé. À la moindre tempête, appelez au secours et je viens en Afrique vous secourir.

– Madame, j'ai peur.

– Voulez-vous déjà sortir, Monsieur ?

– Surtout pas ! Mais soutenez-moi ! Soyez gentille ! Asseyez-vous sur mon coffre. Le poids considérable de votre… amour calmera mes angoisses.

– Je croyais qu'il vous fallait demeurer seul pour penser, Alarmé.

– Certes, Madame, mais c'est si effrayant d'être seul face aux mots. J'ai besoin de… contact.

– Comment voulez-vous que je vous touche à travers le coffre ?

– Touchez-vous vous-même.

– Alarmé, tout ça vous excite ? Je croyais que vous vouliez aller dans cette Afrique du coffre pour des raisons littéraires.

– Madame, face à ces périls, j'ai besoin qu'on me tienne la main. Ne discutez pas et caressez-vous.

– Les cheveux ?

– C'est bien le moment de faire de l'esprit. Je vous prie de croire qu'il n'y a rien de trivial dans ce que je demande. C'est la pensée que je chevauche et, en dernière analyse, c'est le bonheur du monde que je poursuis. Si votre index et le fourreau qui enserre vos terminaisons érectiles peuvent aider à lubrifier le passage vers l'étonnement, Madame, par pitié, rendez-vous utile !

Alors Éponyme, qui n'en avait pas envie du tout, s'assit sur le coffre et se caressa en pensant à autre chose. Elle évitait de croiser le regard de sa chienne, car toute cette mise en scène lui semblait un peu loin de la pensée. Mais après tout, il y avait une chance pour que son époux soit un génie. Et chacun de ces êtres hors du commun avait ses lubies. « Si jamais, pensa Éponyme, mes livres ne valent rien, on se souviendra au moins de moi parce que je me masturbais sur la caisse où s'enfermait le Plus Grand Philosophe de France. Et grâce à moi, il pouvait aider l'Afrique. »

Fragonarde se fatigua de ce manège et se roula en boule sur le tapis, avant de s'endormir. Aussi, la voyant assoupie, Éponyme fut-elle étonnée d'entendre bientôt aboyer un chien d'une autre espèce :

– Oua ! Oua ! Madame ! Oua ! Oua !

Fragonarde elle-même leva une oreille.

– Non, lui répondit Éponyme. Ce chien-là est pour moi.

N'entendant plus de bruit dans le coffre, la comtesse prit le risque de cesser de se branler et elle se leva. Elle ouvrit la fenêtre sans trop faire de boucan et se pencha vers le jardin. Oracio s'y trouvait qui exhibait fièrement une bosse volumineuse au niveau de ses pantalons.

– Madame ! L'affloux sanguin il est revenou ! déclara le cuisinier, ravi d'avoir trouvé les ressources anatomiques nécessaires pour conserver son travail.

La comtesse se précipita hors du bureau. Dans la caisse, plus rien ne bougeait. Fragonarde se rendormit.

Du jardin provinrent bientôt des soupirs et des phrases brèves :

– Vous sentez mon afflux, Madame ?

– Oh ! Oracio, quelle affluence !

La voix inquiète de monsieur finit par dire :

– Éponyme ? Épopo ? Éponyme ?

Mais le chien dormait, Madame était dehors, personne n'entendit.

73.

Au matin, le soleil bordelaouais vint cogner le visage fatigué de Madame. Elle était encore au jardin, les cheveux en bataille. Péniblement, la comtesse se réveillait et ne voyait que trop les traces qu'avaient laissées dans les bosquets et sur les parterres de fleurs les ébats de la veille. Jusqu'au pied de l'escarpolette, on avait le sentiment que deux limaces grosses comme des poneys s'étaient roulées partout, laissant sur leur passage un chemin argenté et des plantes détruites. Madame bâilla et se remit la poitrine dans la robe. Elle fut envahie par le sentiment diffus d'un oubli. On ne sait plus où l'on se trouve. Il y avait eu, avant le sommeil, une chose à surveiller. Son enfant ? Du lait sur le feu ? Zut ! Son mari !

La terre du jardin encore écrasée sur les joues, Madame grimpa quatre à quatre l'escalier menant au bureau de Monsieur, dans un état de panique indescriptible.

– Oooh comme on me les fait cher payer, les rares instants un peu égoïstes que je m'accorde ! Qu'il est dur d'être mère ! Qu'il est dur d'être épouse ! Femme, un jour tu briseras tes chaînes !

Chaussette, qui avait enfin réussi à s'endormir, fut tirée du lit par la course de sa maman dans l'escalier.

– Maman ? Que se passe-t-il ? Maman, où est papa ?

– Oooh ! fit Éponyme en arrivant dans le bureau où le coffre n'avait pas bougé.

Par chance la clé du coffre était toujours dans un pli de son corsage. Elle s'en empara et s'affaira sur la serrure avec encore plus d'empressement que la veille sur la braguette d'Oracio.

– Maman, demanda Chaussette, mon papa est-il dans ce coffre ?

– Non ! Tais-toi ! Attends dehors !

Mademoiselle s'éloigna en haussant les épaules. Éponyme parvint à faire tourner la clé dans la serrure et ouvrit le coffre. Dedans, crispé sur ses liens, du papier plein la bouche, Monsieur semblait mort. Il s'était débattu et l'encre à de nombreux endroits le faisait ressembler à cette population d'Afrique pour laquelle il venait courageusement de se sacrifier. Fragonarde sauta sur les genoux de sa maîtresse afin de mieux évaluer les dégâts. Face au cadavre enchaîné de son époux, Éponyme prit conscience des réalités.

– Les nègres tiennent des semaines enchaînés à fond de cale et mon mari n'a même pas survécu à une petite nuit dans un coffre. De quoi prouver la supériorité du Noir sur l'homme blanc. Tu vois, Fragonarde, il avait raison. Qu'en penses-tu, ma chienne ?

– Je pense, chère maîtresse, que si on te pend, je serai un chien des rues et ça ne me convient guère. Car un observateur peu attentif pourrait croire que ton époux est crevé par ta faute.

– Voilà comment on me fait payer une nuit de bonheur ! Ah, on aura tout fait pour me culpabiliser ! C'est moi, dans cette histoire, l'esclave et l'enchaînée ! Voilà ce qu'il en coûte de laisser battre son cœur ! À force de rêver, d'aimer et d'écrire, j'ai oublié la mère, j'ai oublié l'épouse ! J'ai été… absente ! Criminelle ! Je suis une sale criminelle pourrie !

– Va quérir le curé, conseilla Fragonarde.

– Mon époux m'a ordonné, balbutiait la comtesse hébétée, il a ordonné « Mets-moi dans une caisse ». Et j'ai obéi. Et j'ai oublié. Dieu ! C'est ainsi qu'on devient criminelle aujourd'hui !

– Va voir le curé, te dis-je, insistait la chienne. Au pire, il te confessera. Au mieux, il t'aidera à planquer la charogne.

74.

La porte de la chapelle ne disposait toujours d'aucun loquet. À l'intérieur, dans ses appartements, le curé s'agitait sous les draps en compagnie de Nitchonne. Tous deux se donnaient du réconfort en éprouvant la solidité de la literie. Ils entendirent les hurlements d'Éponyme, puis le tambourin de ses poings qui cognaient sur la porte. Affolé, le prêtre sortit la tête de sous les couvertures.

– Qu'est-ce que c'est encore ?

– L'Égliiiise ! hurla la comtesse ! Que l'Église me vienne en aide.

La porte s'ouvrit en grand. Nitchonne se recroquevilla sous les édredons dans l'espoir qu'elle se confondrait avec l'anatomie du curé.

– Comtesse, zut, râla l'ecclésiastique, vous avez vu l'heure ? Il y a des temples où l'on sonne les cloches en même temps que le soleil se lève, mais votre maisonnée m'avait habitué à des mœurs plus civilisées.

– Je vous héberge, je vous nourris, me faites pas chier !

– Certes, Madame, mais…

Éponyme, trouvant le curé bien volumineux, arracha la parure de lit et découvrit Nitchonne, aussi nue que la veille lorsqu'aux cuisines elle se perfectionnait en mandoline et en chant choral. La comtesse la saisit par les cheveux et la secoua comme de la salade.

– Encore celle-là ? Mais qu'est-ce que vous lui trouvez ?

– Pitié, Madame, supplia la Niçoise, je savais pas que vous vous envoyiez aussi le curé ! Sinon je serais allée dormir ailleurs.

– Silence ou je t'égorge, s'époumona la comtesse. Disparais ! J'ai besoin d'un confesseur de toute urgence.

– Madame, soyez chrétienne. J'ai pas où aller !

Sans réfléchir, Éponyme la poussa dans un placard.

– Pour l'instant, tu vas là-dedans. Et tu n'écoutes rien de ce que j'ai à dire au cureton !

– Pas le placard, Madame !

Madame ferma le placard. Le curé, qui avait profité de cet intermède pour se vêtir, lui posa la main sur l'épaule et l'entraîna vers le confessionnal.

– Ma fille, je tiens à affirmer que cette créature provençale n'était chez moi que pour entretenir les biens de l'Église. Elle commence très tôt son travail afin de ne pas empiéter, par son labeur, sur les tâches qu'elle effectue pour votre château. Et si vos yeux ensommeillés vous ont fait croire à autre chose, c'est une illusion d'opt…

– Curé, beugla la comtesse, c'est moi qu'il faut confesser ! Vos péchés, c'est votre affaire.

– Soit, conclut le prêtre. Passez derrière l'hygiaphone.

Elle s'installa, sans calmer son agitation. En se tirant tantôt les cheveux, tantôt les franges de l'habit, elle répétait des « mon père » désarticulés, comme s'il y avait quelque part un papa capable d'écouter et d'absoudre.

– Il est mort. C'est ma faute. Est-ce qu'on va me couper la tête ?

– Qui est quoi ?

– Mort. Dans une caisse. Il écrivait. Je parle de mon mari.

– Le fou ! Il est allé trop loin ! Dieu s'est vengé ! Ça n'est pas vous la meurtrière, mon enfant, c'est cette grande salope !

– Encore Nitchonne ?

– Non, mon enfant, la pensée !

Tandis que la comtesse frissonnait à l'idée des dangers que la dialectique avait introduits dans son foyer, un bruit de chaînes résonna dans la chapelle vide et une ombre sépulcrale s'agita sur le mur.

– Mon père, aidez-moi ! cria la comtesse. C'est son fantôme qui me vient punir.

– Venez me tirer de là, merde ! suppliait Alarmé de l'Implication.

– Filez, curé, chuchota Eponyme, vous n'avez rien vu.

– Certainement pas, répondit le prêtre en retroussant ses manches.

Ne faisant plus cas du prélat, Madame se jeta au cou de son mari débraillé et plein d'encre.

– Oh, Alarmé ! Vous vivez ! Je suis si jouasse !

On traîna Monsieur vers la salle de bains et Éponyme ne ménagea pas sa peine pour le récurer afin que son épiderme cesse d'avoir l'air africain.

– Mon fils, s'égosillait le curé, avez-vous perdu l'esprit ? Quelle drogue a pu vous pousser à un comportement aussi absurde ?

– La pensée, mon père, répondit Alarmé, du savon plein la bouche.

– Cette salope ! Il va falloir choisir entre nous deux, mon fils. Ça sera la philo ou Dieu !

– Je sais ce que je vais faire pour combattre l'esclavage. Dans la caisse, j'ai eu une crise mystique.

75.

Alarmé était propre et nu. Le curé d'un côté et sa femme de l'autre, chacun l'habillait de frais.

– Une crise mystique ? C'est bien, mon fils. Vous avez vu Dieu ?

– Non, curé. J'ai eu une idée.

Éponyme fit remarquer que dans ce cas, ça n'était pas mystique. On se trouvait face au jaillissement immanent d'une notion issue de l'observation du monde sensible.

– Bien, une transcendance, si vous préférez.

– Je ne préfère pas, précisa Éponyme. Les fois où je m'intéresse, je le fais pour de bon. Si ça vient du monde, ça immane, ça ne transcende pas. Monsieur, je vous suivrai jusqu'en enfer dans la quête du vrai et du beau, mais il faudrait être précis.

– Ma mie, j'apprécie les femmes d'esprit, et je serai à la pointe du combat de votre émancipation, mais restez à votre place, je suis illuminé d'idées ! Cosmiques ! Bien malin qui sait si elles viennent du sol ou des cieux. L'important, c'est qu'elles transitent par moi. Je suis le véhicule de la pensée vraie !

– Ma fille, franchement, fit remarquer le curé, je le trouvais moins con quand il était bigot.

– Curé ça suffit, ordonna la comtesse. Je ne tolérerai pas que sous mon toit vous railliez le monde des idées. Mon monde, c'est la littérature, celui de mon époux, ce sont les concepts. Ces deux-là sont comme Amour et Poros, sans cesse entremêlés pour le bien du plus grand nombre. Alarmé et moi nous nous embrassons et c'est le monde qui jouit. Curé, ne vous mettez pas entre l'écorce et le doigt.

– Vous voulez dire l'arbre ? Je vous préviens, Madame, si c'est l'hérésie qui gagne cette maison, je me dresserai sur son chemin. J'ai été demi de mêlée dans l'équipe de soule d'Eugénie-les-Baignades. Elle n'est pas née, ma fille, la pensée qui me plaquera au sol ! Dieu est un temple et je suis sa colonne !

Alarmé ne les écoutait pas. Au pas de course, il quittait la salle de bains.

– Hâtez-vous, Éponyme ! Hâtez-vous ! On va sauver mon bon sauvage !

Éponyme lui courut derrière.

– Monsieur, vous voulez le Noir de ma sœur ? Pour quoi faire ?

Chaussette vit passer ses parents, en bonne santé et encore plus fous que d'ordinaire.

– Ça va, papa ? demanda une des chaussettes.

– Oui, mon enfant. On y est ! On entre dans l'Histoire !

– Mais Monsieur, demanda Éponyme, désespérée, vous voulez en faire quoi, du Noir de ma sœur ?

– Un colloque, Madame.

– C'est quoi, un colloque ? demanda l'autre chaussette.

– Il ne s'agit pas d'un vague colloque, ma fille. Je vais

organiser LE colloque. On va rassembler tout ce qui à Bordeleau est capable de penser. Des gens viendront de Paris, même de Lyon, même de Monaco, qui sait ! Pourquoi pas de Genève aussi ! Je suis sûr que Voltaire se bougera pour l'occasion. Je vais leur montrer ! Je vais leur prouver ! Il y aura un bouleversement. J'ai LA SOLUTION pour qu'ils changent tous d'avis sur les sauvages. J'ai besoin d'une seule journée. Une seule journée avec l'enfant noir.

Une des chaussettes se tourna vers Chaussette et lui murmura à l'oreille :

– Ton père, il fait hyper peur !

76.

– Le jour où vous leur avez donné des pommes, vous les avez condamnés à mort.

Le vieux Zeb était très remonté contre ses compagnons.

– On ne peut pas revenir en arrière, ça n'est plus une masse indifférenciée de souffrance, je ne vois même plus que leurs têtes sont toutes plates et j'imagine que vous…

– Tu as raison, on ne voit même plus qu'ils sont noirs, acquiesça Pietr. Mais ça n'a rien à voir avec les pommes.

– Ça a tout à voir. Vous les avez aidés. Ensuite, j'ai ordonné qu'on cesse. Mais vous croyez vraiment qu'on peut revenir en arrière sur ce chemin-là ? Une fois qu'on s'avance sur la pente de la sollicitude, on est fichus !

Le précepteur enchaîné trépignait sur sa chaise, il n'écrivait plus. Comme ses deux compagnons, il ne voyait plus que les visages des captifs. Et les mamans. Les esclavagistes les avaient assises dans un confort relativement supérieur à celui des autres. Elles n'étaient pas en rang comme des poissons. Les mamans, comme des chiens, avaient chacune une chaîne au cou, attachée à un mât, ainsi qu'un petit coin de sol où s'agitaient leurs bébés.

– Certains marchands ont la cruauté de séparer les mères

de leurs enfants, fit remarquer Zeb. En choisissant de vendre aussi les petits, mon roi fait preuve d'humanité.

Yomachichi répéta que l'humanité n'était pas sa qualité favorite. De surcroît, on ne dormait pas. On s'habitue au tangage, pas aux cris d'enfants.

Zeb se prit la tête dans les mains en répétant qu'on avait condamné à mort tous ces malheureux.

– Vous mettez le doigt, ça vous mange le bras, se lamentait-il.

Yom alla voler des denrées, ainsi que des couvertures. Les esclaves comprirent qu'il n'y en aurait pas pour tout le monde. Il ne se produisit aucune émeute. On avait ce souci en commun : faire taire les bébés, mais pas en les étouffant.

Dès que les enfants furent dans une situation moins misérable, les prisonniers ne cessèrent plus de parler a leurs bienfaiteurs clandestins. Et Zeb se lamentait :

– La parole, maintenant ! On ne peut plus revenir en arrière.

Il résista une ou deux nuits supplémentaires, puis accepta de traduire ce que disaient les malheureux.

Bientôt, Pietr et Yom connurent tous les prénoms des prisonniers. Chacun apprenait quelques mots dans la langue de l'autre. On se jouait de façon beaucoup plus habile des sentinelles et de la routine du bord. Finalement, les esclaves passaient beaucoup d'heures sans surveillance, que l'on mettait à profit pour causer. Pietr leur raconta qu'il avait servi de cobaye pour un bateau semblable. Son récit intéressa beaucoup l'assemblée, en particulier le moment où il avait voulu chier dans l'eau de l'équipage et s'était rendu compte que c'était sa propre réserve qu'il gâtait. Ce moment de la légende de Pietr déclencha des rires. Zeb se tordait les doigts. « Le rire à présent, on ne nous aura rien épargné ! »

Pietr s'aperçut que pour la première fois ses mots ne véhiculaient pas d'idée. La parole servait, en l'occurrence, à donner chaud. Ensuite ils discutèrent du corps humain et des douleurs que l'on éprouve selon la façon dont on nous enchaîne. Ce sujet ouvrait la porte à la pire terreur de Zeb : tous les corps sont semblables dans leur rapport à la souffrance. Chacun dispose de muscles et d'os localisés plus ou moins au même endroit. Et oui, l'expérience solitaire de Pietr à fond de cale relevait de l'universel, au moins d'un point de vue ostéopathique. Si l'on éprouve les mêmes crampes aux mêmes muscles, la couleur de peau devient une information très secondaire. Donc on décida de les soulager. Yom vola des outils. On desserra chaque chaîne.

– Ça commence comme ça…, râlait Zeb.

– Tu as raison, répondit Pietr Cohen, on ne peut pas revenir en arrière. Laisse-moi desserrer tes chaînes à toi aussi, nous nous approchons d'une discipline que je connais très bien.

– La mutinerie ? demanda Zeb.

77.

Alarmé avait fourré Éponyme et sa chienne dans la chaise à porteurs. Il s'engouffra derrière elles et tapa du plat de la main sur la portière du véhicule.

– Domestiques ! Allez ! À Bordeleau, fissa !

Oracio arriva en courant. Il se plaça à l'avant de la chaise, en souleva les deux poignées et se mit à courir. Dans la mesure où personne ne tenait les bras arrière de l'engin, la chaise n'avança guère. Un nuage de poussière bien inutile s'éleva bientôt autour des pieds du porteur.

– Oracio, arrêtez de tirer, hurla Monsieur le comte. Vous voyez bien que tout seul vous n'arrivez à rien ! Elle est où, Nitchonne ?

– Je l'ai virée, répondit Madame.

– Vous la renverrez demain, ordonna Alarmé. Nous avons besoin de bras. Nitchonne ! NIIITCHONNE !

Du fond de son placard la Niçoise n'entendait rien.

Un moment plus tard, la jeune Chaussette vécut un calvaire sur les routes ensoleillées. Oracio tenait les bras avant et s'essoufflait. La petite était derrière et accompagnait le mouvement du mieux qu'elle pouvait. Elle laissait traîner les poignées de la chaise dans le sable, elle se tenait plus haut sur les manches, les mains enroulées autour et pédalant comme elle pouvait en pleurnichant :

– Papaaaa ! Mamaaan ! C'est louuurd !

– Courage, mon enfant, courage, lui conseillait son père de l'intérieur de la chaise. Serrez les dents, enfant, là où nous nous rendons, on n'arrive pas à pied.

78.

– Ne sois pas stupide, laisse-nous te détacher, dit Pietr Cohen.

– Pas question. Je ne prendrai pas part à cette mise en danger de la vie d'autrui.

– Tu es un curieux messie, vieux Zeb. Tu défends l'esclavage, l'injustice, l'oppression, mais tu t'attaches à la vie humaine pour des motifs qui me dépassent.

– C'est l'un ou l'autre, Cohen. Si on décide que la vie est importante, on accepte le monde. Tu comprends ?

– Nous en parlerons plus tard. Borne-toi à traduire.

– Non. Je ne veux plus.

On prépara donc la révolution des esclaves sans l'aide du traducteur. L'hébreu est une langue compliquée, tout autant que les différents dialectes que parlaient les esclaves. Pour des raisons pratiques, Pietr Cohen utilisa la langue française. Il constata que certains prisonniers en possédaient des rudiments. Après tout, pour un mutin, les mots essentiels ne sont pas si nombreux. Il faut pouvoir désigner le lieu où chaque comparse doit se poster, lui expliquer quand frapper et avec quoi. Le reste est affaire de courage.

En pleine nuit, ils montèrent sur le pont. Les mamans aussi. Avant que les derniers esclaves eussent quitté leur banc, deux sentinelles dont on avait brisé la nuque dégringolèrent l'escalier. Le vieux resta à fond de cale, enchaîné à sa table de travail, à surveiller les six petits enfants qui ne prendraient pas part au massacre.

– Non ! Pas le pistolet ! Non ! Pose ça !

Un des gosses avait crapahuté jusqu'aux gardes assassinés et lui trifouillait le ceinturon. Il revint bientôt avec des clés, qu'il tendit au vieillard.

Zeb lui répondit qu'il n'en ferait aucun usage.

– Souviens-toi, petit ! Petit, quel âge as-tu ?

– Quatre ans, vieillard.

– Quatre ans, ça suffit pour témoigner devant la justice de mon roi. Lorsqu'on sera revenu chez nous, lorsque mon roi te demandera, tu devras répondre que je n'ai pris aucune part à cette rébellion. Tu devras dire que je suis resté à ma table et que ces chaînes l'attestent.

Le petit ne comprenait pas pourquoi on ne faisait pas cas de ses clés. Zeb le traita de tête plate.

Des ponts supérieurs leur parvinrent plusieurs déflagrations. On criait beaucoup au-dessus et les autres enfants se mirent à pleurer. Ils vinrent tous se blottir contre les jambes de Zeb.

– Vous voulez que je vous dise quoi, les enfants ? Que tout ira bien ? Oh, mes petits, vous ne vous rendez pas compte…

Il fallut attendre plusieurs heures avant que Pietr et Yomachichi reviennent à fond de cale. Ils étaient poisseux et bardés de haches d'abordage et de pistolets.

– Ce fut beaucoup plus long que d'ordinaire, pardon, s'excusa Pietr Cohen.

Du sang coulait de son nez. Les gosses ne savaient pas si c'était le même Blanc qu'avant. Il n'avait plus la même allure. Le démon du meurtre s'était emparé de lui.

– Vieux Zeb, je suis bon dans mon métier, on m'a fichu dehors parce que mon employeur ne respectait pas l'égalité des êtres, mais crois-moi, quand j'effectue un abordage, habituellement, c'est sans violence.

– Tu vas dire que c'est à cause de l'Afrique.

– Oui. Les hommes d'équipage n'écoutaient rien. Ils avaient trop peur. Ils ont refusé de croire que des esclaves les épargneraient.

– Alors ?

– Ils ont préféré se faire massacrer jusqu'au dernier que servir sur un vaisseau dont l'équipage serait noir ! Tu ne réponds rien ? Je ne marche pas à la culpabilité, vieux Zeb. J'ai fait ce qu'il fallait, et cet équipage nous aidera lorsque nous serons en France. Nous ne faisons qu'obéir à ton roi, vieux Zeb. Nous faisons ce qu'il faut pour retrouver son fils.

– Je te demande simplement, fit Zeb, si toutes les violences sont finies. Si la prise du navire est derrière nous.

– Oui. Tous les geôliers et les matelots sont morts. Il n'y a plus que les esclaves, Yomachichi, toi et moi.

Alors les mamans et les familles, et tous ces paysans qui, pour la plupart, ne s'étaient jamais battus avant, déboulèrent dans la cave, défirent les chaînes du vieux

Zeb et le portèrent à bout de bras en le remerciant pour leur liberté.

– Ça, fit remarquer Pietr Cohen à son ami Yom, ça c'est du racisme.

– Oui, répondit l'Indien, car le vieux n'a strictement rien fichu.

– Les gens sont plus à l'aise avec un sauveur qui leur ressemble.

Pietr monta sur le pont et fit un discours que Zeb condescendit à traduire. On était maîtres du bateau. Il allait leur expliquer comment naviguer. C'était moins difficile qu'on croit tant que la mer est clémente. Et si les vagues se déchaînent, l'expertise ne sert à rien, on est alors entre les mains de Dieu. On allait se rendre aux colonies et chercher le petit prince. Et si on ne l'y trouvait pas, on irait jusqu'en France. Et une fois qu'il serait libre, on retournerait sur les côtes d'Afrique, et le papa de Pinoquillio affranchirait tout le monde. Et il laisserait chaque paysan repartir vers son village les bras pleins d'or.

Malgré la peur, les fugitifs poussèrent des cris de joie et furent grisés par ces perspectives enthousiasmantes.

– Je te remercie d'avoir accepté de redevenir traducteur, vieux Zeb. Et dis-moi, même si ça fait souffrir ton orgueil, dis-moi que j'ai eu raison, et que tu t'es trompé.

– Sur quoi ?

– Tu m'as dit que j'allais causer leur mort à tous. Or sur deux cents esclaves, combien ont trépassé pendant mon assaut ? Moins de dix victimes. Alors ?

– Alors quoi ? Tu crois que mon roi les laissera vivre quand tu les ramèneras en Afrique ?

– J'en ferai une condition, s'il veut récupérer son fils.

– Alors, conclut Zeb, il te tuera aussi.

79.

Pinoquillio avait de plus en plus peur que ces Français le mangent. On l'avait habillé comme une volaille que l'on décore avant de l'embrocher. Emballé de tissus brillants, il avait des chaussons à pompons et une collerette. Nombre d'accessoires qui complétaient sa parure étaient munis de clochettes. Ainsi, à chaque mouvement, le petit prince tin tinnabulait. On avait terminé l'opération en l'affublant de rubans écarlates.

Une clocha tinta derrière la porte d'entrée. La grande brune souleva Pinoquillio par les oreilles et lui fit traverser tout l'étage de son manoir. Il découvrit des pièces étranges décorées d'animaux morts, d'images représentant des Blancs ou des combats de lions, de zèbres, des courses de chevaux. Pinoquillio, sans le faire exprès, fit tomber quelques bocaux. « Ça doit être leur cuisine, pensa-t-il. Ils maîtrisent la structure de la matière, et ces poudres, ces cornues, c'est l'athanor où ils produisent l'opération alchimique qui donne naissance au sucre. »

On sonnait encore derrière l'entrée. Antinôme lui reprit l'oreille :

– Quand on sonne, c'est TOI qui dois ouvrir.

– Je comprends rien à ce que tu dis ! Lâche-moi l'oreille ! Tu me TOUCHES encore UNE FOIS l'oreille, mon père t'arrache les doigts et il te les enfonce dans les yeux !

Accablée par les capacités limitées de son nouveau jouet, Antinôme dut se résoudre à ouvrir elle-même. Sa sœur Éponyme, son professeur de pensée et la petite Chaussette, sa nièce, se tenaient sagement à l'entrée. Ils avaient toujours cet air intimidé lorsqu'ils débarquaient en groupe chez le duc de Bordeleau.

– Il est impossible, je n'arrive pas à le dresser, s'excusa Antinôme en mettant une taloche à Pinoquillio.

Le petit prince lui envoya un coup de pied dans les genoux. Elle eut mal et honte.

– Il ne comprend rien ! Je ne sais pas pour qui il se prend.

– Justement, osa Alarmé, s'il vous encombre…

– Je le remets dans sa cage et je suis à vous.

On traversa un cabinet de curiosités, dans lequel Pinoquillio prit place au milieu d'autres objets précieux. Alarmé constata avec intérêt que cette famille de Bordeleau, pourtant moins versée que lui dans les sciences en tout genre, possédait tous les ustensiles nécessaires aux expériences les plus ambitieuses. À chaque fois qu'il venait ici, ce paradoxe le fascinait. « Sans doute, pour que l'esprit de notre espèce avance, faut-il cette conjonction de ceux qui savent et de ceux qui paient. Sans eux, il n'y aurait pas de moi. Et bien malin qui peut dire qui est le plus important, de celui qui finance la science ou de celui qui s'y salit les mains. »

Éponyme ordonna à Chaussette de rester là, et de ne rien casser. La petite fit remarquer que plusieurs cornues étaient brisées au sol et que ni elle ni aucune de ses chaussettes n'y était pour rien.

Les grandes personnes la laissèrent au milieu des bêtes empaillées, près du petit Noir en cage.

– Toi aussi, ils te prennent pour une esclave ? demanda Pinoquillio. Est-ce qu'ils vont nous manger si on n'obéit pas ? Est-ce que la chair humaine entre dans la composition de leurs biscuits ?

– Je comprends pas l'africain. Prends cette chaussette et enfile-la sur ta main, ça nous permettra de communiquer.

Chaussette agita l'autre chaussette afin que ce nouveau camarade saisisse son projet. Mais Pinoquillio restait interdit. À voir la petite Blanche qui remuait frénétiquement une chaussette sous son nez, il s'inquiéta de la santé mentale de cette étrangère.

– En fait, t'es pas une esclave, t'es un clown ? demanda le petit prince.

80.

La pièce avait tout d'une salle de dissection, mais propre. Sans doute y avait-on mené des expériences sanglantes pour édifier des notables, et aussi pour les distraire. Ce jour-là, la belle Antinôme avait fait allonger son beau-frère sur la grande table. Alarmé avait accepté d'entrouvrir sa chemise, de retirer ses souliers. Éponyme était très en colère des libertés que prenait sa sœur. Mais ni son époux ni elle-même n'osaient rien dire. La brune tripotait les clavicules du mari et laissait ses doigts s'aventurer sous sa chemise.

– Oui, mon maître, on apprend des choses par les voyages. Vous voyez, si l'on allonge nos esclaves sur l'épaule gauche, dans la position où vous êtes maintenant, leur cœur n'est pas comprimé par le poids du corps.

– C'est nécessaire de le palper à ce point ? demanda Éponyme.

– Le savoir infuse, ma sœur, par les manifestations de nos muscles. Songez comme l'esprit serait sec s'il n'était enchâssé dans le monde. Nous aspirons à cela. Je redis une de vos leçons, Alarmé, non ? Il faut enrober la pensée dans du goût, dans du sentiment, dans un mouvement.

– Antinôme, tu lâches les tétons de mon mari ou je t'en colle une.

– Éponyme, ça ne va pas ? demanda Alarmé, outré.

– Concentrons-nous, poursuivit la grande brune.

Elle se baissait vers le comte. Ses cheveux cachaient presque entièrement le visage du comte.

– Sous ta tignasse, si tu l'embrasses, je m'en rendrai même pas compte ! Antinôme, ça fait longtemps que je t'ai pas mis une beigne, mais là tu arrêtes !

– Épopo, suffit, chut, point d'enfantillages.

La main descendit vers le cœur et fit mine de l'empoigner. Elle se rouvrit et les longs doigts recouvrirent toute la région du plexus. Antinôme appuyait et lâchait, encourageant le cœur du comte à palpiter davantage.

– Et quand les esclaves meurent moins, quand ils survivent au voyage, nous gagnons davantage d'argent. Nous réconcilions nos deux passions, la morale et le profit. Vous sentez, Alarmé, comme il bat bien, votre cœur ?

– Certes, Antinôme, il bat très bien, mon cœur, surtout au niveau du cœur... Mais je voudrais vous parler d'une chose qui davantage encore que vos métacarpes et vos palmaires le fait frissonner : un colloque...

– Antinôme, je te rappelle que c'est MON mari.

– Je vous en fais compliment, ma sœur. Je suis ravie que vous soyez parvenue à trouver quelqu'un de cette qualité. Chaque jour j'en remercie le ciel, car sinon je vous aurais sur le dos. Mais il m'intéresse. Prêtez-le-moi.

Éponyme ne comprenait pas bien.

– Il t'intéresse pour des leçons ? pour t'aider à vendre tes bateaux ?

– Pas seulement, précisa la grande brune, et elle ouvrit

grand la chemise dont quelques boutons volèrent dans l'air silencieux de la salle de dissection.

Éponyme savait qu'on avait l'intention de la pousser à bout. Elle ne pensait ni à son mari, ni à son ménage. Elle replongeait dans ces disputes d'enfance où sa jeune sœur avait toujours le dernier mot. Elle avait changé. Elle ne sortirait pas de ses gonds. Ce coup-ci, elle allait prouver à tout le monde, et surtout à Alarmé, qu'elle aussi, face à la pensée, elle pouvait sacrifier le corps !

– Fort bien, s'entendit-elle répondre. Et vous donnez quoi, en échange, ma sœur ?

Un grincement retentit dans le coin le plus sombre de la pièce. La main arthritique de Nécrozé actionna le mécanisme giratoire de sa chaise d'infirme. Le vieillard roula vers la lumière et déclara :

– Moumou !

– Mon mari à moi ne vous plaît pas ? demanda Antinôme. Malgré la bave, malgré les tremblements, observez comme son regard est vif. Regardez cet acier dans son œil le moins vitreux. Dans cette vieille coque se cache un tigre. Croyez qu'il en faut, de la puissance et de la force virile, pour du fond de ce fauteuil gouverner Bordeleau.

Le duc roula jusqu'à Éponyme et lui attrapa un pan de robe, comme s'il voulait acheter un mètre de tissu.

– Moumou ! proposa le duc.

À voir cette limace dont la force des bras semblait intacte, Éponyme sentit se sauver toute son abnégation. La blonde anxieuse retourna se blottir près d'Alarmé et le fit se relever.

– Nous sommes désolés, déclara Éponyme, cette conversation est partie en sucette. Nous venions juste vous voir au sujet des sciences humaines.

– Oui, précisa Alarmé en réajustant ce qui lui restait de boutons, nous souhaiterions seulement emprunter le petit sauvage. Afin de valider des théories relatives à l'état de nature.

– Et ça va servir à quoi ? demanda Antinôme.

« Elle est terrible, pensa Éponyme, quoi qu'elle porte, ça lui va mieux qu'à moi. Avant de venir chez elle, je mets en l'air toute ma garde-robe et j'arrive en montrant à chacun, malgré moi, non seulement que j'ai mis trois heures à m'habiller, mais en plus que ça ne me va pas. J'ai l'air d'un meuble trop décoré. Quant à elle, salope ! le modèle d'un peintre. Elle nous reçoit pieds nus ! Quelle chienne ! Aussi conne que dans l'enfance. Et on voit les jambes et on voit les bras, et on tord le cou. Même ses nerfs sont jolis. Même pieds nus elle marche sur l'extrémité des orteils afin que le cul soit en arrière. À travers sa robe légère on voit ses vertèbres caudales. Sa queue, les os du bas de son dos. Tout ce qu'elle fait, c'est pour m'emmerder. Même ses fossettes. Elle a des fossettes, moi un double menton, je la hais. »

– Ça va servir à prouver que les Africains valent mieux que nous ! affirma Éponyme, au lieu de verbaliser sa colère.

Antinôme se mit à rire et se tourna vers son puissant époux pour partager cette bonne plaisanterie.

Alarmé se leva, afin de montrer que la conversation devenait importante. Il ne souhaitait pas laisser Éponyme proférer des approximations. La science avait remis sa chemise, on allait triompher.

– Je veux dire que l'homme naît bon et que la civilisation le corrompt, affirma Alarmé à sa belle-sœur.

– Moumou ! siffla Nécrozé de Bordeleau du fond de son fauteuil.

– Pardon ? demanda le philosophe.

– Mon époux vous dit qu'ils nous arrivent réellement à l'état de bêtes et que nous leur enseignons une foule de choses qui font leur bonheur, le travail, par exemple…

– Qu'est-ce que t'en sais, toi, du bonheur ou du travail ? demanda Éponyme. T'es heureuse peut-être ? Et t'as déjà travaillé ?

Antinôme eut un sourire satisfait, elle adorait faire exploser sa sœur aînée. Sans perdre son calme, elle hocha la tête vers Éponyme.

– Mon épouse, précisa Alarmé, dit que nous ne sommes… pas très d'accord avec la thèse que vous avancez. Nous pensons – et je parle d'intuitions scientifiques, beaucoup plus que des inclinations paresseuses de l'âme ou du sentiment –, nous pensons que la vie dans la savane, c'est mieux. Et il me semble que mes capacités, mon talent, mon expérience… enfin, je suis l'homme de la situation ! Voilà une affirmation que je suis capable de prouver scientifiquement.

– Et comment vous y prendrez-vous ? demanda Antinôme.

– Dès demain ! affirma Alarmé. Ou dans quelques jours. Je ne sais pas. Mais ça peut aller très vite. Je ne veux pas qu'il s'abîme à notre contact, donc il faut agir vite. Je vous montrerai un Noir à l'état de nature et vous rêverez de lui ressembler !

Nécrozé s'était à nouveau approché d'Éponyme et la

fixait avec envie. Il posa ses deux mains tordues comme une crucifixion de Cranach sur les hanches de sa belle-sœur en gloussant « Moumoumou ! ».

– Mon mari partage mon opinion, précisa Antinôme. Il dit que si vous acceptez une orgie, il vous prête le petit nègre pour votre colloque.

Nécrozé tentait d'avoir l'air attendrissant et inoffensif. Il penchait la tête sur le côté dans la mesure où sa tétanie cervicale le lui permettait et il souriait, exhibant des gencives dépourvues de dents. Puis il fit coucou de la main, pour accompagner ses risettes. Éponyme, toujours blottie dans la chemise de son époux, fit à nouveau savoir que cette transaction ne l'arrangeait pas. Alarmé se pencha vers elle et, au lieu de la réconforter, lui murmura à l'oreille :

– Sincèrement, regardez-le, il va pas vous faire bien mal.

– Non mais vraiment, moi, ça m'arrange pas, se défendit Éponyme.

Mais déjà Antinôme prenait Alarmé par le bras et s'éloignait vers une autre pièce.

– Non mais non, Alarmé ! supplia la comtesse. Moi, j'ai pas envie que vous alliez…

– Épopo, c'est pour la science !

– J'ai pas envie que vous alliez avec ma sœur !

La porte de la salle de dissection se ferma sur Alarmé et Antinôme, laissant la comtesse Éponyme seule avec Nécrozé.

– Moumoumou, proposa le vieillard.

– Oui. J'espère bien, que moumou, soupira Éponyme en se tournant lentement vers son partenaire.

Nécrozé fit sautiller sa chaise comme un automate et eut des petits mouvements saccadés du menton vers une bibliothèque.

– Quoi ? On va par là ?

– Moumoumou !

Il tira sur une cire anatomique et une porte dérobée apparut. Une rampe vertigineuse se présenta devant les roues de la chaise de l'infirme. La comtesse vint se poster derrière le siège roulant et saisit les poignées. En espérant que le duc se montrerait aussi délicat, elle lui fit descendre la pente qui menait à...

– C'est quoi ce truc, des oubliettes ?

– Moumoumou !

– Oui. Je comprends pas. On va allumer.

Elle identifia un briquet et alluma une des lanternes de la pièce souterraine. Derrière des rideaux noirs apparut une véritable salle de torture. On avait probablement dû, au Moyen Âge, faire avouer des sorcières ou des hérétiques dans une pièce semblable. Depuis, le velours et le satin avaient remplacé l'inconfort du bois dur. Mais les chaînes, les liens et les instruments capables de distordre l'anatomie humaine demeuraient. Qui pourrait reprocher à un homme puissant et difforme de vouloir répandre autour de lui un peu de l'inconfort qui l'afflige ?

Éponyme s'éloigna de la chaise roulante. Elle prenait garde de ne toucher à rien. Mais en souhaitant se sauver, elle ne faisait que marcher vers le fond de la pièce. Certains objets de ce cachot, avec un autre partenaire, eussent pu l'amuser, comme ce fauteuil sans séant et muni de bien trop d'accoudoirs, ou comme ces habits qui masquaient le visage et exhibaient les fesses. Mais elle ne voulait pas savoir à quoi servaient les réservoirs d'eau, pas plus que les baignoires. Elle n'avait aucune intention d'apprendre pourquoi un coin de la pièce ressemblait à la boutique d'un barbier. Les sortes de cornemuses, sacs de peau terminés par un tuyau, elle se doutait de leur fonction. Ça non plus, elle n'en voulait pas. Elle se mit à crier, elle se mit à dire non. Puis elle courut toute seule autour d'une structure en croix de Saint-André à laquelle on aurait pu crucifier une grande chèvre. Elle était en colère et tremblante. Elle donna un coup de poing sur un fauteuil et s'aperçut qu'il était plein d'aiguilles. Le petit rire de Nécrozé, censé la rassurer, ne fit que la pousser à bout. Le duc s'approchait. Il cachait quelque chose dans son dos et aboyait des « moumou » enthousiastes.

« Je voudrais vous dire, songeait le duc, que nous n'allons pas utiliser tout ça aujourd'hui. »

Mais l'infortunée belle-sœur ne perçut pas son air apaisant. Nécrozé accéléra. Elle courut et se griffa la cuisse à un ustensile qu'elle n'eut pas le temps d'identifier. Il la coinça contre une sorte de sarcophage en cuir rouge et montra enfin le jouet qu'il cachait derrière son dos : une gigantesque carotte en bois. L'ustensile, peint orange vif, s'agitait comme un hochet dans les serres du vieillard.

– Monsieur le duc, je ne sais pas ce que vous voulez faire de ce… légume, c'est pour moi ou pour vous ?

– Moumou !

– Peu importe. Quelle que soit sa destination, pardon, j'aime la science mais je me dérobe, ça ne va pas aller.

Il hurla un « Moumou ! » autoritaire en la maintenant contre la paroi du sarcophage. Éponyme tenta de se débattre. Le vieux avait bloqué les roues de sa chaise et chacune de ses mains avait la puissance d'une tenaille. Il lui enserrait un poignet à l'aide de la main gauche, tandis que sa main droite lui pinçait les cuisses jusqu'au sang.

– Non ! Nooon ! Laissez-moi sortir ! Quand on dit non, c'est non !

Éponyme criait aussi fort que son vaste thorax l'y autorisait. À l'étage du dessus, son mari n'entendit rien et la chienne Fragonarde, terrorisée par ce râle, courut sous un fauteuil. Des petits pieds courageux galopèrent bientôt le long de la rampe qui menait au donjon. Pour sauver sa maman, c'est la valeureuse Chaussette qui accourait.

En apercevant l'enfant, le vieux duc laissa tomber la mère. Il tira un cordon et une lourde porte se ferma derrière la petite fille. La bave aux lèvres, il fit rouler sa chaise vers la rampe. Chaussette n'avait aucun moyen de fuir. Bientôt, le vieillard poussait de toutes ses forces sur les roues de son véhicule pour qu'il gravisse la pente. Il coinça la petite fille contre la porte et bloqua le mécanisme de sa chaise. Éponyme courut vers le vieux, ne sachant de quoi s'emparer pour lui cogner dessus. La carotte, comme un sabre d'abordage, s'agitait sous le nez de la petite. Chaussette commençait à en avoir assez. Elle débloqua d'un geste le frein de la chaise du paralytique. Nécrozé dévala en arrière sur toute la longueur de la rampe. Éponyme s'écarta à la dernière seconde et la chaise bascula au milieu d'un dispositif muni de vilebrequins. Nécrozé hurla « Moumou ». La carotte vola dans la pièce. Dans un ralenti tragique, Chaussette et sa maman virent le légume sculpté et pointu piquer aussi vite qu'une guêpe qui attaque vers Nécrozé de Bordeleau. La carotte lui perça le ventre. Au lieu de « Moumou », le vieillard hurla « Aaaa ! » puis s'effondra.

Éponyme s'approcha du corps. La carotte avait transpercé le ventre et ressortait derrière le dos.

– Chaussette, bravo ! Tu n'en loupes pas une ! Le colloque de ton père est foutu !

– Maman ! Vite ! Faut se tirer ! Des gens arrivent !

– Par où ? Y a pas d'autre issue.

Elles remirent la chaise debout et installèrent le vieillard inerte à l'intérieur. Éponyme lui rabattit son manteau sur la carotte un instant avant l'arrivée des gardes. Après quoi, sa fille et elle se cachèrent derrière la chaise.

– Monsieur ? demanda un des gardes en passant la tête à l'entrée du donjon.

– Moumou ! répondit Chaussette planquée derrière le fauteuil.

Et le serviteur les laissa là sans les voir.

81.

Au même moment, dans l'alcôve tendue de violet de la duchesse Antinôme, parmi des angelots noirs laqués, avachi sur une banquette romaine, Alarmé s'excusait de ne pouvoir honorer son hôtesse.

– Impuissant ?

– Non, Madame.

– Je ne vous plais pas ?

– Si ! Si ! Par pitié, donnez-moi le petit Noir et ne m'obligez pas à dévoiler des secrets dont j'ai honte et que notre siècle ne pourrait point comprendre.

– Pas de zizi, pas de sauvage. Pas de sauvage, pas de colloque. Parlez !

– Je suis...

– Quoi ?

– J'ai trop honte... Oh, autant avouer : Madame, je suis fidèle.

– C'est lamentable. C'est dépassé. C'est vexant. C'est...

La porte du cabinet de plaisirs s'ouvrit brutalement. Poussant devant elle la chaise où reposait le corps du propriétaire, Éponyme cria :

– On est dans la merde !

Chaussette trottinait derrière elle.

– Et j'y suis pour rien, je vous signale, ajouta Éponyme. C'est Monsieur le duc Nécrozé qui s'est agité avec sa… carotte et dans son état… parce qu'il est maladroit comme un cochon…

En voyant le légume en bois qui traversait le ventre de son beau-frère, Alarmé de l'Implication ne trouva pas secours dans la philosophie. Assis par terre près du fauteuil, il se grattait la perruque en répétant « Oh lalalalalala », expression dont hors des frontières françaises on ne mesure pas l'universalité.

– Faites voir, demanda Antinôme froidement.

– Ma sœur, s'excusa Éponyme, je suis très embarrassée.

Antinôme s'approcha de son mari inerte et l'examina. Elle écouta le cœur.

– J'ai rien fait, moi, répéta Éponyme. Cette nuit mon mari dans un coffre, aujourd'hui ton mari dans sa chaise, c'est les hommes, je leur porte la poisse.

– Il va bien ? osa Alarmé.

– Non, répondit Antinôme. Là, il est vraiment mort.

La grande brune se redressa en silence. Puis de grosses larmes coulèrent sur ses joues, tandis qu'elle baisait les mains de sa sœur aînée.

– Merci ! Merci ! Oh, merci ! Prenez votre nègre, emportez votre mari, prenez tout ce que vous voudrez, Éponyme. Demain, je débarque chez vous avec tous les savants de Bordeleau pour admirer votre découverte ! Tout ce que la ville compte comme gens influents sera là. Oh, comme je vous suis reconnaissante !

Alarmé tremblait. Éponyme le tirait vers la porte.
– Mais… et vous ? demanda le comte. Vous, ça va aller ?
– Ne vous en faites pas, répondit Antinôme.
Et elle les congédia.

82.

Le français n'était la langue maternelle de personne, aussi son usage aida-t-il à faire du navire un territoire que chacun put s'approprier. On s'en tenait aux termes liés au fonctionnement de l'embarcation, ainsi qu'à l'intendance. Zeb disposait de cartes établissant l'itinéraire du bateau à bord duquel s'était enfui le prince Pinoquillio.

On mit donc le cap vers les Caraïbes et, à mi-trajet, le vent tomba. Sur le vaisseau immobile au milieu d'une mer désespérément plate, Zeb fit remarquer comme il était cruel d'avoir affranchi les esclaves. On ne choisirait pas, d'autorité, des faibles ou des vieillards à jeter à la baille. On se trouvait forcé de faire de la survie de tous le résultat d'une délibération collective. Les trois camarades touchèrent du doigt le plus grand péril de cette traversée. Les Noirs et les Blancs peuvent s'entendre, car leurs différences ne sont que superficielles. Mais prendre des paysans, hommes, femmes et enfants, pour des marins et leur demander leur avis sur certains choix collectifs était la plus grande faiblesse de cet équipage.

À l'unanimité, les paysans choisirent qu'on ne jetterait personne à la mer. Zeb remit au goût du jour son insulte favorite : « têtes plates ». Il leur expliqua que leur sensiblerie mettait en danger tout le monde et qu'on n'avait rien à manger. Ils jetèrent à l'eau des filets. Il y eut du poisson. On s'affamait mais personne ne mourut. À chaque fois que ses prédictions catastrophistes ne se réalisaient pas, Zeb boudait.

– Et maintenant, quoi ? demanda-t-il à Pietr Cohen. Tu vas débarquer dans un comptoir de Jamaïque à bord d'un bateau conduit par des nègres à tête plate. Et tu vas demander si Pinoquillio est passé par là ? Et combien de temps le gouverneur local va-t-il attendre avant de pendre tout le monde ?

– Je n'ai jamais dit, répondit Pietr Cohen, que je demanderais gentiment.

83.

Au milieu des bibelots et des bêtes empaillées, Pinoquillio, toujours dans sa cage, implora Chaussette :

– Sors-moi de là, fille-clown, des gens viennent.

– Je comprends toujours pas ta langue. Quand vas-tu te décider à faire usage de la chaussette que je t'ai offerte ?

– Aide-moi, idiote, ils arrivent !

– C'est eux qui t'inquiètent ? Ce sont mes parents, tu ne risques rien.

Comme pour contredire les affirmations apaisantes de sa fille, Alarmé de l'Implication se rua sur la cage avec un air réjoui et saisit à pleines mains le visage de Pinoquillio, dont il tordit les grosses joues comme on fait quand on flatte un chien aux bajoues généreuses.

– Je cherche un homme, disait Diogène, et moi, petit frère sauvage, je l'ai trouvé !

– Me secoue pas les joues ! répondit Pinoquillio, menaçant.

Alarmé lui enlaça la tête comme un joueur de soule serre son ballon avant l'essai.

– J'ai vingt-quatre heures, petit visiteur de l'origine du monde, pour faire de toi l'ambassadeur de l'âge d'or ! Tu vas être célèbre, tu vas aider l'Afrique ! Un autre monde est possible, mon petit, et grâce à moi tu vas le démontrer à la masse incrédule.

– Fille-clown ! Fille-clown ! Dis à ce fou de me lâcher la tête, il m'étouffe !

– Papa ! Il étouffe !

– C'est probablement vrai, intervint Éponyme, mais vous avouerez que chez les Blancs, de tels phénomènes sont plus visibles, car leur chair rosit avant l'apoplexie. Celui-là reste de la même couleur, ce qui peut expliquer la maladresse de votre père.

– Femmes, ordonna Alarmé, ne troublez pas une rencontre historique ! Allez nous attendre en bas !

– Au secours ! hurlait Pinoquillio dans sa langue lointaine. Ne me laissez pas avec ce pauvre malade !

Alarmé ouvrit la cage en félicitant l'enfant :

– Tu pétilles d'intelligence, de vie, d'énergie, il faut que tu sortes !

Pinoquillio bondit alors comme un boulet. Avant qu'Alarmé pût réagir, le petit Noir enjambait le balcon.

– Frère sauvage, hurla le comte, non ! Pas la fenêtre !

Mais en voyant Alarmé courir vers lui, Pinoquillio grimpa sur la rambarde. Alarmé le rattrapa in extremis. Devant eux s'étalaient trois mètres de vide et, un peu plus bas, le toit en tuile d'un autre manoir du quartier des docks.

– Lâchez-moi ! Je vous en supplie ! J'exige d'être confié à quelqu'un de plus compétent.

Alarmé, fasciné par le vide, fixait les toits avoisinants. Même sans connaître sa langue, le petit prince d'Afrique comprit que son tortionnaire français évaluait les distances et regardait trop vers l'abîme.

– Tu fais quoi ? Hé ! Papy ! Lâche-moi !

– Pardon, frère d'Afrique. J'ai porté atteinte à ton libre arbitre. Après tout, si ton instinct de nature t'a attiré vers ce promontoire, qui suis-je pour te dire que c'est dangereux, ou vertigineux ? Je me prends, à tort, pour le centre du monde. C'est dangereux pour moi de sauter par la fenêtre, à cause de mon éducation et des idées préconçues. Mais si telle est ta nature, vas-y ! Saute et apprends-moi !

Pinoquillio ne comprenait pas pourquoi on le secouait au bord du balcon. Il s'accrochait comme il pouvait, mais le Français, riant et transpirant, semblait inébranlable.

– Ce con veut vraiment me jeter dans le vide !

– Allez ! Bondis comme il est d'usage en pays de Nature !

– Non !

– Hâte-toi ! Fais jouer ta pronation féline et tes pouces opposables. Déploie tes ailes, petit écureuil volant.

Il le poussa vigoureusement dans le vide. Terrifié, Pinoquillio eut juste le temps de prendre appui sur la rambarde et, dans une symphonie de clochettes, fit de son mieux pour survivre à cette catastrophe. Il parvint par miracle à s'agripper du bout des phalanges au toit d'en face. Dans un fracas de tuiles, le petit souverain en tenue d'Arlequin s'y hissa. À peine eut-il repris l'équilibre sur son aire d'atterrissage que le Français beuglait à nouveau :

– Ce qui est bon pour toi, dorénavant, sera parfait pour moi, car en matière de Nature tu seras mon maître.

– J'entends pas, tais-toi ! Fous-moi la…

Mais Alarmé sauta en criant :

– Oui ! Enseigne-moi la sautillance !

Le grand Français atterrit sur le dos de Pinoquillio, qui manqua perdre le souffle. Dix mètres plus bas, des tuiles se fracassaient sur les pavés. Du coin de la rue arrivait la chaise à porteurs, amenée là par Chaussette, Oracio et Éponyme.

– Youhou ! Les amis ! Regardez-moi ! leur cria Alarmé, triomphant.

Depuis son toit, debout dans le soleil avec son sauvage, il avait fière allure, le penseur français.

Pinoquillio commençait à en avoir assez de ce pays. Il profita du fait que son ravisseur prenait des poses pour dégringoler le long d'une gouttière, sauter au sol et se tirer.

84.

Nécrozé était toujours inerte, la carotte enfoncée dans le ventre. Antinôme lui embrassait le nez pour une ultime vérification.

– Là, vous avez juste la raideur que j'aime.

L'épouse comblée se blottit contre son mari immobile.

– C'est très difficile, vous savez, mon ami, de s'occuper d'un mari handicapé. Un handicapé mort, c'est bien mieux.

À ces mots, Nécrozé ouvrit un œil.

– Vous trouvez ? demanda le duc.

Son épouse bondit. Sa chevelure brune se dressa sur sa tête lorsqu'elle lui demanda s'il avait parlé.

– On dirait que oui, répondit le vieillard.

Et il se leva de sa chaise.

– Et il semble aussi que je marche. Êtes-vous déçue, mon petit ?

– C'est diabolique. Non. Je suis contre. Laissez-moi retirer cette carotte.

– Madame, s'écria le vieillard, ne touchez pas à cette carotte, elle est sacrée.

85.

– Suivez-le ! cria Monsieur le comte en dégringolant du toit, terrorisé à l'idée de perdre son précieux cobaye.

Et il bondit dans la chaise à porteurs. Son épouse eut à peine le temps d'ordonner à Chaussette « Mais tire donc, tu vois bien ! », que la voiture démarra en trombe, pour s'arrêter aussitôt.

– Épopo, s'agaça le philosophe, vous voyez bien que la petite n'y arrive pas.

Madame fit celle qui ne comprenait pas. Son époux, par souci d'efficacité, la poussa hors de la chaise d'un coup de pied sans appel.

– Mais allez-y, ma mie ! Portez ! Portez, quoi !

Le véhicule redémarra, tiré par Oracio à l'avant, poussé à l'arrière par Éponyme et Chaussette.

Il fallut, pour le malheur de Madame, qu'une autre chaise à porteurs apparaisse à ce moment-là dans une rue adjacente. Et puisqu'à Bordeleau tout le monde se connaît et que le monde y est encore plus petit qu'ailleurs, c'était la meilleure amie de Madame, ainsi que sa fille, qui se trouvaient dans la chaise concurrente.

– Regarde, maman, c'est ta copine Éponyme ! Voilà pas qu'elle porte sa propre chaise ! Maman, ça sert à quoi d'avoir un véhicule de portage si l'on doit le porter soi-même ?

La chaise de la baronne Acrostiche arriva au niveau d'Éponyme. Madame la comtesse, transpirante, tenta de faire bonne figure.

– Éponyme, mon amie, demanda Acrostiche, si vous traversez des difficultés financières, vous savez que vous pouvez m'en parler.

– Ça n'a rien à voir, répondit la comtesse essoufflée, laissez-nous. Nous effectuons une activité…

– Je ne tiens pas à vous alarmer, chère amie, mais cette « activité » ressemble fort à du travail à mes yeux. Chère amie, nous avons un rang et… Éponyme, soyez franche ! Êtes-vous pauvre ?

– Pas du tout ! On fait de la philosophie ! On fait ça pour le plaisir. Pas vrai, Chaussette ?

– Absolument, ahana la petite fille. On s'éclate.

– Il est là ! hurla Monsieur le comte en désignant Pinoquillio.

Les courtes jambes du prince obèse ne pouvaient rivaliser avec l'attelage d'un cuisinier italien, d'une comtesse et d'une petite fille armée de chaussettes. La chaise se mit à hauteur du fuyard et le bras décidé de Monsieur le comte l'attrapa par les culottes et le fit entrer de force dans la voiture à bras.

– Éponyme, demanda Acrostiche, qu'est-ce que c'est que ce triboulet ?

– Un sauvage, répondit la comtesse.

– Lui il est dans la chaise, ma chère, et vous, vous le portez ? Éponyme, vous êtes la domestique… d'un Noir ?

– Acrostiche, tu n'as rien compris. C'est un cadeau.

– Et mon mari qui ne m'offre jamais rien, murmura la baronne. Ça a l'air très amusant, Éponyme. On vient !!!

86.

Pinoquillio s'inquiétait de plus en plus. Pour la France, puisqu'il avait décidé d'aimer ce pays faiseur de friandises, et pour lui-même aussi. En voyant cette chaise infiniment moins luxueuse que celles depuis lesquelles son papa organisait le commerce des esclaves, le petit prince eut la certitude, non seulement que cette terre était pauvre, mais que de surcroît il venait d'être kidnappé par le plus misérable des Français. Bien qu'il fût prisonnier, bien qu'il se débattît aussi fort que ses bras adipeux l'y autorisaient, l'enfant ne put que compatir avec cette tribu étrangère dans laquelle la maman et la fille faisaient office de mules. Et pendant le trajet qui menait de la ville portuaire à la demeure de cette famille, oh, on n'avait pas besoin de parler le français pour saisir ce qui se passait. Une autre dame, plus riche, qui avait deux porteurs à sa chaise, les talonnait. « Et ma nouvelle famille, pensait Pinoquillio, qui tente de faire bonne figure… La mère qui feint de ne pas suffoquer, le mari qui fait comme si c'était normal, et la petite fille qui n'a pas encore appris à masquer ses sentiments et dont les chaussettes poussent des cris d'angoisse à chaque inflexion du terrain. Elle est bien brave, cette enfant étrangère aux cheveux de paille qui m'a offert une chaussette. Est-ce qu'elle croit que je ne peux pas m'en payer ? »

Lorsque les deux chaises arrivèrent au château de l'Implication, Pinoquillio bondit dans le jardin. Alarmé courut derrière lui et le plaqua au sol, comme au rugby.

– C'est pour la science, frère sauvage, le suppliait Monsieur le comte. Ne m'oblige pas à te mettre une laisse, ça serait tellement contraire à l'état de nature.

– Ça n'est pas parce que ta famille est dans le besoin que tu dois te croire tout permis, lui répondit Pinoquillio dans ce langage de sourd où chacun parlait dans son idiome. Lâche-moi tout de suite ou bien quand mon papa va débarquer, tu récureras les latrines avec ta langue jusqu'à la fin de tes jours.

– Il s'exprime bien, n'est-ce pas ? fit remarquer Alarmé, toujours agrippé à l'enfant. On comprend rien mais c'est beau, hein ? Les sonorités.

À la vue du petit étranger, le curé fut pris de tremblements joyeux.

– Qu'il est pur ! Qu'il est beau ! Donnez-le-moi, je vais le convertir !

– Ça va pas, non ?

Le comte s'interposa entre le sauvage et la foi.

La baronne Acrostiche sortit de sa chaise, flanquée de son ahurie de fille. S'il est admis que les chiens ressemblent à leurs maîtres, il en va parfois de même des enfants et de leurs géniteurs. Alors que Chaussette était aussi blonde et rose que sa maman, Acrostiche et Litote avaient en commun une peau vert asperge. Cependant, la mère et la fille n'étaient point disgracieuses. Litote ressemblait un grand roseau aux yeux bleus et aux paupières mi-closes, une feuille perdue dans le vent que jamais aucune idée n'avait agitée. Quant à sa maman, c'était la même en grosse avec une intelligente très tournée vers le réel. A-t-on oublié leur nom ? Il s'agissait de la famille de La Réprimande.

87.

Les habits de Pinoquillio étaient presque défaits. La baronne Acrostiche poussa sa fille vers cet enfant du bout du monde afin qu'elle s'instruise, si c'était possible. Face à ce petit garçon qui n'avait pas l'air dangereux tant que Monsieur le comte le tenait fermement, Litote tendit un index curieux et le lui passa sur le nez. La jeune fille couleur légume regarda ensuite son doigt, le frotta avec le pouce. Tout le monde comprit qu'elle était émerveillée de ne pas s'être sali les mains au contact de cette peau étrangère. Elle sautilla, sur place et sans grâce, en répétant sa maxime favorite :

– Oh lala ! Merde ! Merde ! Merde !

– Mesdames, ordonna Monsieur le comte, je vous le confie. Épopo, faites bien attention, de lui dépend mon triomphe. Je dois préparer…

– Quoi, mon époux ?

– Vous verrez bien. Ne le laissez pas se sauver.

Mais Pinoquillio ne se débattait plus. Il avait senti de la nourriture.

C'était gras et sucré, ça mijotait. Le prince d'Afrique s'émerveilla de ses capacités d'imagination. Une toute petite odeur et il pensait à la forme et à la couleur des mets qu'au fin fond de cette demeure française, le peuple du sucre fabriquait. Il ne se préoccupait plus trop de son sort, car l'arôme l'avait un peu rassuré. « Ça sent si bon comme ça, ils ne vont pas tout gâcher en y rajoutant de la viande humaine. Enfin, j'espère. »

– Il va falloir lui donner figure humaine, constata Éponyme, désolée par les vêtements déchirés de son nouvel hôte.

Elle le fit entrer dans une pièce où toutes sortes de tissus s'entassaient. Voyant qu'on lui mettait des rubans, Pinoquillio ne put s'empêcher de craindre de réapparaître sur la carte du menu. Puis il vit une singulière créature. Comme un lion, mais plus petit et l'air débile. Deux yeux à n'en pas douter plus gros que le cerveau, car la bête était minuscule. Ça aboya. Le petit d'Afrique s'aperçut avec stupéfaction qu'il s'agissait d'un chien. « En Afrique on n'en a pas d'aussi chétifs, ni d'aussi moches. Décidément, qu'elle est pauvre, cette France. » Mais le chien avait sur le crâne et autour du cou des rubans semblables à ceux qu'on mettait à Pinoquillio.

Madame le fit apparaître dans la salle à manger et tous les convives l'applaudirent. Pinoquillio prit ça pour un encouragement. Il se jucha sur la chaise qu'on lui indiquait, et identifia une jatte en faïence pleine de chocolat. « Disons les choses comme elles sont, en Afrique, le chocolat, c'est de la merde, songea Pinoquillio. On se le grignote sous forme de noix, ça sert pour faire de l'huile. Ou alors on mâchonne ça en allant en promenade. Voilà la seule raison pour laquelle la France présente un intérêt : ils t'ont foutu ça dans du gras, dans du sucre, ils t'en ont fait une soupe, et j'ai bien fait de traverser l'univers pour venir ici, car je n'ai d'autre ambition que de devenir un maître de cette soupe au sucre. » Il s'apprêtait à se jeter sur la bassine odorante, mais constata que les autres convives ne bougeaient pas encore. « C'est une autre culture, se répéta Pinoquillio au martyre, je ne peux pas les juger. »

Il reconnut le vieillard imposant qui l'avait accueilli à son arrivée dans le jardin. Il portait le même uniforme noir que celui des chamans qui avaient fait avaler des dragées aux esclaves dans l'île lointaine. « Là-bas aussi, se dit Pinoquillio, ça doit être la France, puisqu'ils ont les mêmes chamans. Il faut croire qu'il existe plusieurs France. Peu importe, tant qu'elles font le même chocolat. » À part ce prêtre qui n'avait pas l'air dangereux, Pinoquillio jugea qu'il n'y avait rien à craindre, ni de la petite folle aux chaussettes, ni des deux vieilles dames aux grosses poitrines roses. Il jugea bon de ne pas déranger le chien-lion-moche. C'est d'ailleurs cette bête qui la première plongea le nez dans une brioche recouverte de sucre. Pinoquillio vit chacun faire un geste vers la boustifaille et procéda de même. Il croisa le regard de l'adolescente couleur asperge. Celle-là faisait vraiment peur. Pinoquillio comprit d'instinct que cette fille avait été livrée au monde sans une partie du cerveau. « Chez nous, pensa l'enfant, nous sommes civilisés, on ne fait pas asseoir les fous à table, car on sait qu'ils peuvent mettre tout le monde mal à l'aise. Cette fille ne me lâche pas des yeux. Qu'est-ce que je fais si elle se jette sur moi ou si subitement elle étale son caca sur la nappe ? Enfin, je suis pas sa mère, ne pensons à rien d'autre qu'à l'instant. J'ai vécu toute ma vie pour cette dégustation. Dieux du monde et du sucre, que mon père vienne me sauver d'ici, mais par pitié, pas tout de suite, car là, je vais me remplir de mon rêve de sucre. »

La plus rose des deux femmes, celle aux yeux bleus qui possédait le chien, souleva la jatte et lui versa le chocolat liquide dans un plus petit récipient. Pinoquillio se jeta dessus et se brûla !

– Et d'où tenez-vous, demanda la baronne Acrostiche, que les Noirs aiment le chocolat ?

– Ça vient d'Afrique, non ? rétorqua Éponyme

Pinoquillio épiait les autres afin de savoir quelle était la température d'usage pour consommer cette potion dont les graines sont africaines et la science française. Les autres aspiraient par infinitésimales gorgées, se brûlaient tout autant que lui, puis semblaient se complimenter sur la texture. Après quoi ils replongeaient la tête dans leur écuelle fumante. Pinoquillio les imita et prit un fameux plaisir à ingérer la boisson. Il se félicita de cette deuxième observation : la cuisine du sucre procédait par une rencontre vivifiante entre le plaisir sucré et la douleur de la brûlure. « Il y a forcément derrière cet art une pensée ancienne. France, j'entre en toi par la cuisine, et par cette sagesse gustative, bientôt je te connaîtrai tout entière », songeait l'enfant prodige.

Le chien-lion-moche avait grimpé sur la table. « En Afrique ça ne se fait pas qu'une bête mette ses fesses là où on mange, mais ici, c'est une autre culture, je ne dois pas les juger », se répétait Pinoquillio. Sans que ça paraisse choquer personne, l'animal prognathe vint s'installer juste devant

Pinoquillio, afin de piquer dans un panier une espèce de gros pain au miel en forme d'os de gnou.

Pinoquillio fit un geste apaisant vers la chienne, prélude à une possible caresse. La bête répondit à cette approche fraternelle par un féroce jappement.

– Je te préviens, aboya Fragonarde, si tu as l'intention de me piquer ma maîtresse ou mon pain d'épice, ça va mal se passer.

Ce chien parlait français, Pinoquillio ne comprit que le sens général de cet avertissement.

– Ouh, ma pauvre toutoune, s'écria Éponyme, il t'a fait peur. C'est de voir cet enfant avec les mêmes rubans qu'elle, ça l'a rendue inquiète. Retrouve ton sang reptilien, Fragonarde, regarde, le petit sauvage est un copain, il est gentil.

Pinoquillio comprit lors de cet échange que la famille était gouvernée par ce chien difforme. « Dans mon pays on ne laisserait aucune autorité à une bête. Foin d'ethnocentrisme, je suis dans une contrée où les chiens aboient et les hommes se prosternent. Voyons comment ils vivent. »

– Viens faire mon niam niam ! chantonnait Éponyme (elle parlait à la chienne).

Le curé et l'autre vieille femme se rassemblèrent autour du chien sacré. Pinoquillio voulut profiter de cette diversion pour consacrer à son goûter l'attention qu'il méritait. Malheureusement, la petite folle munie de chaussettes jugea bon de tenter une approche. À la voir agiter des chaussettes colorées sous le nez de l'enfant noir, Litote s'approcha aussi. Les deux fillettes entouraient Pinoquillio qui n'osait plus manger tranquille.

– Tu t'appelles comment ? demanda Chaussette.

– Je ne comprends pas ta langue, beauté, répondit le petit

prince. Tu es très jolie mais tu sens pas très bon. Vous vous lavez jamais les dents dans ton pays ? Écarte-toi un peu s'il te plaît.

Les chaussettes parlantes se tournèrent alors vers Litote.

– T'en penses quoi, Litote ?

– Oh lala ! Merde ! Oh lala ! Merde !

Les chaussettes imitèrent alors l'infortunée Litote et ce fut un concert de « oh lala ! » et de « merde ! », face auxquels la malheureuse asperge aux yeux clairs ne sut répondre que « oh lala ! », puis « merde ! ». Après quoi, la grande fille bête fondit en larmes et se sauva vers le jardin.

– Ha ! Ha ! firent les chaussettes ! Allez ! Dis ton nom, patate.

Pinoquillio sentait bien qu'on lui parlait. Il ne comprenait toujours rien. La situation devenait embarrassante. Le prince jugea bon de plonger le nez dans son chocolat.

– Oh, fais pas celui qui comprend rien, hein ! Si monsieur voulait mieux suivre la conversation, monsieur utiliserait la chaussette fraternelle que je lui ai donnée.

Elle tripota la chaussette que le prince conservait à sa ceinture pour ne pas la vexer, et parce qu'on ne jette pas un cadeau. Pinoquillio, gêné, restait figé.

– Tu veux pas de ma chaussette ? Te plains pas de rien comprendre, alors. Merde !

« Le mot "merde" revient beaucoup dans leur bouche, songea Pinoquillio. Ça doit être le nom de leur dieu. »

La porte s'ouvrit dans un claquement terrible. Alarmé, le rouge au front, explosa à la vue de Pinoquillio enrubanné :

– Mais vous êtes dingues ou quoi ? Enlevez-lui ces fanfreluches ! Il est encore pire que dans l'état où on l'a trouvé ! Civilisation, faut-il que tu gâches toujours tout ! Enlevez-lui les rubans, les clochettes, les merdes !

« Encore Dieu, pensa Pinoquillio. On l'invoque à tout bout de champ. Il doit être fort puissant ! »

– Et qu'est-ce que vous lui faites manger ? brailla le comte, scandalisé.

– Quoi ? s'étonna Éponyme. C'est du chocolat, ça vient d'Afrique, c'est bon pour lui.

– Maman, insista Chaussette, le chocolat ça vient d'Amérique du Sud.

– Tais-toi, ma fille ! L'affaire est grave. Éponyme vous êtes paumée ! Le vrai chocolat d'Afrique, ça n'a rien à voir. Il se présente sous la forme de petites graines et il est dépourvu de ces transformations qui lui font perdre sa nature intrinsèque. En Afrique, le chocolat est un élément pur de la matière. Il faut chercher l'épure, Éponyme, et vous ne m'aidez guère.

– Eh bien, je l'ignorais. Pardon !

– Et ces rubans, et ces vêtements ! Allez, on enlève tout ça ! Vous lui faites perdre son identité !

Le philosophe gigotait autour de Pinoquillio en lui retirant tous ses vêtements.

– Viens, ô lendemains chantants, quittons la civilisation, ordonnait Alarmé.

– Mais lâche-moi, zut ! Ça commençait à peine à être vraiment le pays du sucre et tu me gâches tout !

Ne trouvant d'autre refuge, Pinoquillio fonça se blottir dans les bras du curé.

– Voyez, fit le prêtre, il a spontanément cherché asile dans les bras de l'Église ! Comment va le nouveau petit chevreau qui vient colorer ma paroisse ? Toi y en a embrasser Jésus dans ton cœur !

Malgré la carrure imposante du curé, Alarmé se jeta sur lui et écarta violemment l'enfant de ses bras. Pinoquillio, fou de rage et presque nu, ne pouvait rien faire pour empêcher le philosophe français de le plier à sa volonté.

– Tutut ! claironnait Alarmé. Ça suffit toutes ces interventions extérieures. Viens, espoir du monde, on va dans la nature.

Les convives curieux suivirent Monsieur tandis qu'il s'éloignait à grands pas dans le jardin avec Pinoquillio.

– Non ! Non, précisa le comte, Mesdames les invitées, vous vous en allez ! Hop ! Secret épistémologique ! Laissez travailler les scientifiques ! Revenez demain.

– Mais Éponyme, il fait quoi, ton mari ? demanda Acrostiche.

– On organise un symposium, ma chère.

– Oooh !

– Un symposium très important, je te signale ! Les autorités compétentes seront là pour applaudir… le…

– Le ?

– Le Plus Grand Philosophe de France.

– Jean-Jacques Rousseau sera là ?

– Non. Je parle de mon mari.

Alarmé continuait d'avancer dans les plantes. Pinoquillio, à présent pieds nus, se piquait les pieds sur les chardons et les mûriers. Le curé, qui savait que la souffrance est universelle, n'abandonnait pas la lutte, il courut se poster devant le comte de l'Implication :

– Mon fils, il est temps qu'une force supérieure se dresse entre la pensée et vous.

Alarmé retira son tricorne et, tête baissée, fonça dans le ventre du prédicateur.

– Tutut, continuait Monsieur le comte, j'ai trouvé l'endroit parfait pour démontrer la supériorité de l'état originel ! Et personne ne me détournera de mon projet.

Le curé se tenait le ventre et soufflait.

– Vous devez vraiment avoir la foi, mon fils, car sur un terrain de soule, personne ne m'a jamais fichu par terre.

– C'est la vérité qui me guide, calotin. Écoutez ! Même vous ça va vous plaire : comment prouver indubitablement que ce petit sauvage vit mieux que nous ? qu'il mange mieux que nous ? Et comment nous débrouiller pour que, forts de son exemple civilisateur, nos contemporains se décident enfin à abolir l'esclavage ?

– Je suggère qu'on commence par prier.

– Ah, suffit ! Je veux du primitif, pas de l'archaïque. C'est simple. J'envisageais des voyages, des bateaux… et je me suis dit.. mais ici, c'est la France. Vous voyez ?

– Pas vraiment…

– Je me suis dit, mais JE L'AI, chez moi, l'Afrique en miniature.

88.

On l'appelait *Le Vaisseau noir*. Sur ses armoiries était écrit « Cohen » et il regorgeait de pirates à peau d'ébène. Même les autres forbans le craignaient. L'esquif débarquait dans les villes portuaires des Caraïbes à la nuit tombée, tous feux éteints. À chaque fois, la même histoire se reproduisait : les notables se réveillaient un couteau sous la gorge. On leur demandait des nouvelles d'un prince africain obèse. Ils ne savaient pas. On leur tranchait la gorge. On les volait. On libérait des esclaves qui prenaient le maquis. Et puis on reprenait la mer.

Cette histoire finit par arriver aux oreilles de Courtemèche. Tandis que les autres corsaires croyaient à une légende, le receleur avait réellement peur pour ses fesses. Il en fit une affaire personnelle. Il se réveillait en pleine nuit en pensant au *Vaisseau noir*. Il cauchemardait au sujet de Cohen qui avait transformé un honnête navire d'esclaves en synagogue pour nègres. Des esclaves déchaînés chantant des bénédictions hébraïques sans autre objectif que de nuire au commerce.

– Ça n'est peut-être pas lui, suggéra un des capitaines.

– Parce que tu connais beaucoup de Cohen capables de tenir un vaisseau pirate ?

– Si c'est lui, peut-être qu'il n'en a pas après nous. On dit qu'il cherche un gosse d'Afrique.

– Parce que si tu étais lui, tu serais homme à pardonner ?

– C'est un philosophe, Courtemèche. Tu devrais avoir une plus haute opinion de Pietr Cohen.

Courtemèche fut convoqué par le gouverneur de Maracaïbo. Il revêtit un costume d'homme fréquentable, sans têtes de mort, et chaussa des souliers.

On lui expliqua que la situation avait été beaucoup exagérée et que certains experts penchaient même pour une légende. Si l'on s'en tenait aux rapports plus ou moins vérifiables, trois comptoirs avaient reçu la visite d'un navire mutin. Un bateau d'origine française, appartenant sans doute à un armateur de Bordeleau. Oui, il y avait des nègres à bord, mais ils n'avaient pas massacré grand monde.

– N'empêche que vous n'avez pas été fichus de les attraper.

– Certes.

– N'empêche que ça peut faire tache d'huile. Qu'est-ce que je dis à mes marins, moi ?

– Expliquez-vous, monsieur Courtemèche.

– Oh, c'est simple, la plupart de mes matelots sont aussi noirs que des esclaves, parce qu'ils viennent de Cuba ou parce qu'ils sont tellement au soleil que leur peau ressemble au bois du navire. Vous n'imaginez pas le travail que ça a été de les convaincre que les esclaves africains n'étaient que de la marchandise, que ça n'était pas des copains et surtout, qu'ils n'avaient pas le cran de se mutiner. Vous croyez que je vais la trouver comment, ma main-d'œuvre, si le bruit court que les esclaves savent piloter un navire ?

– Eh bien, qu'est-ce que vous attendez, vous les retrouvez et vous remettez les choses à leur place.

– Leur place, c'est où ?

– Au fond de l'eau, monsieur Courtemèche, au fond de l'eau.

Courtemèche obtint l'autorisation de chasser et de couler le vaisseau de Pietr Cohen, mais le gouverneur de Maracaïbo ne lui alloua aucune flotte, ni crédits supplémentaires.

89.

Vu de très près, avec des yeux myopes, ça aurait pu constituer un bout d'Afrique. Des feuilles grasses remplissaient l'espace. Une averse commença et les lourdes gouttes de pluie écartèrent le feuillage. Entre les essences exotiques, on pouvait voir les yeux vifs d'oiseaux tropicaux. Des toucans, des aras et des perruches se cachaient dans la végétation en cherchant un peu de chaleur dans les recoins de mousse. Oui vu de près, ça aurait pu être un coin d'hémisphère Sud, dans lequel on aurait mélangé des plantes et des oiseaux d'Asie, d'Afrique et d'Amérique latine. Vu de plus loin, il s'agissait simplement d'une volière. Autour de cette grande cage en fer forgé, la famille de l'Implication attendait les premières observations de Monsieur le comte. Alarmé serrait sa femme dans ses bras avec beaucoup d'espoir. Il jetait des coups d'œil excités dans la volière, pour épier les premiers mouvements de son cobaye.

Mais Pinoquillio, dans la cage, ne bougeait pas. Le gros enfant s'était roulé en boule sous un arbre, là où la pluie tombait moins dru. Il se cachait la tête dans les mains et attendait la suite des opérations. « Ils m'ont mis avec des oiseaux. Ça doit être leur poulailler. Je ne sais pas ce que ces abrutis veulent de moi. Indubitablement, songea le petit prince, ma situation se dégrade. »

Alarmé s'agaçait de ne pas le voir bouger.

– Taisez-vous tous, chut ! dit-il à sa troupe. Vous voyez bien, il est en état de nature.

– Ça ne semble pas le rendre très heureux, fit remarquer Éponyme.

– Et pourquoi, à votre avis, Épopo ? Il sent notre présence. Ça trouble l'expérience. Allons nous cacher plus loin. Dès qu'il sera seul, il fera des activités africaines. Il va grimper, sauter, rire. On va apprendre plein de choses.

– Mon ami, osa Éponyme, moi je le trouvais plus heureux tout à l'heure au goûter quand il était à table avec nous. Ne pensez-vous pas que peut-être il a juste envie qu'on le traite comme un enfant normal ?

– Mais ça veut dire quoi, « normal », Éponyme ? Parce que vous êtes normale, vous, peut-être ? Vous savez ce que vous êtes, ma mie, vous êtes une dangereuse ethnocentriste.

– Pardon. Mais ça signifie quoi ?

– Ça veut dire, Madame, que vous vous prenez pour le nombril du monde.

– N'empêche que tout à l'heure, il avait l'air bien content de manger des brioches.

– Sous prétexte que vous aimez les brioches, Éponyme, vous pensez qu'elles sont bonnes pour tous les autres ? Éponyme, il faut tout revoir ! Tout ! Depuis le début ! C'est l'ensemble de cette prétendue civilisation qui déconne à pleins tubes.

L'enfant restait prostré contre son arbre. La pluie lui tapait sur la tête. Il s'affaissait sur lui-même. Les gouttes d'eau lui coulaient le long du nez. Il était prêt à tout pour le sucre, même à vivre chez des fous. Si seulement il avait pu comprendre ce qu'on attendait de lui.

La famille de l'Implication avait fait de son mieux pour se cacher de façon plus efficace. On s'était accroupi derrière des feuilles ou des buissons. On restait à l'extérieur de l'enclos. Malgré tout, un observateur objectif aurait pu remarquer qu'afin de s'entendre malgré le bruit de la pluie, on chuchotait bien fort.

– C'est vraiment l'idée que vous vous faites de son habitat naturel ? demanda Éponyme.

– Épopo, chut ! C'est le mieux que nous puissions obtenir. Essayez je vous prie de l'observer sans vous faire remarquer. Il va certainement s'adonner à des occupations admirables.

Pinoquillio, malheureusement, ne s'adonnait à rien du tout.

– Vous allez voir, poursuivait le comte, il va chasser sa nourriture.

– Pardonnez-moi, fit remarquer son épouse, mais il ne chasse rien du tout.

– C'est votre faute ! C'est parce qu'il vous voit. Faites-vous plus discrète.

Éponyme se recroquevilla dans son buisson, ce qui ne l'empêcha pas de se faire réprimander.

– Non, Épopo, il y a votre parfum ! C'est un parfum qui sent… le parfum. Ça le perturbe.

– Qu'est ce que j'y peux, Monsieur ?

La tête du curé apparut derrière une plante. Cet autre

savant, qui prenait goût à l'expérience, ne pouvait se retenir d'étaler sa science :

– Il faut, Madame la comtesse, se tenir contre le vent.

– C'est bien, curé, vous voyez que dès que vous cessez de prier, votre cerveau fonctionne encore. Allez, puisque vous aussi vous pensez, rejoignez-moi.

Chacun, à quatre pattes, suivit Alarmé de l'autre côté de la volière.

– Voilà. Ainsi débarrassé de l'influence énervante de nos effluves, le petit chéri n'a plus aucun moyen de deviner que nous sommes là. On va pouvoir l'observer.

Pinoquillio ouvrit de grands yeux anxieux. Il suivit le vol d'un insecte et replongea le nez entre ses genoux.

– Pardon, insistait Éponyme, mais il continue de fiche rien.

– C'est peut-être un moment de la journée, chère épouse, où chez lui on ne s'active pas.

– Mon mari, excusez-moi, mais…

– Forcément ! Vous me l'avez bourré de brioches et de cochonneries. Attendez qu'il ait faim et il chassera.

La pluie cessa et les oiseaux tropicaux se remirent à chanter. Les toucans, les perroquets et tous ces animaux qui dans la nature n'avaient jamais eu l'occasion de se croiser mirent un peu de joie dans la volière grillagée.

– Ou alors, osa Madame, c'est qu'il n'aime pas la volaille. Vous êtes certain, mon ami, que l'on mange du toucan là d'où il vient ?

Un rayon de soleil perça les nuages pour cogner le nez prohéminent du comte de l'Implication. Le philosophe voulut voir un signe dans ce hasard atmosphérique et décida de donner de l'importance à la dernière remarque de son épouse. Oui. Il y avait sur ce point matière à révélation.

– Elle a raison ! Éponyme, vous ne dites pas que des bêtises ! Que les astres bénissent le bon sens féminin. Cet instinct dans lequel vous baignez vient sans doute de nous sauver.

– J'ai raison ? Chouette ! On lui redonne du chocolat alors ? Sous forme de graines d'Afrique, comme vous disiez ?

Monsieur le comte fronça les sourcils et montra les dents, comme s'il s'était subitement transformé en bête sauvage.

– Non ! grogna-t-il. Les bêtes que l'on chasse dans l'état de nature, elles ne sont pas en chocolat, cocotte !

L'œil brillant, il se redressa. Complètement à découvert, la perruque dans le vent, le comte hurla vers le soleil :

– Dans la Nature, on chasse des bêtes sauvages.

Pinoquillio frissonna et se dit qu'il n'aimait pas du tout quand ce type le regardait comme ça.

90.

Le receleur en chef n'était pas parvenu à fixer correctement ses boutons de manchettes. Il offrit une tournée de rhum et commença son discours :

– Chers pirates, chers pirates…

Chacun s'assit là où il se trouvait. Les hommes avaient même le droit de se mettre sur les lits et les canapés de Courtemèche, qui entretenait cette légende du monde pirate où l'on partage tout.

– Mes amis, je vais vous supplier un sacrifice. Depuis que vous travaillez pour m… pardon, depuis qu'on travaille ensemble, chaque raid, chaque attaque, nous a été profitable, je parle d'or, je parle de filles non vérolées, je parle d'otages négociables. Et aujourd'hui, je vais vous supplier d'embarquer pour l'expédition la plus détestable aux yeux d'un pirate.

– Ah bon ! fit un capitaine goguenard. Déjà qu'on est devenus honnêtes depuis qu'on vend des esclaves ! Qu'est-ce qu'il peut nous arriver de pire que l'honnêteté ?

– La pire des choses, murmura Courtemèche en exhalant un nuage de havane, c'est la guerre : partir pour un combat qui ne rapportera rien. Et pourtant, c'est ce que je vais vous demander aujourd'hui.

– Tu paies combien ? demanda un autre capitaine.

Chacun se mit à rire. Courtemèche fit mine de considérer que la situation était amusante. Puis il fronça les sourcils et demanda qui parmi eux parvenait à dormir.

– Moi, en tout cas, je n'y arrive plus. Je pense à Cohen qui est libre et qui libère les esclaves. Si on ne le détruit pas, c'est lui qui va venir ici.

– Pas sûr. Ça fait des semaines qu'on entend parler de ses expéditions. Il sait très bien qui nous sommes. S'il avait l'intention de…

– Peut-être qu'il attend d'être assez puissant.

– Courtemèche, nos informations à nous disent qu'il serait en train de chercher un prince. Un otage. Je ne sais pas. On le paie pour ça. Nous avons des lettres de course émanant des rois d'Europe. Il semble que Cohen se soit fait corsaire pour le compte d'un roi africain.

Chacun pesait le pour et le contre. De l'avis général, il valait mieux laisser Cohen là où il était. Personne n'avait réellement envie de le voir s'il était encore en colère.

Courtemèche saisit un pistolet et tira vers le plafond. Un poisson-coffre dans lequel brillait une lanterne se décrocha des poutres du toit.

- Je vous demande, camarades, de vous élever un peu. Non mais, vous vous êtes vus ? Vous ne comprenez pas que l'enjeu est… pardonnez-moi… vous ne m'avez que rarement entendu faire appel à cette discipline, mais l'enjeu est philosophique.

Quelques rires fusèrent.

– Vous pouvez rire. N'empêche, on est quoi ?

– Des pirates !

Et certains commencèrent à entonner la chanson des joyeux pirates.

– Non. On est de la merde. On est nés tout en bas de l'assemblée des hommes. Et qu'est-ce qu'on fait depuis qu'on est en mer ?

– Du pognon !

– On tente de s'élever, abruti ! On regarde vers le ciel, on cherche Dieu. Je ne sais pas si Cohen l'a trouvé. Je ne sais pas si le Spinoza de Cohen était un marchepied pour atteindre le Très-Haut. Mais ce dont je suis certain, c'est que s'il y a un putain de Dieu là-haut, il ne regarde jamais vers nous.

Dieu loupa le volant. À chaque fois que sur terre quelqu'un jurait, ça lui causait un picotement dans l'avant-bras et sa raquette de badminton sautillait dans sa main.

– Pouce, dit-il à l'autre divinité cosmique qui jouait contre lui.

– De toute façon, j'allais perdre.

Et l'Éternel alla observer l'île de la Tortue. Il trouva légitime cette déclaration de Courtemèche qui expliquait à ses ouailles que lorsqu'on n'a ni naissance ni fortune, il faut se faire pirate.

– Les pauvres, soupira Spinoza.

– Oui, expliqua Dieu. Un jour lointain, les hommes inventeront la télévision et n'importe quel minable pourra devenir riche et célèbre, mais avant ça, oui, qui peut leur reprocher de choisir la piraterie ?

– Vous ne regardez plus Pietr et vous écoutez Courtemèche ? lui fit remarquer Spinoza.

– Il m'intéresse lui aussi, fit Dieu. Qui es-tu pour décider qui a plus de valeur ?

– Un observateur attentif, répondit Spinoza. Pietr combat l'esclavage, tandis que…

– Spinoza, il va falloir apprendre à te tenir par-delà le Bien et le Mal. Courtemèche possède deux grandes qualités qui font un prophète : il sait ce qu'il veut et il est condamné à réussir. Et il va me faire des vacances. Je l'aime, ce Courtemèche, parce qu'il ne croit pas en moi.

De fait, le receleur expliquait à ses hommes que chercher à s'élever vers Dieu ne servait à rien. Car très haut, on n'y arrivait jamais. On restait dans sa mare. Alors il fallait circonscrire l'ascension aux sphères humaines.

– Grâce aux esclaves, à présent, il existe des gens en dessous de nous. Alors mes amis, cette cause-là, elle est noble et digne ! Et si Cohen veut libérer les esclaves, moi je suis prêt à mourir pour l'en empêcher ! Tant qu'il y aura des esclaves, mes amis, il existera quelque chose en dessous de nous.

Dieu rit très fort, car il préférait la logique à la morale. Il n'entendit pas le détail de la suite des débats, mais il vit les hommes de la Tortue graisser leurs bottes et aiguiser leurs lames. Dès le lendemain, l'armada pirate prendrait la mer.

91.

– Alarmé, qu'avez-vous en tête ? demanda Madame la comtesse.

La chaise à porteurs fonçait dans le soir parmi les arbres et les chemins. Nitchonne, qu'on avait réengagée par nécessité, ainsi qu'Oracio, n'épargnaient pas leur peine. Ils couraient, sans savoir où Monsieur souhaitait se rendre. Le curé n'avait pas eu le droit de venir, il fallait quelqu'un pour garder le domaine. Mais Pinoquillio, Chaussette et Fragonarde s'entassaient dans le véhicule à bras auprès de Monsieur et Madame. La poitrine de Nitchonne rebondissait, le bonnet d'Oracio claquait à chaque saut, qu'elle était plaisante cette promenade au soleil couchant !

– Ça va lui faire du bien, à votre sauvage, cette petite balade. Il est toujours mieux là que dans sa cage.

– Vous n'y êtes pas du tout, Épopo. Nous souhaitons stimuler son instinct de chasseur, et pour cela, nous allons ajouter des bêtes sauvages dans son enclos. Et c'est toi, mon petit ami d'Afrique, qui vas les choisir.

– Arrête de me regarder comme ça, répétait Pinoquillio dans un idiome inconnu de ses hôtes. Tu vois bien que ça me terrifie.

– Alarmé, mon époux, les fauves, c'est dangereux tout de même, c'est des animaux…

– Dites-le, Éponyme ! Des animaux SAUVAGES ! Vous voyez ! Comme lui. Pour nous, Occidentaux, le voisinage d'une bête à longues dents et grandes griffes serait périlleux, car la société dulcifiante nous a transformés en couilles molles. Mais pour lui ! Ah, Épopo, vous ne vous rendez pas compte. Pour lui, un fauve, c'est comme votre petite chienne.

À la nuit tombée, la chaise arriva aux abords d'une crique difficile d'accès. C'était un lieu de trafics et de contrebande. Par endroits, des lamparos scintillaient sur les bords du chemin. On descendit des escaliers de pierre sans quitter la chaise à porteurs. Les domestiques faisaient des merveilles.

– Vraiment, répétait Oracio, ça n'est pas un esclave qui saurait effectouer cé travail.

– Vous voyez, fit Alarmé, c'est ce qu'on appelle, en jargon maritime, le port alternatif. C'est ici que l'on propose les marchandises interdites.

– C'est quoi ces trucs interdits, papa ?

– Il s'agit de denrées dont le roi prohibe le commerce. Comme par exemple les lions.

– Donc, papa, vendre des esclaves, c'est permis, mais les lions, non ?

– Chaussette, tais-toi.

– Et nous allons leur en acheter des trucs interdits, papa ?

– Non, Chaussette ! Je suis noble et honnête homme, je ne commerce pas avec ces gens-là. Ce que nous leur prendrons, il faudra le voler.

92.

Le vieux Zeb râlait encore. Cette traversée devenait un cauchemar. Il se dirigea vers la table du petit déjeuner, une immense planche sur tréteaux qu'on avait dressée sur le pont, et se prépara un café. Autour, partout, les familles de l'équipage avaient installé leur nécessaire quotidien. On donnait le sein, on faisait la cuisine.

Pietr Cohen s'était trouvé une copine parmi les paysannes libérées. Il avait choisi celle qui apprenait le plus lentement le français avec la certitude que moins on partagerait de mots, plus les disputes seraient rares. Yom écrivait pour Maria des lettres impossibles à poster en pleine mer et la trompait chaque nuit avec les femmes du bord. Il essayait de les choisir mariées afin que les torts soient partagés. Le grand Indien découvrait qu'il adorait faire les choses en cachette.

Finalement, expliquait-il à Pietr tandis qu'il se taillait une grosse tranche de pain, je croyais que j'étais amoureux de Maria, alors que ce que j'aimais, c'était le secret.

– Vos gueules, merde ! Vous faites chier !

– Vieux Zeb, à quoi te servent les dix langues que tu parles couramment si c'est pour ne dire que des gros mots ?

demanda Pietr Cohen en étalant de la confiture de lait sur son pain.

– Et de surcroît, marmonna Yom, tu dis toujours les mêmes. Ça te dérange tant que ça, que nous ayons cet équipage-là ?

– Regarde la vie sur le pont, ajouta Pietr, n'est-elle pas joyeuse ? Chacun s'est acclimaté comme il a pu à la vie de marin. Il leur reste, certes, des réflexes de paysans, et j'admets que la présence de femmes et d'enfants complique certaines manœuvres, mais tous y ont trouvé leur compte.

– Tous sauf toi, vieux Zeb.

– Ce que dit Yom, vieux Zeb, c'est que tu nous ferais moins chier si tu te dégorgeais le poireau.

– Chers connards, répondit le vieux, sachez que mon poireau est depuis longtemps inerte et que c'est un grand soulagement. Sachez aussi que ce qui se passe sur le pont ne me dérange pas. Même si je sais que tous ces pauvres cons vont se faire décapiter par mon roi quand ils rentreront en Afrique. Ce qui me dérange, bande d'abrutis, vous savez très bien ce que c'est.

– C'est l'esclavage ? demanda Pietr.

– D'ordinaire, comme vous le savez, je soutiens toutes les formes d'oppression, mais là, c'est trop. Soit on libère tout le monde, soit on ne libère personne. Mais ce bateau... Avec vos nouvelles règles, c'est le comble de l'injustice !

– On fait ce qu'on peut, Zeb, répondit Pietr.

– On fait ce qu'on peut, répéta Yom.

La vigie se mit à hurler que des voiles approchaient. Personne n'entendit. Alors le malheureux cultivateur coincé en haut de la hune chercha un objet à lancer vers le pont du navire afin qu'on comprenne son appel au secours. Il ne disposait que de son pot à pisse et d'une bouteille de rhum. Comme il avait l'esprit pratique, il conserva le rhum.

Yom et Pietr entendirent un énorme CRAC au moment où le récipient de faïence heurta le crâne du vieux Zeb. Puis ils constatèrent, ainsi que les collègues les plus proches, qu'ils étaient recouverts d'urine. On se félicita qu'à la suite de ce petit accident, Zeb ait enfin fermé son clapet. On fut satisfait qu'en dépit d'un saignement abondant le vieillard ne semblait pas près de trépasser. Il geignait faiblement. On le fit boire. Mais personne n'avait réalisé que cette chute de pot de chambre était un signal d'alerte.

Un petit garçon observateur quitta les bras de sa maman pour prévenir tout le monde que de « gros bateaux » arrivaient. Chacun des bateaux qui s'apprêtaient à les encercler avait un jour porté le pavillon Cohen. C'était la flotte de Pietr. Son monde d'avant l'exil qui venait se rappeler à lui.

93.

La chaise avait fait halte sur une langue de cailloux face à la mer. Quelques lumignons découpaient le chemin qui menait aux enclos. Les contrebandiers se tenaient manifestement beaucoup plus loin. Ils ne se méfiaient pas. Qui irait voler des voleurs ?

Dans ce jardin zoologique à fleur d'eau et plongé dans l'obscurité, on entendait parmi le bruit des vagues des grognements exotiques. Alarmé, Éponyme, le malheureux Pinoquillio et Chaussette descendirent chacun à leur tour de la chaise à bras. Toute la famille s'aventurait dans l'inconnu. Les cris de bêtes se firent plus proches. On devina, malgré l'obscurité, que de part et d'autre de la piste se tenaient des fosses et des enclos.

– Laissons à présent cet enfant primitif choisir sa proie, suggéra le comte.

– Moi aussi maman, demanda une chaussette, je pourrai en avoir une de bête sauvage ?

– Non, Chaussette, répondit la comtesse, toi, ma fille, tu ne saurais quoi en faire.

– Tu vois, Fragonarde, se plaignit la petite, le nouveau, il vient de débarquer et on lui offre plein de trucs.

– Ce nouveau chouchou à sa mémère, fillette, dit la chienne, va nous voler les attentions qui nous sont dues. Méfions-nous, Chaussette, ta maman est un fichu cœur d'artichaut.

Afin de signifier qu'elles boudaient, Chaussette et Fragonarde restèrent en retrait, mais les parents ne semblèrent pas s'apercevoir de leur absence. Tenant Pinoquillio par la main, Monsieur et Madame avançaient vers l'inconnu. Éponyme eut un sursaut d'émotion, elle se retourna et Chaussette crut que c'était elle que sa mère regardait.

– Voyez ce que c'est que la sensibilité d'un cœur de femme, soupira Madame. Même dans mon dos, je sens ces yeux tendres qui se posent sur moi et qui, si je venais à disparaître, n'attendraient plus rien du monde… Chaussette, ma fille, faites des câlins à Fragonarde, vous voyez bien qu'elle est anxieuse.

Face à l'enfant abasourdie, la chienne enfonça le clou en ordonnant :

– Écoute ta mère, morue.

94.

– Pietr Cohen, tu es un salaud.

Cohen ne pouvait rien faire. Plus de dix navires les avaient encerclés. Il avait dû laisser monter à son bord Courtemèche et ses lieutenants. Les paysans affranchis qui constituaient son équipage n'auraient pas su se battre contre tous ces pirates.

– Courtemèche, je suis libre depuis longtemps et je n'ai rien fait pour me venger.

– Rien ? Vraiment ? Et en libérant les esclaves, qu'est-ce que tu fais ? Tu nous voles le seul truc qu'on avait.

– Mais non, tu ne...

– Mais si ! Monsieur est bas, monsieur est mesquin ! Monsieur n'a pas eu le droit de pratiquer l'esclavage, alors monsieur veut en priver ses anciens camarades. Parce que c'est ça que tu fais ! En libérant tes captifs, en les laissant conduire ton bateau, tu vois bien, tu crées un précédent. Alors, comme tu n'es pas assez fort pour nous attaquer avec des canons, tu pourris notre négoce de l'intérieur. Avec quelle arme ? Avec cette saloperie dont tu nous as rebattu les oreilles depuis le jour où par une générosité malvenue je t'ai accepté dans la communauté des frères de la Côte : tu nous pourris, Pietr Cohen, avec tes idées.

– Courtemèche, camarades, anciens copains, pardon, vous n'y êtes pas du tout, commença Cohen.

– Oh non, continua le vieux Zeb en s'épongeant le front, vous n'imaginez pas à quel point vous êtes loin du compte. Notre quotidien est bien plus… navrant que ce que vous supposez.

– Quoi ? Les Noirs que je vois partout pendus à tes cordages, c'est bien des esclaves libérés, non ?

– Eux, oui, soupira le vieux Zeb. Eux, oui…

– Mais alors ? demanda Courtemèche.

– Alors, chers amis, déclara Pietr Cohen, si vous vous apprêtez à passer mon équipage et moi-même par le fil de l'épée au motif que nous serions hostiles à l'esclavage, j'ai le regret de vous dire que vous allez commettre une sacrée injustice.

– C'est des esclaves libérés ou c'est pas des esclaves libérés, ton équipage ? s'énerva Courtemèche.

– Allez-voir dans les cales du navire, suggéra le vieux Zeb, et vous comprendrez.

Courtemèche se fit accompagner par quelques hommes costauds pour parer à toute éventualité et on le vit disparaître quelques minutes vers les profondeurs du bateau. Il revint bientôt, l'air héberlué.

– Non. Non. Je ne comprends pas. Les cales de votre bateau regorgent d'esclaves.

– Je vous l'ai dit, commenta Zeb, tout ça est navrant.

Courtemèche était tourneboulé. Il éprouvait le besoin de s'asseoir. On lui servit du café et quelques tartines qu'il engloutit pour calmer ses émotions. Il était dans le bateau d'un juif, avec des Noirs aux commandes et d'autres Noirs enchaînés à fond de cale.

– Ils sont punis ? finit-il par demander.

– Courtemèche, commença Pietr, c'est une longue histoire.

– Fais bref.

– Alors, disons que c'est la nature humaine.

– Fais un peu plus long.

– Je ne les ai pas libérés par justice ou pour faire changer les choses en ce qui concerne l'esclavage. C'est juste qu'au bout d'un moment, on est devenus copains.

– Première erreur, bougonna Zeb.

– Zeb, ferme-la. Nous devons faire le tour des comptoirs caraïbes pour chercher un enfant. Le fils d'un roi. C'est ça, ma mission, rien d'autre. Mais l'argent a tout corrompu.

– Deuxième erreur, grogna Zeb.

– Zeb, on t'a dit de te taire. Oui. Ces pauvres gens ne connaissaient pas le pognon, alors j'avais un mal fou à les faire travailler à mon bord. J'ai proposé à chacun une petite rémunération, comme tu procèdes avec tes équipages. On leur raconte qu'on partage tout, mais rien d'excessif. Et ils se sont imaginé des choses.

– Ah, Cohen, dit Courtemèche, tes idées, c'est de la merde.

– Je ne vous le fais pas dire, jubila Zeb, dont le front commençait à croûter.

– Donc voilà, ils se sont dit que grâce à leur salaire, ils pouvaient acheter leur liberté. Moi je les ai tout de suite calmés. Je leur ai mis trois citations de Spinoza derrière la caboche en insistant sur le fait que toutes les histoires de libre arbitre, c'est du flan. Mais tu crois qu'ils m'ont écouté ?

Tout ce qu'ils ont retenu, c'est qu'ils n'avaient pas besoin de payer pour leur libération et qu'ils avaient du fric à plus savoir quoi en foutre.

– Avec des coups de bâton, insista Zeb, les gens travaillent beaucoup mieux.

– Sans doute, Zeb, mais ça ne sert à rien de ressasser le passé. Toujours est-il que lorsque j'ai commencé à faire la tournée des ports négriers des Caraïbes pour trouver notre petit prince fugueur, voilà que mes paysans se sont mis à vouloir participer au commerce.

– Et là, intervint Zeb, là, tu aurais dû les vendre ou les abattre, mais arrêter cette abjection.

– Et au titre de quoi, vieux Zeb ? J'ai bien compris que l'esclavage est une saloperie de Blancs. Je veux dire, ça existe depuis toujours, mais nous l'avons industrialisé, développé, renforcé, nous l'avons rendu compétitif. Je m'inclus par culpabilité hyperbolique, mais tu noteras – quoique Courtemèche le sache très bien – que je n'ai pas le droit de m'y adonner. Enfin bon. À quel titre allais-je dire à mes esclaves affranchis qu'ils n'avaient pas le droit de devenir esclavagistes ?

– Au titre de la dignité, cracha Zeb. Je t'ai dit, Cohen, l'oppression, j'ai l'habitude, mais il devrait y avoir une limite à la propagation de la merde.

– Mais une fois encore, qui suis-je pour leur dire cela ? Eux ils en ont souffert de l'esclavage. C'est un système qui a apporté la guerre dans leurs royaumes, on a brûlé leurs villages, on les a fait marcher attachés dans la jungle, on les a vendus, on les a parqués. Et à présent qu'ils sont libres, je devrais leur interdire de tirer un petit profit de ce système qui leur a causé tant de mal ?

– Pietr, dit Zeb, tu as tort de te complaire dans le sarcasme.

– Je me borne à offrir une description clinique de la situation, répondit le Hollandais. Tu vois, j'ai libéré des esclaves sans vraiment le faire exprès. Et si en les croisant, les colons ont pu croire que ces anciens esclaves œuvraient pour le progrès, va vite les rassurer, le système de libre-échange leur convient, ils veulent simplement avoir le droit d'y participer comme les autres.

Un des paysans qui parlait correctement le français s'approcha et demanda si Courtemèche voulait négocier le prix des esclaves qui étaient à fond de cale.

– Ils ne viennent pas directement d'Afrique, précisa le maquignon. Nous les avons achetés au gré de nos pérégrinations dans les plantations. La plupart d'entre eux sont donc chrétiens, parlent votre langue et savent effectuer toutes sortes de travaux. Lors des négociations, il faudra prendre en compte tous ces éléments.

– Pietr, murmura Courtemèche, je vais devoir tous vous tuer.

– Mais je te dis que je ne veux pas me venger de toi, Courtemèche. Et surtout, tu vois bien, nous ne remettons pas en cause le système économique.

– C'est pire, Pietr, tu le ridiculises.

Dieu battait des mains, Dieu était joyeux. Spinoza avait raison : le théâtre du monde valait parfois mieux que le sport.

95.

Le petit garçon se débattait, mais les mains moites du fou Français et de sa femme le poussaient toujours plus loin dans la nuit. Pinoquillio sentait l'odeur des bêtes sauvages et fut persuadé qu'on allait le sacrifier. « C'est ça, le secret, ils veulent me donner à leurs dieux. »

– Je répugne à vous dire, Épopo, avec quoi ils nourrissent les crocodiles, pouffait Monsieur le comte.

– Ils leur donnent quoi, Monsieur ?

– C'est atroce : de la viande de crocodile.

– Alarmé, vous savez, le crocodile est un loup pour le crocodile.

– En l'occurrence, ma mie, je dirais plutôt que l'homme est un loup pour le crocodile. Les pauvres bêtes ne seraient pas cannibales si on ne les y forçait pas. Voyez, c'est pour cela que l'état de nature… Oh, mais qu'est-ce qu'il s'agite, notre petit visiteur, il a hâte, vous voyez… Ooh ! Toi, ce sont les guépards qui t'intéressent ! Tu as faim, hein ?

Et Monsieur le comte poussa l'enfant vers la fosse aux guépards. Pinoquillio pédala aussi vite qu'il le put dans la direction opposée.

– Mais il est taré ! Il me sacrifie ! Aaaah !

L'enfant, voulant fuir les félins, tomba à la renverse dans l'enclos aux crocodiles. Alarmé semblait enchanté par ce revirement.

– Il doit venir des rives d'un fleuve, Épopo, c'est pourquoi il préfère les crocos.

Pinoquillio, les fesses dans la fosse marécageuse, faisait de son mieux pour barboter vers le bord. Un gigantesque crocodile, yeux jaunes hors de l'eau, glissait vers lui en prenant son temps.

– Alarmé, hurla Éponyme, intervenez ! Le petit va se faire dévorer.

– Mais faites-lui confiance à cet enfant ! C'est pas en l'assistant en permanence que vous l'aiderez à montrer ses capacités.

Pinoquillio ne parvenait pas à quitter la fosse. La terre lui restait dans les mains. Il sentit le museau du reptile lui frôler les reins. Dans un sursaut absurde, l'enfant se retourna vers la bête et supplia :

– Tu vas pas t'en prendre à un Africain, tout de même ?

– Pour moi, répondit le crocodile, tous les hommes ont le même goût. Dans mon ventre, vous êtes tous égaux.

– Tout de même, dit le petit prince, ça fait plaisir de croiser quelqu'un qui parle ma langue.

Doucement, pour ne pas exciter la bête et sans la quitter des yeux, Pinoquillio grimpait à reculons pour sortir de la fosse.

– Sors-moi de là, demanda-t-il au philosophe français.

– Tu veux que je te rejoigne, ami sauvage ?

Le Français lui saisit la main et replongea avec lui dans la gadoue.

– Mais souviens-toi, mon petit ami, que je suis moins

instruit que toi dans l'état de nature. J'aurai besoin de tes conseils pour maîtriser ce saurien.

Attirées par les cris de Pinoquillio, Chaussette et Fragonarde s'approchèrent du théâtre des opérations.

– Maman, qu'est-ce qu'il se passe ?

– Je crois, ma fille, que papa va se faire manger.

Comme elle ne trouvait rien de plus utile à faire, Éponyme saisit les deux chaussettes de sa fille et lui en mit une sur les yeux, tandis qu'elle appliquait l'autre sur ses yeux à elle. Ainsi elles ne seraient pas hantées par les images du carnage.

96.

Sur le bateau, au milieu de l'océan, Courtemèche n'avait tué personne. Il avait tout simplement brandi le Code noir et s'en était servi pour verbaliser Pietr et ses paysans.

– Dans ton cas, Pietr, c'est inexcusable puisque tu viens de nous rappeler que tu étais parfaitement au courant des dispositions de la législation esclavagiste. Mais j'accepte de considérer que tes affranchis ne savaient pas qu'ils étaient hors la loi.

– C'est du racisme ! s'écria Pietr ! Les Noirs ont autant le droit d'être esclavagistes que les autres !

– Non ! C'est la loi et il n'est pas question d'égalité des hommes, mais bien de monopole religieux. Colbert a été bien inspiré d'écrire ce texte où il interdit à qui n'est pas catholique de pratiquer la traite. Ainsi je puis vous verbaliser plutôt que vous abattre.

Certains affranchis expliquèrent qu'ils étaient prêts à embrasser la foi qu'on voudrait pourvu qu'on leur laisse le profit des esclaves qu'ils avaient acquis. Courtemèche leur ordonna de la fermer sans quoi on leur couperait la langue. Il ajouta que s'il leur prenait l'envie de raconter qu'ils avaient possédé des esclaves, on leur couperait la langue aussi.

– Mais qu'allez-vous faire de nous, si nous ne mourons pas ?

– Vous serez catholiques, puisque c'est votre souhait, mais avant, on va vous remettre là où vous auriez dû rester : à fond de cale.

Les malheureux se mirent à pleurer. Courtemèche envoya ses lieutenants les enchaîner près des nouveaux esclaves. Cela allait créer de la surpopulation dans les soutes du bateau, et sans doute aussi une certaine animosité.

Tandis qu'on les traînait vers les profondeurs du navire, certains malheureux regardaient Pietr qui ne pouvait rien faire. Le Hollandais ne voyait pas beaucoup de sollicitude dans ces regards. Un des esclaves, très francophone, articula très distinctement :

– Pietr Cohen, fils de pute !

– Dois-je aussi me sentir coupable de ça ? demanda le Hollandais.

– Ah oui, cracha Zeb. Parce que le pire des salauds, c'est toi.

– Vous voulez rigoler ! Moi j'ai tenté de faire quelque chose !

– Oui, oui. Tu leur donnes de l'espoir, pour ton petit confort moral. Tu te dis, on va leur faire faire un petit tour au soleil, ils vont mordre un peu dans le gâteau des échanges transatlantiques, et après ? Tu ne te doutais pas qu'on allait les rejeter tout en bas de la pyramide ? Tu es un fichu salaud, Pietr Cohen.

– Vous allez avoir le temps de régler ce débat entre vous,

conclut Courtemèche, mais pour notre part, on reprend la mer. Avec un bateau supplémentaire !

Courtemèche fit affréter une chaloupe et entassa Pietr, Zeb et Yomachichi à l'intérieur. On leur donna à manger et à boire, on était un équipage honnête, puis on déploya les voiles.

Pietr et ses deux amis regardèrent le grand navire s'éloigner.

– Tu vois, dit le Hollandais, hé ! Zeb, je te cause.

– Il y a des requins.

– On s'en fout, on a une barque, fit le Hollandais. Tu sais, je crois que tu te trompes. Un jour, les esclaves auront leur revanche. Je ne suis pas un salaud, Zeb, je vois loin, c'est tout.

– C'est chic, dit Yomachichi, de la part de tes amis.

– Quoi donc ?

– Le bateau, la nourriture, l'eau. D'autres nous auraient assassinés.

À ce moment-là, une des caravelles vira lof sur lof. Des rangées de canons apparurent et tirèrent sur leur esquif. Bientôt, parce qu'il y a un Dieu et qu'il accomplit des miracles, Pietr, Yom et même le vieux Zeb s'accrochaient à des bouts de planches.

– Dieu nous aime, fit l'Indien, nous avons survécu au canon.

– Sans doute, fit Pietr, mais je ne comprends pas pourquoi ils ont gaspillé de l'eau et des vivres s'ils comptaient depuis le début nous tirer dessus.

– Parce que, répliqua Zeb de l'eau salée plein la bouche, parce que ce sont le même genre de salauds que toi, Pietr, ils donnent de l'espoir aux pauvres gens, et ensuite ils les replongent dans la merde.

97.

Au lieu des cris d'agonie de l'enfant et du philosophe, Madame et sa fille perçurent bientôt des beuglements de joie.

– Venez nous aider ! hurlait Alarmé de l'Implication. On en tient un gros !

Contre toute attente, Monsieur le comte était parvenu à immobiliser le monstrueux crocodile. Les bras entortillés autour de la mâchoire de la bête, le penseur bordelaouais empêchait le saurien de mordre. Pinoquillio, tant bien que mal, s'accrochait à la queue, soucieux d'aider le Français dérangé. En s'approchant, Éponyme et Chaussette constatèrent que la gueule de la bête était déjà emmaillotée dans des rubans volés à l'habit de Monsieur.

– Enfin un animal intéressant ! s'exclama Chaussette afin de vexer Fragonarde.

– Jamais je n'ai été autant humilié, marmonna le crocodile.

Le petit groupe revint vers la chaise à porteurs. On avait attaché de façon plus habile le crocodile mais ça ne l'empêchait pas de gigoter.

Oracio et Nitchonne proposèrent leur aide. Monsieur

leur ordonna de se montrer discrets, il s'agissait d'un animal de contrebande. Alarmé ordonna qu'on le cache dans la chaise à porteurs.

– Mais, Monsieur…, objecta Oracio.

– Ce n'est pas grave, mon bon. Exceptionnellement, je marcherai.

Le chemin du retour fut compliqué par les caprices de Chaussette qui insistait pour disposer d'un crocodile à elle. Dans la chaise, le reptile s'agitait et Monsieur et Madame, qui trottinaient des deux côtés du véhicule, lui cognaient simultanément le museau et l'appendice caudal.

– Oh, le beau lion ! s'exclama le curé en apercevant le crocodile.

– C'est un crocodile, précisa Chaussette, et maman va m'en offrir un à moi aussi.

– Ma fille, précisa Madame, vous ne sauriez quoi en faire.

– L'étranger, râla l'enfant, il n'y en a que pour lui.

Sous les ordres de Monsieur le comte, Oracio et Nitchonne contraignirent le reptile à entrer dans la volière. Après quoi, on se saisit de Pinoquillio et on le remit dans l'enclos. Le petit prince eut beau crier et supplier, seul le saurien comprenait sa langue et ses suppliques ne furent pas comprises.

– Vous voyez comme il est excité ! s'écria le comte. C'est la chasse qui lui monte des profondeurs du ventre.

– Mon ami, dit Éponyme, c'est tout de même hyper dangereux, votre idée.

– Pas pour lui, Épopo, pas pour lui. Vous auriez vu ce qui s'est passé tout à l'heure chez les contrebandiers !

– L'enfant a maîtrisé le monstre ?

– Mieux ! À son contact, j'ai été pris d'une énergie inconnue et j'ai pu, presque seul, immobiliser le géant à écailles. Ça irradie, Éponyme…

– Qu'est-ce qui irradie, mon ami ?

– La naïveté primale.

Pinoquillio, faute d'arguments, s'était réfugié en haut du seul arbre que contenait la volière.

– Tout de même, fit Éponyme, il n'a pas l'air ravi.

– Ruse de chasseur, expliqua Monsieur. Laissons-le jauger sa proie, nous reviendrons ce soir.

Le crocodile avait tourné autour de l'arbre et s'était frotté contre de vieilles branches pour arracher les rubans qui entravaient sa gueule.

– Entre Africains, il faut se serrer les coudes, dit l'animal. Hé, petit, explique-moi où je suis tombé.

– Tu ne me mangeras pas ? demanda Pinoquillio depuis sa branche.

– Descends plus près, proposa le crocodile, à mon âge, je n'entends plus très bien. Descends, petit compatriote, viens me causer plus près.

– Hmm. Il ne suffit pas de venir du même pays pour faire confiance, répondit Pinoquillio. Je vais rester là-haut pour le moment.

98.

De terribles bruits de mastication provenaient du jardin. Au milieu d'une débauche de paniers et de flacons, Éponyme et Alarmé s'empiffraient près de la volière.

– Il ne chasse toujours pas, n'est-ce pas ? demanda Madame, qui croquait dans une cuisse de pintade. Vis-à-vis des penseurs qui arrivent demain, il faudrait trouver un moyen de faire comprendre à cet enfant que c'est important.

Pinoquillio n'avait pas bougé de sa branche. Installé au pied de l'arbre, le crocodile paraissait bien éveillé.

– Taisez-vous, Épopo, il a l'instinct qui monte, cet enfant.

– Ça se voit à quoi ?

– Vous aussi, ma mie, vous avez cette soif légitime de vous nourrir sauvagement. Mais vous l'avez oubliée. Il faut laisser la mémoire des origines remonter à la surface. La faim peut aider, dans un tel processus.

L'enfant battait des pieds.

– Cherchez dans votre esprit, Éponyme. Réveillez la grande prédatrice qui est en vous. Faites comme moi ! Grognez ! GRRRRRRR !

– Non, Monsieur, rien à faire, plus je regarde ce crocodile, moins j'ai de pulsions exterminatrices.

– Suis-je bête ! C'est parce que vous êtes une femme. Votre instinct va à la protection du foyer. Tandis que lui et moi, nous sommes des brutes. Il faut l'affamer davantage. L'envie de tuer lui viendra avec la nécessité de se remplir le ventre.

Alarmé avala un gros morceau de tourte à la provençale. Éponyme s'essuya les doigts dans sa robe et s'éloigna en catimini.

– Moi, dit-elle à sa chienne, ma sauvagerie, c'est que je vais aller retrouver Oracio dans les fourrés.

Assise sur le sol froid des cuisines, la petite Chaussette était en colère.

– Tout ça pour me piquer mes parents ! Ils sont où, ces deux-là ? Avec lui, encore ? Qu'est-ce qu'il a de plus que moi ? Je suis sûre qu'il est même pas capable de le manger, son crocodile. Ah, mes pauvres petites chaussettes, heureusement que je vous ai.

– Ne t'inquiète pas, aboya Fragonarde qui passait sous la table. D'après ce que j'ai constaté, le nouveau venu risque plutôt de mourir de faim. Ils l'enterreront et on sera tranquilles.

– Pour qu'il devienne un martyr ? Tu es folle, Fragonarde ! Ça serait encore pire ! Imagine que Ponce Pilate ait réussi à éviter la crucifixion de Jésus, l'Empire romain serait toujours sur pied et je serais libérée du catéchisme ! Fragonarde, nous allons nourrir cet empoté !

Comme il n'avait plus grand-chose à manger, Monsieur le comte s'était écarté de la volière. Il était plus de minuit et personne n'entendit le curé approcher de l'enclos. Le prêtre sortit une clé de sa poche, entra dans la cage et referma soigneusement derrière lui.

– Du calme, lion, du calme, chuchota l'homme de Dieu.

Il brandissait une petite croix en bois au cas où le saurien qu'il prenait pour un fauve serait un peu respectueux des ordres.

Pinoquillio, toujours sur sa branche, écarquilla les yeux en regardant le chaman blanc s'approcher de son arbre.

– Tu es comme Daniel dans l'arène, dit le prêtre, seul face aux lions. Même si je dois en mourir, je te baptiserai.

Ce n'était pas un lion et il n'était pas croyant. D'un ample mouvement de la gueule, le crocodile goba le curé. Pinoquillio cessa de battre des pieds. Le saurien s'installa sous l'arbre pour digérer son repas. Bien vite, il s'endormit.

Dans la lumière rougeâtre du ventre du monstre, le curé était contraint à une posture fœtale. On naît avec de grandes ambitions et une nuit, sans l'avoir voulu, on se retrouve assimilé au bol alimentaire d'une bête étrangère. Dans ces moments-là, parfois au seuil de la mort, Dieu vous parle.

Le curé en était submergé. On lui parlait. La liaison était parfaite. On pouvait même, dans ces instants privilégiés, s'adresser au ciel en le tutoyant :

– Que dis-tu ? Oh, Seigneur, comment pouvais-je savoir ? Quoi donc, cher Dieu ? Cet enfant, dis-tu, c'est le Christ réincarné… Non ? Pas lui, Seigneur ? Moi ! Mais oui ! Mais oui ! Tout ce que je croyais était complètement faux. Il existe donc des miracles ! Je vais bénéficier de… comment dites-vous, Dieu ? De « super-pouvoirs » ? Je ne connais pas ce terme mais vous avez raison, il a bien fallu des gages pour que mon ancienne incarnation rallie à elle tous ces Hébreux et puis ensuite Rome. Aujourd'hui, c'est Babylone partout et la guerre sainte ne se fera pas avec des calissons d'Aix. Pour avoir des super-pouvoirs… Parle-moi, Dieu, je suis tout ouïe ! Pour les super-pouvoirs… Oooh, ça aussi c'était donc vrai ! Il faut l'abstinence sexuelle pour les prêtres… Oooh ! Ça aussi c'était donc vrai ! Mais promis, Dieu chéri, j'ai compris le message ! C'est tout bon, je suis motivé : si je résiste à la chair, j'aurai des… des SUPER-POUVOIRS !

Il y eut un instant de silence dans le ventre du crocodile. Depuis les cieux, le Dieu véritable hésitait entre rire et pleurer. Il choisit, afin de profiter du spectacle, de laisser le curé croire toutes ces idioties.

Spinoza conseilla au Seigneur d'être miséricordieux.

– Et tu voudrais, lui répondit le Créateur, que moi qui n'ai rien dit à Pharaon quand il se noyait dans la mer Rouge, je réserve une intervention divine à cette andouille dans son crocodile ? Va me chercher des chips, Spinoza, des chips et des coussins. On va bien rigoler.

99.

La jeune Chaussette, un panier de provisions à la main, s'approcha de la volière. Elle trouva la clé sur la porte de la grille. Elle scruta la branche et n'y vit plus trace du petit étranger.

– Petipetipeti ! Hé ! Je t'apporte à béqueter.

Chaussette se demanda si elle n'arrivait pas trop tard. Elle fit tourner la clé dans la serrure et s'apprêtait à prendre le risque d'entrer. Quand la porte s'ouvrit, Pinoquillio jaillit d'un fourré et la bouscula. Chaussette se retrouva par terre, son panier renversé dans le gazon. Le temps que la petite fille se relève, l'Africain avait disparu.

– Tu me fous dans la merde ! hurla-t-elle dans la nuit.

Chaussette referma l'enclos et en arpenta les abords en cherchant une idée.

– Hé ! continua-t-elle en causant dans le vide, j'vais m'faire péter la tête à cause de toi !!! Où t'es ?

À force d'errer dans les buissons en se lamentant, la petite finit par tomber sur sa mère et le cuisinier qui gloussaient dans les fourrés.

– Oui, Oracio, oui ! disait Madame.

– Si, Madame ! Si, répondait Oracio.

– Oh, maman, je suis totalement dévastée et désolée, déclara la petite fille qui se fichait complètement de les déranger.

Madame sortit la tête d'entre les épaules musclées du Napolitain, puis, dans un nuage de feuilles, elle demanda :

– Qu'est-ce que quoi ?

Chaussette ferma les yeux et rougit beaucoup. Elle détourna la tête et parvint seulement à faire parler à sa place une de ses chaussettes :

– Elle n'ose pas le dire, parce qu'elle a trop honte. Elle a nourri l'enfant noir, Madame. Et comme si ça ne suffisait pas, elle lui a donné une chaussette. Mais surtout, le point désolant, c'est que le gosse s'est sauvé.

Madame esquissa un geste brusque pour remettre vaguement sa robe. Chaussette l'interpréta mal et se protégea des deux mains, de peur de prendre une beigne.

– Qu'est-ce que vous attendez, ma fille ! Il faut le retrouver d'urgence !

– Mais maman, c'est la nuit ! Qu'est-ce que vous voulez que j'y fasse ? Comment je vais le distinguer dans le noir ?

– Fan dé pouta dé fan dé pouta ! s'écria Oracio, que l'anxiété rendait loquace.

– Ma fille, déclara Éponyme, lorsqu'on fait une couille, on la répare.

– Mais je vous dis qu'il s'est sauvé, qu'est-ce que vous voulez que j'y fasse ?

– Vous vous rendez compte, mon enfant, que demain notre volière sera entourée de philosophes qui viendront étudier le Bon Sauvage et que par votre faut…

– Mais ! Mais ! Mais ! criait Chaussette, Mais qu'est-ce

que vous voulez que j'y fasse ? Je vais tout de même pas me peindre en noir !

Le vent bruissa dans l'air nocturne. Madame se grattait le menton. Madame étudiait la question.

– Maman ? demanda Chaussette d'une voix anxieuse.

100.

La bouche édentée de Nécrozé se refermait sur la compote. Antinôme retira la cuiller, alla rechercher des fruits écrasés et l'ustensile retourna dans le vaste cloaque. À chaque bouchée, le duc de Bordeleau produisait davantage de mousse buccale et de gloussements satisfaits. L'élégance du salon, l'extrême soin avec lequel on avait dressé la table du dîner, les loupiotes et la faïence, tout cela gravitait autour du gouffre masticateur. Depuis qu'il était ressuscité et qu'il avait retrouvé la parole, Monsieur le duc prenait de plus en plus de place.

– À présent que vous êtes guéri, demanda Antinôme, est-ce bien nécessaire ?

– Miom ! Quoi donc ?

– Que je continue à vous nourrir comme un impotent ?

– J'aime bien ! s'exclama le duc en bavant un peu. Dites-moi, ma mante agnostique, nous y allons, demain, à ce colloque ? Ce sont des imbéciles, mais elle est bien, votre sœur, non ? Un peu vieille, certes, au moins vingt-sept, mais bien quand même. Et puis, tant que Dieu me prête vie, je voudrais bien un petit inceste, et je n'ai plus de sœur à moi, alors oui, on ira au colloque et vous me prêterez Éponyme.

– Celle-là, si elle pouvait crever, marmonna Antinôme.

Elle lui essuya le menton à l'aide d'un chiffon. À chaque fois qu'elle touchait son vieux mari, la carotte en bois s'agitait au milieu de son thorax. À peine nettoyé, le duc recommençait à baver. Il le faisait exprès.

– Imaginez si j'étais mort hier. Songez aux soucis qui auraient chu sur vos épaules nubiles ! Encore de la compote, je vous prie… Ploum… miom… ptouy !… Essuyez-moi… Mieux, vous voyez bien, c'est mouillé sur la gauche et collant au milieu. Vous savez à quoi je pense ?

– Si vous n'avez plus faim, Monsieur, j'imagine que vous songez à des clystères et à des poires d'angoisse ou à lavements ?

– Non ! Non ! Je ne suis plus ce vieil impotent qui dit « mou ! » Je suis jeune, je suis moi et je bouge ! Plus d'accessoires, plus de liens ni de donjon ! À présent tout fonctionne…

Joignant le geste à la parole, le vieillard se leva de sa chaise et saisit sa femme par les cheveux. Il arborait un sourire triomphal et ses membres s'agitaient avec la vigueur d'un jeune athlète.

– C'est pourquoi, Antinôme, ma pute, je vais te faire un enfant.

– Par pitié, non ! supplia la duchesse.

Sans lâcher l'abondante tignasse de sa femme, le vieux sauta sur la table et y dansa une sorte de danse de Saint-Guy. À coups de pied il balayait les verres et les assiettes. Bientôt, entouré de bris de vaisselle, il étalait sa jeune victime sur la table massive et lui arrachait ses robes. Il lui mordit l'oreille au sang pour qu'elle se tienne tranquille et lui immobilisa les fesses. Antinôme assena un coup de poing sur la table et eut l'avant-bras recouvert de compote. Elle affirma qu'elle détestait ça. Mais on n'épouse pas pour rien le duc de Bordeleau. Il faut se haïr énormément. Il faut avoir une fort mauvaise opinion de soi-même. Il faut considérer que les blessures de l'âme sont si atroces qu'on aimerait leur substituer des bleus et des écorchures réels.

L'argenterie tombait au sol tandis que le vieux la prenait par-derrière en jappant comme un grand perroquet. On n'avait vu cet homme qu'infirme et replié sur sa chaise. En développé debout, il surprenait par sa hauteur, par sa puissance prédatrice.

– Ha ! Ha ! Hue ! Chérie ! Abraham a enfanté à cent cinq ans !

– Je vous hais !

– Redites-le ! Dites-moi aussi que je vous fais mal, et que je vous humilie !

– Si ça vous fait plaisir, salaud de mari, je ne le dirai pas.

– Dans ce cas, haïssez plutôt ma bienfaitrice. Imaginez que c'est votre sœur, à cet instant, qui lacère votre dos de ses griffes, qui sans égard pour les spasmes naturels de votre organisme s'introduit où elle peut, imaginez que c'est elle ! Dites que vous la détestez !

– À fond !

– Vous voudriez qu'elle soit humiliée ?

– Oui !

– Salie ?

– Ouiiii !

– Détruite ?

– OUUUUUIIIII !

– Eh bien, Antinôme, je vous aiderai à vous venger ! Regarde ! Regarde, petite pute, ce que tu subis à cause de ta salope de sœur !

« On peut tout obtenir d'un homme comme le duc, se dit Antinôme. Finalement, sans doute, je l'aime. »

101.

Sans faire de bruit, Pinoquillio s'était approché de la volière. Il avait grimpé aux branches d'un grand saule pour mieux voir la scène et, découvrant ce qu'on faisait à Chaussette, il ne pouvait s'empêcher de murmurer :

– La pauvre enfant ! La pauvre enfant !

– Maman, suppliait la petite en claquant des dents, maman, j'ai froid.

– Ma fille, il fallait y penser plus tôt.

Nitchonne et Oracio aidaient Madame comme ils le pouvaient, mais cette manigance ne semblait pas les convaincre totalement.

– Ma fille, ordonna Éponyme, si on se fait choper, c'est gravissime ! Chaussette, c'est la première fois que je vous donne une telle responsabilité ! La cohésion de notre famille, la réputation de papa, et aussi sans doute la pensée française ! C'est rien moins que tout ça que vous avez en charge !

Chaussette était peinte en noir. On lui avait constitué à la hâte une sorte de pagne en dentelle. Ses mèches blondes avaient été rassemblées en haut du crâne à l'aide d'une fourchette d'argent, à la façon dont Madame s'imaginait qu'on faisait en Afrique, sans doute avec des os de gnou.

– Mais mamaaaaan ! Mamaaaan ! C'est comment qu'on fait le Bon Sauvage ?

– Contentez-vous, ma chérie, d'agir selon l'instinct de nature.

– C'est quoi, maman, l'instinct de nature ?

– Faites toutes les choses qu'on vous interdit d'habitude et tout ira bien.

Madame la comtesse referma la porte de la volière sur sa fille. À double tour.

– Chaussette, ma fille, ne me décevez pas !

« Ça lui va bien, constata Pinoquillio, sa maman a beaucoup de goût. Mais j'ai peur que sa beauté et les jolis vêtements dont sa mère l'affuble ne suffisent pas à la protéger du crocodile. »

Chaussette s'était réfugiée, comme Pinoquillio plus tôt, en haut du seul arbre de la volière. Le crocodile dormait juste en dessous.

– La bonne nouvelle, dit l'enfant à ses chaussettes, c'est qu'il grimpe pas aux arbres.

Depuis le ventre du saurien, une voix s'adressa à l'enfant :

– Ma brebis…

– Curé ?

– Mon enfant, pendant que le lion est endormi, aidez-moi à lui ouvrir la gueule.

– Curé, répondit la petite fille, je n'ai pas envie de me

retrouver dans le même ventre que vous. Vous avez qu'à demander à Dieu de vous aider, puisqu'il existe.

– Chaussette, c'est bien le moment de faire de l'esprit. Sois chrétienne !

– Si je veux, répondit la petite fille.

Du haut de la branche, la vaillante Chaussette bondit sur le dos du crocodile. Lorsqu'elle atterrit à pieds joints sur ses lombaires, le monstre fut brusquement tiré de son sommeil et ouvrit une large gueule, dont le curé sortit en courant.

– Ouille ! Mais ça va pas ! brailla le reptile, tandis que les deux humains remontaient sur leur branche.

– Voilà, fit Chaussette, à présent nous sommes coincés tous les deux ici.

– Non, mon petit, moi j'ai ma clé.

Et le prêtre exhiba une clé semblable à celle d'Éponyme.

– Super ! s'exclama l'enfant. On se sauve ensemble, alors !

– Non, Chaussette, toi, non. Tu dois obéir à ta mère, c'est la volonté de Dieu. Si je te laisse sortir, le symposium de ton papa sera fichu.

– Qu'est-ce que vous en avez à faire ? Je croyais que vous détestiez la philosophie ?

– Certes, mon enfant, certes, mais je ne veux point perdre ma place.

Et le prêtre descendit jusqu'au sol. Chaussette fit de son mieux pour expliquer au crocodile que ce curé était un salaud et qu'il fallait le manger à nouveau, mais le reptile échaudé avait perdu son agressivité. Aussi le curé put-il sans encombre rejoindre la grille et quitter l'enclos, qu'il referma aussitôt.

Pinoquillio était touché par le drame de cette belle étrangère. On l'avait abandonnée aux fauves. Même le chaman se désintéressait d'elle. Lorsque le prêtre français disparut dans le jardin, le prince d'Afrique eut le courage de se montrer. Il s'approcha du grillage et déclara :

– Tiens bon, beauté, je te sauve !

– Rattrape le curé ! ordonna Chaussette. Pique-lui la clé !

– Je ne comprends pas ta lang…

– Mets ta chaussette !

– Que dis-tu ?

– Mets la chaussette que je t'ai donnée, imbécile !

– Je comprends rien !

– Laisse tomber. Explique-moi comment faire la sauvage. Demain, c'est ma grande scène.

– Beauté au parler vernaculaire, c'est ma faute ce qu'il advient de toi. Je ne suis pas un athlète et n'entends rien à vos coutumes, mais j'ai un grand cœur et ne laisserai pas les instances du pays du sucre te supplicier.

102.

Le curé avait vécu bien des bouleversements depuis sa dévoration. Des instants terribles pendant lesquels la pauvre Nitchonne n'avait pas changé d'un pouce. Elle était de retour avec lui dans les appartements spartiates de la chapelle et, fidèle à son inclination anxieuse, elle voulait qu'on la tchoule.

– N'insiste plus, ma fille, ordonna le prêtre, épuisé.

– Mon père, soyez bon.

– Non.

– Mais qu'est-ce que j'ai fait ?

– C'est pas ta faute, Nitchonne, c'est le petit Noir.

– Mon père, vous n'allez pas succomber aux charmes exotiques ?

– Cet enfant, c'est le messie ! En vérité, je te le dis, ceux qui sont noirs seront illuminés.

– Pfff...

– Rigole pas, Nitchonne. J'ai passé ma nuit tel Jonas dans le ventre d'un lion et j'ai eu une visitation. Dieu m'a dit à quoi sert l'abstinence.

– Ça sert à quoi ?

– À marcher sur l'eau, à multiplier la boulangerie, à lancer des éclairs avec les doigts en faisant « gzzzt ! gzzzt ! ».

– Mon père, c'est pas possible tout ça.

– C'est pas possible, Nitchonne, à cause du sexe. Parce que TOUS les prêtres transgressent depuis TOUJOURS ! C'est pour ça qu'il n'y a plus de miracles ! Alors, si UNE fois un cureton se la met sous le bras, ça va être l'eucharistie, l'Ascension et l'Épiphanie. JE vais être le seul prêtre qui ne fornique pas. JE VAIS AVOIR LES SUPER-POUVOIRS. Sors, Niçoise pécheresse, jamais plus ton croupion melliflu ne se frottera à mon épiderme de vieux sanglier.

– Dites pas ça, curé ! Faites le bien ! Faites-moi le bien jusque dans mon cul !

– Sors, tentatrice !

– Pourquoi changer une tradition millénaire ? suppliait la malheureuse en se tordant les mains.

Face à cette brebis qui pleurait, il resta intraitable. Il mit trois oreillers dans l'armoire et lui ordonna de dormir là-dedans.

Le curé ferma les yeux. De la sueur lui couvrit tout le corps tandis qu'il était emporté dans un rêve bref, brutal et étrange.

103.

– Voilà, fit Spinoza, ça recommence. Dieu, zut ! Faites quelque chose !

– Reprends des chips et regarde, imbécile.

– Non ! C'est toujours pareil. Vous laissez un débile comme ça s'exalter et ensuite ce sont deux mille ans de soucis. Vous les avez lues, les Bibles ?

– Je sais, c'est désolant, toi et moi avons tenté de les réécrire, mais ces ouvrages ne se vendent que lorsqu'ils sont complètement cons.

– Vous voyez bien le souci, Dieu, soit on poursuit la foi, soit on est en quête de vérité. Il y avait ces Grecs, ils savaient tout. Ils disaient la cruauté du monde, ils disaient le vrai.

– Sans doute, Spinoza, mais la Grèce, c'était trop de vérité, c'était trop dur.

– Dieu, zut ! Tu aimes les livres ! Tu ne peux pas tolérer que tes enfants s'abreuvent de paraboles plutôt que de pensées. Toutes ces histoires où le locuteur prend un air de ravi de la crèche pour annoncer qu'avec un abracadabra on a introduit des piécettes dans la bouche d'un poisson, soigné les aveugles et guéri les écrouelles… Tu ne préférerais pas, ô Dieu, qu'au moment où Jésus, Mahomet et Moïse règlent les problèmes du monde avec un abracadabra, on mette sur tes créatures la responsabilité qui leur incombe : la paternité du monde ?

– Spinoza, tu ne comprends pas. Tout ce que je leur demande, c'est qu'ils me fichent la paix. Alors, si ce curé veut croire, qu'il croie, tant qu'il ne me sollicite pas trop. Regarde, on va rigoler.

Dans son rêve, le prêtre se vit les yeux pleins d'éclairs. L'électricité du cosmos lui descendait dans les os et palpitait au bout de ses doigts. Il châtiait les pécheurs en les grillant. Il laissait derrière lui des villes dévastées par des ouragans, des vagues, des flammes dont il était le seul maître. Il volait dès qu'il cognait le sol. Des étoiles dansaient autour de lui, il contrôlait les planètes, il tutoyait l'infini et comprenait le projet du monde. Il se réveilla en sursaut.

104.

Dans les étages nobles, la comtesse Éponyme se mettait au lit dans un état d'angoisse extrême. Elle craignait que sa fille unique se fasse dévorer. Elle avait également très peur que le colloque pâtisse de la supercherie qu'elle avait imaginée. Tous ces grands penseurs allaient-ils s'apercevoir qu'en lieu et place d'un Africain, on leur avait collé une petite Girondine peinte au cirage ?

À quelques centimètres de Madame, ignorant tout de ses tourments, Monsieur le comte croyait que tout était pour le mieux.

– Vous voyez, Épopo, là, je me sens réellement, totalement, bonne conscience. Demain, les scientifiques vont débarquer et ils constateront comme il est beau, mon petit sauvage. Je sens que pour la première fois depuis une éternité, je vais passer une bonne nuit. L'histoire des idées avance grâce à moi et zzzzzz…

Au milieu d'une phrase, il s'était endormi. Éponyme dut subir les ronflements calmes de son époux. Le cœur de la comtesse battait bien trop vite. Elle demeura éveillée. Ses yeux stressés papillonnèrent toute la nuit.

Le philosophe cherchait du bout des doigts à palper les fesses de son épouse. Il ne les trouva pas à proximité immédiate et dut tendre le bras. Ses phalanges ne rencontrèrent que les draps de coton. Elle était déjà levée. Avant d'ouvrir les yeux, le philosophe repoussa les draps, il avait chaud. Son bras et son bout du nez grillaient presque. À travers ses paupières closes il sentait déjà le rougeoiement solaire. Au lieu du cul de son épouse, il se saisit d'un bout de drap et le mâchonna comme aurait fait un bébé, après quoi l'inconscient replongea dans le sommeil. L'astre solaire était pourtant dangereusement haut dans le ciel.

À califourchon sur la fenêtre de la chambre, le petit prince Pinoquillio avait les bras chargés de pommes de pin dont il grignotait les pignons. Soucieux de sauver Chaussette, il osa balancer une pomme de pin sur la figure de Monsieur le comte, qui ne se réveilla pas tout de suite.

– Hé ! Hôte falabraque ! Hé ! Est-ce que vous mangez les gens, dans ton pays ? En Afrique, on ne fait jamais ça et j'étais déterminé à toutes les largesses vis-à-vis de ta culture. J'ai été élevé dans le rejet de l'universalisme et par là même, dans le respect des traditions de chacun. Si c'est ta tradition et ton loisir de laisser ta fille se faire dévorer par un gavial, je ne m'y opposerai pas pour des motifs théoriques. Mais ta fille, elle me plaît ! C'est la première fois qu'une humaine me plaît autant que de la nourriture, alors sors de ton lit et va la sauver !

Afin d'appuyer sa plaidoirie, le petit prince africain balança une salve de pommes de pin. Alarmé bâilla et en reçut une dans les gencives, ce qui contraria définitivement sa rêverie matinale.

Monsieur le comte examina avec étonnement ces fruits des bois qui encombraient sa couche, puis il regarda la fenêtre. Pinoquillio n'y était plus. Les rayons orangés du soleil baignaient la chambre.

Monsieur le comte se tortilla mollement. « Comment des pommes de pin sont-elles arrivées là ? Quel mystère passionnant ! Attendons que la pensée se réveille et on l'élucidera ! » Manifestement, le génie français avait oublié son colloque.

– J'ai bien dormi, bâilla le comte.

En disant cette vérité irréfutable, il se dirigea vers son balcon. En chemise de nuit, regardant les nuages, il s'étira, mais en lieu et place du calme habituel de son jardin se tenait une petite foule de gens perruqués massés autour de la volière. On piétinait ses buissons, on s'impatientait. Comme ils le voyaient paraître à sa fenêtre tel le Saint-Père au balcon de la basilique Saint-Pierre de Rome, certains des scientifiques du jardin l'applaudirent. On entendit des « Ooh ! » et des « Aaah ! ».

Alarmé sursauta. Il fut pris de panique et retourna comme un fou dans sa chambre. Il se saisit du premier manteau accessible et l'enfila. Ensuite, il attrapa une perruque qu'il s'enfonça de traviole sur le crâne et saisit fermement la poignée de la porte, mais, avant qu'il ait pu effectuer le moindre geste, l'huis s'ouvrit en grand et il prit la porte en pleine figure : « Ouille ! » C'était le curé qui pénétrait dans sa chambre avec des mouvements de fou et un regard de bête traquée. Il effectuait avec ses doigts crispés des mouvements spasmodiques, accompagnés de grincements de dents répétés : « Gzzt ! Gzzt ! »

– Qu'est-ce que vous foutez, curé ? Vous m'avez mis la porte sur la gueule !

– Votre demeure est pleine de libres penseurs, Monsieur le comte, je m'emploie à les foudroyer tous grâce à mes Gzzzt ! Gzzzt !

– Grâce à quoi ?

– Grâce aux super-pouvoirs que me confère l'abstinence sexuelle.

– Curé, ça ne marche pas trop, votre religion. Faites comme moi, embarquez pour le monde de la raison. Et me faites pas perdre mon temps, quand les invités sont tous déjà là. Laissez-moi passer !

105.

Deux étages plus bas, Oracio faisait de son mieux pour ne pas écraser les rhododendrons tandis qu'il traversait le jardin, des sacs de provisions plein les mains. Madame surgit de nulle part et le plaqua contre un mur, à l'abri d'un bosquet d'arbres.

– Oracio ! La peur m'étreint ! Aujourd'hui si ma fille déconne, ça sera la ruine, philosophique et autre. J'ai les foies, mon Adonis. Secoue-moi comme la salade, tape-moi les fesses, fais-moi oublier le monde.

– Madame, lé monde, aujourd'houi, il est plous nombreux qué d'habitoude ! Et lé monde il va bientôt vouloir manger et si jé fais pas la couisine qui est mon principal boulot…

– Ton boulot, Oracio, c'est ma plénitude, et là, j'ai peur ! J'ai peur ! J'ai peur !

Elle le couvrit de baisers à l'ombre des feuilles. Le bonnet du cuisinier tomba dans les fleurs. Dans le gazon, à quelques mètres de la coiffure à rayures de l'Italien, on vit bientôt un soulier de dame.

– Y a que ma sœur pour porter ces godasses de pute ! s'écria Éponyme… Et si je vois ses chaussures… qui s'approchent… Ooooh ! Oracio !

Antinôme s'approchait, elle observait les ébats.

– Salope ! Tu m'as pourri la vie depuis la seconde où tu es sortie de notre mère. À cause de toi, mon mari remarche, et il reparle, et il n'est absolument pas crevé.

– Quoi ? Comment ça, il est plus mort ?

– Je suis encore plus dépendante qu'avant ! Éponyme, salope !

– Mais qu'est-ce que vous me racontez ? Comment ça, il est plus mort ?

Vif comme Méphisto, le duc Nécrozé de Bordeleau apparut derrière son épouse. Il était déplié comme un grand ressort et dépassait tout le monde d'une tête. Ses longs membres gigotaient avec la vivacité d'un criquet.

– Je frétille, Madame ! Je frétille grâce à vous ! Et par la magie de la sainte carotte.

Il lui fit voir l'ustensile qui tel une dent de narval jaillissait effrontément de son jabot.

– S'occuper d'une personne diminuée, soupira Antinôme, c'est une charge terrible ! Mais quand le handicapé recouvre ses capacités motrices, c'est encore pire !

– Mes capacités, Éponyme ! Vous voulez voir ? Je vous dois bien ça !

– Merci. Non.

– Chaque seconde, Éponyme, je suis requise par cet homme. Je vous hais, ma sœur.

– N'est-ce pas délicieux ? fit le duc. Et je puis en témoigner, elle en parle sans cesse, si les mots pouvaient tuer, chère Éponyme, vous seriez aux catacombes. Quant à ce que je souhaite vous faire moi, vous vous doutez bien, c'est moins définitif.

– Pardon, fit Éponyme. Pardon, Antinôme, je suis

confuse d'avoir sans le faire exprès influé sur le destin. Mais maintenant que vous êtes là tous les deux, qu'est-ce que je peux bien faire pour apaiser votre… situation ?

– Me laisser t'écraser, ma sœur, et rassure-toi, je vais y mettre toute l'énergie qu'il faut.

– Et moi, fit le vieillard revigoré, je vais observer. À mon âge, vous savez, on a si peu de distractions, huhu !

Ils se dirigèrent vers la volière et laissèrent la malheureuse Éponyme à ses angoisses. « Moi aussi, pensait-elle, j'aimais mieux quand il faisait MOUMOU ! »

Deux étages plus haut, Alarmé de l'Implication était toujours séquestré dans sa chambre par le curé.

– Allez ! Monsieur le curé, laissez-moi sortir et soyez raisonnable, reprenez vos activités sexuelles.

– Non ! Mon fils ! Je veux vous montrer, hurla le prêtre en marchant vers le balcon, les éclairs, c'est pour demain, mais regardez ce que je sais faire déjà !

Il enjamba la rambarde en s'exclamant « Regardez ! ».

Monsieur le comte hurla « Noooon ! » mais n'eut pas le temps de se jeter sur le prêtre pour l'empêcher de sauter dans le vide. Alarmé entendit un bruit désolant deux étages plus bas, dans lequel les pots brisés le disputaient aux chairs meurtries. Le prélat s'était étalé la figure dans les géraniums. Par miracle, sa chute avait épargné les philosophes qui s'approchaient de lui avec étonnement.

– Monsieur le curé, fit remarquer Alarmé de l'Implication penché à la fenêtre, je tiens à vous signaler que vous n'avez absolument pas volé.

– Certes non, répondit le prêtre. Mais si vous aviez

daigné observer attentivement ce qui vient de se produire, vous vous seriez aperçu que je suis tombé doucement.

Il se releva dignement et épousseta la terre qui colorait son habit. D'un vaste mouvement circulaire, il balaya l'assemblée du regard et demanda si l'on avait bien constaté à quel point une chute lente ne pouvait rien signifier d'autre que le début de l'envol.

– Il a survécu, c'est là le seul miracle.

Et Monsieur le comte s'éloigna de la fenêtre en espérant pouvoir enfin rejoindre son cher colloque. Mais Nitchonne entra dans la chambre, collante comme un papier de bonbon au miel, s'agrippa à ses jambes et le tira à l'intérieur.

– Monsieur !

– Quoi ?

– Monsieur, c'est trop, il faut que ça sorte ! Monsieur, zut ! Monsieur, vous n'avez jamais abusé de moi !

– Ah, Nitchonne, foutez-moi…

– Dans le métier, Monsieur, ça se fait de violer son petit personnel. Monsieur, ça me rassurerait. N'allez pas croire que ça me fait plaisir, mais quand une chose manque, Monsieur, on s'inquiète. Je n'ai pas peur de vous dire, Monsieur, que j'ai la trouille pour ma carrière.

– Nitchonne, lâchez-moi, zut !

– Mais vous avez donc pas de cœur ! Vous voyez pas que derrière le balai et la serpillière, il y a un cœur qui bat et des fesses qu'on laisse livrées à elles-mêmes. Le curé ! Même le curé y veut plus de moi ! Je suis un continent à la dérive ! Monsieur, qu'est-ce que je vais devenir ?

– Nitchonne, je te propose de me foutre la paix et de profiter de cette occasion pour accéder à un niveau supérieur de conscience. Oublie tes fesses, on va s'adresser à ton cerveau. Il est temps d'envisager des passions platoniques.

– Platon ?

– Viens, Nitchonne, allons voir l'enfant noir. Un colloque, mon petit, et je te promets que tu aimeras mieux qu'on s'adresse à ton cerveau qu'aux parties basses de ton anatomie.

– Et si j'y vais, Monsieur, au colloque, après, vous voudrez bien me faire l'amour platonique ?

Agrippée à ce fol espoir qu'après la pensée viendraient des caresses, la domestique consentit à accompagner son maître au grand air.

106.

Éponyme fendait la foule sans même reconnaître son amie Acrostiche.

– Éponyme ! Éponyme, ma copine ! Tu n'as pas l'air très détendue.

– Oh lala merde ! ajouta Litote. Elle tire une de ces têtes !

– Pardon ! Vous tombez mal, fit la comtesse.

– Ma chérie, c'est quoi l'intitulé du colloque ?

– Sur l'origine de l'inégalité parmi les hommes, sur l'état de nature et… non… en fait surtout… montrer que les Noirs valent mieux que nous… Ça, ça devrait permettre d'obtenir vraiment… un monde… meilleur.

Acrostiche eut du mal à masquer son manque d'intérêt. Sa fille suggéra à haute voix qu'on devrait pour une fois s'intéresser à un vrai sujet.

– Mais hier, fit Éponyme, hier, ça vous plaisait.

Alarmé les bouscula. Il venait à travers la foule d'apercevoir sa volière. Et le crocodile y était encore. Pour la première fois depuis son réveil, Monsieur le comte douta réellement de la réussite de son colloque.

– Mais ! Mais il n'a même pas mangé son crocodile !

Éponyme se jeta sur son mari et lui tapota alternativement le dessus de la main et le rose des joues.

– C'est pas grave, ça, c'est pas grave ! Il va le manger maintenant, devant les philosophes, ça sera encore mieux !

Pendant ce temps, sur sa branche, Chaussette claquait des dents. Ayant passé la nuit dehors dans son pagne ridicule, la petite fille peinte au cirage tremblait de tous ses membres. Dans ses cheveux était toujours plantée la fourchette en argent. Le seul son qui lui sortait d'entre les dents était « glaglagla ».

– Éponyme, demanda le comte en aparté, il était pas différent, hier, mon sauvage ?

– Mais non.

Plus d'une cinquantaine d'amis des sciences étaient attroupés autour de la volière. Aucun d'eux n'était familier ni des Noirs ni de l'Afrique, à l'exception de Nécrozé et de son épouse Antinôme.

– Ma petite cochonne ? demanda Monsieur le duc, amusé.

– Oui, vieux sanglier revigoré ?

– Pouvez-vous me dire, vous qui avez de jeunes yeux, ce que c'est que cette connerie ?

– Ha ! Ha ! En tout cas, ça n'est pas un Noir véritable, c'est une grossière imitation.

– Ça doit être l'idée qu'ils s'en font. Vous savez, finalement, il risque d'être amusant, ce colloque.

Alarmé de l'Implication sursauta à la vue du duc de Bordeleau qu'il croyait mort empalé par une carotte. Son épouse, voyant sourire sa sœur et son vieux mari, blêmit comme un linge.

– Épopo, on dirait un fantôme ! Il doit y avoir une explication… Monsieur le duc, je suis honoré, croyez-le bien, et c'est un grand jour, mais je vous croyais… vous revenez…

– D'entre les morts ? Haha ! Cher beau-frère, certains événements scientifiques exigent de vrais efforts !

Chacun prit le bras de chacune et on s'approcha de l'enclos.

Ils étaient de tous âges, les philosophes. La plupart avaient revêtu une cape ou un manteau sombre, car cette discipline ayant besoin de crédibilité, il fallait avoir l'air à la fois d'un prêtre et d'un savant, ainsi peut-être pourrait-on s'autoriser à penser à voix haute. On arborait des cannes, des moustaches et des lunettes. On pataugeait dans l'herbe. Certains faisaient mine de regarder hors de l'enclos pour bien signifier que leur intelligence ne se limitait pas au sujet du jour. On n'avait rien vu, mais tous disposaient déjà d'une opinion, globalement négative.

– Je regrette d'avoir fait le déplacement, maugréa un philosophe blasé.

– Moi de même, dit un autre.

– Et moi ! fit un troisième. Mon étude est pleine de gravures de nègres, chacune fort bien effectuée par des spécialistes, et de l'art et de la zoologie, je ne vois pas en quoi le fait d'en contempler un en vrai va nous instruire davantage.

Nécrozé se glissa entre les bavards et abonda ironiquement dans leur sens :

– Vous avez raison, messieurs, les choses sont plus vraies en livres que dans la vie.

107.

– Ça part en quenouille, chuchota le comte de l'Implication à son épouse.

Le maître des lieux trottina vers un petit promontoire, du haut duquel il espérait être vu et entendu par tous, et il s'applaudit lui-même, afin de susciter l'enthousiasme avant même d'avoir parlé.

– Chers amis, chers collègues, estimés concitoyens, regardez tous !!! Vous avez déjà ressenti ça aux origines des temps ! Regardez-le ! Il n'a rien ! Ni chaise à porteurs, ni fortune, ni société. Un arbre, des fruits et de la viande. Vous ne contemplez pas une race étrangère, mes amis ! Cette vie naturelle qui n'abîme pas le monde est compatible avec la nôtre. C'est là que vont nos plus profondes aspirations. Je ne vous ai pas fait venir pour que vous regardiez cet enfant, mais pour que vous scrutiez les tréfonds de votre propre cœur. Regardez en vous et dites-moi si le bonheur simple de ce bon sauvage ne vous tente pas. Au fond, ne voudriez-vous pas tous être comme lui ?

Moult rires éclatèrent, mêlés à des applaudissements. Tout ça se résolut vite en un certain chahut. Monsieur le comte n'avait pas l'unanimité avec lui.

– Comprenez-moi, poursuivit Alarmé, je ne vous parle pas d'émancipation, de politique ou d'économie. Ce que je vous demande, c'est de vous penser tout nus dans la savane originelle.

Les dames furent outrées. Les messieurs ricanèrent.

– Vous êtes fou ? demanda très sérieusement un scientifique.

– Mais non ! Mais mon vieux, réfléchissez ! Est-ce qu'elle vous plaît la vie que vous menez, avec toutes ses contraintes ? Pensez-vous que l'esprit créateur vous ait mis sur cette terre pour vous affliger de tant de chaînes ? Les esclaves, mes amis, c'est vous, c'est moi, c'est notre pays !

Afin qu'on n'observe pas trop Chaussette dans son enclos, Éponyme entreprit d'ouvrir son corsage mais le lacet restait bloqué, alors elle se souleva les jupes avec énergie en enjoignant chacun et chacune de procéder de la même façon :

– Allez ! On se fout à poil, on va dans la cage et on mange des fruits !

Tout le monde rit de bon cœur et Madame la comtesse remit ses vêtements comme il faut.

– Pourquoi pas ! reprit Alarmé. Si vous en avez envie ! Faites le compte des carcans, de tous les interdits qui nous viennent du monde moderne. Et regardez ce frère sauvage qui ne sait rien, ni du Bien, ni du Mal, ni des interdits. Il suit son inspiration du moment…

– Vous dites ça, l'aiguillonna la cruelle Antinôme, mais si on le regarde, il ne fait rien du tout, votre petit protégé.

– Mais si ! s'époumona Éponyme. Il fait plein de trucs géniaux !

Madame la comtesse s'approcha de la cage avec énergie et autorité, puis elle tapa de toutes ses forces sur les barreaux.

– Vas-y ! Vas-y, bon Dieu ! Fais donc des trucs de nature !

Chaussette, qui voulait plaire à sa maman, sautilla sur sa branche en faisant des galipettes et en se grattant les puces.

– Hi ! Hiii ! Hou ! Hou ! glapissait la petite fille.

– C'est bien joli, commenta un penseur condescendant, mais ce sapajou n'est pas foutu de résoudre une équation trigonométrique.

– Mais bien sûr que si ! affirma Éponyme. Y a pas de raison.

– Allez, petit rousseauiste, ricana un autre épistémologue à l'intention de l'enfant juché dans l'arbre, tu la connais, la trigonométrie ?

– Et l'algèbre ? demanda un troisième.

– On apprend quoi, dans ta jungle ? lança un autre.

– Pardon, répondit Chaussette, désemparée. Vous avez tous raison, je suis nulle en mathématiques. Mais c'est parce que je ne suis en France que depuis hier.

Un silence total tomba sur l'assemblée.

– Il parle français ! s'exclama un scientifique, bouleversé.

– C'est admirable, finirent par soupirer une dizaine d'autres.

– C'est pas du français, messieurs dames, précisa Chaussette. C'est la langue de mon pays.

Acrostiche donnait des coups de coude à sa fille afin qu'elle écoute, c'était vraiment passionnant.

– Et c'est quoi, ton pays ? demanda la baronne.

– La Noirie, Madame, répondit Chaussette.

– Et donc, en « Noirie », on parlerait français ? Comme c'est étrange, persifla Antinôme.

– Non, enfin, une langue latine dérivée du français, précisa un philosophe enthousiaste.

– Mais tout de même, insista Acrostiche, ça ressemble à du français.

– Vous ne vous rendez pas compte, brailla un autre érudit, scientifiquement, ça ouvre des perspectives inimaginables !

– Ça prouve tout simplement, poursuivit un collègue, que le français est construit sur des structures phonétiques universelles.

– Vous imaginez, surenchérit un autre visiteur, l'humiliation que cette découverte va constituer pour nos amis anglais !

Et chacun de rire, chacun d'imiter l'accent des Anglais et l'accent des Noirs. On était bien en France, ici on parlait la langue du centre du monde, afin de dire les idées du progrès.

– Moi, grommela un vieux philosophe ronchon, je n'ai pas besoin d'un nègre de Noirie pour savoir que notre pays est le centre du monde !

– Certes, lui concéda un collègue accommodant, mais avouez qu'il est réconfortant d'en obtenir une preuve aussi éclatante.

– Alors, mon petit, concentre-toi, supplia un dialecticien très investi, raconte-nous à présent une histoire de ta Noirie.

– Bé, je sais pas, moi ! s'exclama Chaussette, prise de court.

Sa maman agita les grilles de façon hystérique en lui murmurant :

– Mais vas-y, putain, raconte !

– Alors, fit Chaussette, heu... dans mon pays... on appelle ça le corbeau et... mais je sais pas si vous disposez de ce genre d'animaux chez vous. Ça s'appelle Le corbeau... qui tenait dans son bec un fromage. Un fromage, vous savez ce que c'est ?

Un vieux philosophe fondit en larmes tellement ce qui se produisait lui paraissait délicieux. Ses sanglots couvrirent presque les premiers vers du poème de Chaussette :

– Maître Corbeau, sur un arbre perché, tenait en son bec un fromage. Maître Renard, par l'odeur alléché...

– Vous vous rendez compte, hoqueta le vieillard, la versification, les rimes, la thématique ! Cette histoire ressemble trait pour trait à une fable de Monsieur de La Fontaine !

– Enfin, pas exactement ! fit valoir un pointilleux.

– Peut-être, mais ça ressemble beaucoup quand même, concéda Acrostiche.

– Vous voyez ! triompha Alarmé. Vous voyez l'importance de cette découverte, mes amis ? Vraiment, l'Afrique est fantastique !

– Comte Alarmé de l'Implication, l'encouragea le plus vieux des penseurs en séchant ses larmes, vous venez de prouver que toutes les sociétés du monde se cimentent autour de mythes semblables.

– De mythes français ! précisa un autre.

Puis un jeune exalté crut bon d'en rajouter :

– Attendez ! Si ça se trouve, c'est une fable qui est originaire de Noirie et dont les Français se sont inspirés. Si ça tombe, l'origine du monde, c'est la Noirie, et nous ne serions que leurs humbles descendants... (Un silence lourd lui fit comprendre qu'il se fourvoyait.) Non, vous avez raison, ma théorie est improbable.

– Allez, mon enfant, ordonna Alarmé. À présent, montre-nous comment on tue un crocodile.

Chaussette regarda sous l'arbre où se tenait encore le grand saurien. La petite ouvrit de grands yeux anxieux. Avant qu'elle décide quoi faire, quelques gouttes de pluie lui tombèrent sur le bout du nez. Chacun leva la tête. Un gros orage arrivait.

108.

Très haut dans les nuages, Spinoza osa traiter Dieu de salaud. L'Éternel, un sourire en coin, promit qu'il n'y était pour rien. C'était juste, à le croire, l'action du hasard, de la condensation et des températures.

Puisque le plus vieux des philosophes éternuait sous les gouttes, Éponyme suggéra que l'on rentre. Les invités ouvrirent des ombrelles et commencèrent à tourner les talons. Antinôme s'interposa et avec un grand sourire fit valoir que ces intempéries offraient l'occasion d'étudier la façon dont les habitants de Noirie se comportent sous la pluie.

Nécrozé, dont personne ne songeait à contester l'autorité, abonda dans le sens de sa compagne :

– Mais oui ! Il ne sera pas dit que notre désir d'apprendre a été mis en échec par quelques gouttes ! Alors, qu'est-ce qu'ils font, en Noirie, lorsqu'il flotte ?

L'enthousiasme d'Alarmé ne faiblissait pas. Ignorant des périls qui pesaient sur son expérience, Monsieur le comte sautillait sur son promontoire et encourageait les invités à regarder dans l'enclos.

– Vous allez voir ! Je suis sûr qu'ils ont mille facéties ingénieuses pour se protéger des gouttes.

Sur sa branche, Chaussette était aussi angoissée que sa pauvre maman. Les feuilles du jardin tropical n'allaient pas suffire à la protéger des précipitations. Éponyme écarquillait les yeux et se tordait les mains. De l'eau se répandait sur les joues de la petite Chaussette.

– Hé ! fit un philosophe en montrant du doigt l'enfant captive, regardez comme c'est étonnant…

Le maquillage brun se décomposait et l'épiderme caucasien apparut sous l'eau de pluie.

– Sa peau blanchit, constata un autre invité.

– Quel mystère, ajouta Antinôme en souriant.

– Alarmé, ordonna le duc de Bordeleau, expliquez-nous !

– C'est le climat, s'écria Éponyme, qui même face à l'évidence appelait encore au secours le savoir théorique. C'est la météorologie européenne qui leur éclaircit la peau !

La comtesse fut prise de bouffées d'angoisse, elle sentait que la partie était perdue mais, tel l'alpiniste qui se voyant dévisser s'accroche à un bout de laine, elle répéta entre deux hoquets, jusqu'à ce que sa voix devienne inaudible :

– C'est le climat, c'est le climat…

Comme s'il n'y avait pas assez d'eau, Chaussette fondit en larmes.

– Sortez-moi de là ! Virez le crocodile ! Ça me stresse, votre truc !

Elle criait, elle donnait des coups de poing contre le tronc :

– Changez-moi de famille ! Foutez-moi ailleurs ! Dites-moi que quelque part un autre monde est possible ! J'en peux plus !

– Ma fille, conclut Éponyme dignement, je suis TRÈS déçue par votre attitude.

Le comte Alarmé de l'Implication se tenait toujours sur son promontoire, vulnérable aux averses et offert aux regards. Timidement, son épouse le sollicita du regard.

– Monsieur…

– Laissez-moi, Madame.

Et le penseur s'en alla sous la pluie.

109.

Comme le roi était triste ! Son Pinoquillio lui manquait. Il était le premier surpris d'en souffrir autant. Mais lorsqu'on a soumis tout ce qui entoure notre anatomie, les femmes, les hommes et la terre, on vise l'éternité et aucune statue ne dure autant que cette chaîne organique qu'on laisse derrière soi. Or la seule descendance dont il était certain était ce petit gros qui s'était enfui on ne sait où. Un homme sent ces choses-là, on lui présente un bébé, on lui promet qu'il est de lui, et il s'aperçoit de la supercherie. Il avait trempé son biscuit dans tous les expédients envisageables. Sa guerre depuis des décennies s'était faite avec les reins. Et chaque esclave, chaque princesse conquise, s'empressait de lui présenter un gosse en faisant croire qu'il était de lui. Le souverain n'était pas dupe. Son bâton n'avait craché le feu qu'une fois, et c'était pour le petit gros. La mère n'avait pas survécu. Pinoquillio était né avec un crâne si dur que l'obstétricien avait dit : « Tête de bois, ta femme déchirée partout, petit bébé survivre. » Petit bébé était devenu obèse et papa roi n'avait eu qu'une obsession : le rendre fort.

Cette nuit-là, en marchant seul les pieds dans l'écume, le

roi se souvenait de ses premières discussions sérieuses avec Pinoquillio :

« Pinoquillio, dans la vie, on a tous les droits, sauf de se faire enculer.

– Papa, ça veut dire quoi ?

– Tu ne peux pas savoir. Tu n'as que cinq ans. Mais il n'est jamais trop tôt pour sensibiliser un prince aux difficultés. Je vais te raconter comment je suis devenu puissant, les lois du commerce et pourquoi toute notre richesse vient des Blancs. Il faut les bénir, car sans eux, l'esclavage ne serait pas aussi beau qu'aujourd'hui. Mais attention, mon petit garçon chéri, dans la vie, il ne faut jamais se laisser enculer.

– Papa, je suis tout petit. Je ne comprends rien à tes lois du monde.

– Je t'ordonne de régner, mon fils. Écoute. Enculer, c'est une métaphore, une image, une analogie poétique. Ça signifie qu'où que tu ailles, des gens vont essayer de te marcher sur la tête. Alors toi, tu n'as pas le choix. Tu ne peux pas dire “Ne m'écrasez pas, soyons égaux”. Ça ne marche pas. Il n'y a qu'une seule solution, mon fils.

– Il faut enculer le premier, papa ?

– Oui ! Oui, mon fils ! Tu es fait pour régner, tu comprends tout ! »

Et ce soir-là, alors que Pinoquillio était moins haut que les genoux de son père, le roi avait été fier de lui, car le petit avait compris une leçon de politique générale. Après cela, il n'avait plus aimé que manger. Le monde et la façon dont il fonctionne ne l'intéressaient pas.

« Pinoquillio ! Lâche ces gâteaux ! Écoute, je t'explique la vie. Moi je n'habitais pas loin des côtes, avec mon peuple. C'était une dizaine de villages, on n'osait même pas s'appeler un royaume. Et puis autour de nous, il y a eu ce qu'on a appelé le djihad.

– C'est un gâteau, papa, le djihad ?

– Non. C'est une astuce pour t'enculer.

– Papa, c'est une obsession.

– Écoute, andouille ! Les tribus autour de nous se convertissaient toutes à l'islam.

– L'islam, c'est un gâteau, papa ?

– Non ! C'est une religion. La loi de l'islam est simple : si tu te convertis à l'islam, aucun musulman n'a plus le droit de te réduire en esclavage. Tu comprends ce que ça veut dire ?

– Papa, je veux des gâteaux.

– Ça veut dire que soit tu intègres leur tribu, soit ils ont le droit de t'asservir. Alors c'est ce qui est arrivé aux villages autour de moi. Certains intégraient le djihad et allaient réduire d'autres tribus en esclavage, et d'autres, qui refusaient de se convertir, devenaient des esclaves. Et on les amenait à dos de chameau se faire vendre dans les déserts du Nord.

– Et toi, qu'est-ce que tu as fait, papa ?

– Moi, j'ai été sauvé par les Blancs !

– Ils t'ont libéré ?

– Ah, tu n'écoutes rien ! Je te dis que les Blancs t'enculent autant que les autres. Ils ont débarqué et ils ont voulu réduire en esclavage toute ma tribu.

– Et te convertir à l'islam ?

– Non. Ils ont une autre secte à eux, mais tu as raison, c'est exactement pareil. Alors, qu'est-ce qu'il a fait, ton papa ? Ton papa, il s'est dit qu'il ne voulait être ni musulman, ni chrétien, et surtout pas esclave. Et il a bien vu, ton papa, qu'autour de lui, c'était enculés et compagnie, donc on n'allait pas s'en sortir avec des colliers de fleurs et bonjour madame, il allait falloir être plus enculé que les Blancs qui venaient de la mer et les marrons qui venaient du désert.

– Papa, raconte la fin de ton histoire car je veux dormir.

– Figure-toi, Pinoquillio, que mes premiers esclaves, c'étaient des Blancs. Un bateau plein d'esclavagistes amateurs, très mauvais, mal armés. On leur a sauté dessus et on est allés les vendre à des musulmans qui étaient ravis de la transaction et qui nous ont offert des chevaux en échange. Grâce à ces chevaux, je suis allé kidnapper des paysans dans des villages à l'intérieur des terres et je les ai vendus aux prochains Blancs qui ont débarqué. Et tu sais ce qu'ils m'ont donné en échange, les Blancs ?

– Des gâteaux, papa ?

– Des fusils, imbécile ! Et grâce à ces fusils, tu sais ce que j'ai fait ?

– Une fusillade ?

– Exactement. Et j'ai repoussé les tribus du djihad. Et j'en ai profité pour kidnapper davantage d'esclaves. Et depuis, oui, depuis, mon fils, grâce à l'esclavage, depuis, personne ne m'encule.

– C'est une belle histoire, mon papa chéri.

– Oui, mon petit, c'est la grande loi du commerce international. Dors, mon cœur. Dors, papa t'aime. »

Que s'était-il passé depuis cette nuit bénie, lorsque Pinoquillio avait cinq ans et que son père croyait en lui ? Papa avait tenté de faire d'autres enfants. Papa avait sombré dans le travail. Et la fois où il avait à nouveau regardé Pinoquillio, il avait été déçu. C'était un petit orphelin, c'était une couille molle. Rien à voir avec un roi. « Je suis devenu roi de mes propres mains, pensait le souverain. J'ai créé une forteresse, un comptoir, et les musulmans et les chrétiens ont une chose en commun : ils savent que dès qu'on s'approche de ma sierra et de ma costa, il faut retirer son chapeau et dire "Oui, Votre Altesse", sinon, leur commerce et leur djihad périclitent. » Et le roi pleura. Sa femme était morte. Il pourrait faire hue dada sur toutes les fesses d'Afrique de l'Ouest, l'amour, c'était fini. Il devait retrouver son enfant. Il allait bien falloir l'aimer, car il n'en avait pas d'autre. Et même si ça ne l'intéressait pas, Pinoquillio allait devoir prendre au sérieux cette loi bénéfique grâce à laquelle on survit en exploitant les autres.

Le roi fit appeler ses serviteurs. Il demanda si on avait des nouvelles du vieux Zeb. Personne ne savait rien. Le roi bouillait. Il n'avait qu'une envie : affréter un bateau et écumer les mers pour retrouver son fils. Ce n'était pas possible. C'était le seul mauvais côté de l'esclavage, on ne pouvait jamais prendre de vacances.

Sur la côte africaine aussi, il se mit à pleuvoir. C'étaient des gouttes immenses qui faisaient des trous dans le sable. Le papa de Pinoquillio s'en prit une sur le coin de la figure et gémit. Il l'ignorait puisqu'il avait fait de son mieux pour ne devenir ni chrétien ni musulman, mais cette pluie, c'étaient les pleurs de Dieu.

– Ah, c'est pour ça ? demanda Spinoza.

– C'est pour ça quoi ? répondit Dieu en reniflant.

– C'est pour ça que vous mettez tellement d'énergie dans le poney ou le badminton ?

– Tais-toi !

– En secret, vous êtes un brave Dieu, alors quand vous écoutez trop vos créatures, c'est des larmes et des larmes à n'en plus finir. C'est pour cette raison et pour aucune autre que vous préférez le poney à votre création…

– Pas par égoïsme, Spinoza, tu ne peux pas savoir, tu n'étais pas né, mais la dernière fois que j'ai trop pleuré, ça a donné Noé, le Déluge, l'espèce humaine décimée, et sur ces reliquats est née cette saloperie, le monothéisme.

– Le culte de vous comme responsable unique ?

– Tu vois, quand tu veux, tu comprends. Tu crois vraiment que ça allège ma scoliose de voir ces homoncules répéter que tout est de ma faute, que tout répond à ma volonté ?

– Mais Dieu, osa le papa de Pietr, ils ont tort, puisqu'il y a le libre arbitre, je l'ai lu dans votre Bible.

– Oh, toi, lui fit Dieu, au lieu de vendre les livres de Spinoza, tu aurais mieux fait de les lire. Tu n'as pas compris ? Tout est vrai dans ce que raconte cet Africain négrier : il n'a jamais eu le choix.

– Si ! Il le dit lui-même, il avait le choix entre…

– Entre se soumettre aux royaumes d'Islam, se soumettre à l'empire chrétien, ou tirer parti du système. Non. La seule décision que lui a laissée mon monde, c'est de choisir entre esclave ou esclavagiste.

– Ne pleurez pas, dit Spinoza. Allons, venez, on va faire un petit peu de sport.

– Il a raison, tu sais. Il a raison sur tout, l'esclavagiste.

– Dieu, je vois bien que cette époque de la traite négrière vous déprime. Allez, donnez un coup de talon et propulsez-nous dans un futur moins déprimant.

– Ah, Spinoza, quand tu deviens cynique, j'ai des orages qui me montent aux yeux.

– J'étais sérieux.

– Alors tu es idiot ! Tu ne comprends pas. L'esclavage tel qu'il a été organisé, c'est un poison permanent. On a expliqué à l'Afrique comment on s'occuperait d'elle. Et c'est hors de l'Histoire. C'est un invariant du monde. Les razzias et le djihad ont commencé cinq cents ans avant les caravelles. Et cette façon de dire à celui qu'on envahit « Soit tu te convertis, soit tu es mon esclave », c'est la règle du jeu du commerce. Que font les caravelles ? Elles copient ce système. Que fait l'Afrique ? Elle suffoque. Qui va venir nous voler ? Qui va venir, la prochaine fois, nous laisser le choix entre saisir un fouet ou accepter des chaînes ? Regarde les milices d'enfants et les filles qu'on viole. Regarde la Sierra Leone. Lors de l'émancipation des esclaves d'Amérique, des Noirs sont revenus en Afrique, en crinoline, habillés comme des planteurs de Caroline. Et de retour sur le continent originel, ils ont traité les natifs comme on les traitait eux en Amérique : en leur mettant des chaînes.

– Dieu, vous nous dites que l'Afrique avait une pureté originelle ? Et que l'islam d'abord, et la chrétienté ensuite, en somme ces deux sectes juives, vous dites que ces deux excroissances mosaïques que sont la foi de Mahomet et la loi de Jésus ont abîmé le paradis originel ?

– Spinoza, tu es con, des fois, je ne suis pas un philosophe français ! Je te dis que la merde est permanente et dure depuis toujours, je le sais, j'étais témoin. Simplement parfois, ça prend des proportions qui peuvent me faire préférer le badminton. Voilà, de temps en temps, même moi, j'en peux plus. Tu as compris ce que c'est que la télévision, Spinoza, je t'ai raconté ?

– Non, Dieu, vous ne racontez jamais très précisément le futur.

– Eh bien parfois, Spinoza, tout Dieu que je suis, j'ai l'impression d'avoir une télé avec énormément de chaînes, et j'ai beau changer de chaîne, je tombe à chaque fois sur un programme qui me désole.

– Je partage votre sentiment, ô Éternel, il faut se libérer de ses chaînes.

– Oh, tais-toi.

110.

« Ah ! songeait Pinoquillio, si j'étais plus grand, si j'étais moins gros ! Ah si j'étais aussi musclé que mon papa, je leur casserais la figure à tous ces gens à la peau rose qui martyrisent la jolie fille aux cheveux de paille. Où est mon papa ? » Et le petit garçon se rendit compte qu'il n'avait aimé les choses délicates que parce que son père le protégeait du monde. Il prit conscience, là, sous la pluie, en un coin de la planète où l'on ne savait rien de son extraction royale ni de la puissance virile de son géniteur, que le sucre, c'est bon uniquement quand quelqu'un, au-dessus de vous, vérifie qu'on ne vous traite pas de manière indigne. « La façon qu'a mon papa de tuer d'un regard, et si le regard ne suffit pas, d'y mettre les poings et les chevaux et les couteaux, cette manière de plaquer au mur celui qui n'est pas d'accord, c'est ça qui m'a permis d'aller vers l'esthétique. Il faut de la force, il faut des soldats. Et si l'homme est un chien pour l'homme, que le chien avec les dents les plus longues soit dans mon camp. Et si papa est loin, c'est moi qui vais devoir apprendre, non ? Oh, quel ennui. Il pleut, je me planque. J'ai faim. »

Spinoza et le papa de Pietr battaient très fort des bras afin que les larmes de Dieu ne noient pas la côte africaine. Ainsi il plut ce jour-là sur la planète entière et la montée des eaux qui résulta de ce chagrin cosmique ne fut pas déterminante.

Ça crachinait dur, toujours, sur le château de l'Implication. Indifférent aux invités qui désertaient son colloque, peu attentif à la grille que l'on venait d'ouvrir pour en laisser sortir sa fille, Alarmé de l'Implication se dirigeait dignement vers sa chaise à porteurs. Il s'assit à l'intérieur du véhicule à bras sur le toit duquel battait la pluie. Oracio et Nitchonne, le voyant seul, accoururent.

– Monsieur, proposa Oracio, vous allez ?

– Vous allez en ville, Monsieur ? ajouta Nitchonne avec un beau sourire, comme s'il faisait beau et que tout allait bien.

– Laissez-moi seul, ordonna le penseur français.

Les malheureux disparurent, très inquiets.

– Quand ça va mal pour un riche, fit remarquer Nitchonne, ça ne tarde jamais à barder pour nous, c'est la loi de la chute des corps.

Alarmé attendit que les domestiques disparaissent pour sortir de sa chaise. Malgré l'averse qui devenait de plus en plus cataclysmique, il se posta à l'avant, mit son tricorne et souleva les poignées du véhicule. Les dents serrées, le philosophe traîna derrière lui dans la boue sa chaise de façon pathétique. « Faut que ça avance ! Faut que ça avance ! » Malheureusement, engluée dans la gadoue, la chaise progressait à peine. « Seul ! On est toujours seul », se désolait le dialecticien.

Après quelques pas et des efforts peu fructueux, Alarmé

s'immobilisa et baissa tristement la tête. Deux litres d'eau dégoulinèrent alors de son tricorne. Il hurla. Le cri lui sortit du ventre et ses quatre membres accompagnèrent le mouvement dans une agitation semblable à celle de la blatte que l'on pique d'une aiguille. Monsieur le comte donnait des coups de poing dans la pluie et tassait la boue en sautant dessus de tout son poids. « Rha ! Rhaaaa ! Rhaaaaaaaaaaaa ! »

Depuis le faîte d'un mur, Pinoquillio observait cette manifestation de sauvagerie française avec une réelle inquiétude. Le petit prince prit le risque d'être vu. Pour des raisons que lui-même avait des difficultés à démêler, le sort du fou qui sautait sous la pluie ne lui était pas indifférent.

– Hé ! dit Pinoquillio depuis son muret, reste pas sous l'averse, quand même.

– Rhaaaaaaa ! répondit Alarmé en dardant sur l'Africain un regard très peu reconnaissant. Toi ! Égoïste ! Toi ! Salopard ! Tu fais reculer la cause abolitionniste ! Tout est de ta faute ! Si tu étais resté dans ta cage, j'aurais pu œuvrer beaucoup plus efficacement pour ta libération ! Cette façon pathétique qu'ont les opprimés de ne pas se laisser secourir, ça me désole ! Et puis, si tu veux rester esclave toute ta vie, c'est ton problème ! Mais là, c'est plus grave ! C'est mon honneur, c'est ma réputation, ma probité, et c'est la science que tu as entachée !

– Arrête de crier parce que tu fais peur. Je veux bien t'aider, mais tu te calmes !

– Petit con ! Je t'avais préparé un état de nature rien que pour toi. T'es trop gâté ! Je t'ai offert un trône et tu n'as même pas daigné y poser tes fesses.

Brusquement, le comte bondit vers le mur où était perché

l'enfant avec l'intention manifeste de lui faire sa fête. Pinoquillio sauta à terre. Alarmé lui courut derrière, la bave aux lèvres.

– Viens ici que je te fasse du bien ! Tu vas voir le bien que je vais te faire ! Avec les godasses je vais t'y renvoyer, dans l'état de nature !

Par chance, le cinglé trébucha et tomba dans une flaque de bouillasse. Alarmé resta allongé un moment. Quand il releva le nez, Pinoquillio n'était plus visible.

– Tu… tu…, balbutiait Monsieur le comte.

À bout de nerfs, l'épistémologue déprimé laissa mollement son visage retomber dans la glèbe.

111.

Un peu plus loin, le crocodile profita de cette agitation pour se faufiler à travers la grille de l'enclos entrouverte.

– Hé, salut, fit la bête africaine à la petite chienne Fragonarde qui s'était mise sous des feuilles pour éviter les gouttes.

– Ne me mange pas, supplia l'animal domestique.

– C'est la nature, chérie, j'y peux rien.

Et d'une bouchée, le crocodile goba la chienne française.

Pour la première fois depuis bien longtemps, personne ne se préoccupait plus de Chaussette. La fillette errait sans but dans le jardin, toute barbouillée d'eau et des restes de son maquillage. La fourchette d'argent pendait encore à ses boucles blondes. Son pagne de dentelle gorgé de pluie pesait beaucoup. Même ses chaussettes, sous l'effet des intempéries, tenaient plus de l'éponge que de l'accessoire vestimentaire. Pinoquillio apparut à la gamine dans un état d'essoufflement avancé.

– Poupée, tu vas bien ?

– Znort ! répondit la petite, qui se mouchait dans une chaussette mouillée.

– Tu sais que ton père, il est taré ! Le mien, il est gratiné, mais à côté de ton papa à toi, je t'assure, je regrette mes coutumes locales.

– Toi, tu n'écoutes jamais rien, quand on te dit quelque chose.

– C'est beau, ta voix ! C'est comme du miel dans l'oreille. Mais je t'ai déjà dit, j'entrave que t'chi à ta langue !

Chaussette en avait assez que personne ne la prenne au sérieux. Même ce petit étranger tout juste débarqué de son bateau n'avait cure de ses inventions et de ses conseils, pourtant tellement simples, pour qui voudrait améliorer les relations entre les êtres. Elle tendit les mains vers la ceinture de Pinoquillio, qui se protégea instinctivement les parties génitales. Il se méprenait. La blonde n'en avait qu'après la chaussette qu'elle lui avait offerte lors de son arrivée au château.

– Tu n'en as rien fait de mon cadeau, depuis que je te l'ai donné ! Idiot !

Et la gamine détacha la chaussette de sa ceinture et la lui enfila sur la main.

– Tiens, regarde ! Ça s'appelle un moyen moderne de communication. Vas-y ! Bouge ta chaussette, empoté ! Voilà ! Et là, tu vas voir !

« Oooh ! Si j'avais écouté la blondinette dès le début, je serais pas dans cette mélasse ! » Pinoquillio n'en croyait pas ses oreilles. Il venait d'actionner la chaussette comme une marionnette à main et soudain, sans qu'il puisse expliquer le processus physique qui venait de se produire, il saisissait son langage à elle.

– Hé ! Blonde ! Tu parles ma langue !

– C'est pas moi, métèque, c'est la chaussette, je te dis.

Les enfants, malgré la pluie et l'adversité, restèrent au jardin à discuter longuement. Qu'il est bon de trouver une âme sœur ! Qu'il est bon de parler, même quand le monde est fou, même quand il vous pleut sur la tête et que vous ne disposez d'aucun espoir concret de changer les choses, ni pour votre personne, ni pour l'espèce bipède. Ces deux-là échangèrent un grand sourire qui leur fit un bien immense.

Peut-on encore être français ? se serait demandé un observateur pessimiste confronté au spectacle du château sous la pluie. Monsieur, couvert de boue, cheveux et perruque mêlés sur la figure, chapeau dans les mains, marchait lentement sans se préoccuper des parterres de fleurs qu'écrasaient ses souliers. La pluie ne paraissait plus le déranger, il était passé dans un état inférieur de conscience. Aucune volonté ne semblait à l'œuvre dans ce vestige d'un grand pays. Bientôt, son pas funèbre croisa les tressautements de sa femme qui courait à travers les massifs floraux en hurlant dans l'averse :

– Fragonarde ! Fragonarde ! Quelqu'un a vu ma chienne ? Fragonarde !

– On essaie d'être raisonnable, murmura Monsieur. Mais dans ce monde de dingues, le vrai fou, c'est celui qui a foi dans la raison.

Alarmé n'eut pas un regard pour elle. Il poursuivit son chemin sous le crachin.

– Autant se résoudre, balbutia Monsieur le comte, à rester un sale esclavagiste. De merde.

Jaillie de nulle part, une calèche noire et luxueuse se présenta devant Monsieur le comte. Il pénétra dans la voiture dont l'intérieur était protégé des regards par d'épais rideaux.

Pinoquillio ne savait plus comment complimenter Chaussette à propos de cette merveilleuse invention.

– J'aimais le sucre, blondinette, mais parler, c'est encore mieux. Vive tes chaussettes ! C'est le premier truc intéressant, à part la nourriture, dans ton pays. C'est de la magie ! Peut-être que vous, vous appelez ça de la science, moi, je ne juge pas les autres cultures, mais je suis vraiment épaté. Et tout le monde communique comme ça, chez les Français ?

– Pas encore, répondit Chaussette, c'est une technologie balbutiante.

– Dis donc, cheveux de paille, tu étais déguisée en quoi, tout à l'heure, sur ton arbre ?

– J'étais déguisée en toi, je te signale.

– Ah bon ? répondit le petit Africain interloqué. Et c'est vraiment comme ça que tu me vois ?

– Pas moi, cher ami, mes parents. Dis donc, tu veux pas m'emmener ailleurs ?

La calèche noire avait tourné un moment dans les allées du jardin détrempé. Les chevaux firent halte, la porte s'ouvrit et Alarmé en sortit sans saluer les mystérieux occupants. On l'avait déposé devant l'église du château. Il marcha vers le temple sans le faire exprès. C'était un automate complètement largué. « Je laisse derrière moi le monde », répétait-il, absent. Il vit la croix. Il passa sous l'arc en plein cintre et poussa la lourde porte en bois pour visiter le territoire du Christ. « J'ai pris mes dispositions. Des décisions… définitives. Je me sens minable, mais léger. Replongeons maintenant dans les vieilles conneries reposantes. » La pluie, la boue, tout cela restait dehors. Le silence et le froid du temple lui firent du bien. « Seigneur, supplia Alarmé, accueille ta brebis égarée, de merde. »

Mais au lieu de l'étincelle réconfortante qu'il espérait, le philosophe déchu trouva son curé prostré près de la sacristie. Il se protégeait le visage de ses mains crispées. Il semblait possédé par le démon.

– Vous avez l'air encore plus à l'ouest que d'habitude, lui fit remarquer Monsieur le comte.

– Écartez-vous, inconscient !

– Non mais rassurez-vous, ça va. Je ne suis plus dangereux. C'est fini pour moi, la philosophie.

– Il n'est pas question de vous, mon fils ! C'est moi ! Maudit sois-je ! Maudit maudit ! J'ai complètement exagéré. J'aurais dû rester un curé normal et tirer humblement ma crampe tous les matins. J'ai joué avec des forces qui me dépassent. Les super-pouvoirs m'ont envahi ! Je suis effrayé, mon fils, par ma toute-puissance.

– Non, on va mettre les choses au point, moi j'ai tout raté en philosophie, mais vous, c'est pas mieux. Alors, arrêtez de me chanter Ramona avec vos miracles, parce que tout à l'heure vous n'avez pas volé du tout. Vous êtes juste tombé comme une crêpe. Et je dis « crêpe » uniquement parce que le mot « merde », il ne faut pas le prononcer dans la maison du Seigneur. Tout va bien ! Vous êtes nul, je suis nul, on ne fera pas de mal à une mouche. D'ailleurs, en ce qui me concerne, il y a un nouveau rebondissement…

– Mon fils, vous ne vous rendez pas compte ! J'ai des éclairs mortels qui me sortent des doigts ! Des éclairs bleus !

– Je ne les vois pas du tout.

– Je vous dis qu'ils sont mortels, si je les laisse sortir, vous êtes mort ! Les pouvoirs divins s'accumulent en moi. Je dois utiliser toute ma force spirituelle pour les garder en moi.

Le curé se dressa comme un diable et agita les doigts en tous sens en criant « GZZT ! GZZT ! ». Alarmé tournait la tête dans toutes les directions que le prêtre indiquait, mais il ne voyait ni explosions, ni éclairs. Le curé était déjà dans un autre monde. Lui, il distinguait précisément la pierre de taille qui explosait sous les rayons, l'air empli d'électricité et les étincelles de colère divine qui rebondissaient dans chaque coin de l'église. GZZT ! GZZT ! Parfois, il se jetait au sol pour éviter des éboulis imaginaires, ses yeux flamboyaient. Il faisait de son mieux pour ne pas heurter le transept avec ses rayons, car il était persuadé que le temple tout entier se serait écroulé sous l'effet de la magie issue de l'abstinence sexuelle. Alarmé plissait les yeux mais ne voyait toujours rien. Excédé, il tourna la tête vers le curé qui par inadvertance lui mit un doigt dans l'œil.

– Aïe ! Bon sang, ça suffit, curé !

– Votre œil… il fonctionne, c'est un miracle ! C'est trop de miracles d'un coup ! J'ai trop de puissance, ça doit cesser ! Il faut que je transgresse tout de suite la loi de Dieu, sans quoi je vais exploser !

Et le curé se jeta sur Alarmé avec l'intention d'abuser de lui à l'intérieur même de l'église.

Dans la bousculade qui suivit, la tête d'Alarmé de l'Implication heurta violemment le bénitier. Le philosophe, du sang plein le crâne, tomba sur le ventre, l'arrière-train dressé vers le ciel.

– Seigneur, supplia le curé, faites qu'il soit mort. Cela

ajouterait la nécrophilie au crime pédéraste. Seigneur, il faut au moins ça pour que la pression miraculeuse diminue.

Monsieur le curé saisit violemment Alarmé par les hanches. Le comte, qui n'allait pas si mal, lui envoya un coup de talon dans le menton.

Alarmé se releva, du sang plein le visage et dans les yeux l'exaltation d'un miraculé de Lourdes.

– Vive les coups, vive les chocs ! J'ai été visité !

– Par le Seigneur, mon fils ?

– Dieu et la pensée, curé, c'est le même bonhomme. Et puisque la pensée, c'est…

– C'est qui ?

– C'est moi ! C'est moi et j'ai douté. À tort. On cherche ailleurs ce qui est en nous. Venez, curé, j'ai eu tort de m'en prendre à ce pauvre petit Noir.

– Est-ce qu'il y a des choses dont vous souhaitez parler en confession ?

– J'ai eu tort de vouloir convaincre mes contemporains de cette façon, j'ai eu tort d'entraîner ma famille dans cette folie.

– Oui, mon fils, oui. Revenons au passé, reprenons notre vie d'avant.

– Au contraire, curé. J'ai voulu démontrer l'état de nature, l'observer de l'extérieur, froidement, comme si on n'était qu'esprit et qu'on ne disposait ni d'un cœur ni d'un ventre. Et là, curé, dans le froid de cette église, dans nos vêtements détrempés, vous et moi luttant comme jadis Jacob avec l'ange, j'ai ressenti un élan primal.

– Oh, mon fils, moi aussi ! s'exclama le prêtre, disposé à retirer ses hardes.

– L'état de nature ! Curé, l'état de nature, sa sauvagerie,

son dénuement. Prêtre, mets la main sur ma poitrine et vois comme bat mon cœur à son évocation, vois comme l'enthousiasme monte à l'approche de la naissance d'une grande idée. La sauvagerie, le dénuement, disais-je, il ne faut pas les montrer, il faut les vivre !

– Ooooh ! Oh, mon fils, oh oui !

Et le curé l'embrassa à pleine bouche. Il n'avait pas compris le projet de Monsieur le comte. Alarmé le repoussa.

– Non. Là, curé, vous êtes trop grec.

– Ah, pardon, marmonna le curé, déçu.

– Venez, mon père, venez.

– On va où ?

Alarmé prit la pose. Il ouvrit grand la porte du temple et la lumière découpa sa silhouette. Le vent lui mit des cheveux plein les narines quand il déclama :

– Loin de tout, curé, on va loin de tout !

Le crocodile traversait le jardin en souriant. Du fond de son estomac sortait la voix du petit chien qui suppliait :

– Allez, sois sympa ! Ouvre un large bec et laisse tomber ta proie.

– Pas question, répondit le crocodile.

Madame était encore désorientée par la perte de sa petite chienne. Nitchonne, inquiète, vint solliciter son attention :

– Madame ! Madame ! Y a Monsieur le comte et Monsieur le curé qui courent tout nus dans la nature.

112.

Et s'il existe simultanément et un Dieu et une Nature, alors oui, les manifestations angéliques de Dieu sur terre, ce sont les requins. Parce que rien ne les détournera jamais des lois du monde.

Pietr et ses compagnons avaient chacun fait de leur mieux pour raconter des histoires aux squales. Ainsi comptaient-ils sauver leur vie. Tant qu'on leur parlait d'amour, les requins ne les dévoraient pas. Et chacun des trois naufragés pensait qu'on allait de cette manière se rapprocher des côtes de France. Ou finir par arriver quelque part où on les accueillerait. Mais après deux jours de palabres, quand on avait dit aux requins tout ce qu'on peut savoir de la faim qui s'empare de l'homme en état d'amour, on s'aperçut que le soleil se levait du mauvais côté.

– Vous avez viré de bord ? leur demanda Zeb.

– Dis donc, conteur, répondit un des requins bouledogues, nous acceptons de ne pas vous croquer, au motif que votre babil est distrayant, mais il y a des lois supérieures et nous devons les suivre.

– Et en quoi consistent-elles, insista Zeb.

– À suivre l'odeur du sang lorsqu'on la perçoit.

Ils aperçurent au loin la flottille de Courtemèche. Ainsi les squales avaient-ils opéré un grand cercle pour revenir à leur point de départ. Derrière le plus grand bateau pendait le corps d'une femme. Avant même de la distinguer précisément, Pietr comprit de qui il était question. Il saisit un poignard et ordonna aux squales de se hâter.

– Pour quoi faire ? demanda un requin. Tu vois bien qu'elle est déjà à moitié dévorée.

Pietr se souvenait des moments où ils avaient été ensemble dans l'utopie du navire des mutins. Elle pendait à présent derrière le bateau de Courtemèche.

– Rien de personnel, fit un requin, mais nous allons aussi en manger un bout. Tu sais, tes semblables font en sorte que les bateaux négriers soient entourés de gens comme nous, je veux dire, de requins, ça assure une certaine discipline à bord.

– Rien de personnel ? demanda Pietr. Cette fille pend là derrière uniquement parce qu'elle a été avec moi. Vous aimez le sang ?

– Oh oui, affirma d'une seule voix la troupe de squales, on l'aime même davantage que les histoires du vieux Zeb.

– Alors emmenez-moi près du bastingage. Et ne touchez pas au corps de cette fille. Dans quelques heures, vous allez faire une chose qu'aucun requin n'a jamais faite.

– Que veux-tu dire ? demanda un des monstres marins.

Pietr approcha ses lèvres et murmura son plan à l'oreille d'un seul requin, le plus petit et le plus sauvage.

– Qu'est-ce qu'il t'a raconté ? demandèrent les autres.

– Il est fou, répondit le petit teigneux, et son plan n'a aucune chance de marcher. Mais vraiment, oui, vraiment, c'est amusant. Faisons comme il demande.

113.

Courtemèche passait sa première bonne nuit depuis longtemps, parce qu'il était certain d'avoir résolu définitivement la question Cohen. Effacer jusqu'au souvenir de ce Hollandais interdit d'esclavage, c'était tirer un trait définitif sur l'opprobre pirate. On pouvait respirer et serrer des deux mains son oreiller, on était un notable. Le commerce auquel on s'adonnait participait au grand flux des marchandises et de la richesse. Grâce à Courtemèche et à ses semblables, l'acheminement de la force de travail se ferait de façon plus profitable. C'est mathématique, si les pirates deviennent négriers, il y a moins d'abordages et, par conséquent, davantage d'esclaves arrivent à destination en état de travailler.

Le corps démembré de la fiancée de Pietr rebondissait contre l'arrière du vaisseau, sa tête contre les fenêtres à croisillons de la cabine du capitaine. Ce qu'il restait de ses pieds faisait de l'ombre sur les petits garçons. Fillettes à bâbord, garçonnets à tribord, on avait rangé les esclaves de la même manière que sur les autres caravelles d'esclavage.

Sous les cabines des officiers, on avait aménagé deux espaces qui servaient d'ordinaire de logements pour les matelots. On avait retiré les murs et on y avait attaché les enfants par des cordes. Ils voyaient les jambes qui battaient à la fenêtre et qui projetaient des ombres en forme de pinces de langouste. Parfois une tête de squale sautait hors de l'eau et tâchait d'arracher un bout de viande humaine. Mais au fur et à mesure qu'on la mangeait, la malheureuse était de moins en moins accessible aux mâchoires des requins, car ces bêtes ne sautaient pas si haut. Au milieu de la nuit, les enfants virent descendre une grande chaloupe. L'un d'eux se pencha aux lucarnes grillagées. Il crut voir des gens dans les flots. Ils remplissaient la barque d'eau de mer et mettaient un requin à l'intérieur. Un géant à la peau ni blanche ni noire, un homme orange, crâne à moitié rasé et surmonté d'une houppe de cheveux algonquine, grimpait aux filins sans un bruit. Une sorte d'Arabe suivait, un type maigre comme une araignée de mer, la tête mangée par une crinière rendue solide par le sel, une barbe jusqu'au sternum. Lorsque passa l'Arabe à leur fenêtre, ils virent ses grands yeux bleus, son couteau entre les dents, et quand il les aperçut, il leur fit un clin d'œil. Les enfants se disputèrent pour savoir de quel Arabe il s'agissait. L'un dit que c'était l'archange Gabriel, l'autre était certain qu'il s'agissait du pirate Barberousse. Certains, enfin, furent persuadés que c'était un prophète qui s'appelait Jésus. D'autres leur mirent des baffes au prétexte que le seul Arabe qui sauve les petits enfants s'appelle Mahomet.

Puis les enfants entendirent le bruit imperceptible d'un treuil et d'une poulie. Et quand la barque passa à la hauteur de leur fenêtre, ils virent assis dessus, et fumant une pipe en os, un vieux Noir. Il avait beaucoup d'expérience puisqu'il parvenait à aspirer son tabac sans qu'on voie aucune flamme, et en expirant par les narines des volutes assez fines pour qu'on les confonde avec les embruns. Ce Noir était assis sur le bord de la barque. Il faisait de son mieux pour que le requin ne retombe pas à la mer. Il lui flattait les flancs. Il remettait de l'eau sur les fentes respiratoires du monstre afin que son souffle ne soit pas contrarié. Il semblait très calme. Enfin, détail particulièrement terrible, ce Noir qui devait avoir au moins trois cents ans parlait calmement au requin. Et le requin ? Le requin lui répondait. Le vieux, en passant, leur fit « coucou » du bout de sa canne, et le requin agita la queue malicieusement. Les petits furent heureux.

114.

Le corps avait cessé de rebondir contre la fenêtre. Courtemèche ouvrit un œil. Une main de géant lui obtura le clapet. Un Iroquois pesant cent trente kilos était assis sur son lit et lui mettait des doigts dans la bouche. Courtemèche tâcha d'attraper un pistolet et l'Indien lui tordit le nez. Le capitaine négrier entendit craquer des os de son crâne et ne bougea plus.

– Je m'appelle Yom, dit doucement l'Indien.

Il vint s'asseoir derrière Courtemèche et le mit sur ses genoux. Dans les bras du colosse, le petit capitaine avait l'air d'un nourrisson. Il ne pouvait pas bouger. Yom trouva une réserve de mouchoirs en tissu, tous sales sans doute, et il les lui enfourna dans la bouche jusqu'à ce que ça déborde et que la glotte en soit dérangée. Courtemèche émit des borborygmes de protestation et on lui demanda à nouveau de la fermer sans quoi on lui broierait la calotte crânienne.

Au fond de la cellule, de dos, presque nu et les épaules cachées par une tignasse de Méduse, Pietr avait le nez dans les livres de comptes. Et au milieu de la pièce trônait une chaloupe. Elle débordait d'eau et un squale y était lové.

Parfois il risquait un œil en dehors et fixait Courtemèche. Illusion d'optique sans doute, le requin paraissait sourire.

Un vieillard africain marchait sur deux longues jambes et une canne, il s'approcha de la fenêtre ouverte – parce qu'elle claquait ? Il hissa le corps de la fiancée de Pietr puis le jeta sur le lit. Courtemèche sentit la charogne encore fraîche contre son bassin. Yom l'obligea à se tenir beaucoup plus près. Il lui assit le cadavre tout contre lui, flanc contre flanc. Il restait la tête, les cheveux, le torse, et de la charpie autour de quelques os.

– Je ne veux pas que tu croies qu'elle était amoureuse de moi, ou que je comptais à ses yeux, expliqua Pietr sans se retourner.

Le vieux ferma la fenêtre et l'intérieur de la cabine devint très silencieux.

– Moi non plus, je ne sais pas ce que j'éprouvais pour elle. Mais maintenant qu'elle est morte par ta main, je trouverais volontiers la ressource nécessaire pour te dire que c'était mon amour. Et à cause de toi, je me sens coupable.

Le vieux aspira franchement sur sa pipe. Pendant le trajet avec les requins, il était parvenu à garder du tabac et de l'amadou attaché dans une poche juste sous son menton : ce Zeb était un génie du feu. Alors, torture ou vengeance n'allaient pas le retarder dans son projet épicurien, il fallait jouir de l'instant et donner le plus d'importance possible à l'air avalé et à l'air qu'on exhale. Il avait rangé sa pipe en mouton et, à la place, il venait de piquer une des pipes de Courtemèche en forme de serre d'aigle, fabrication française, et du tabac au chocolat. Il mit le feu au cratère de bruyère et la pièce, par le seul truchement de sa bouffarde, prit une couleur chaude.

– Dis la vérité, Courtemèche, demanda gentiment Pietr, sans moi, tu ne l'aurais jamais tuée ? C'est parce que cette fille m'avait choisi, parce qu'elle et moi nous étions trouvés dans un moment où tout chavirait, que tu l'as jetée aux requins.

– Pietr, non. Comme c'était la tienne, j'ai souhaité la violer. C'est tout.

– On n'entend rien. Yom, retire-lui les mouchoirs et, s'il hausse la voix, tu lui enfonces ton poing dans le thorax.

– Je disais que j'ai juste souhaité la violer. Ce sont des choses qui se font. Mais ne te sens pas coupable, je n'y suis pas parvenu. Parce qu'elle a ri.

– Donc, mes affaires avancent, répondit le Hollandais qui n'avait toujours pas quitté sa chaise. (Il continuait à tourner le dos à la scène et à éplucher la comptabilité négrière.) Tu comprends, c'est un travers monothéiste, on n'est pas certain de vouloir faire, comme les Grecs, le Vrai, le Beau et le Bien, mais si on peut s'enlever un peu de culpabilité de temps en temps, ça soulage. Merci, Courtemèche, donc elle n'est pas morte à cause de moi, promis ?

Le requin s'agitait. D'un coup de queue, il envoya un dégueulis d'eau de mer sur le ventre de Courtemèche.

– Pietr, je te dis mon secret, comme ça tu pourras m'humilier un bon coup. Tu riras de moi, tu me plaindras, et sans doute alors je serai épargné. C'est ma seule chance, n'est-ce pas ? M'humilier à tel point que tu conviennes avec moi que je souffre davantage vivant que mort.

– Tu m'intéresses, murmura le Hollandais.

– Mon surnom. J'ai toujours dit que c'est parce que j'avais voulu faire comme Blackbeard Teach. Parce que je me mettais le feu aux mèches lors des abordages. Et parce que Barbe-Noire avait le sens du spectacle et qu'il utilisait des postiches. Tandis que moi, jeune et stupide, j'ai une fois fichu le feu à mes propres cheveux et je me suis retrouvé momentanément dégarni.

– J'avais entendu plusieurs versions, mais oui, elles tournaient autour de cheveux en flammes.

– La réalité, Pietr, est plus prosaïque. Si vous avez l'obligeance de me découvrir, vous comprendrez. Cette légende, vous savez, selon laquelle les hommes petits ont un sexe énorme. Dans l'absolu, je ne sais pas ce qu'elle vaut, mais cette fatalité semble m'avoir épargné.

– Les pieds, murmura Pietr.

Alors Yom souleva Courtemèche et lui enfonça les jambes jusqu'aux mollets dans la barque pleine d'eau.

– Tu vas avoir mal comme s'il t'arrachait toute la peau.

Pietr chuchotait presque. Le requin mordit doucement. Le captif sentit toutes les rangées de dents. L'animal rongeait sans détacher tout d'un coup, puis sectionna les deux pieds et le capitaine poussa un hurlement qui réveilla tout le navire.

– Mon papa a fini comme ça, murmura Pietr, dans un baquet avec des poissons. Imagine que les Romains aient torturé de cette façon, vous auriez tous des poissons rouges autour du cou à la place d'une croix. Yom, Zeb, installez notre hôte, on n'a pas fini.

Les officiers crurent à une révolte. Quelques-uns coururent inspecter les cales aux esclaves. Au pont inférieur, les esclaves normaux se tenaient tranquilles. Sur le pont médian, les anciens affranchis de Pietr ne bougeaient pas non plus. La cabine de Courtemèche ne fut inspectée qu'après cette ronde d'urgence.

– Qu'est-ce qui te prend, Courtemèche, de gueuler comme ça ?

Puis ils ouvrirent la porte et constatèrent que le chef n'avait plus de pieds. On l'avait traîné dans sa cabine, ça laissait des zébrures rouges par terre. On avait allumé quelques lumières. Il y avait une barque au milieu de la pièce et un requin à l'intérieur. Un Indien et un Noir, de part et d'autre de Courtemèche, le menaçaient chacun d'un pistolet

– Entrez, entrez, leur suggéra gentiment Pietr, et asseyez-vous.

Certains voulurent se mettre sur le lit du patron, comme on avait toujours fait, mais ils virent le cadavre de la fille et trouvèrent d'autres endroits pour poser leurs fesses.

– Ça va être un peu fastidieux, murmura le Hollandais. Donc je ne voudrais pas commencer avant que tout le monde soit là.

On lui expliqua qu'on préférait laisser Courtemèche se faire abattre plutôt que céder à un quelconque chantage.

– Oh, répondit Pietr, qui avait toujours la tête plongée dans ses livres, on pourrait même faire l'économie de la menace, ce que j'ai à vous raconter va vous ravir. Chers amis, songez juste que mes camarades sont puissants, et qu'une fois Courtemèche abattu, on risque d'entraîner quelques-uns d'entre vous dans les abysses.

– Tirez ! fit le capitaine en second. Tirez dans le tas.

Pietr lui envoya un coupe-papier dans l'œil.

– Mettez-le dehors, il crie, ça ne nous aide pas. Je vais vous parler arithmétique et je ne suis pas certain que ça soit votre spécialité, alors ne nous laissons pas distraire. Faites des signaux aux autres bateaux de la flotte. Je veux un représentant de chaque navire ici au plus vite. Tu vois, Courtemèche, si je n'étais pas là, ils t'auraient abattu sans hésiter, vieux chameau.

On fit venir de chaque bateau de la flotte une chaloupe, dans laquelle se tenait ce que les anciens pirates avaient de moins bête.

– C'est simple, fit Pietr. Je n'allais pas vous aborder. Je n'ai pas la puissance militaire pour ça. Alors, j'ai mis le nez dans vos livres. C'est ça, en vérité, mon erreur depuis toujours, j'ai certaines facilités langagières, je les emploie au service d'un autre, Spinoza, et je m'imagine que son grand nom va aider à illuminer les phénomènes séculaires. Or, vous savez quoi ? Rien ne vaut l'expérience. J'accepte aujourd'hui d'être un sujet qui observe intelligemment l'ici et maintenant. Ce que je vous propose, mes amis, c'est un examen logique et sans a priori du contexte, des effets, des causes et de leurs finalités.

– Abattez-le ! hurla un des pirates.

– Comptable, mes amis, parfois, je vous assure, ça vaut mieux que le cosmos. Alors voilà. Vous en êtes à trois ou quatre voyages négriers. Pouvez-vous juste me dire, très précisément, ce que ça vous a rapporté ?

– On ne peut pas se baser sur ces trois voyages-là, expliqua un des hommes.

– Pourquoi ?

– Parce qu'il y a eu des impondérables.

– Oui. On pourra faire des statistiques lorsqu'on aura

plus l'habitude. La première fois, lors du grand passage, on a eu un calme plat. Et comme on n'avait pas assez à manger, on a dû jeter un tiers des nègres aux requins.

– La deuxième fois, lorsque nous sommes arrivés au comptoir négrier, il y avait des bateaux anglais et espagnols. Alors, d'une certaine façon, comme la demande était très supérieure à l'offre, ces salauds nous ont saignés à blanc, on a payé les nègres plus cher que les favorites du roi de France, sauf le respect.

– Nous avons eu une révolte, aussi, il a fallu la réprimer.

– Ça veut dire que si on fait les comptes, sur ces trois voyages-là, en réalité, nous avons perdu de l'argent.

– Courtemèche, répondit Pietr très calmement, considérons, pour te faire plaisir et parce qu'il ne faut pas malmener un infirme, que le voyage esclavagiste idéal existe, avec un bon vent, sans révoltes, sans conjoncture défavorable et sans la concurrence des autres puissances. Alors oui, dans ce cas, tu gagnerais de l'argent. Quoique, si vous me le permettez, bien moins qu'à l'âge pas si lointain où nous étions des hors-la-loi.

– La tranquillité, Pietr, ça n'a pas de prix, souffla Courtemèche dans un râle. Depuis que je suis du côté de la loi, je dors mieux.

– Tu as raison ! s'écria Pietr. Moi qui suis pétri de culpabilité, comme je t'envie de te sentir bien dès qu'une puissance supérieure te dit « Vas-y coco, tes saloperies sont licites ». Ah, Courtemèche, je te bénirais si tu pouvais transmettre cette félicité à tes équipages. Mais vous, les amis, vous préférez torturer des nègres ou piller des galions ?

Les hommes parlèrent de la sécurité de l'emploi. Ils évoquèrent le plaisir de débarquer dans un port sans avoir à se cacher. De participer aux ventes, de discuter avec des propriétaires dans les plantations. De parler du coût de la vie qui augmente, de payer ses impôts. Voilà des petits plaisirs qu'ils faisaient semblant d'apprécier.

– Et tout ça, demanda Pietr, c'est plus amusant que la vie folle qu'on avait avant ?

– Pietr, l'époque n'est pas au romantisme.

– Je m'en doute, mes amis, aussi n'aurais-je jamais espéré vous convaincre si je n'avais discuté longuement avec le vieux Zeb, ici présent. Et depuis que j'ai mis le nez dans les comptes de votre capitaine, je crois qu'enfin je comprends en quoi ça consiste, l'esclavage. Que savez-vous, mes amis, des esclaves que vous transportez ?

– On s'en fout.

– Si on crée trop de liens, après on est tristes quand ils meurent.

– C'est assez commode qu'ils soient noirs, ça délimite.

– Oui, tu as vu comme les Noirs que tu as libérés étaient malheureux.

– On a eu un mal fou à les enchaîner à nouveau.

– Le problème, c'est qu'ils trouvent ça injuste.

– Tandis que dès qu'on peut les convaincre que c'est leur nature, comme Noirs, de dormir à fond de cale, je t'assure, les traversées se déroulent mieux.

– Non, fit Pietr, ça n'a rien à voir avec la couleur de leur peau.

– Ah, pas d'abolitionnisme, hein !

– Tu es aigri, Pietr, tu refuses l'esclavage parce que tu n'as pas le droit de le pratiquer.

– C'est vrai. Je suis comme un gosse, quand on m'interdit une chose, je la regarde avec intérêt, je la désosse, j'y pense, et là, mes amis, grâce à vous et aux vicissitudes, je crois avoir compris l'esclavage. Alors, soyez aimables, sortons de la cabine et allez chercher un représentant de chaque groupe d'esclaves, on va tous discuter ensemble.

Les hommes refusèrent catégoriquement d'obtempérer. On n'allait pas commencer à discuter avec des Noirs !

– Mais pourtant, vous discutez bien avec les Noirs qui vous les vendent, vos esclaves.

– C'est pas pareil !

– Pourquoi ? intervint le vieux Zeb.

– Non, mais vous vexez pas. Vous, on veut bien vous parler parce que vous êtes le copain de Pietr, mais enfin, faudrait pas que ça devienne une habitude.

– Donc vous parlez aux Noirs quand ce sont des amis, ou des amis de vos amis ? demanda Zeb. Le négrier noir, pourquoi lui parlez-vous ?

Les hommes ne trouvaient pas la réponse.

– Parce que c'est un salaud comme nous, murmura Courtemèche. Pietr, tue-moi qu'on en finisse.

– Ce n'est pas la bonne réponse, dit Zeb en soufflant sa fumée orange. Ce que Pietr essaie de vous dire, c'est que vous êtes tous des pauvres cons.

On mit la main aux mousquets.

– Tous ! poursuivit Zeb. Ceux qui sont enchaînés à fond de cale, mais vous aussi ! Vous avez déjà vu des esclaves riches ou des esclaves rois ? Vous leur parlez à vos esclaves ? Non. Vous vous êtes interrogés sur la manière dont on devient un esclave ? Vous êtes aveuglés par la couleur de peau, mais vous ne vous rendez pas compte : les riches d'Afrique ne souffrent pas de l'esclavage. On met en esclavage le pauvre, le paysan, le con, celui qui vous ressemble.

Les représentants de l'équipage commencèrent à argumenter. Certains arguèrent que l'esclavage était un commerce équitable et que l'on asservissait indifféremment le riche et le pauvre à condition qu'il fût noir.

– Non, répondit Zeb, et sur ce point je suis formel, on ne réduit en esclavage que les pauvres. C'est un invariant du monde.

– Laissons tomber la philosophie abstraite et faisons les comptes, dit Pietr. Allez, répondez-moi, quel est le pourcentage d'esclaves qui sont morts lors de vos trois traversées ?

– Trop, Pietr. On sait qu'il y en a trop qui clamsent. Mais on te promet, on fait de notre mieux.

– Ce n'est pas ça que je vous demande, poursuivit Pietr, je vous demande des chiffres.

– Vingt pour cent, souffla le capitaine sans pieds.

– Ça n'est pas là où le Hollandais voulait en venir, poursuivit le vieux Zeb en souriant. Je crois qu'il s'apprêtait à vous demander combien d'entre vous, je veux dire, combien de marins sont morts pendant ces trois traversées.

– Alors, amis pauvres cons, combien sont morts, parmi vous ? Courtemèche, vas-y. Dis-nous. Et ne mens pas, parce que j'ai les chiffres ici.

Il y eut un silence. Puis Courtemèche murmura quelque chose.

– Personne n'a rien entendu, lui répondit Yom.

Pietr Cohen se leva de sa table de comptes. Il riait très fort.

– Voilà le pourcentage de marins qui sont morts pendant vos trois traversées, lis ce chiffre, Courtemèche. Lis ou bien tes yeux ne servent à rien et je les crève.

– Vingt ! hurla Courtemèche.

– Vingt marins ? ou vingt pour cent des marins ? hurla Pietr en lui cognant le livre ouvert sur le visage.

– Vingt pour cent, répondit Courtemèche.

– Vous voyez, conclut le Hollandais, sur vos bateaux, il y a beaucoup plus d'esclaves que vous ne le croyez. Et vous savez quoi, la moitié d'entre eux viennent d'Europe.

– On vous a arnaqués, conclut le vieux Zeb. On vous a fait croire que c'était la peau noire qui marquait l'état de pauvre con. Mais la réalité est bien plus universelle : dès que vous avez un pied sur ce bateau, c'est sur vos cadavres qu'on construit le monde des riches.

– Il appartient à chacun de décider qui est le centre du monde, ajouta Pietr.

– Et donc ? demanda un marin.

– Et donc, conclut Zeb, contrarié, il va vous suggérer de libérer tous les esclaves et de constituer avec eux un équipage deux fois plus nombreux. Il va également vous demander à tous, y compris à ceux qui sont à fond de cale, de refuser l'exploitation de l'homme par l'homme. Et vous accepterez car vous aurez trop bu. Mais ça sera des carabistouilles, parce que c'est la conclusion inéluctable de tous les soubresauts du monde : ceux qui gagnent finissent toujours par écraser les autres sous leur semelle.

– Je ne vois pas si loin, rectifia Pietr. Je vous propose juste de redevenir des pirates. De vivre pour vous. Et si on nous emmerde en nous disant que cette vie n'est pas légale, nous dirons que nous refusons les lois. On est nos propres maîtres. On n'a plus d'esclaves. Et si on nous en fait le reproche, on jurera qu'on fait tout ça par idéal politique. La vraie raison, nous la connaissons, c'est que l'esclavage tel qu'il existe aujourd'hui ne permet absolument pas à des pauvres cons comme nous de s'élever, ou de vivre heureux.

– Vive les pauvres cons ! hurlèrent les hommes.

Et l'équipage eut la pudeur nécessaire pour laisser Pietr et Courtemèche seuls, ils avaient des choses intimes à conclure ensemble. Même Yom et Zeb sortirent de la pièce.

Pietr ferma à double tour. Il aida Courtemèche à se lever et commença une petite danse avec lui. À chaque pas les moignons de l'ancien receleur laissaient des traces rouges sur le tapis de la cabine. Puis Pietr l'aida à se casser la figure en arrière. Il tomba les fesses dans la chaloupe, agrippa les bords de la barque pour sortir de l'eau et cria un peu. Bientôt, le requin l'avait entièrement mangé.

Puis Pietr revêtit le manteau du capitaine et rejoignit l'équipage. On libéra tous les hommes, toutes les femmes et tous les enfants. Et on fit jurer à chacun un engagement relatif à une Constitution libertaire pirate. C'était la plus belle arnaque de Pietr. Il venait de s'apercevoir que personne ne savait lire et le livre sur lequel ils juraient n'était autre qu'un ouvrage de comptabilité.

Pour fêter leur nouvelle république itinérante, on mit le requin à la broche et Pietr fit voir comme il était fort pour cuire le poisson. Le festin terminé, il expliqua, du rouge dans les yeux, qu'on venait tous de commettre le crime suprême d'anthropophagie en mangeant le capitaine esclavagiste. Cela scellait une union criminelle. On ne s'arrêterait que lorsque le monde nous aurait fait une place.

– Et mon petit prince d'Afrique ? demanda Zeb. C'est important pour mon roi.

– Zeb, dit Yomachichi, ça fait longtemps qu'on se fréquente. Je t'ai dit tous mes secrets, tu m'as écouté, tu m'as compris et tu m'as aidé à dénouer les liens que je me faisais dans la cervelle. Cette maïeutique, vieux Zeb, il faudrait que tu apprennes à l'appliquer aussi à toi-même.

– Où veux-tu en venir, Iroquois ? De quelles idées veux-tu encore que j'accouche ? demanda le vieux.

– Je veux que tu t'avoues, Zeb, que ton roi tu t'en fous, mais que ce petit garçon, tu t'inquiètes pour lui.

– Son père ne l'aime pas, avoua le vieux, il faut bien que quelqu'un l'aime.

Sans trop savoir pourquoi, Zeb se mit à pleurer.

115.

La météo ne s'était pas améliorée dans la région de Bordeleau. En cette fin d'après-midi, au milieu d'une tempête, Alarmé de l'Implication s'échinait à mettre à l'eau une barque ridicule. Il se tenait au bout d'un embarcadère, protégé du port et des regards par des concrétions rocheuses. Le vent et la pluie soulevaient son pagne. Le curé, pas mieux vêtu, tirait la proue, alors que le comte poussait l'arrière de l'esquif. Plouf! La barque fut à l'eau et les deux apprentis sauvages également. Ils grimpèrent par-dessus le bastingage et le corps flottant se retourna.

Éponyme et Nitchonne, qui allaient être du voyage, se précipitèrent pour remettre la barque d'aplomb. Ces messieurs avaient des bosses et râlaient un peu. Par miracle, chacun parvint à s'entasser dans le microscopique navire.

D'un coup de soulier volontaire, Monsieur le comte repoussa les rochers. La rive s'éloigna. Le bateau, centre du monde immobile autour de quoi tout gravite, attendait qu'approchent les rivages vierges d'une terre inconnue.

– On va où ? demanda Éponyme. On fait quoi ?

– Ma mie, nous reprenons tout de zéro.

– On va recommencer l'expérience de la volière ?

– On va recommencer le monde, Éponyme.

La barque n'était qu'à quelques mètres du rivage quand la noire calèche d'Antinôme s'approcha de l'embarcadère. La grande brune leur apparut, protégée des intempéries par une ombrelle qui semblait taillée dans des ailes de chauve-souris.

– Alarmé ! Mon mari, s'écria la comtesse Éponyme, je vous préviens que si ma saleté de sœur a l'intention de faire l'état de nature avec nous, moi, je ne viens pas ! Adam et Ève, je veux bien y jouer, nue s'il le faut, mais pas s'il y a d'autres bonnes femmes !

– Et moi, Madame, fit remarquer Nitchonne, offensée, moi, je compte pour du beurre ?

– Toi, lui fit remarquer la comtesse, tu te promenais déjà toute nue du temps de la civilisation, alors, c'est pas une grande menace.

Nitchonne éclata en sanglots et fit remarquer que Madame ne faisait pas grand cas de sa servante.

– Cesse de pleurer ou on ne t'emmène pas. Je ne suis pas une grande épistémologue, mais si j'ai bien compris, cette expérience nécessite de la joie.

– Rassurez-vous, leur cria Antinôme depuis la rive, je voulais juste vérifier que vous embarquiez bien tous, conformément à notre accord.

– Quel accord ? demanda Éponyme, soudain très inquiète.

Alarmé se saisit d'une rame et battit l'eau aussi vite qu'il pouvait. La barque commença à effectuer des cercles concentriques. Le curé se fit houspiller et s'empressa de prendre lui aussi un aviron et de l'agiter dans l'onde, afin qu'on s'éloignât d'Antinôme et de ses révélations.

Cette diversion ne suffit pas à calmer Éponyme qui répétait « Conformément à quoi ? Conformément à quel accord ? »

– Chut ! Taisez-vous ! ordonna Dieu. Elle va le faire parler ! Je vais enfin savoir ce qui s'est tramé dans la calèche.

– Je vais tout vous dire puisqu'on ne peut plus revenir en arrière, finit par avouer Alarmé. Et je refuse que ma quête de l'état de nature soit polluée par vos considérations matérielles. Il faut, Épopo, qu'on se sorte tous les soucis du monde réel de la tête.

– Vous avez niqué ma sœur ?

– Si ce n'était que ça…, soupira le comte. Ah, comme j'aimerais que la tempête couvre tout ce que j'ai à dire. La grande calèche, raconta Alarmé, était tendue de velours, noir à l'extérieur et rouge à l'intérieur. On y voyait autant de nègres sculptés que de poires à lavement, c'était infiniment joli. Ils étaient là tous les deux, dans l'exiguïté, le duc et la duchesse, plus votre humble époux. Je n'étais plus qu'une éponge gorgée de pluie, un déshonoré. Si j'avais pu à cet instant disparaître du monde, je l'aurais fait, alors leur proposition, à ce moment tragique, elle tombait plutôt bien.

– Quelle proposition ?

– Ma mie, je leur ai simplement avoué, dans la chaleur de leur cabine, que c'était trop pour moi, le monde, la pensée, mon échec et ses conséquences. Alors le duc Nécrozé m'a dit qu'à ses yeux rien de tout cela n'était grave. Il m'a affirmé que l'esclavage allait continuer comme avant et que j'étais juste passé, selon son expression, pour un con. J'ai fait valoir qu'un homme épris de justice et d'honneur verrait là deux bonnes raisons de se tuer. Il a ri. D'après lui, j'étais dans l'erreur et mon tort consistait... Écoutez, Éponyme, car je crois qu'il a raison : « Votre tort consiste, m'a dit le duc de Bordeleau, à penser sans cesse au monde et jamais à vous. » Et votre sœur s'est penchée vers moi, souple comme l'anguille, c'était une ondine, ne vous vexez pas, ma mie, car vous avez hérité de l'irrésistible attrait de la terre et des blés, mais votre sœur, c'est l'eau et ses insondables...

– Vous avez niqué ma sœur !

– Un petit peu plus tard, oui, mais si vous vous obstinez à croire que c'est le plus grave, je ne pourrai jamais vous raconter. Donc Antinôme m'a demandé si le monde allait mieux depuis que j'avais décidé de m'occuper de lui. J'ai répondu que c'était noble, au moins, d'essayer de se rendre utile au ciel. Elle a eu alors ces mots, car elle parle bien, elle a le sens des images : « Vous embrassez de trop grands principes, Alarmé. Avez-vous vu l'ampleur de l'Afrique et la petitesse de vos bras ? » Charmé par cette formule, je lui ai demandé ce qu'elle suggérait et elle n'a rien trouvé de mieux que de laisser tomber son grand manteau sur le sol de la calèche. J'allais me baisser pour le ramasser, mais elle a pris ma main et elle a murmuré : « Trouvez-vous une passion que vos mains pourront saisir. » Ma mie, je vous assure que jusqu'à ce moment où elle a mis les points sur les « i », j'avais toujours cru que votre sœur ne savait pas nouer ses habits, ou qu'elle avait chaud, ou qu'elle ne s'apercevait pas qu'on voyait son intimité. Mais là, oui, je ne peux que me rendre à vos arguments, elle en voulait à mon intégrité. Son vieil époux souriait. Elle m'a grimpé dessus et son nez m'a frôlé.

– Vous avez niqué ma sœur !

– Éponyme, prévint le comte, ne m'interrompez plus car je vous assure que j'ai fait bien pire. Dans la chaude intimité de la calèche, j'ai eu une de mes célèbres visitations dialectiques, j'ai été illuminé. J'ai vu cette femme insatiable, et ce vieillard qui jamais ne se sentira assez riche. Je les ai plaints tous les deux d'être ainsi engoncés dans ces vaines envies de possession. Possession physique, terrienne, matérielle, autant de plomb qui empêche l'envol. Je me demandais : « Qui me délestera de mes biens matériels, qui m'aidera à repartir vers l'état originel ? À qui oserais-je infliger ce terrible fardeau, la propriété ? Et j'ai songé à eux. Ou bien ce sont eux qui m'ont donné l'idée ? Ah, je ne me souviens plus. Toujours est-il que mot pour mot je leur ai fait cette déclaration : « Je veux vous faire don de tous mes biens. »

– Comment ça, vous leur avez tout donné ?

Il pleuvait encore. Monsieur le comte et le curé ramaient comme ils pouvaient. Nitchonne écopait au fond de la barque à l'aide d'un seau minuscule. Madame, quant à elle, craignait d'avoir mal compris

– Tout ? Mais, Alarmé, qu'est-ce que vous voulez dire ?

– On ne peut pas lâcher prise, sinon.

116.

Le vent et la pluie cessèrent. On vit apparaître une île déserte. Chacun envisagea de descendre à terre.

– Alarmé, se lamentait Éponyme qui avait peur de se mouiller en sortant de la barque, on aurait pu le faire dans le jardin l'état de nature, ça aurait suffi.

– Non, ma mie. Il est derrière nous le temps où je faisais les choses à moitié.

– Nitchonne, ordonna la comtesse, portez-moi sinon je vais me tremper.

– Oui, Madame.

Pour convoyer sa maîtresse, la Niçoise dut plonger dans l'eau jusqu'aux cuisses. Éponyme était plus grande et plus grosse que sa servante et pesait de tout son poids sur la petite cuisinière.

– Non, Nitchonne ! ordonna le comte. Tu poses Madame ! Dans l'état de nature, on ne croise jamais ni dominant ni dominé. Le service, c'est fini !

– Vous voulez rigoler ! se récria Madame.

Nitchonne laissa brusquement choir sa maîtresse, dont les fesses provoquèrent un énorme *plouf !* au contact de l'eau. Un crabe grimpa dans les cheveux de la comtesse en colère. Tandis qu'une vague lui remontait jusqu'au nez, elle s'écria qu'il n'y avait que ça, dans la nature, des dominants et des dominés.

– Moi, je ne vois que ça ! Des grands chiens qui abusent des petits chiens, c'est ainsi !

– Ce n'est pas de cette nature-là que nous avons soif, Éponyme. Notre nature à nous est mieux.

Madame la comtesse se leva tant bien que mal, bientôt rattrapée par le curé, par Nitchonne et par son mari. Le quatuor arpenta un moment le rivage de l'île déserte.

– Et mon Oracio ? demanda la comtesse.

Comme personne ne répondait, elle insista :

– Il est où, mon Oracio ? Il va venir dans l'état de nature ?

Au même moment, sur la table de cuisine où l'Italien avait donné des leçons de mandoline à Nitchonne, cette même table où il avait lutiné Madame quand son corps caverneux l'avait permis, Oracio pétrissait Antinôme.

– Elle te baisait mieux que moi, ma sœur ?

– Non, Madame la douchesse. Madame la douchesse, moi, jé né veux pas dé soucis. Jé veux garder mon poste, Madame. Jé tourbine. Jé tourgesce. Vous voyez comme jé tourgesce bien.

– Turgesce-moi à fond, larbin, ordonna la grande brune.

Pendant ce temps sur l'île, Éponyme, des cheveux plein le visage, s'époumonait inutilement :

– Non mais moi, si y a pas Oracio, j'y vais pas dans la Nature !

Elle se jeta sur son mari comme un chimpanzé en colère. Elle lui grimpa sur les épaules et lui lacéra la tête de petits coups de poing rageurs.

– Non ! Vous m'entendez, Alarmé, non ! Vous abusez, bordel ! Vous avez même cédé mon cuisinier !

Monsieur le comte chuta et son épouse continua de le cogner. Elle trouva la jugulaire et entreprit de l'étrangler. Sans cesser de hurler, elle lui faisait rebondir la tête contre les cailloux pour qu'il comprenne son erreur :

– Alarmé, je vous déteste ! Je vous déteste !

– Mais si on va par là, osa dire Monsieur le comte malgré les coups et les cris, il y a des problèmes plus graves : j'ai aussi fait donation de Chaussette.

– Vous avez donné Chaussette ? Ben, je vois pas en quoi c'est plus grave que mon cuisin… QUOI ?

– Éponyme ! Vous devez comprendre que ce don-là, je ne l'ai pas fait exprès. C'est de l'inadvertance. Et je suis certain qu'en me faisant signer ce contrat, ni votre sœur ni votre beau-frère ne songeaient à mal. Mais enfin, un contrat est un contrat.

– Un contrat ?

– Il stipulait que je léguais « château, fortune, ainsi que tous biens mobiliers ».

– Et alors ?

– Et alors, c'est à nouveau cette saloperie d'esclavage qui nous met dans les choux. J'avais oublié qu'au titre du fameux Code noir de Monsieur Colbert…

– Qu'est-ce que vous racontez, elle n'est pas noire, notre fille !

– Mais nous l'avons présentée comme telle ! Au titre du Code noir, les esclaves nègres comptent pour des meubles.

– Mais notre fille, c'est une FAUSSE Noire !

– Parce qu'en plus vous voulez qu'on ait un procès pour parjure ?

– Alarmé, conclut Éponyme, j'ai les idées larges, mais là, ça ne va pas.

– Croyez-moi, ma mie, c'est exactement ce que j'ai dit à votre sœur et à votre beau-frère. Mais ils m'ont rétorqué que je devrais leur être reconnaissant de ne pas porter plainte pour tromperie sur la marchandise. Je n'arrêtais pas de répéter « mais c'est mon enfant ». Ils ont dit que si tel était le cas, en la mettant en cage et en la faisant travailler, je risquais d'être accusé d'exploitation de mineurs. Ils m'ont prouvé – je ne parle pas de sentiments mais de droit et de science –, ils m'ont prouvé, disais-je, qu'il était dans l'intérêt de chacun que cette petite reste répertoriée comme leur…

– Leur quoi ?

– Oh, Éponyme, vous croyez peut-être que ça me fait plaisir ! Comme leur esclave, là. Allez. Puisque légalement on ne peut rien faire, on tourne la page. On ne va pas s'interdire d'aller faire l'état de nature, parce que pour Chaussette, malheureusement, c'est plié.

– Et ma chienne ? Me dites pas que vous avez donné ma chienne ?

– Mais non. Ça, je ne me serais jamais permis.

– Mais où elle est, alors ? Où elle est, Fragonarde ?

– Éponyme, oubliez tout ça. Tout ça, c'est derrière nous. Vous sortez de l'esclavage, de la dépendance. Réjouissez-vous ! C'est une nouvelle vie qui débute !

117.

Cette société idéale, dans laquelle il n'y avait plus ni Noirs ni Blancs mais juste des compagnons, était particulièrement adaptée à la vie à bord. Dans toutes les activités, il fallait l'aide des autres. On s'aperçut que les esclaves s'avéraient d'autant plus appréciables qu'ils cessaient d'être inactifs. C'est tout le paradoxe d'un esclave à bord d'un navire : on l'a capturé pour le faire travailler, cependant sur le bateau, il est le seul à ne pas aider aux manœuvres. Mais changez-le en compagnon et c'est un cœur de plus au labeur.

On riait, on se faisait des amis. On se disputait au sujet du sexe.

– Mes camarades, suggéra le vieux Zeb, par mesure d'humanité, soit on châtre tous les messieurs, soit on jette les dames par-dessus bord. Car votre nouveau système ne survivra pas au désir. Votre égalité universelle va s'arrêter net aux pieds de l'amour, quand plusieurs d'entre vous souhaiteront la même femme ou le même mari.

– Laissez Dieu décider, proposa Pietr.

– Ou bien on autorise chacun à s'envoyer qui il veut, sans idée d'appartenance, sans se dire qu'on possède quiconque, suggéra un mousse.

– Toi, tout le monde te possède, lui dit un vieux marin, et ça t'a pas rendu si heureux.

On s'accorda à dire que les enfants étaient des imbéciles, et Pietr se borna à décréter une abstinence sexuelle totale sur les navires.

– Vous n'aurez droit à l'amour que lors des escales. Ainsi le navire sera un territoire protégé des pires passions.

En suivant ces nouvelles règles, les quatre navires connurent une véritable paix intérieure. On se masturbait beaucoup à bord, bien entendu, afin d'échapper à cet autre esclavage que constitue l'attraction sexuelle. Mais on était parvenu à tout rendre équitable. Chacun avait les mêmes parts de nourriture et d'or, chacun dormait aussi mal que les autres. Vraiment – et Zeb en fut le premier surpris –, il y eut la paix à bord des vaisseaux pirates. Pietr restait le chef pour la simple raison qu'il savait diriger les manœuvres et la vie quotidienne. Toute cette paix sur les navires se traduisait par une sauvagerie sans pareille lors des abordages.

Tandis qu'ils cinglaient vers l'Europe, les bateaux réduisaient en poussière tous les navires qui croisaient leur route. Pietr et ses forbans savaient qu'un équipage d'esclaves affranchis et de pirates plusieurs fois renégats n'avait rien à espérer. Il rendit réelle cette légende du *Black Ship*. Ils arrivaient avec au sommet des mâts des drapeaux noirs. Noirs sans crâne ni tibias. Et leurs victimes voyaient fondre sur elles des hommes et des femmes qui leur prenaient tout, qui assouvissaient sur eux leurs plus viles passions et qui repartaient en chantant.

Malheureusement, l'envie de meurtre leur passa assez

vite. Il ne fallut pas des dizaines d'abordages pour que même les paysans se rendent compte que les bateaux ennemis étaient pleins de pauvres types comme eux. Donc on agrandit l'équipage. On ajouta des navires. Et par malheur, la piraterie ne rapporta pas assez d'or pour rendre heureux tout ce monde.

– La piraterie, déclara le vieux Zeb, est un système très fragile !

Tous les hommes l'écoutaient.

– La redistribution des richesses ne fonctionne plus.

On cessait de mâcher sa viande. On regardait le vieux sage.

– Il faut se débarrasser des éléments surnuméraires.

Chacun se récria. On avait vécu les horreurs des négriers qui jetaient par-dessus bord leur excédent de captifs.

– Zeb, argumenta Pietr, moi j'ai vécu ça, être abandonné par mes camarades, il n'y a rien de pire.

– Je sais, précisa le vieux, et ça donne des envies de vengeance pas possibles. C'est pourquoi les éléments dont on va se débarrasser ne devront pas survivre, car sinon ils nous feraient du mal. La société que vous avez bâtie sur ces navires, parce qu'elle n'a jamais existé nulle part ailleurs, m'est précieuse. Si l'on tient à notre république flottante, nous devons la défendre, même au prix de choix déchirants. Nous devons éliminer plus d'un tiers de nos effectifs. Je vous promets que nous ferons ça de manière humainement acceptable. Je veux dire, aucun groupe ne sera stigmatisé. On tirera à la courte paille et ceux qui seront désignés pourront se jeter eux-mêmes dans l'océan.

On discuta beaucoup. Chacun convenait qu'on n'avait pas assez de ressources. Et de nombreuses voix s'élevèrent pour vanter l'humanisme du vieux Zeb qui ne faisait plus la différence entre les Noirs et les Blancs et qui entendait assassiner indifféremment les membres de la communauté.

Malgré toute cette modernité, le projet achoppa sur les faiblesses humaines : personne n'était pressé de mourir. Zeb en fut très déçu.

118.

– Tu grinces des dents, vieux Zeb.

– C'est parce que je n'arrive pas à dormir. Ils ne comprennent rien. Dans moins de huit jours, ça sera la famine et il y aura des combats à bord. Qui feront plus de morts que le juste massacre que je recommandais.

– À moins qu'on ne gagne davantage d'argent, suggéra Yom.

Les trois amis dormaient côte à côte sur des hamacs, dans un coin de l'ancienne cabine du capitaine.

– Non, expliqua Zeb. Notre système repose sur des observations simples : l'esclavage, c'est le mal. La loi des hommes, quelle qu'elle soit, se termine toujours en esclavage. On doit donc, pour permettre une société équitable, se comporter de façon systématiquement hors la loi. Or pour ça, il faut rester petit, il faut passer entre les mailles. Pour pérenniser…

– Vieux Zeb, tempéra Pietr Cohen, il ne peut rien y avoir de pérenne dans une situation heureuse. Notre système est idéal parce qu'il existe le temps d'un voyage.

– Pietr a raison, marmonna Yom. Nous avons construit exactement la même chose, mais sur une île, eh bien, après quelques semaines, on s'est ennuyés. Crois-moi, l'essentiel dans la liberté, c'est le navire. Je crois que dès qu'on atteindra les côtes, tout ça sera terminé. Essayons juste de ne pas nous faire trucider par l'équipage d'ici là.

– Non, grommela Zeb, il faut faire vivre l'idéal. Leur raconter que le voyage dure toujours. Ainsi, même à terre notre société sera soudée par un rêve…

– Messianique ? demanda Yom.

– Et pour les bouches à nourrir ? demanda Zeb.

– Sur ce point, répondit Pietr Cohen, et j'en suis vraiment désolé, tu as surévalué les qualités humaines. L'homme ne te décevra jamais si tu n'attends pas trop de lui.

– Que veux-tu dire ?

– Si tu veux que des gens meurent, n'attends pas qu'ils tiennent eux-mêmes le poignard.

119.

Yom et Pietr usèrent de leurs talents de maraudeurs pour aller chercher sur chaque navire excédentaire la poudre disponible. Puis ils mirent le feu à la sainte-barbe des deux bateaux récemment agrégés à leur flotte. Une mèche extrêmement longue fut allumée sur chaque pont. On retourna se coucher sans avoir réveillé quiconque. Après quoi, de terribles explosions mirent fin aux soucis de surpopulation : il ne restait plus que trois bateaux, une caravelle et deux sloops.

On pleura beaucoup les camarades disparus et plus d'un s'interrogea sur la concomitance de ces deux accidents. Tous étaient d'accord sur le fait qu'une telle tragédie ne devait plus jamais se reproduire. On décida, en conséquence, de ne plus accepter d'étrangers dans ce petit pays flottant. La république des navires offrait à ses citoyens un quotidien formidable, ils étaient comblés. Pour que cette joie perdure, ils devaient faire de leur mieux pour ne pas accueillir toute la misère du monde.

On reprit la mer. Leur gouvernement ne pouvait pas mieux fonctionner. Pietr avait l'autorité et n'en abusait pas. Zeb racontait les histoires de son petit prince explorateur et cette mythologie simple – des anciens esclaves et des marins mutinés à la recherche d'un enfant – suffisait à sceller la cohésion de ce peuple naissant. La confrérie de la mer, puisqu'elle n'avait pas d'histoire, éprouvait le besoin de se nourrir de légendes.

– Et où sont les hommes libres, vieux Zeb ?

– À part sur nos trois navires, chers concitoyens, je n'en connais nulle part. La liberté, c'est un état…

– C'est un état quoi ?

– Le fond de ma pensée, mes enfants, c'est qu'il s'agit d'un état qui n'est pas fait pour durer. Alors, saoulons-nous la gueule et faisons de notre mieux. Et que le petit prince perdu nous guide vers des chemins dignes d'intérêt.

– Tu manques d'ambition, vieux Zeb.

– Bourrez-vous la gueule, j'ai dit !

À l'issue de cette homélie, il y eut triple ration de tafia.

120.

Ce bonheur, cette harmonie et tout ce calme nuisaient à la santé de Pietr Cohen. « Heureux qui comme Ulysse a fait un beau voyage. Et malheureux celui comme moi qui se déplace sur tout le globe sans jamais se débarrasser du cadavre paternel. » Pietr ne dormait plus. « Il y a une constante, c'est le poisson. Son remugle m'accompagne et, dès que le vent se calme, ça me suffoque. » Le dégoût lui en était venu progressivement. Il pensa que ses troubles pouvaient provenir de la promiscuité, alors il demanda à s'isoler et se fit une cachette dans la plus exiguë des cabines.

Couché dans un hamac et le nez hors du hublot, nuit après nuit il se creusait la tête pour comprendre ses insomnies. « Je ne sais pas si je suis blanc. Je ne suis pas noir, c'est une certitude, mais est-ce que c'est blanc, un juif ? »

Il s'endormit aux premières lueurs du jour et eut le sentiment qu'on le réveillait immédiatement après. Des canons ennemis tonnaient de plusieurs côtés du navire. Torse nu, il se rua sur son ceinturon et arma comme il put un mousquet et deux pistolets. Les bottes ouvertes, le pirate hollandais grimpa sur le pont et attrapa le premier sabre qui lui tomba sous la main. D'un geste du menton, il demanda à Yom un compte rendu de la situation.

– À force de naviguer près des côtes, ça devait arriver, cria l'Indien, des esclavagistes ! Une flottille comparable à la nôtre : trois navires. Ils ont tiré les premiers.

Pietr bondit sur le bastingage pour qu'on le voie mieux et tenta de hurler qu'il fallait ramener la voilure et charger des boulets ramés. Personne n'obéit. Le Hollandais s'aperçut qu'il avait perdu sa voix.

– C'est l'insomnie, chuchota-t-il à Yom.

Un projectile ennemi démolit un mât. Des poulies tombèrent des haubans pour venir crever le pont à un mètre du Hollandais. Mais il était tellement endormi qu'il ne sursauta même pas.

– Mon seul pouvoir, parvint à murmurer Pietr malgré sa gorge irritée, c'est ma voix. Je ne parviens pas à parler. J'ai l'angine. Vous me raconterez.

– Pietr ! cria Yom. Sans capitaine, on n'a aucune chance.

– Au contraire, chuchota le Hollandais au cœur de la mitraille. C'est gagné d'avance. Nous avons la supériorité morale.

– Qu'est-ce qu'il dit ? demanda Zeb. Avec ces explosions, je n'entends rien.

– Ce sont des négriers, précisa Pietr de sa voix éraillée, et nos hommes à nous sont libres. Nous sommes le camp du Bien. Comment voulez-vous qu'on perde ?

Fort de cette évidence, le Hollandais ensommeillé retourna dans sa cabine. Un de ses camarades d'équipage passa par-dessus bord et obscurcit un instant le hublot près de sa couchette. Puis Pietr s'allongea et ferma les yeux. Parfois, le sommeil écrase tout.

Les explosions se poursuivaient. Le bateau virait lof sur lof. Zeb ou Yom devait être à la manœuvre et, pour ce qu'il pouvait en juger depuis son hamac, Pietr avait le sentiment que ça se présentait bien : « Trois bateaux dans chaque camp. Eux ont leurs caves pleines d'esclaves, tandis que mes vaisseaux n'abritent que des hommes libres. »

Le feu semblait prendre à une voile qui pendait au-dessus de l'eau. La cabine de Pietr s'en trouva colorée de rouge. Afin de combattre ce désagrément, il s'empara du livre de Spinoza qu'il traînait depuis le début de ses aventures. En dépit de quelques pages arrachées, l'ouvrage s'avéra très utile : l'insomniaque se l'étala sur le visage et ne vit plus les reflets de l'incendie.

« Spinoza peut donc aider à mon endormissement. Si Spinoza a raison, on peut trouver le sommeil. Si Dieu n'est pas hors du monde mais si chaque manifestation sensible dit une modalité de sa perfection géométrique, alors, le sommeil tranquille est possible. Cela signifie que le monde est mathématique. Trois bateaux pleins d'hommes libres, alors que nos ennemis gardent la moitié de leurs effectifs à fond de cale et enchaînés : l'esclavage, c'est le Mal, puisque, arithmétiquement, l'esclavage va perdre ce combat naval. Une société, fût-elle aussi petite que mes trois navires, ne peut réussir que si tout le monde monte sur le pont. »

– Il croit en moi, Seigneur, c'est une catastrophe ! se lamenta Spinoza dans les nuages.

– Bien fait! répondit Dieu. Comme ça, tu te fais une petite idée de ce que je subis au quotidien. Tous ces idiots qui meurent en me nommant. Ah, comme c'est facile pour eux de blâmer les autres. C'est ton tour, Spinoza, assume tes responsabilités.

– Dieu, supplia le papa de Pietr. Réveille mon enfant. Il va se faire tuer et tous ses copains avec lui.

– Dieu, fit remarquer Spinoza, vous êtes cynique. Ce n'est pas gentil de vous moquer de moi. Descendez du nuage et dites à ce Pietr Cohen qu'il est en danger.

– Sur ce point, Spinoza, tu dis vrai : il est en grand danger.

– Nous perdons ! cria Yom.

Il venait de faire irruption dans la cabine de Pietr. La poitrine du colosse caraïbe était percée d'un trou fumant.

– Yom, tu meurs ?

– Je ne crois pas. Un boulet m'est entré dans le plexus. Des organes ont un peu craqué. Le projectile a laissé un grand creux et, comme tu peux le percevoir, une odeur de viande grillée, mais je suis bien un des seuls à ne pas être mort.

– Et Zeb ?

– Ils l'ont pris pour notre capitaine. Ils le châtient. Mais c'est compliqué car nos hommes l'aiment bien. Et les assaillants ne veulent pas une mutinerie immédiatement après nous avoir abordés. Au-dessus en ce moment, il y a débat pour savoir si Zeb sera tué ou pas. Viens, Pietr Cohen, il n'y a plus rien à faire. Il faut se sauver.

– Sans Zeb ? Sans nos survivants ?

– Pietr, fais-moi confiance, c'est foutu.

Les deux amis passèrent par le hublot de la cabine et se laissèrent tomber dans les flots.

– Quelle chance, Pietr Cohen, que cet abordage ait eu lieu pas trop loin des côtes !

– Attention !

Ils eurent à peine le temps de s'écarter qu'une chaloupe tombait à la mer, presque sur leurs têtes. Et dans cet esquif se tenait leur ami Zeb.

– Quelle chance ! s'exclama Yom. Zeb ! Ils t'ont laissé vivre.

– Fermez-la. Cachez-vous dans l'ombre de ma barque et éloignons-nous de ce fiasco. En espérant que les requins de jadis ne trouvent pas notre trace et qu'ils ne soient pas rancuniers. Yom, Pietr, vous êtes deux cons avec votre liberté. Pietr Cohen, tout ça est entièrement de ta faute.

La barque s'éloigna. À bord, Pietr et Yom contemplèrent avec tristesse le feu qui s'étendait sur leurs trois navires.

Les côtes de France leur apparurent à la tombée de la nuit. Les trois amis mirent pied à terre pour la première fois depuis des mois.

– D'après mes calculs, fit remarquer Zeb, nous ne sommes pas très loin de Bordeleau, c'est bien. Trouvons de l'eau et des vivres. Et on pourra sans doute continuer en barque, ça ira plus vite. Regardez, il y a des canaux qui permettront…

– Pietr, demanda Yom, tu ne dis rien depuis des heures. C'est encore ta gorge ?

– Non, mes amis. C'est à cause de la philosophie. Il faut la laisser derrière nous.

– Pardon ?

– C'est pour ça qu'ils t'ont laissé vivre, vieux Zeb. Pour que tu fasses savoir au monde l'étendue de ma défaite.

– Prétentieux ! Je crois surtout qu'ils avaient peur que nos survivants se retournent contre eux s'ils me torturaient. Ils ont vu que notre équipage m'aimait bien. Alors ils voulaient se garder une chance de retour sur investissement, tu vois. Ils voulaient réussir à leur remettre les chaînes sans que ça fasse trop d'esclandre.

– Tu vois, Zeb, je venais de m'endormir en abandonnant pour toujours la métaphysique. Je me réveille et il ne me reste même plus l'utopie politique.

– Et c'est grave ?

– Très ! On débarque en Europe, et on ne sait même plus ce qu'on vient y chercher.

– Ça, Pietr Cohen, ça, c'est simple. On cherche le petit prince Pinoquillio.

121.

Il était dans un jardin. C'était la nuit. Il se penchait vers un soupirail qui donnait sur les cuisines.

– Tu es la seule chose qui me plaise davantage que le sucre.

– Je suis une esclave, par la faute d'un malentendu administratif dont mes parents sont responsables, mais je ne suis pas une chose, Pinoquillio.

– Non, tu te trompes, Chaussette. Tu ne peux pas être une esclave, puisque tu n'as pas la tête plate.

– Pinoquillio, c'est juste dans ton pays à toi que les destins sont déterminés par la forme du crâne. Ici, c'est…

– Ici, c'est mieux, Chaussette ?

– Non. Ici, c'est la peau.

– Tu es blanche et c'est toi qui as des chaînes.

– J'ai été noire une journée, Pinoquillio. Et même si c'était pour de faux, on ne rigole pas avec l'administration française. Pourquoi tu ne t'es pas sauvé, Pinoquillio ? Tu es libre, toi, tant qu'on ne t'attrape pas.

– Je n'avais pas le cœur à te laisser là.

– Tu es gentil.

– Non ! Je suis un enfant gâté qui ne pense qu'à moi. Je

suis un artiste du moi. Tout le monde peut crever, je m'en fous. Je ne m'intéresse qu'aux belles choses que je peux manger.

– Et moi ? Tu veux me manger ?

– Non. C'est ça, le miracle de tes chaussettes. Grâce à elles, on se parle et ça me suffit.

– Tire-toi, petit prince. Si on te découvre, mon sort sera encore pire.

– Pire qu'être enchaînée dans la cuisine de ton propre château à racler la vaisselle de ton oncle et ta tante ?

– Le vieux ne m'a pas violée, c'est déjà ça ! Qu'est-ce qu'il fait peur avec sa carotte qui sort du ventre !

– Je ne veux pas être pessimiste, Chaussette, mais c'est une question de temps. Laisse-moi être ton héraut et échafauder un stratagème pour te tirer de là.

Pinoquillio s'introduisit dans le soupirail. Il avait la tête dans les cuisines, près de Chaussette, tandis que ses fesses et ses jambes battaient l'air du jardin.

– Avec ton gros cul ça passera jamais.

– Chaussette ! On ne fait pas de remarques sur le physique des gens.

Il ressortit la tête du soupirail et examina les solides barreaux. Dans la cuisine, Chaussette restait assise par terre au milieu de montagnes d'assiettes sales qu'elle récurait sans conviction.

– Mes parents vont se rendre compte que je ne peux pas rester comme ça… Ne me libère pas, mon petit prince généreux. Attendons.

– Tu es sûre, blondinette ?

– Oui. Tous les parents ne sont pas…

– Aussi cons que mon père ?

– Ce n'est pas ce que je voulais dire.

– Écoute, Chaussette… Tes parents t'ont mise dans une cage malgré la présence d'un crocodile. Et ensuite ils t'ont vendue comme une vulgaire…

Soudain, Pinoquillio sursauta, s'éloigna prestement du vasistas et grimpa le long d'un plan de glycine.

– Chaussette, le croco il vient !

Les tulipes d'une jardinière se mirent à dodeliner à quelques mètres d'eux. On entendit bruisser des buissons de fraisiers et le saurien s'approcha du soupirail qui menait aux cuisines. Du fond de l'estomac de la bête sauvage, une chienne cavalier King Charles hurlait :

– Au secours ! Au secours !

– Pinoquillio ! C'est la chienne de ma mère ! Si on la sauve, maman m'aimera. Saute sur le dos du croco, ça lui fera lâcher sa proie !

– Ah, non, gamine ! s'exclama le crocodile. Tu m'as déjà fait le coup hier soir. C'est extrêmement douloureux pour les lombaires. J'ai de l'arthrose et…

Dans ce cas, le menaça Pinoquillio, crache ! Crache tout de suite !

Le crocodile émit un bruit de gorge et dégobilla sur le gazon une boule de glaires qui contenait Fragonarde.

122.

Comme elle vivait cette aventure sur l'île, Éponyme songea qu'elle aurait éprouvé des difficultés à la décrire sous forme littéraire. Si elle avait été de bonne humeur, un tel paradoxe l'aurait fait sourire : tant qu'elle avait vécu oisive en son château et qu'il ne lui était rien arrivé d'autre qu'attendre son cuisinier, elle noircissait dix-sept pages par jour. Et là, en pleine nuit dans un nouvel Éden, transie de froid, eût-elle disposé d'une plume, ses doigts gelés l'auraient empêchée d'en faire usage. Elle éprouvait tant de colère d'être là, ni riche, ni mère, ni rien, et chaque muscle lui rappelait combien elle n'était pas faite pour la Nature. Qu'importe, tentait-elle de se convaincre, c'était son mari qui était philosophe. C'était lui qui se montrerait, en temps utile, capable de faire entrer leur île philosophique dans l'histoire. Elle, Éponyme, se sentait juste capable de parler de ce qui se produit. Elle était condamnée aux phénomènes réels ou imaginaires. « Moi, pensait-elle, je sais juste raconter des histoires, tandis que mon mari a accès aux considérations cosmiques. Je parle de mon cul, mon époux tutoie les sphères cosmiques. C'est peut-être vrai que nous autres femelles sommes condamnées à ne voir le monde qu'à travers le prisme terrien du cœur. Ou par le truchement prosaïque des spasmes du vagin. Lui, mon mari, mon philosophe, messager des dieux aux semelles ailées, il m'emmerde mais je dois le suivre, je suis persuadée que c'est important. Malgré les pesanteurs du monde, il pense. Qu'importe si dans ce nouvel Éden je ne puis plus écrire. C'est lui, dans notre famille, qui a le talent. »

Cette accumulation de pensées généreuses, sous l'effet du frimas et de la marche prolongée, se traduisait par des ronchonnements permanents :

– Alarmé, on n'en voit pas grand-chose, de votre Éden.

– Épopo, c'est qu'ici aussi, parfois il fait nuit.

– Brrrr ! Monsieur le comte, frissonna Nitchonne, si j'avais des roubignoles, elles seraient gelées.

– Eh bien tu n'en as pas, ma fille, répondit le philosophe, ce qui prouve que la Nature est bien faite, n'est-ce pas, curé ? Et d'ailleurs...

– Monsieur, insista la Niçoise, on voit rien et on se les gèle. Monsieur, on peut faire un feu ?

Le comte s'arrêta net et se tourna vers ses trois compagnons pour déclarer fermement qu'il s'opposerait à toute velléité de reproduire sur cette terre vierge les erreurs de la civilisation.

– Nitchonne, dis-moi, demanda Alarmé, qu'est-ce qu'il va se passer si on se met à brûler les forêts de notre île déserte, à ton avis ?

– Monsieur, il me semble qu'on aura chaud.

– Si nous agissions ainsi, nous épuiserions les ressources de ce petit territoire qui connaissait l'équilibre avant que la main de l'homme y mette les pieds.

– On n'a qu'à faire du feu sans les mains, monsieur ; sans les pieds aussi puisque vous y tenez, mais faut faire quelque chose ! J'ai froid !

– Vous seriez donc prêts, tous les trois, à tout déséquilibrer pour votre confort ! Nitchonne, à ton avis, est-ce qu'ils font du feu, les sauvages ?

– Eh bien oui. Bien sûr, Monsieur.

Le comte se mit à hurler que non. Le sauvage avait de la grâce et du respect. À l'instar du chat ou de l'anophèle, son intelligence reptilienne lui enseignait à ne jamais déranger les cycles du monde. Éponyme n'écoutait pas. Malgré l'obscurité, Monsieur percevait ses bras croisés, sa bouille renfrognée et ses claquements de dents désapprobateurs.

– Bon, Éponyme, si vous le prenez comme ça, on va tout arrêter. C'est quoi, cette gueule ?

– C'est ma tête, je suis désolée. J'y peux rien.

– Vous allez faire un effort. Vous êtes préoccupée, ça se voit, et chacun de nous en subit les conséquences. Je suis sûr que même le curé s'en rend compte.

– Ah, ne me mettez pas dans vos disputes, supplia le prêtre.

– Éponyme, vous nous gâchez l'ambiance parce que vous pensez à notre fille, c'est ça ?

– Avouez, osa dire la comtesse, que c'est difficile de ne pas y penser, tout de même.

– Ben vous êtes égoïste, c'est tout ce que j'ai à vous dire. Nous arrivons vierges sur une terre sauvage et tout ce que vous trouvez à faire, c'est nous polluer la tête avec…

– Non mais c'est pas ça…, se récria la comtesse en se tordant les doigts.

– Égoïste ! Égoïste ! Égoïste !

Elle faisait la moue. Son mari la congédia.

– Quittez le groupe ! Pour un moment au moins ! Allez, ouste ! Je ne veux plus de vous tant que vous ne serez pas en harmonie avec ce que nous vivons. Allez ! Filez dans un autre coin de l'île et méditez sur votre attitude.

Alarmé s'assit et gratifia son ami le prêtre d'une accolade complice.

– On n'est pas bien, là ? fit-il remarquer à l'issue d'un long bâillement. Juste un pagne entre nos peaux épuisées et l'air de la nuit. Au-dessus, les étoiles, ici, l'avenir. L'âge d'or ! C'est pas après cette petite seconde de calme qu'on courait depuis toujours ?

Le prêtre, les yeux perdus dans l'horizon, posa une grosse patte sur le genou gauche du philosophe. Alarmé se détendit. Pour la première fois depuis leur arrivée en ce nouvel Éden, Monsieur le comte s'autorisa à sourire et à se détendre complètement.

– Monsieur le comte ?

– Appelez-moi « homme ! »

– Monsieur l'homme…

– Ou bien « citoyen du monde nouveau ».

– Certes, mais…

– Mais quoi ? Voilà qu'on fronce le sourcil avec inquiétude ! Je ne le permettrai pas. Mon paradis n'est pas un lieu où l'on tolère le fronçage.

– Tout de même, insista le curé, je me demandais…

– Eh bien, demandez !

– Votre femme, elle sait nager ?

– Qu'est-ce que vous voulez que ça me fiche ? J'en ai pas

la moindre idée ! Pourquoi vous me demandez une chose pareille ?

– Parce que je crois que là-bas, dans l'eau, avec Nitchonne qui barbote derrière, c'est elle.

De fait, en regardant plus attentivement, Alarmé découvrit que Nitchonne venait de se jeter à l'eau pour rejoindre Éponyme. Madame la comtesse n'avait retiré ni sa robe ni ses jupons. Semblable à un kouglof trop imbibé de rhum, la blonde anxieuse battait des bras dans l'eau profonde.

– Moi, je retourne là-bas ! Moi, je retourne là-bas ! répétait la naufragée, la bouche pleine de sel.

Depuis la rive, monsieur le curé se leva et fit signe aux dames de revenir. Elles ne l'écoutaient pas.

– Monsieur le comte, suggéra le prêtre, nous devrions...

– Mais non. Vous voyez bien qu'elles flottent !

Alarmé s'allongea paisiblement sur le sol sablonneux, se roula sur le côté et bâilla à nouveau. Il était prêt à s'endormir.

– Mesdames, attention ! cria le curé. Mesdames, prenez garde : un bateau !

L'ombre d'une barque glissait vers les nageuses. Lorsque la coque heurta Éponyme, le crâne de la comtesse produisit un bruit de gong audible depuis le rivage.

– Monsieur, il y a des enturbannés à bord ! Une felouque vient d'emboutir votre femme ! À bord, je vois des ombres... de moricauds. Monsieur, je me tue à vous dire que votre femme...

– « Ma » femme ? Tout de suite, la possession. Il faut apprendre le détachement, curé. Chacun, sous le règne de Nature, doit suivre librement... son inclination !

– Mais ! Votre femme...

– Arrêtez avec ça ! Elle n'est pas « à moi ». On ne peut pas « posséder » un individu. Laissez-la faire l'expérience de son libre arbitre, et chacun sera plus heureux.

– Des hommes la hissent à bord, Monsieur ! Monsieur, je devine des barbes et des culottes exotiques. La Nature, c'est bien, mais je perçois un péril, Monsieur… Monsieur !

123.

Avachi à l'arrière de l'esquif, le Hollandais arborait encore tous les attributs vestimentaires d'un capitaine, mais son costume sentait les embruns et le nuoc-mâm. Les boutons s'étaient désolidarisés de son veston. Certains galons brodés, volés au cours des abordages, s'effilochaient sur son poitrail. Il lui restait un grand sabre, une hache et deux pistolets. Au milieu de sa barbe hirsute brillaient deux yeux fiévreux. Pietr n'avait jamais été malade en Afrique, pas plus qu'aux Caraïbes. Mais une petite brise, croisée tandis qu'ils faisaient voile au large du golfe du Lion, avait suffi pour l'enrhumer.

– Atchoum ! fit le Hollandais.

– Bonsoir, répondit Éponyme.

À genoux près de la proue de la barque, empêtrée dans des cordages, elle vomissait du varech. Yom, le gros Indien, lui massait la tête car la comtesse s'était cognée contre le bastingage. Le vieux Zeb, circonspect, faisait le tour de cette étrangère trempée qu'il tapotait du bout de sa canne. Nitchonne, assise près de sa maîtresse dans une flaque d'eau de mer, ne s'apercevait pas qu'un de ses seins sortait du corsage.

– Madame ! C'est des nègres ! C'est des Turcs ! C'est les croisades qui recommencent à l'envers ! Je vous l'avais dit, Madame, on en laisse entrer un et on finit par se réveiller à l'ombre d'un minaret. Madame, c'est l'Afrique qui nous envahit !

– Zeb, suggéra Pietr en tremblant de fièvre, demande à cette folle si elle a vu ton petit prince.

Le Hollandais, puisque c'était la langue qu'il avait en commun avec ses camarades, s'exprimait en hébreu.

– Comme c'est beau, s'époumona Éponyme, il parle arabe ! Est-ce bien l'arabe, la langue nationale de Turquie ? Hé ! nègre, je vous cause !

– C'est un monde, se désola Zeb en hébreu. Elle a décidé que c'était toi le chef, Pietr, uniquement parce que je suis noir. Et sans doute aussi parce que, comme tu es enrhumé, tu es resté assis, pendant que Yom et moi sauvions la vie à ces deux idiotes.

– Elle est jolie, dit Pietr en claquant des dents. Joue les traducteurs, Zeb.

– Tu as raison. Dès que les Français s'aperçoivent qu'on parle leur langue, ils perdent toute fascination pour l'étranger. Ces gens ne respectent pas ceux qui les comprennent. Dois-je continuer à te faire passer pour un Turc, ô forban des mers qui s'enrhume dès que l'Europe approche ?

– Zeb, il n'est dans l'intérêt de personne d'annoncer que Yom et toi obéissez à un juif. Cela ne vous fera pas gagner une once de bienveillance. Soyons turcs, si ça lui chante. Et l'hébreu que nous employons restera de l'arabe, puisque ça lui fait plaisir, c'est très bien.

Éponyme le regardait.

– Quelle belle langue, murmura la comtesse.

– Ça, madame, c'est de l'arabe, précisa Zeb. Rien à voir avec l'arabe plébéien que l'on pratique au Maghreb. C'est de l'arabe pur, des origines, je veux dire, du turc.

– Oui ! Oui ! Les mots de votre idiome dans mes oreilles, ce sont autant de loukoums et de rasoirs. Je suis femme de lettres et vos phonèmes…

– Yom, demanda Pietr en hébreu, tu ne la trouves pas jolie ?

– Moi, répondit l'Indien, j'aime mieux la brune, elle me rappelle Maria.

– Tu es un drôle d'Algonquin, Yom Hachichi. Tu fuis ta femme en traversant tous les océans et la première sur laquelle tu jettes ton dévolu, elle a exactement la même tête que Maria !

Yom tâchait de remettre le sein de Nitchonne dans son corsage. La Niçoise crut à une agression et lui mordit le doigt. Yom ne retira pas sa main et bientôt il saigna.

– Mais enfin, ordonna Éponyme, ne mords pas les gens, Nitchonne !

– C'est qu'il m'a tripotée !

– Qu'est-ce qu'elle dit ? demanda Yom en hébreu. (Yom était le seul à ne pas parler un seul mot de français.)

– Madame, fit remarquer Zeb, pardonnez à l'Indien, il tentait de vous rhabiller. Madame, sur son île, c'est un guerrier très respecté, un roi, et il vous trouve à son goût.

– Tu entends, Nitchonne ! Mon roi turc est si puissant que même ses serviteurs sont aussi des rois. Tu comprends ce qui est en train de se produire ? Nitchonne, range ce sein une fois pour toutes et écoute-moi ! J'étais perdue, ruinée, égarée sur une île isolée. Je n'écrivais même plus. Et sur ce boutre, damasquinés, enturbannés, armés de lames recourbées et des bouches à feu plein les ceinturons, ils sont venus à moi.

– Les Rois mages, Madame ?

– Non, qu'est-ce que tu es conne, parfois, Nitchonne. Les personnages de mon roman ! Mon Angélina, Nitchonne, c'est moi ! Et eux, ce sont…

– Moi, Madame, je crois que ce sont des clochards.

Pietr se leva du fond de la barque et fit claquer son manteau. Par la faute de son rhume et de la fièvre, le Hollandais trébucha. Éponyme plongea vers lui et le soutint.

– C'est le froid de Bordeleau. Pour lui, c'est comme le Grand Nord.

– Ça, Madame, je le comprends, acquiesça la Niçoise.

Éponyme attrapa un bout du jupon de sa servante et incita Pietr Cohen à se moucher dedans. Soucieux de ne pas lui déplaire, le Hollandais expurgea le contenu de ses fosses nasales dans le linge mouillé. Tandis qu'il soufflait, Madame la comtesse fut charmée par ses paupières tremblantes et ses cils interminables.

– Comme un petit mouton… tout doux…

– Pardon ? demanda Pietr en français.

– Il parle ma langue !

– J'apprends, Madame.

– Oh ! Comme il apprend vite.

– Mon prince ! Mon roi ! Tu viens des pays du soleil et j'aime tout de toi ! déclara la comtesse.

– Maîtresse, suggéra Nitchonne, même à des sauvages, vous allez leur fiche la frousse si vous vous jetez sur eux avec tant d'empressement. Un homme, pour pas l'effrayer, il faut…

– Chut, Nitchonne, chuuut ! En cette nuit, sur cette

barque et sous les rayons argentés de la lune, mon univers a trouvé son centre. Et c'est ici, Nitchonne, qu'il se trouve. Crois-tu au coup de foudre ? Moi, je crois que cet Arabe, avec sa barbe, ses boucles d'oreilles, ses mains au pelage rendu blond par les embruns et la délicatesse de son nez busqué, oh, je crois que je l'attendais depuis… mieux, j'écrivais à son propos ! Mes dix-sept pages d'écriture quotidienne ont fait surgir dans l'entropie du monde séculaire la germination de cette statue d'homme, de cet idéal de glèbe au cœur duquel palpite un cœur, une queue, et les pilosités délicieuses qui s'agitent autour ! C'est mon idéal : un Arabe aux yeux bleus… atchoum !

– Atchoum ! répondit Pietr.

– Peut-être s'agit-il de son nom. Traducteur, demanda Éponyme, il s'appelle comment ?

– Ne préférez-vous pas que je vous le dise moi-même ? proposa Pietr.

– Non. J'aime mieux passer par le traducteur, répondit la comtesse. J'ai été beaucoup privée de décorum, récemment, alors, si vous avez le bonheur de disposer de petit personnel, il faut en faire usage. Vieux nègre, comment s'appelle ton maître ?

– C'est un grand seigneur, répondit Zeb, agacé.

– Et son nom ?

– Mohamed Cohen, cracha Zeb.

Les yeux de la comtesse devinrent immenses.

– Mohamed, c'est arabe, et Cohen…

– C'est turc, continua Pietr.

– Je le savais ! Oh, comme j'aime ça !

Éponyme frissonna et se blottit contre Pietr qui tremblait, lui, depuis longtemps. La Française nicha sa tête au creux de son épaule et darda vers lui ses iris immenses et crédules. Sous ce regard qui autorisait tant de développements, Pietr banda comme un cerf et sa verge cogna contre la cuisse de la comtesse de l'Implication. Madame y posa la main. Elle se fichait qu'il y eût du monde. C'était la nuit de son grand amour et elle entendait vivre sans entraves son ravissement. Il lui sembla normal de branler Pietr Cohen à travers le tissu de ses braies.

– Chuut ! Mon prince, on me laisse faire ! On en a besoin, vous comme moi. Vous êtes éprouvé ! D'où arrivez-vous ? Oh, comme vous devez avoir souffert. Tout claque, tout tremble, et le long de votre organe je pressens le chaud, le froid, la résistance et l'abandon. Vous avez sur les épaules le poids du monde. Et dans vos tressautements, ça n'est rien moins que la permanence tragique qui palpite. Ah, mon Arabe, mon prince, mon amour, il faut écrire, et vous devez vous laisser faire.

– Je vous laisse, Madame.

Gênés, les trois autres passagers cherchaient une occupation sur la barque exiguë. Le bateau tanguait à quelques encablures de Bordeleau, interdisant une station debout prolongée. Yom s'assit, l'air de rien. Nitchonne condescendit à se coller un peu à lui puisque la nuit était froide.

– Zeb, demanda Yom, explique à la jolie brune que je ne vais pas lui faire de mal.

Zeb s'assit près d'eux. Tous tournèrent le dos à Pietr Cohen et à sa comtesse.

– Demande-lui, poursuivit Yom, si sa patronne est tout le temps aussi entreprenante.

– Chuuut ! leur ordonna Éponyme.

Pietr songeait qu'on ne lui avait jamais fait ça aussi

adroitement. La main de la Française s'insinuait dans ses hardes crasseuses, lui caressait les couilles et en faisait le tour sans jamais les tordre. Elle disposait de longs doigts fins capables de saisir fermement la base de la verge sans jamais en déchirer l'épiderme. La comtesse ne faisait pas mal, cependant chacun de ses gestes respirait l'autorité. Au sujet de ce sexe viril, elle avait un projet, elle savait ce qu'elle faisait et le matériel reproducteur de Pietr Mohamed Cohen, de la hampe au gland, ne pouvait que se soumettre à cette créativité tactile.

– Une savante ! Quelle autorité !

– J'écoute ton souffle, murmura la comtesse Éponyme, la bouche contre l'oreille de son souverain oriental.

Pietr ne put s'empêcher de penser à la poissonnière belge. Le pirate se garda d'établir au sujet des nations d'Europe des généralités que deux expériences ne suffisaient pas à rendre scientifiquement valides, mais il aimait ce qu'on lui faisait. Il respira profondément. Ses bronches se libéraient, le thorax reprenait du volume. « Lorsqu'on bande, songea le Hollandais, le nez se décongestionne, car la dilatation des vaisseaux aide à la mécanique fluidifiante. On cesse d'avoir le rhume, c'est logique, dès le moment qu'une main secourable nous tire de nos misères. »

– Ça a commencé ainsi, vous savez, murmura Pietr. Un jour une femme s'y est mal pris. Et mon père. Et des poissons. Et cette nuit vous voilà. Vous sentez bon malgré le guano qui nous environne. Vous remettez les choses en ordre, amie de France. Par « choses », Madame, j'entends l'ordre du monde. Oui. C'est là que je le place, et je vous prie d'y voir de l'humilité, un manque d'ambition sans doute et peut-être une pointe de sagesse. Madame, soyez bénie, parfois il suffit d'un geste et le monde subsiste.

Pietr Cohen lui colla sans le vouloir du sperme plein la main et Éponyme ne trouva pas mieux à faire que se lécher les doigts.

– C'est pas sale puisqu'on s'aime, affirma la comtesse.

Et Pietr rit aux éclats. Elle l'embrassa sur la bouche. Sans la langue. Un gros baiser joyeux qui disait « Enfin, je vous ai trouvé ! ».

– Aimer ainsi au premier coup d'œil, s'écria Éponyme dans la nuit, ça n'arrive presque jamais ! Ça arrive quoi ? Dix ? vingt fois dans une vie ?

– Certainement pas davantage, Madame, vous dites vrai. C'est très rare, acquiesça Pietr Cohen.

– Prince, dites à votre traducteur de vous questionner sur le mariage ! de vous demander si vous êtes célibataire. Qu'il vous informe que je suis mariée, moi, mais que dans ma culture française, le mariage n'est pas un sacrement très important.

– Est-ce que ça va mieux, Pietr ? demanda Zeb en hébreu, sans se retourner vers son ami. Est-ce qu'à présent tu peux ranger ton petit matériel dans ton pantalon, retrouver tes esprits et te débarrasser de cette folle ?

– Ça va pas ! Elle me plaît ! Je vous laisse tous tomber et je me tire avec elle !

– Traducteur, que dit votre roi ? demanda Éponyme.

– Il veut vous faire savoir, Madame, que nous cherchons un prince d'Afrique.

– Un prince ?

– Pas bien spectaculaire à vos yeux, je le crains, chère Madame. À vos yeux, il aura juste l'air d'un nègre de plus.

– Depuis quelque temps, on en a beaucoup vu. Même ma fille s'est laissé gagner par cette mode !

– Madame, vous disposez d'informations ?

– Qu'est-ce que j'y gagne ?

– Pardon ? demanda Zeb.

– Parce que j'ai des soucis d'argent. Mon mari est retourné à la Nature, voyez-vous. La Nature avec un grand N, celle où il n'y a ni baignoire ni commodités. Il est tellement Nature qu'il a vendu tous nos biens. Cette ouverture d'esprit qu'il a ! Oui ! C'est un saint. Mais tout le monde n'est pas à cette altitude.

– Aidez-nous d'abord, Madame.

– Attendez !

– Quoi ?

– Je ne peux pas. Impossible ! s'écria Éponyme. Je ne puis courir les mers avec vous ni partir en quête de cet héritier.

– Pietr Cohen, ordonna Zeb en hébreu, noyons-la, elle déraisonne.

– Ah, cessez de parler arabe, c'est important, je vous dis qu'il faut faire quelque chose. Messieurs, je ne sais pas comment c'est dans votre pays. Mais dans mon cas, même si je suis très large d'esprit, vous comprenez, ça n'a rien à voir avec, par exemple, une comtesse qui s'enverrait son cuisinier. Là, on tape plus haut. Il faut des dispositions.

– Madame, demanda Zeb, je ne suis pas certain de comprendre.

– Au sujet de mon mari, précisa la comtesse. Il faut faire quelque chose.

124.

Tout entier abandonné à Morphée, Alarmé de l'Implication avait oublié qu'il dormait à même le sol, sur une île déserte. Il se croyait encore dans son château. Du bout des doigts, le philosophe ensommeillé chercha son épouse dans la partie du lit où elle se trouvait habituellement.

– Éponyme… Épopo…

Le curé surpris se retourna brusquement et ouvrit grand le bec en exhortant son messie philosophe à échanger avec lui un baiser matinal. Alarmé le repoussa vivement et ne put se retenir de faire des remarques désobligeantes sur l'haleine de l'homme de Dieu.

– Pardon, mon fils. Ainsi que je vous le disais, tout est nouveau. Il vous incombe de m'enseigner comment rebâtir un semblant d'existence dans ce monde vierge.

Monsieur le comte n'avait pas bien réfléchi à la façon dont on se nourrirait sur cette île de Nature. Il savait, bien entendu, que le « Dieu y pourvoira » de la Bible n'avait pas cours au paradis philosophique. Mais l'esprit allait se mettre en branle et il fallait se fier au génie français, c'est-à-dire à l'intelligence universelle. Il se concentra sur ses propres sensations. Son ventre, comme celui du curé, gargouillait. Le philosophe se massa l'abdomen, des soubressauts agitèrent sa paroi ventrale et les franges de son pagne sautillèrent sous les spasmes.

– La Nature m'est témoin, se plaignait-il d'une voix révoltée, que je n'ai strictement rien mangé ni bu depuis notre arrivée. Je n'ai point avalé un seul morceau de quoi que ce soit depuis que je suis dans cette Nature. De merde.

– Mon fils, si cette fameuse Nature doit accueillir notre nouvelle foi, n'allez pas si vite la souiller par des blasphèmes.

Alarmé fut pris d'une nouvelle contraction. Il se retourna vers son buisson avant de reproduire malgré lui le bruit des chutes d'Iguazú.

Le soleil du matin lui cognait sur la tête. Après moins de vingt-quatre heures dans l'état de nature, Monsieur le comte ne voyait pas comment les choses eussent pu se dérouler plus mal.

– Lorsque le corps se révolte, curé, est-ce aussi la Nature ?

BANG ! Une balle de fusil vint exploser un mètre devant les pieds du philosophe. Alarmé et le curé sursautèrent. Une deuxième déflagration retentit, très haut au-dessus de leurs têtes. On leur tirait dessus depuis la felouque. Et on visait mal. Un pigeon en fit les frais. Il tomba lourdement dans le sable, le jabot ensanglanté.

– Qui veut notre mort ? demanda Alarmé.

– Qui peut tirer aussi mal ? s'interrogea le prêtre.

Sur le bateau, Éponyme s'énervait. Elle expliquait au gros Indien qu'il n'y mettait pas du sien.

– Ce sont des fusils français, expliqua Zeb. L'Indien fait ce qu'il peut, Madame.

– Alarmé ! hurla Éponyme. Approchez-vous donc ! Vous voyez bien qu'il n'y arrive pas.

Sans comprendre pourquoi Éponyme aidait les diables qui leur tiraient dessus, le philosophe et le curé partirent en courant vers le centre de l'île.

– Accostez, mon roi ! cria la comtesse. Il faut l'avoir ! Notre bonheur en dépend.

– Je fais quoi ? demanda Yom en hébreu, car c'est lui qui tenait le fusil. Je continue de viser mal ou je les abats ?

Pietr sauta à terre, suivi par sa troupe. Nitchonne suppliait que l'on réfléchisse bien, que l'on ne commette pas l'irréparable.

– Messieurs, cria Zeb aux fuyards, cessez de courir afin qu'on puisse en finir plus vite.

Yom tira à nouveau mais loin d'eux. Les fugitifs accélérèrent. L'île n'était pas bien grande et ils se retrouvèrent bientôt coincés en haut d'un modeste promontoire. Yom se rua sur eux et, avant qu'Éponyme ne rapplique, il leur ordonna de faire les morts.

– Que dit ce sauvage ? demanda Alarmé, terrifié.

– Je l'ignore, répondit le curé. Il me semble qu'il parle arabe.

– Messieurs, annonça le vieux Zeb qui arrivait en claudiquant, laissez-vous faire, nous avons un programme chargé.

Pietr Cohen arrivait à son tour au sommet de la petite colline, flanqué des deux dames. Le Hollandais pointa un de ses pistolets vers le philosophe français.

– Mais pourquoi ? Mais pourquoi ? demanda Monsieur le comte.

– Dans chaque religion, mon fils, précisa le curé, il faut un Judas. Laissez ce mahométan vous assassiner et vous renaîtrez plus puissant. Laissez-lui le rôle du traître, mon fils, et soyez notre premier martyr.

– Mais je ne veux pas ! Mais je ne veux pas !

– Soyez dignes ! dit Pietr en armant le chien de son pistolet.

– Alarmé, précisa Éponyme, vous me bassinez depuis une éternité avec vos vrais sauvages. Je vous en ai trouvé une grappe, alors par pitié, faites comme ils disent. Ils s'y connaissent mieux que vous.

– Mais pourquoi il veut me tuer, le barbu ?

– C'est pas lui, précisa Zeb, c'est votre femme. Si on ne se débarrasse pas de vous, elle refuse de nous aider à retrouver notre prince exilé par chez vous. Vous ne l'auriez pas vu, à ce propos ? Il aime les gâteaux et…

– Éponyme, se lamenta Alarmé, vous êtes folle !!!

Pietr en avait assez. Il appuya sur la gâchette. Nitchonne se jeta sur son arme et en dévia le canon à l'instant de la déflagration. Au lieu du philosophe, c'est le curé qui fut touché dans le gras de la hanche.

– AAAAAH ! s'écria le curé.

– Mais Éponyme, poursuivit Monsieur le comte, qu'est-ce qu'il vous a pris de demander à ces braves primitifs de nous occire ?

– Juste vous, mon époux, le curé n'est qu'une victime collatérale.

– Mais bon Dieu de merde, Épopo, qu'est-ce que je vous ai fait ?

– Votre épouse, Monsieur, déclara Pietr Cohen, dispose de dons qui peinent à s'épanouir dans les circonstances actuelles. Vous ne pouvez pas continuer d'être là.

– Qu'est-ce que vous voulez dire ?

– Zeb, demanda Pietr Cohen en hébreu, penses-tu que ça soit convenable de lui dire que depuis que j'ai rencontré sa femme, je ne me pose plus aucune question existentielle ? En quelque sorte, je levais les yeux vers un ciel désespérément vide pour y chercher ce que cette grande blonde a dans la main.

– Éponyme ! Qu'avez-vous donc, ma mie, comme talent, qui justifierait mon trépas ?

– Alarmé, mon chéri, ce que le sultan essaie de vous dire, c'est que j'écris.

– Je ne comprends pas.

– Moi non plus, mon philosophe, je ne pensais pas que c'était important. Vous prenez tellement de place, la Pensée et vous, que ce qui me venait chaque jour, mes dix-sept pages d'agitation scripturaire, mes personnages fantasques, l'action, les zizis et le sang, je croyais que c'était, pour ainsi dire, du caca.

– Éponyme ! Dans l'état de nature, même une femme devrait pouvoir…

– Ce sultan, Alarmé, avec sa barbe, avec ses yeux, avec les tremblements qui animent sa main et qui disent à la fois la brutalité et l'intelligence animale, il ressemble aux personnages que je décris ! En le voyant et en l'embrassant, je me suis aperçue de la légitimité de mes désirs. Vous vous rendez compte ? J'ai le droit de vouloir des choses ! De les avoir, de m'en repaître et de regarder le soleil en disant « Hé ! Merci ! ». J'ai écrit un roman où je raconte ce que c'est que l'amour, et l'amour est venu.

– Mais faut-il pour autant m'occire, mon Épopo, les femmes…

– Les femmes, je m'en fous, mon petit coco, je vous parle de moi ! Moi qui écris ! Et pour écrire bien, il me faut mon sultan Mohamed qui tremble. Il éternue comme moi, il a une queue dure et courbe à la fois, il…

– Dans l'état de nature, ma précieuse, on peut copuler avec qui on veut. Épopo, allez vous faire combler l'âme et les béances, revenez les yeux bordés de ces cernes mauves qui disent la reconnaissance et écrivez-le si ça vous chante. Mais de grâce, laissez-moi vivre !

– AAAAAH ! hurla le curé. C'est vous qui parlez et c'est moi dont le gras du ventre saigne.

– Il a raison, concéda Éponyme. Abrégeons. Mohamed Cohen, ayez la bonté d'occire mon mari.

– Épopo, Éponyme, pourquoi ?

– Chéri, ne voyez-vous pas que vous êtes un obstacle ?

– Mais puisque je vous répète qu'en état de nature, tout est permis.

– Je ne suis pas assez civilisée, Alarmé. Vous avez face à vous une pauvre fille dont la liberté est toujours bridée par le schéma matrimonial.

– Pourquoi faut-il tuer son mari, déjà ? demanda Yom en hébreu.

– Parce que sans ça, elle refuse de tripoter Pietr Cohen, cracha Zeb. Et plus vite on aura réglé leurs problèmes de quéquette, plus vite on ira chercher Pinoquillio.

– On ne pourrait pas plutôt utiliser le curé ? demanda Alarmé. Il pourrait prononcer un divorce.

Éponyme resta interdite. Cette solution manquait de romantisme. Pietr insista. Ce mari lui était sympathique. Zeb objecta qu'une procédure de divorce serait un peu longue et qu'il y avait un prince à secourir. Le curé dont la plaie continuait de suinter promit que si l'on consentait à le soigner, il était capable d'officier une procédure expéditive.

– Mais pour un divorce, demanda Nitchonne, il ne faut pas le consentement du pape ?

– Pas dans l'état de nature, trancha Alarmé. Allons ! Obéissons au curé.

– En me sauvant, mon fils, vous vous sauverez aussi.

Ainsi, Urbîle et Orbîle, c'est-à-dire pour l'île et pour le monde, le curé prononça le divorce entre le philosophe français et sa femme.

– Curé, acquiesça le jeune divorcé, veuillez ajouter « Plus Grand Philosophe de France » après l'évocation de ma qualité de citoyen normal.

– Mais… mon fils… Monsieur le proph… le citoy… le normal…

– Quoi ?

– Mais il est donc en France, mon fils, l'état de nature ?

– Il ne s'étend pour l'instant que sur cette île modeste, mais il nous faut voir grand.

– Alors, commençons tout de suite notre extension territoriale, suggéra le curé, partons d'ici, car je saigne.

– Soit. Amis, demanda Alarmé, êtes-vous prêts à vivre sans règles ni lois ? Consentez-vous à laisser les forces sauvages gouverner nos existences ? Êtes-vous prêts à vivre dorénavant comme des pirates ?

Lorsqu'on eut traduit cette déclaration à Yom Hachichi, il se mit à rire aussi fort que Zeb et Pietr. Zeb fit remarquer que la mission de sauvetage n'attendrait plus. Les trois camarades saluèrent le groupe de Français et se dirigèrent vers leur barque. Yom tenta de prendre doucement la main de Nitchonne qui lui retourna une gifle. Zeb distribuait des coups de canne à ses deux compagnons afin qu'ils se hâtent.

– Mais pourquoi ils s'en vont ? demanda Alarmé.

– Ils cherchent un roi sauvage, répondit avec perfidie Éponyme. Or il semble que sur cet îlot, ils n'en aient point rencontré.

Monsieur le comte courut derrière eux, en proie à une bouleversante agitation.

– Je mérite mon châtiment ! J'ai compris ! J'ai eu une épiphanie ! Châtiez-moi mais par pitié ne partez pas !!!

– On s'en fout de tout ça, moi je saigne, gémit le curé. Vous aviez promis de me soigner.

– Vous, ça n'est que la peau, répondit le philosophe, moi, c'est plus profond. J'ai une hémorragie de l'âme ! Amis ! Sauvages ! Pirates ! Représentants de peuples bigarrés qui avez tant à m'apprendre ! Esprits purs de la jungle ! Ne partez pas et soumettez-moi à un châtiment mérité. Car c'est l'esclavage, mon crime, n'est-ce pas ? C'est ça depuis toujours, le sujet et le problème. Vous avez échoué ici pour punir l'Occident d'avoir apporté dans vos contrées vierges et pures l'injustice et l'oppression, et cette odieuse exploitation des faibles par les puissants qui n'existait pas au paradis des origines.

– Il fait peur, fit remarquer Yom en se dépêchant de grimper à bord de la barque. Qu'est-ce qu'il raconte ?

– C'est confus, expliqua Pietr Cohen. Mais il me semble qu'il est opposé à l'esclavage.

– Ce type est fou, fit remarquer Zeb. Notre propre expérience prouve que la lutte contre l'injustice ne fait qu'augmenter les souffrances des victimes… et baisser les profits des compagnies exploitantes… et à terme ça finit par appauvrir même les pauvres. Vite ! Dans le bateau ! Si les Français se mettent à rejeter l'esclavage, c'est toute l'économie africaine qui risque d'en faire les frais.

On aida Pietr à monter dans la barque, car la fièvre l'avait repris. Au même moment, Alarmé sauta par-dessus le bastingage et saisit passionnément les mollets du Hollandais qui manqua tomber à l'eau.

– Tu vois bien, cher Zeb, que je n'y suis pour rien, se défendit Pietr Cohen. J'ai eu une folie juive. N'ayons pas peur de le dire, j'ai été chamboulé par la mort de papa. Et j'ai mis dans l'intervention des poissons mangeurs l'idée d'un projet cosmique. Tu comprends, on nous coupe le prépuce avant qu'on fasse la différence entre nos parents et le monde. Donc on intègre très tôt l'idée que dans son ensemble, le cosmos n'est que volonté paternelle et qu'il est là pour nous emmerder. Et oui, je l'avoue, j'ai mal pris le fait que Colbert et son Code noir m'interdisent de pratiquer l'esclavage. J'y ai vu de la discrimination, j'ai trouvé ça injuste et j'ai rêvé, oui, à un esclavage meilleur. Mais c'est fini. Regarde, Zeb, je suis bien, maintenant. On m'a pris par la main. La bite, je veux dire. Tous les problèmes venaient de là, la folie juive, c'est ça, on cherche la personne qui va nous convaincre que plus jamais on ne va nous mettre des ciseaux sur les terminaisons. Je l'ai trouvée. Tu vois. Regarde cet homoncule à perruque qui me secoue les arpions. Lui, c'est une infirmité différente, lui, il relève d'une autre dinguerie. Il ne faudrait pas tout me mettre sur les épaules non plus.

– Je suis un sale esclavagiste de merde ! hurlait Monsieur le comte. Punissez-moi ! Oh, faites-moi expier mais ne partez pas.

Il pleurait, à présent, la joue frottant contre le ventre du Hollandais. Il répétait « Pardon, pardon, oh pardon, comme je suis coupable ! ».

Éponyme, folle de jalousie, dévalait la colline. Malgré ses robes gorgées d'eau glacée, la comtesse galopait aussi vite qu'un gros poney. Bientôt elle aussi s'accrochait au pelvis de ce juif hollandais que toute sa famille prenait pour un musulman turc.

– C'est le mien ! Alarmé, filez ! C'est mon sauvage à moi !

– Yom, ordonna le vieux Zeb, aide-moi à jeter ces deux-là par-dessus bord. Ils ne nous aideront pas à retrouver Pinoquillio et je commence à trouver leur comportement inquiétant.

– Gardez-nous ! suppliait Alarmé. Gardez-nous comme esclaves, même.

– On ne peut pas les conserver un peu ? demanda Yom. Je veux connaître mieux la brune au chemisier trop petit pour son thorax.

– Stupide Indien ! cracha Zeb. Ne vois-tu pas leur folie ? Et si c'était contagieux ? As-tu remarqué cette rage, ces tremblements, cette faculté à passer d'un instant à l'autre du rire aux larmes. Et leur façon de supplier qu'on les maltraite. Yom, fiche-les hors du bateau, tu nous rendras service.

À regret, l'Indien se saisit du comte et de son ex-femme et les lança tous les deux sur le sable. Avant qu'ils ne pussent se relever, Zeb poussa frénétiquement sa canne dans l'eau pour éloigner la barque du rivage.

Malgré l'état de nature et cette déclaration récente sur l'égalité entre les humains, Nitchonne vint épousseter sa maîtresse et l'aider à se relever. Dans cette panique, avoir une patronne et s'inféoder à elle, c'était retrouver un semblant d'ordre.

– C'est de votre faute, cria Éponyme à Alarmé. Moi, il m'aurait gardée.

– Ma mie ! Ma pauvre mie de pain trempée dans l'eau salée ! Mais vous vous êtes vue ? Et quand bien même il n'aurait pas été dégoûté par ce que la civilisation a fait de vous, comment auriez-vous survécu dans son monde sauvage ? Même ici vous demandez grâce. Ma cocotte, dans la jungle ottomane, vous ne tiendriez pas une minute.

– Je saigne ! se plaignait le curé. Et tu embrasses comme un bulot. Si tu t'en servais mieux, de ton sphincter buccal, la langouste dont tu viens de divorcer ne se serait pas sentie obligée de s'envoyer ton cuistot !

Face à cette révélation, Monsieur le comte resta interdit. Éponyme, faisant fi des blessures abdominales du curé, se mit à lui boxer la figure afin qu'il se taise.

– Je suis pas une langouste ! Je suis pas grosse ! Je suis belle ! Putain, je suis belle, merde !

– Éponyme, demanda Alarmé, ne détournez pas la conversation. Au sujet du cuisinier, dites-moi que c'est pas vrai !

Éponyme de l'Implication redoubla d'ardeur pour cogner le prêtre. Elle lui rappelait, entre chaque coup, que le secret de la confession, putain, c'est pas fait pour les chiens. Au moment où elle s'apprêtait à demander au curé s'il n'existait pas dans l'Église une sorte de serment d'Hippocrate, Alarmé se jeta sur elle. Le philosophe, sans vergogne, tapa son ex-femme au visage et aux fesses. Il battit le curé aussi. Et il se prit à crier « traîtresse, salope, pédé, con, merde » sans avoir la certitude que ces noms d'oiseaux feraient avancer l'histoire de la pensée.

Nitchonne ne pouvait rester inactive face à ce déferlement de sauvagerie. Elle se jeta dans la mêlée et distribua des baffes en répétant « Mais arrêtez ! Arrêtez la violence ». Et puisque la violence ne s'arrêtait pas, la Niçoise s'autorisa à les frapper plus fort afin qu'ils tiennent compte de sa demande.

Aïe ! Aïe ! Ouille ! Le sable volait sur la plage de l'île de Nature. Chacun hurlait et massacrait son voisin. On grimaçait. On n'apparaissait pas sous son meilleur jour. Des dents se détachèrent des bouches. On se mordit avec celles qui restaient. On saisit même parfois des cailloux afin d'appuyer son propos. Des doigts, sans qu'on se souvienne à qui ils appartenaient, s'enfonçaient au hasard dans des yeux congestionnés de rage.

– D'une certaine façon, se désola Dieu, leur projet est un succès total : le voilà, l'état de nature. Oh, Spinoza, c'est moi qui me sens coupable. Comme tout ça fut inutile et vilain, je veux dire l'homme. Comme je voudrais enfouir mon visage dans le sable de cette plage. Il y a des fois, Spinoza, où le badminton ne suffit pas à oublier ses responsabilités. C'est pesant, non ? Je voudrais, d'un souffle, détruire tout ça. Je pourrais…

– En est-il capable ? demanda Courtemèche depuis un nuage adjacent.

– Spinoza, renchérit le papa de Pietr, est-il capable de ça ?

– Seigneur, supplia Spinoza, calmez-vous. Regardez mieux. Il y a bien sur cette terre des petites choses qui vous intéressent.

À la voix inquiète qu'employait le penseur, Courtemèche et le papa comprenaient que le péril était réel. Oui, par lassitude, Dieu était vraiment capable de tout.

Sur terre, les quatre pionniers du Nouveau Monde se battaient toujours. Au milieu de la mêlée retentit bientôt le cri de Nitchonne :

– Madame, Madame, Monsieur le curé est au plus mal. Regardez ce qui lui sort du ventre : on dirait une piperade.

– À partir de ce que la Nature va nous aider à trouver sur cette île, déclara Alarmé, nous allons inventer une médecine qui n'aura pas été rendue inefficace par la civilisation !

– La Nature, ça ne va pas suffire, dit Éponyme qui reprenait ses esprits. Il pisse le sang.

– Il faut le ramener à terre, Monsieur le comte. Il y a une auberge sur la rive.

– Retraverser les mers ! s'écria Alarmé de l'Implication. Dans notre état !

Nitchonne et Éponyme tournèrent la tête vers l'auberge en question. Même le curé, au bord de l'agonie, effectua un petit mouvement de menton vers la rive.

– Quand on est arrivés ici, il y avait de la brume, fit remarquer Éponyme, mais…

– Franchement, Monsieur, ajouta Nitchonne, ça se tente.

Alarmé de l'Implication s'aperçut alors qu'entre son île de Nature et les côtes de France, il y avait moins de trois cents mètres d'eau.

L'aubergiste était une grosse dame de Bordeleau qui n'avait pas d'employés et guère plus de clients. Elle était sa propre patronne et dirigeait cet établissement sur la plage, qui devait régulièrement acquitter des taxes royales. L'État ne lui servait à rien d'autre. Périodiquement, on venait à son comptoir se plaindre des riches et râler sur les pauvres. Elle entendait sans les écouter toutes ces récriminations. Elle remerciait le ciel de ne pas être amoureuse et de ne pas vivre ailleurs. La France, c'était elle, une hôtelière présente depuis toujours, indifférente à Paris, et qui ne voyait dans les lois que des empêchements à survivre. Parce que lorsqu'on les avait payées, les taxes, qu'est-ce qu'il restait ? Et lorsqu'on était son propre maître, qu'on n'avait aucun subalterne sur qui taper et pas de patron à qui se plaindre, on se sentait bien seul, chaque mois, quand il fallait faire ses comptes. Oui, cette aubergiste n'avait vraiment pas le temps de faire de la philosophie.

La porte s'ouvrit dans un grand craquement. Quatre individus trempés, à moitié nus, hurlaient des mots inintelligibles. Ils étaient décoiffés et couverts d'algues. L'un d'eux saignait au ventre. Les autres arboraient diverses blessures superficielles.

– Vite ! Il meurt ! Il faut le soigner ! ordonna une jeune dame blonde aux fesses considérables.

Calmement, l'aubergiste se leva et leur fit face. Elle était colossale. Chacun de ses bras valait les cuisses du curé. La matronne leur demanda s'ils souhaitaient louer une chambre.

– Une chambre ! acquiesça une jeune brune. Il nous faut aussi un docteur !

Des clients, l'aubergiste n'en avait pas souvent, elle allait les soigner. Elle ordonna qu'on fiche le blessé au crucifix sur un banc derrière une des tables de la salle à manger.

– Et pour le reste, précisa la bistroquette, on paie d'avance. La chambre, ça va être trois sequins, et pour que j'aille quérir monsieur le docteur, donnez-moi aussi une petite avance, parce que la carriole pour son transport, c'est pas gratuit, mes canassons ils ne se nourrissent pas de l'air du large.

Alarmé de l'Implication remonta fièrement la ceinture de son pagne et marcha avec bienveillance vers cette créature fruste.

– Chère madame, humble maillon dans cette chaîne qui fait de la France une grande nation, laissez-moi vous parler du grand bond en avant que nous avons fait, mon phalanstère et moi. Oui, j'ose l'affirmer, nous sommes déjà un peu dans le futur. L'argent, qui génère tant de fausses vérités et d'abstractions, telles les « dettes », les « échéances », les « riches » et les « pauvres », nous n'en sommes plus là ! Nous sommes… beaucoup plus près du réel. Il n'y aura donc pas d'argent entre nous. Je vous propose d'adopter notre système d'entraide et…

– Non, répondit l'aubergiste, les pieds bien campés sur le parquet de son bistrot. Tu veux un docteur, tu paies. Tu veux dormir, tu paies.

– Elle nous parle comment, celle-là ? se récria Éponyme. Hé ! Espèce de résidu de fond de cuve ! Tu crois que je suis qui, pauvre conne ? Tu t'adresses rien moins qu'à la comtesse Éponyme de l'Implication, née Tampononouzen ! J'ai mes entrées. Partout. Même dans des lieux dont tu ignores l'existence. Donc tu baisses d'un ton ! On veut une chambre ! On veut un docteur ! Alors ?

– Alors, conclut la dame, soit tu paies, soit tu t'en vas.

– Nitchonne, demanda Monsieur le comte, gêné, combien as-tu sur toi ?

– Mais j'ai rien, moi, Monsieur, répondit la servante désolée.

– S'il faut en passer par là..., gémit Éponyme, je dispose au bout de mes oreilles de quelques boucles, et sur mes doigts d'un nombre restreint de bagues.

– Madame, Monsieur, précisa Nitchonne, pardonnez-moi de le dire aussi crûment, mais à force de décréter que les richesses n'existent plus, nous sommes devenus pauvres. Enfin vous. Et moi par extension. Car servante de pauvres, pardon, mais c'est un sacré recul de ma condition.

– Nitchonne, tu me fais du chagrin, lui fit remarquer Monsieur le comte. On dirait que tu n'as rien observé, rien retenu des choses formidables qui nous sont arrivées depuis que j'ai décrété l'état de nature.

– AAAAAAAAAAAAAH ! gémit le curé qui n'allait pas bien, tandis que la bistroquette, bras croisés, campait sur ses positions.

– Et une boucle d'oreille, finit par demander Éponyme à regret, ça paie quoi ?

– Une chambre, répondit sobrement la propriétaire des lieux.

– Alors prenez deux boucles, conclut Alarmé, et servez-nous aussi à manger.

– J'ai jamais dit que ça payait le repas, précisa la patronne.

Le comte Alarmé de l'Implication se mit en colère. Brusquement, son ventre se rappela à lui. Il se rua vers une porte et on entendit bientôt des cascades et des rugissements.

– Vous direz au docteur, ordonna Éponyme, qu'il

s'occupe également de monsieur mon ex-époux qui est affligé d'une digestion fragile. En ce qui concerne l'usage des petits cabinets, c'est payant aussi ?

– Non, Madame, répondit l'aubergiste avec mansuétude, c'est inclus dans le forfait.

– Les petits cabinets, c'est le centre du monde, murmurait Alarmé.

Tandis que son épouse reprenait ses bijoux à l'aubergiste, en lui promettant de revenir bientôt, Monsieur le comte s'était réfugié au fond de la salle à manger, dans une excroissance de bois qu'une porte impossible à fermer totalement séparait de la salle commune. Sur ce trône dépourvu de faïence, le séant nu contre un opercule de bois, Alarmé reprenait contact avec le monde civilisé. Une écharde lui mordait la peau du croupion. Il se vidait les intestins en tâchant d'éviter les mouvements du bassin qui feraient pénétrer l'esquille de bois dans son fragile derrière. Mais c'était mieux que la jungle. Comme il se haïssait de reconnaître ce petit mérite à la civilisation !

Il regarda entre ses jambes pour constater que sa production restait bien trop liquide. Ça se confondait avec l'eau salée qu'un ingénieux système faisait stagner au fond du trou. Monsieur le comte remarqua, juchée sur une crotte qui n'était pas la sienne et que le temps avait changée en coprolithe, une petite araignée. Les six yeux de l'arthropode lui contemplaient les sphincters. Il en fut embarrassé et versa sur l'araignée le contenu d'un broc que l'on utilisait après la selle. « J'ai ce pouvoir de vie ou de mort sur l'araignée des cabinets. Zut ! Elle est tombée de sa crotte mais elle résiste.

Après un instant sans bouger, la voici qui remonte au sommet. J'ai été son bourreau, je m'en vais la sauver. Et me sentir coupable du mal que je lui ai fait. » Et il plongea la main dans le trou. L'araignée lui grimpa sur l'index puis se mit à le piquer rageusement. Monsieur le comte accueillit avec une joie contrite ce juste châtiment et déposa la bestiole indemne sur le sol des toilettes.

Il fut alors envahi par une infinie tristesse. Dans l'exiguïté des cabinets de l'auberge, il entrevoyait la limite de sa position. Certes, la France était éternelle et il lui fallait un guide pour montrer à la face du monde la façon très spécifique dont elle était universelle. Certes, ce penseur, ça pouvait être lui. Mais, quoi qu'on fasse, on en revenait toujours à l'esclavage, à la force de travail, à ceux qui ne fichent rien et qui peuvent penser, et à ceux qui travaillent tant que leurs idées en restent trop souvent au fanatisme. Certes, certes, certes à tout, mais au milieu : les cabinets. Et tendant les jambes pour empêcher la porte de s'ouvrir davantage, Alarmé de l'Implication murmura gravement :

– Je touche les limites de mon cercueil.

125.

Madame la comtesse, toujours décoiffée et en piteux état, trottinait sur la route en plein cagnard. Sa bonne parvint à sa hauteur.

– Madame, réfléchissez.

– Non ! Cette manie de la pauvreté, ça ne me convient pas du tout.

– Mais, Madame…

– Imagines-tu que des gens vivent dans cette bassesse ? À vendre leurs bijoux pour avoir un gîte ? À s'interroger s'ils pourront payer un docteur ? Celui qui accepterait de vivre ainsi sans se révolter n'aurait que ce qu'il mérite.

– Madame, on n'y peut rien.

Dans l'auberge où les rôles s'étaient inversés, c'était le comte qui grattait à la porte des cabinets.

– Curé, curé ! Il arrive quand, le docteur ? Aubergiste ! Excusez-moi, elle est où, ma femme ?

– Elle a dit qu'elle revenait.

– Mais a-t-elle mentionné l'objectif de son départ ? Je veux dire, elle est partie faire quoi, cette nouille ?

– Cambrioler son château, je crois, répondit l'aubergiste.

– Hein ???

– Moi, tant qu'on me paie.

On attendit. Madame ne revenait pas. La journée avançait. Le docteur s'était présenté et, heureusement, sa science à lui fonctionnait, il avait guéri tout le monde.

Monsieur le curé n'y comprenait plus rien. Il perdait le goût de tous ces beaux systèmes. En moins d'une semaine on l'avait trimbalé dans tant de doctrines naissantes dont les préceptes changeaient d'heure en heure. Lui ne souhaitait qu'un véhicule apaisant pour les plaintes journalières dont est affligée l'âme. S'il continuait, Monsieur le comte allait finir par le persuader que pour l'équilibre de soi, il n'existait rien de mieux que la bonne vieille religion.

L'aubergiste demanda s'il fallait mettre le couvert pour Madame et sa bonne. On entendit du bruit dans la cour et, au lieu d'Éponyme, c'est l'étranger qui apparut. Alarmé se crut autorisé à l'appeler Momo. Le voyageur dépenaillé, malgré l'urgence, suggéra qu'on s'en tienne à Mohamed Cohen.

– Avez-vous trouvé votre petit prince ? demanda le comte. Moi, je cherche ma femme. Enfin, si vous n'en avez pas l'usage.

– Ils sont ensemble, déclara l'Ottoman. Armez-vous ! Il faut faire vite !

– Madame la comtesse abuserait d'un enfant ? se récria le curé. Malgré les libertés qu'elle prend avec sa petite chienne, je ne peux pas le croire.

– Ils sont ensemble prisonniers ! précisa le vieux Zeb, qui apparaissait à la porte flanqué du gros Indien. Faites vite !

Tandis que Yom achetait à l'aubergiste les outils de ferme qui permettraient une bonne petite guerre, Mohamed Cohen expliqua dans quel état de désorganisation il avait trouvé le château de monsieur le comte :

– J'en suis réduit à imaginer les motivations de votre femme, mais je touchais au but et elle a tout fichu en l'air. Au château, nous parlions au vieillard qui a une carotte dans le ventre et à la châtelaine.

– Ils se sont installés chez moi ? demanda Alarmé.

– Mon fils, protesta le curé, je croyais que la propriété, vous vous en fichiez…

– Oui, certes, mais je pensais qu'ils m'avaient dépossédé uniquement pour me rendre service, pour m'aider à vivre ma philosophie. Je ne m'attendais pas à ce qu'ils en tirent un quelconque bénéfice. À mes yeux, ils étaient altruistes, ils me débarrassaient, car je voulais la Nature.

– Vous parlez au passé, mon fils ?

– Je croyais qu'ils en feraient juste une résidence secondaire, qu'ils laisseraient tout intact. Les imaginer dans mon lit ! Dans mes habits ! Quel intérêt, pour eux ? Leur palais de Bordeleau est tellement plus beau que mon modeste château.

– Peut-être…, osa le curé.

– Peut-être ?

– Peut-être qu'ils vous détestent.

126.

Éponyme était arrivée clandestinement au château un peu après midi. Accompagnée de Nitchonne, elle avait pénétré dans le bâtiment par les cuisines et s'était empressée de remplir ses robes de tous les objets de valeur qui lui étaient tombés sous la main. Bougeoirs, cuillers, timbales, elle s'en était fourré les bas et en farcissait les hardes de sa servante.

– Madame, si la duchesse Antinôme nous voit, on va direct en prison.

On vint. Elles se planquèrent. C'était Oracio. Il tenait un plateau de victuailles dans chaque main. Madame la comtesse voulut se faire reconnaître, mais Nitchonne sut la convaincre d'un geste qu'il valait mieux se cacher encore un petit peu. Oracio s'en alla.

Des chaînes cliquetèrent derrière elles du coin le plus obscur des cuisines. C'étaient Chaussette et son petit ami noir, libre comme l'air, mais qui s'efforçait de lui remonter le moral.

– Maman ! Maman ! Vous êtes revenue pour moi ? Maman, sauvez-moi de là ! Maman, ils me traitent mal.

– Ma fille, du courage, ordonna Éponyme. Chacun doit porter son fardeau.

Et la comtesse s'en fut en courant sur les traces d'Oracio. Nitchonne la suivit. Chaussette, qui pourtant en avait vu d'autres, ne put se retenir de pleurer en constatant avec quelle facilité sa maman l'abandonnait. Pinoquillio lui caressa gentiment la tête à l'aide d'une chaussette et lui dit franchement son sentiment :

– Ma chère blondinette, je ne connais pas bien ton pays du sucre. Et mon Afrique après tout, je n'en ai visité qu'une minuscule partie. Mais j'ai vu mon papa. Et j'observe ta mère. Tu sais, je crois qu'il ne faut plus rien attendre des grandes personnes.

– Mais qui va me libérer ?

– Ne t'inquiète pas.

– T'es marrant ! Ça fait une nuit que t'es là et t'as trouvé ni les clés de mes chaînes ni rien qui puisse les scier.

– Tu n'écoutes rien, Chaussette, expliqua Pinoquillio. Les chaînes qui te retiennent dans cette cuisine, c'est rien ! Rien, tu m'entends ? On va s'en sortir, on va trouver. Ce qui est plus important, ce sont les chaînes invisibles que nos parents nous ont mises dans le crâne. Mais cet esclavage symbolique, Chaussette, si nous comprenons bien les conditionnements ancestraux qui l'ont fabriqué, dans l'avenir nous pourrons…

– Laisse tomber, soupira Chaussette avec désespoir. Tout est perdu.

– Pourquoi ? demanda Pinoquillio.

– Parce que tu parles exactement comme mon papa.

– Madame, suivez pas Oracio ! Madame, ça sert à rien, chuchotait Nitchonne dont les jupes tintinnabulaient à chaque pas au son de l'argenterie volée. Madame, on prend quelques trésors et on s'en va.

– Non ! Je veux voir !

– Mais madame, qu'est-ce que vous allez voir dans ce château qui va vous faire du bien ?

Et la comtesse vit sa sœur vêtue de bleu ciel. Ça ne lui allait absolument pas. Antinôme, cette grande brune maigre qui depuis l'enfance n'avait jamais porté que du noir ou du cramoisi, Antinôme, cette chienne, habillée comme une blonde, se tenait sur la chaise de Madame. Et près d'elle caquetaient les amies de Madame : Acrostiche et sa fille Litote qui agitaient leurs têtes perruquées tandis que l'usurpatrice vantait les mérites de l'esclavage.

– Vous dites qu'ils ont emprisonné ma femme ? demanda Alarmé sur le chemin.

– Je le crains, répondit celui qu'il ne connaissait que sous le nom de Mohamed Cohen.

L'étranger, son traducteur africain et l'Indien qui les protégeait, le curé et l'aubergiste, tout ce petit monde armé des instruments qu'on avait pu trouver se dirigeait en rase campagne vers le château de l'Implication. La nuit venait de tomber. Il faisait doux et, en d'autres circonstances, Monsieur eût pu trouver le climat propice à la pensée.

– Faut-il qu'à chaque fois que les idées virevoltent je sois empêché par l'existence ? Comment a-t-elle fait son compte, mon épouse cette cruche, pour se trouver prisonnière en notre propre ex-logis ?

– La colère, Monsieur, expliqua Cohen.

– Développez !

– Je me hasarde. Mais voilà… Je parlais aux châtelains. Je leur demandais où se trouvait mon petit prince que nous devons ramener en Afrique. Eh bien, vous ne le croirez pas, mais ces escrocs ont essayé de me vendre une jeune Blanche à la place ! Toute blonde, et insolente avec ça. Ils m'ont promis qu'elle pourrait faire illusion. Elle sait faire l'Africaine. Elle a effectué ce tour, affirmaient-ils, devant les plus grands spécialistes français, alors pensez si elle a les capacités pour leurrer quelques paysans peu instruits.

– Des paysans… d'Afrique de l'Ouest ? demanda Alarmé.

– C'est ce que je fis remarquer, répondit Mohamed Cohen.

– Et c'est la perspective que l'on vende cette enfant qui a fait sortir Éponyme de ses gonds ? Il faut que vous sachiez que malgré notre modernité, il y a un lien biologique entre cette enfant et nous. Et il me semble qu'en situation de stress, Éponyme fait une fixation là-dessus.

– Non. À ce moment de l'entretien, personne ne se doutait que votre épouse était planquée dans le couloir. Nous parlions racisme.

– Pardon ?

– Oui. Le duc m'expliquait qu'il était très important de rester raciste. Car sans ça comment justifier que les Noirs fassent tout le travail à la place des autres ?

– Et qu'en pensez-vous ?

– Je désapprouve ! se récria Mohamed Cohen. J'ai souffert du racisme moi-même. J'ai tenté d'être esclavagiste et ça n'a pas été possible.

– Moi, c'est pire, dit Alarmé. J'ai tenté d'écrire CONTRE

l'esclavage ! Et pour cela j'ai abdiqué tous mes biens. Mais à présent je m'en aperçois : sans la richesse on ne peut penser. Oh ! Comme tout ça est complexe, monsieur Mohamed Cohen. Le travail. La pensée. Et les hommes qui par leurs petites particularités viennent gâcher les plus beaux des systèmes ! Vous aimez la pensée, Monsieur, je le sens !

– Ma foi, j'ai vécu par elle.

– Et vous aimez la France ?

– Je l'ai traversée.

– Et vous aimez ma femme ! Oh, ce que nous avons en commun !

– Mais j'envisage de vous la piquer.

– Non. Pas de duel, ami Mohamed Cohen, pas de rivalité. Je l'aime. Je l'aime autant qu'on peut aimer un être de chair. Mais je la trompe.

– Avec sa sœur ? Je l'aurais parié ! Il suffit de la voir, la grande brune, là…

– Avec la Pensée, monsieur ! Vivons ensemble ! Vous, la Pensée, et moi. Vous expurgerez les épanchements d'Éponyme et moi je pourrai baguenauder dans le cosmos, dans ce lieu de sagesse que les primitifs nomment Dieu et que j'appelle…

– Spinoza ?

– Je ne connais pas Spinoza, répondit Alarmé. Vous disiez ? Que c'est au moment où le duc s'est montré raciste qu'Éponyme est apparue ?

– Non ! Le vieillard avec sa carotte dans le ventre a tripoté le crâne de la petite fille. Un enfant noir a fait irruption dans la salle et a voulu la sauver.

– C'était notre prince ! s'écria Zeb.

– Oui, poursuivit Mohamed Cohen. Des gardes ont

arrêté le petit prince. Monsieur le duc s'est inquiété de sa carotte miraculeuse.

– Miraculeuse ? demanda le curé.

– Il a affirmé, précisa Zeb, que si on la lui retirait, il serait comme mort, et que si elle revenait...

– Résurection ! cria le prêtre avec allégresse. Alarmé, vous ne m'aviez rien dit de ce miracle.

– Enfin, tout ça, poursuivit Pietr Mohamed Cohen, ça ne faisait pas bouger votre femme. Et votre belle-sœur, tandis qu'on emmenait les deux enfants enchaînés, s'est mise à me caresser la jambe. Enfin, je dis la jambe au sens large...

– Et là ?

– Là, j'ai entendu tinter comme de l'argenterie dans le couloir.

– Alors ?

– Le cuisinier est entré. Un Italien pas si séduisant que ça si vous voulez mon avis. Toujours est-il que devant tout le monde, la brune lui a roulé un de ces palots ! Une vraie limace !

– Et là ?

– Rien. Toujours d'imperceptibles bruits de fourchettes dans le corridor. Cependant...

– Cependant ?

– À ce moment-là, la brune a sifflé. Et un petit chien enrubanné a couru du fin fond du château et s'est précipité sur ses genoux. Et le chien a eu un sucre. Et la brune lui a gratté la tête.

– Hmm... Fragonarde.

– C'est le nom de votre épouse ?

– De la chienne. Personne ne touche à sa chienne.

– Il semblerait, confirma Mohamed Cohen. Et c'est un

peu vexant. Car enfin, avec le vent du large qui m'environne et avec ma double ascendance, ottomane et musulmane, je pensais me poser un peu là, au rayon des distractions inépuisables. Sans compter que je connais Spinoza. Mais elle ne le sait pas encore, j'en conviens. Et lorsqu'elle m'a vu, j'avais la fièvre.

– Ça va mieux, à ce propos, la fièvre ?

– Et vous, la chiasse ?

– Très bien.

– Bon. Donc, au moment où votre épouse s'est précipitée dans le salon en rugissant, une fourchette dans chaque main… oui… au moment où elle est allée planter huit petites pointes d'argent dans le front de la brune qui caressait le chien, je n'ai pas pu m'empêcher de me demander ce qu'il avait de plus que moi, ce chien.

– Mon vieux, répondit Alarmé, voilà une question que depuis longtemps j'ai cessé de me poser. Et comment vous êtes-vous sauvés ?

– On a foncé à travers une fenêtre, on a couru et on a eu de la chance. Ou bien vraiment, les fusils français sont très mauvais.

– L'important à présent, fit la bistroquette, c'est de libérer tout le monde et de reprendre votre château.

– Je suis touché, fit remarquer Monsieur le comte, que cela vous tienne tellement à cœur.

– Ah oui, répondit la travailleuse en agitant un manche de pioche. Vous pouvez dire que j'en fais une affaire personnelle. J'ai bien compris que sans ça, votre femme ne va jamais me payer.

127.

La nuit avançait. On avait entassé les captifs dans une cave du château. Deux des hommes du duc Nécrozé montaient la garde devant la porte. Éponyme, Nitchonne, Chaussette et Pinoquillio se retrouvaient tous prisonniers ensemble. À attendre quoi ?

– Moi, maman, le vieillard risque de me violer ! Et grâce à son abominable carotte, j'ai bien peur qu'il soit en assez bonne santé pour y parvenir.

– Moi, fit Pinoquillio, on va me revendre à mon père. Et j'ai compris maintenant ce que ça signifie. Vous savez, mon papa achète et vend des êtres humains. Et parce qu'un jour je dois lui succéder, il m'est arrivé de croire que j'étais spécial à ses yeux. Vous comprenez ? Il était si dur avec moi. Je pensais « il m'aime ». Mais en vrai, Madame, je crois que pour lui je ne suis qu'un esclave de plus…

– Articule mieux avec ta chaussette, lui suggéra Chaussette, sinon ma maman ne comprendra pas.

On appela Oracio. On appela Fragonarde. Mais personne ne vint à leur secours. Nitchonne vint se blottir dans les bras de Madame. Éponyme en fut gênée. Nitchonne se roula en boule et posa sa tête sur le ventre de la comtesse.

– Madame, un câlin.

– Nitchonne, tu m'embarrasses, cesse ! C'est gênant comme tout.

– Madame ne me comprend pas. C'est que tout va mal !

– Dis, Nitchonne, je suis prisonnière de mon propre château. Ma sœur s'envoie mon cuisinier et bientôt aussi mon Turc. Et j'imagine que lorsque cette porte s'ouvrira, ça sera pour nous emmener dans une prison pire que celle-là. Et Dieu sait sur quel continent ! Ah ! J'ai été bien inspirée d'écrire mes dix-sept pages quotidiennes des tribulations d'Angélina et du sultan ! Car je vais tout vivre comme elle, finalement ! Crois-moi, Nitchonne, les vicissitudes, il vaut mieux les raconter que les éprouver. Alors pour te répondre, s'il y en a une qui a compris que tout va mal, c'est bien moi.

– C'est pas ça que je voulais dire, Madame. Je parlais du monde. J'ai bien vu qu'on ne va pas pouvoir les empêcher.

– Les empêcher de quoi ?

– Mais les esclaves, Madame ! Les nègres, les Turcs, les Mohamed Cohen, appelez-les comme vous voulez, mais j'ai bien vu : il y a quelques semaines, juste ce petit Noir, tout mignon et qui ne fait pas trop peur. Et là, d'un coup : un barbu, un Indien, un vieux d'Afrique. Madame, j'ai eu tort ! Je pensais qu'ils n'étaient pas comme moi !

– Tu vois, Nitchonne, je te le disais, tous les hommes sont frères.

– C'est pas ce que je voulais dire, Madame. Je voulais dire qu'ils sont comme moi : sur le marché du travail. J'ai pu me rassurer en répétant « rien à voir, c'est des esclaves », mais j'étais naïve, Madame. Le petit prince ventru a raison, nous sommes TOUS des esclaves, Madame.

– Parle pour toi, Nitchonne. Mais si c'est ainsi que tu

vois le monde, si tu as enfin compris à ta façon que nous sommes tous semblables, tant mieux.

– Non, Madame, car par rapport aux honnêtes travailleurs, les esclaves, ils cassent les prix.

– Faut-il vraiment s'inquiéter de ça maintenant, Nitchonne ?

– Oui, Madame, c'est foutu ! Le métier de larbin n'a plus d'avenir. Madame, vite, grattez-moi la tête. Faites-moi un gros câlinou.

– Mais cesse avec tes câlins ! Où veux-tu en venir ?

– Madame n'a pas compris ? J'ai trouvé le métier idéal. Madame, à présent que vous n'en avez plus, laissez-moi être votre chien.

– Mais tu es folle ?

– Même vis-à-vis des hommes, Madame, ça sera mieux. Finalement, plus ils me turbinent, plus je suis inquiète. C'est bien plus stable d'être un chien que d'être une femme de nos jours. La zézette, dès qu'on la leur réveille, elle crache et s'endort aussitôt. Sur qui on peut compter, Madame ? Moi je compte sur vous. Comme métier, je serai votre chien. Et vous serez toujours là. Oui ?

128.

On prit le château sans difficulté. C'était comme aborder un navire, mais sans la houle, sans le canon ennemi. « Pirate terrestre, songea Pietr Mohamed Cohen, c'est un métier très reposant. »

Sous la direction de Yom Hachichi, l'escouade avait tourné trois fois autour de la propriété. Là encore, cela ne présentait aucun des périls d'un assaut, par exemple, sur une île sauvage. Les gardes français avaient l'odorat gâté par tous leurs parfums. Ils ne sentaient rien venir.

On s'approcha sans être découvert. Et même le vieux Zeb se montra capable de neutraliser une des sentinelles du duc Nécrozé. Un coup de crosse derrière la tête, puis le pied pelé du vieillard dans la denture de l'infortuné planton. Zeb, comme ses camarades, s'émerveilla de la facilité qu'il y avait à terrasser des ennemis sur le sol français, tant ils s'avéraient plus tendres que les guerriers d'Afrique.

Monsieur le comte, au lieu de se récrier face à cette violence, applaudissait. Il se trouvait enfin dans le camp des sauvages.

– C'est dans l'action, n'est-ce pas ? demanda-t-il avec enthousiasme.

– Que voulez-vous dire ? l'interrogea Pietr Cohen.

– Ce n'est pas dans la pensée. Ce n'est pas une île. Nous ne pouvons même pas la circonscrire à un individu.

– Mais de quoi parlez-vous ?

– De la sauvagerie.

– Vous la recherchez ?

– Oh, seulement pour que le monde soit meilleur.

Instruite par cette conversation, l'aubergiste elle aussi s'en prit à des soldats du duc. On récupérait un bien illégitimement acquis. Tout cela était AUTORISÉ. La bistroquette tapait de bon cœur contre la soldatesque à l'aide d'outils domestiques : un marteau, un rouleau, une cognée.

– Ça vous plaît ? demanda le curé.

– Vous savez, lorsqu'on dirige un commerce... avec les charges, avec les responsabilités, parfois on éprouve le besoin de s'exprimer.

À aucun moment leur progression ne fut rendue difficile. En tout et pour tout, ils durent affronter une dizaine de gardes. Mais Nécrozé, qui était pingre comme tous les riches, payait chichement ses soldats. Et ce n'était pas leur maison que ces hommes défendaient.

– Vous voyez, fit remarquer Alarmé en enfonçant son talon dans un ventre, l'esclavage, c'est mal.

– Que voulez-vous dire ? demanda Zeb, qui faisait tournoyer sa canne dans un couloir.

– Ces gardes se défendent mal.

– Ce ne sont pas des esclaves, fit remarquer Pietr Mohamed Cohen.

– C'est pareil, non ? Arrêtons avec ces différences culturelles : ils font un travail qui ne leur plaît pas. Alors ils se battent mal. C'est pour ça que je dois reprendre mon château. Pour un motif moral ! C'est parce que le duc de Bordeleau est esclavagiste que nous allons gagner.

– Parce que nous sommes dans le camp du Bien ? demanda le curé.

– Vous n'écoutez rien ! fit remarquer Zeb. Monsieur le comte vous explique que nous gagnons parce que ces types sont mal payés.

Le vieux sage accompagna cette affirmation d'un geste trop ample et sa canne alla faire sonner un lustre de cristal.

– Ne cassez rien ! ordonna Alarmé, car ici, bientôt, ça sera chez moi à nouveau.

On déboula dans la chambre du duc Nécrozé. Il n'avait rien entendu. Il était sur le point de s'en prendre aux enfants. Pinoquillio se tenait dans un coin, le visage tuméfié. Chaussette était recroquevillée sur le lit. Manifestement, le petit garçon avait voulu protéger son amie et s'était pris une beigne.

– Quoi ? demanda le duc, surpris par l'intrusion d'Alarmé et de ses camarades.

– Vous n'avez pas tous les droits, affirma froidement Alarmé de l'Implication.

– Je vous demande pardon, fit remarquer le vieillard, dont la carotte s'agitait à chaque mot. Ce nègre, ainsi que cette fillette qui m'a été vendue comme négresse, sont à moi légalement.

– Des enfants, murmura Alarmé, c'est dégueulasse !

– Petit meuble, grand meuble, répondit le duc. Je tiens à la définition du Code noir de monsieur Colbert. Ce sont des meubles et il m'appartient d'en disposer comme je le souhaite.

– Ce Code noir est un texte raciste ! s'époumona Pietr

Cohen Mohamed. Ce livre a pour ainsi dire gâché ma carrière. Car avant même de réifier les Noirs, dès son article premier, cet odieux ouvrage interdit aux protestants, aux juifs et aux musulmans de pratiquer l'esclavage. C'est injuste et ça me rend fou !

Pietr en faisait une affaire personnelle. À cet instant, il se sentait le légitime représentant des juifs, des protestants et des musulmans. Il se trouvait disposé à relater tous les récits historiques et vérifiables qui attestaient que, depuis l'Antiquité, depuis les temps bibliques, même, chaque nation discriminée par monsieur Colbert avait fait la preuve méritante de sa capacité à réduire les hommes en esclavages.

– Nous sommes face à une injustice presque cosmique. C'est la liberté d'entreprendre qui sera empêchée si l'on n'extirpe pas…

– Si l'on n'abolit pas l'esclavage ? demanda Alarmé.

– Je n'irais pas jusque-là, fit Pietr. Mais avouez que c'est un système raciste.

– Messieurs, suggéra Nécrozé, il faut raison garder. Ainsi que je ne cesse de le répéter, le racisme est la pierre angulaire de tout notre système.

– C'est ignoble ! se révolta Pietr. Chacun devrait avoir le droit d'être esclavagiste !

– Monsieur Mohamed a raison, affirma le comte. L'esclavage, oui, le racisme, non ! Tiens, petit prince grassouillet, voilà un pistolet. Tu as le droit d'assassiner ce vieillard. Car aujourd'hui, j'en suis convaincu, le changement ne viendra que par l'action.

Pinoquillio, le pistolet en main, comprenait que son hôte français l'autorisait à tuer le vieux Nécrozé. Mais il n'avait jamais assassiné personne. Son canon tremblait.

– Vas-y, insista le vieux Zeb, on te dit que c'est permis.

– Il est bizarre, ton enseignement, Zeb. Mon papa a des esclaves en Afrique et ça ne t'a jamais posé de problèmes, mais là…

– Ici, fit Zeb, ça n'est pas chez nous.

Tandis qu'ils discutaient, Chaussette s'empara du bout de la carotte du vieillard et la lui retira du ventre. Il tomba inanimé.

– Est-il mort ? demanda le curé.

– Non, répondit Chaussette. Il se réveille quand on la lui remet.

– J'en avais entendu parler mais ne voulais pas le croire. C'est prodigieux. Il faudrait…

– Quoi ? demanda Alarmé.

– Il faudrait que chacun dispose d'une carotte semblable ! s'écria le curé. Imaginez ! Une religion où au lieu de la croix on disposerait de ce légume. La croix : un homme qui souffre. La carotte : la promesse d'une guérison.

– L'Afrique…, commença Zeb.

– L'Afrique a besoin de la carotte ! affirma le prêtre avec ferveur.

– Et moi ? Je ne tue plus personne ? demanda Pinoquillio.

On contemplait Nécrozé inerte. La lutte était gagnée. Le moment était passé. On expliqua à l'enfant qu'il serait criminel une autre fois.

On descendit dans la cave. Antinôme n'était visible nulle part, pas plus que son cuisinier. On libéra et Madame et Nitchonne. Chacun se tomba dans les bras. On alla au jardin. Une détonation retentit. Personne ne fut touché. Antinôme apparut derrière un cyprès. Elle avait loupé son coup, par la faute, sans doute, d'un fusil français. À ses côtés, Oracio semblait penaud. Lui aussi venait de faire une mauvaise alliance.

– Antinôme, pourquoi ? demanda Éponyme. Il te suffisait de fuir. Pourquoi n'as-tu pas résisté à l'envie de…

– De te tirer dessus ? Ah, comme je regrette de ne pas viser mieux.

– Et pourquoi, demanda Alarmé, pourquoi avoir quitté votre palais de Bordeleau pour envahir notre modeste château ? Il est moins beau que le vôtre.

– Et pourquoi, Antinôme, as-tu voulu me prendre mon cuisinier, mes robes, ma chienne, même ? Fragonarde, viens voir maman ! Viens, cocotte !

– Éponyme, murmura tristement Antinôme, c'est parce que tu me semblais heureuse.

Madame la comtesse s'empourpra en entendant ces mots. Peut-être sa sœur avait-elle raison. Peut-être que malgré l'état du monde et l'irrésolution amoureuse, son petit château et son équilibre contenaient tout pour le bonheur.

– Elle a raison, la salope, affirma Pinoquillio à l'aide d'une chaussette. C'est vraiment bien au pays du sucre. On est vraiment bien chez vous.

– Tu vois, mon petit, répondit Alarmé, il est possible que tu aies raison. Et tu sais quoi ? Je l'ignorais.

129.

Qu'allait-on faire des méchants ? On les enchaîna. On n'appela pas la police. On demanda au vieux Zeb s'il se sentait capable, non pas de les assassiner, mais de les emmener très loin, pour qu'on n'entende plus parler d'eux.

– En Afrique ? demanda Zeb.

– Au moins, répondit Éponyme.

– Attendez, marmonna Alarmé, j'ai une idée…

– Une idée ? demanda Pietr.

– Une idée égalitaire, précisa Monsieur le comte.

– Que voulez-vous dire ?

– Des Blancs enchaînés qu'un vieux Noir rapporte chez lui en état d'esclavage. Vous ne voyez pas ?

– C'est un beau symbole, affirma Pietr.

– C'est mieux que ça, s'enflamma le comte, ça légitime ENFIN l'esclavage.

– Certes ! affirma Pietr. Un esclavage débarrassé du racisme.

– Un esclavage à visage humain ! poursuivit Monsieur le comte. C'est mon credo depuis toujours et enfin je l'entrevois, ce rêve. Un esclavage dans le cadre duquel des Noirs et des Blancs pourront indifféremment opprimer des Noirs... comme des Blancs.

– C'est un esclavage citoyen, affirma Pietr. Tout le monde a le droit d'y participer. C'est l'esclavage du futur.

– Oui, s'écria gravement Alarmé, il ne faut pas lutter contre les grandes lois d'interaction entre les êtres. Il faut se battre pour les adapter à l'époque et c'est ainsi que je viens tout simplement d'inscrire mon nom dans l'Histoire universelle !

– Monsieur, lui fit remarquer Pietr, c'est mon invention, pas la vôtre.

– Vous voulez rire ? C'est MON esclavage citoyen ! C'est un esclavage français !

– Non, Monsieur, soit on est universel, soit on est de quelque part, il faut choisir.

– Ça, vous m'en répondrez.

On organisa un duel. À poings nus. Pietr était certain de gagner car il avait tout de même déjà cassé la figure à des ours tropicaux. Éponyme jubilait. Son époux et son fantasme tous deux torse nu allaient se battre en état de nature ! Bien entendu, ils se bagarraient pour des idées et non pour Éponyme, mais malgré cette indélicatesse, ce fut une belle joute. Ils s'empoignaient sur le gazon du jardin. Leurs pieds glissaient à chaque mandale. Pietr fut tout surpris de perdre. Son adversaire avait davantage de convictions.

– Finalement, conclut Pietr avec amertume, vous avez raison. Victoire ou défaite dépendent de notre position morale. Moi, vous savez, je crois que je n'ai jamais été croyant.

– Malgré toutes vos religions ? demanda le curé.

– Je parle de la pensée. Elle et moi nous sommes beaucoup couru après, se désolait Pietr, tandis que Monsieur le comte…

– Moi, affirma Alarmé en frottant ses métacarpes endoloris, je suis vraiment le Plus Grand Philosophe de France. Vous voyez, dans l'existence, il faut être capable de nommer LA chose qui fait qu'on tient debout. Et dans mon cas…

– La philosophie, monsieur, soupira Pietr, vous avez raison.

Monsieur le comte ne fut pas rancunier et Pietr Cohen eut une place dans son nouveau système. Monsieur le curé aussi, car le prêtre ne concevait pas de laisser filer en Afrique sans surveillance la carotte miraculeuse.

Fiché dans le ventre de Nécrozé, le légume de la résurection partit pour l'Afrique enrichi d'un rite nouveau. On tailla des carottes pour tous les pauvres gens que l'on rencontrait, sur les côtes européennes et sur les rivages d'Afrique. Et chacun adepte de ce nouveau culte eut le droit de participer à ce travail réinventé que l'on appela l'esclavage citoyen.

– Mais comment va-t-on les nommer, Monsieur le comte, les esclaves citoyens ?

– J'ai calculé, expliqua Alarmé. Ils nous coûtent beaucoup moins cher ! Ils nous font économiser le gîte, le couvert et même la chiourme qui les obligeait à se tenir tranquilles. Et en échange de nous éviter toutes ces dépenses, nous leur versons juste un petit pécule.

– Appelons-les les « pécularïés », suggéra Pietr.

Monsieur le comte détesta que cet étranger ait trouvé le nom de son nouveau système. Parce que celui qui invente le nom d'une planète, l'Histoire le rend immortel.

– Pécule, c'est moche, répondit Alarmé. Vous êtes étranger, vous ne pouvez pas comprendre. Disons « salaire » à la place, et appelons-les des « salariés ».

Comme tous les grands changements, celui-ci ne se fit pas en un jour. Et les scientifiques n'ont pas fini de discuter pour savoir si ce fut la France ou l'Europe universelle qui mit fin à cet abominable système que fut l'esclavage. Mais chacun s'accorde à dire que la nouvelle condition, celle de « salarié », facilitait la vie de tout le monde. Les travailleurs venaient volontairement sur le lieu de leur labeur sans qu'on soit forcé de les enchaîner à fond de cale. Les employeurs, eux, faisaient de sacrées économies. Et l'égalité des hommes nouvellement proclamée autorisait à chercher la force de travail sur tous les continents du globe, indépendamment de discriminations obsolètes. Finalement, sans le racisme, l'esclavage se portait mieux : il pouvait enfin devenir universel.

130.

Et Éponyme ? Elle s'en foutait. Son mari était ouvert d'esprit. Il la laissait vivre avec Pietr Cohen qui adorait l'étreindre aussi souvent qu'elle le souhaitait. Elle habitait aussi avec Nitchonne qui avait trouvé la joie, du moment qu'on lui grattait souvent la tête. Elle avait tout compris, Nitchonne, et son nouveau statut de « petit chien » la protégeait enfin de l'horreur du travail.

Éponyme admirait si fort les découvertes philosophiques de son mari qu'elle abdiqua toute ambition de grandeur littéraire. Elle écrivait avec de plus en plus de plaisir ses dix-sept pages par jour, ça n'était à ses yeux plus rien d'autre qu'une distraction. L'héroïsme et la place dans l'Histoire, c'était définitivement le terrain de jeu d'Alarmé. Déchargée de telles responsabilités, Madame la comtesse n'éprouvait plus la moindre culpabilité à n'écrire qu'au sujet de son cœur et de ses fesses. Elle décrivait avec délectation les moindres phénomènes. Pas la vérité absolue du quotidien du monde, mais plutôt la carte changeante des sentiments qui l'envahissaient. Son amant, Mohamed Pietr Cohen, n'était plus dans la fiction. Il s'était incarné. Elle ne voulait que lui pour toujours et se sentait enfin capable d'investir la réalité avec ce matériau picaresque, aussi riche que les récits d'imagination. Sa chienne, Fragonarde, était tombée en disgrâce, ainsi qu'Oracio le cuisinier.

N'écrire que pour sa chienne, ça lui aurait suffi, à la comtesse, mais Madame se hasarda un jour à publier. Sans prétention. Pour divertir. Le succès fut immédiat. Elle devint très riche. En avait-elle besoin ? Non. Monsieur le comte avait développé les vignes de Bordeleau grâce à l'esclavage nouveau. Dans les cépages, sous les coups de fouet de négriers noirs et de négriers blancs, les salariés cueillaient le raisin.

– Dieu ! Dieu, vous regardez quoi ? demanda Spinoza.

– Je lis. Mais c'est loin. Mais c'est petit. Nettoie-moi mes lunettes.

– Vous lisez quoi ?

– Les cochonneries qu'écrit la petite comtesse.

– Et ?

– Nettoie, Spinoza ! Ta philosophie, on s'en fout ! Ton travail, c'est de frotter mes lunettes pour que je voie mieux. Ça, c'est utile !

Et le philosophe fit reluire les bésicles du bon Dieu.

Éponyme n'en sut jamais rien, mais Dieu adorait chacun de ses mots, sa manière de raconter comment chaque jour un cœur égoïste se remplit et se vide, comment on pleure, comment on s'embrasse, comment on se manque.

– Grâce à elle, je ne vais pas détruire le monde, affirmait le Créateur.

Dieu avait le cœur lourd de ne pas être au monde ; de voir tout de loin et de ne pas ressentir ces choses que décrivait Éponyme, que le philosophe regarde de trop haut et que seul le roman, le roman populaire, parvient parfois à approcher. Alors Dieu regarda Spinoza et lui dit au revoir. Et en cet instant, il disparut.

– Où est-il ? demanda le papa de Pietr.

– Le salaud ! répondit Spinoza. Le salaud ! Tu n'as pas compris ?

– Quoi ?

– Depuis le temps qu'il en avait envie de fuir ses responsabilités ! Depuis le temps que ça lui pesait d'être le Tout-Puissant !

– Mais où il est ? Il s'est envolé ? Il est reparti au badminton ?

– Pire, répondit Spinoza. Il vient de donner raison à tous mes livres. C'est impardonnable. Ce salopard vient de s'incarner dans le monde.

– En somme, conclut tristement le papa de Pietr, c'est comme si Dieu n'existait plus.

FIN

REMERCIEMENTS

Merci à Francis Esmenard, Richard Ducousset et à toutes les équipes d'Albin Michel pour leur aide, leur bienveillance et leur disponibilité en toutes circonstances Merci en particulier à Maëlle Guillaud, mon éditrice, à Stéphane Barsacq, mon confident, et à Florence Godfernaux, qui mérite une chaire de psychanalyse tant elle s'occupe bien de mes névroses !

Certaines histoires prennent un parcours sinueux avant de trouver leur forme définitive. J'ai d'abord cru qu'une bande dessinée pourrait contenir cette aventure. Merci aux éditions Dargaud, et particulièrement à Thomas Ragon et Philippe Ostermann, de m'avoir autorisé à faire revivre certains des personnages des *Lumières de la France* dans le présent ouvrage. J'ai aussi rêvé de donner à cette aventure une forme cinématographique. Mais plus j'édulcorais, plus on me disait que j'étais provocant. Plus je retirais des scènes, plus on me reprochait de penser trop cher. Je remercie du fond du cœur tous les financiers de cinéma dont le manque de courage et de fantaisie m'a conduit vers le roman ! Grâce à vous, j'écris ce que je veux. Cher public de cinéma, si tu ne vois jamais de films bizarres et provocants, n'incrimine pas les auteurs, on nous interdit tout. Et chéris les romans, ils restent le seul espace de réelle liberté.

Je voudrais enfin dire toute ma gratitude aux gens qui ont cru dans cette histoire : Sandrina Jardel, Pierre Leyssieux, Christophe Ledannois, Antoine Delesvaux, Didier Lupfer, Bertrand Delabbey, Delphine Gamorit, Annabel Karouby, Jean-Paul Rouve, Maïwenn, Ophélia Kolb, Aure Atika, Claude Rich, Gérard Lanvin, Karin Viard, Giovanni Cirfiera, Laura Genovino, Yann Cuinet, Michael Laguens, Clémence Aubry, Pascaline Chavanne et Catherine Boisgontier.

DU MÊME AUTEUR

Aux Éditions Albin Michel

L'ÉTERNEL, roman

(Œuvres graphiques)

Aux Éditions Gallimard

JEANGOT RENART, avec Clément Oubrerie

KLEZMER (quatre volumes)

ORANG-OUTAN, avec S. Jardel

L'ANCIEN TEMPS

MONSIEUR CROCODILE A BEAUCOUP FAIM

CHAGALL EN RUSSIE (deux volumes)

BRASSENS – CHANSONS ILLUSTRÉES

LE PETIT PRINCE, d'après l'œuvre d'A. de Saint-Exupéry

Aux Éditions de l'Association

NOYÉ LE POISSON

LE BORGNE GAUCHET

LE PETIT MONDE DU GOLEM

PASCIN

PASCIN – La Java Bleue

PARIS-LONDRES

HARMONICA

UKULÉLÉ

PARAPLUIE

PIANO

CARAVAN

Aux Éditions Bayard

L'ÎLE AUX PIRATES, avec A. Alméras

Aux Éditions Bréal

LA PETITE BIBLIOTHÈQUE PHILOSOPHIQUE DE JOANN SFAR (deux volumes)

L'ATROCE ABÉCÉDAIRE

LA SORCIÈRE ET LA PETITE FILLE

Aux Éditions Cornélius

LES AVENTURES D'OSSOUR HYRSIDOUX (deux volumes)

Aux Éditions Dargaud

MERLIN (quatre volumes), avec J.-L. Munuera

LA VILLE DES MAUVAIS RÊVES, avec David B.

LE MINUSCULE MOUSQUETAIRE (trois volumes)

SOCRATE, LE DEMI-CHIEN (trois volumes), avec C. Blain

LE CHAT DU RABBIN (cinq volumes)

LA VALLÉE DES MERVEILLES

SARDINE DE L'ESPACE (trois volumes), avec E. Guibert

GAINSBOURG (HORS CHAMP)

BRASSENS OU LA LIBERTÉ, avec C. Deroudille

L'ART DU CHAT DU RABBIN

LES LUMIÈRES DE LA FRANCE

TOKYO

Aux Éditions Delcourt

PROFESSEUR BELL (cinq volumes), avec Tanquerelle

PETIT VAMPIRE (sept volumes)

PETRUS BARBYGÈRE, avec P. Dubois

TROLL (cinq volumes), avec J.-D. Morvan et O. G. Boiscommun

LES POTAMOKS (trois volumes), avec J.-L. Munuera

ROMANS PETIT VAMPIRE (deux volumes), avec S. Jardel

LE BESTIAIRE AMOUREUX (quatre volumes)

LES CARNETS DE JOANN SFAR (quatre volumes)

En collaboration avec Lewis Trondheim :

DONJON ZÉNITH (six volumes), avec Boulet

DONJON CRÉPUSCULE (six volumes), avec Kerascoët, Obion

DONJON POTRON-MINET (cinq volumes), avec C. Blain, C. Gaultier

DONJON PARADE (cinq volumes), avec M. Larcenet

DONJON MONSTERS (douze volumes), avec Mazan, J.-C. Menu, Andreas, Blanquet, Vermot-Desroches, Yoann, Blutch, Nine, Killoffer, Bezian, Stanislas, Keramidas

DONJON BONUS, avec A. Moragues

Aux Éditions Denoël

L'HOMME-ARBRE (deux volumes)

Aux Éditions Dupuis

LA FILLE DU PROFESSEUR, avec E. Guibert

LES OLIVES NOIRES (trois volumes), avec E. Guibert

Aux Éditions Nathan

DES ANIMAUX FANTASTIQUES, avec C. Blain et B. Coppin

CONTES ET RÉCITS DES HÉROS DU MOYEN ÂGE, avec G. Massardier

Site Internet : www.joann-sfar.com

Composition : IGS-CP
Impression : CPI Firmin Didot en mai 2014
Éditions Albin Michel
22, rue Huyghens, 75014 Paris
www.albin-michel.fr

ISBN : 978-2-226-25824-3
N° d'édition : 20986/01 – N° d'impression : 122604
Dépôt légal : juin 2014
Imprimé en France